# XOXO

AF642393

**AXIE OH**

Übersetzt von
**Stephanie Pannen**

CROCU

**XOXO – DER RHYTHMUS UNSERES LEBENS**
von Axie Oh

4. Auflage, Juli 2026
Deutsche Ausgabe/German Edition
Copyright © Cross Cult Entertainment GmbH | Teinacher Str. 72 | 71634 Ludwigsburg („CCE“)
CCE ist ein Unternehmen der Penguin Random House Verlagsgruppe
CCE-Verlagsleitung: Andreas Mergenthaler

Übersetzung: Stephanie Pannen; Programmleitung Romane/Sachbücher: Markus Rohde; Lektorat: Karen Eifler; Korrektorat: André Piotrowski; Satz: Rowan Rüster; Art Direction: Martina Behrens; Layout: Kerstin Jans, Sina Tschan; Lizenzmanagement: Ruijing Qiu; Vertriebsleitung: Peter Sowade; Marketingleitung: Cécile Béran; Herstellung: Gerald Schmitt; Druck: CPI Moravia Books s.r.o.,
Brněnská 1024, CZ-691 23 Pohořelice

Titel der Originalausgabe:
XOXO

Copyright © 2021 by HarperCollins Publishers. All rights reserved.

German translation copyright © 2023 by Cross Cult Entertainment GmbH
Published by arrangement with HarperCollins Children's Books, a division of HarperCollins Publishers.

Der Verlag behält sich die Verwertung des urheberrechtlich geschützten Inhalts dieses Werkes für Zwecke des Text- und Data-Minings nach § 44 b UrhG ausdrücklich vor. Jegliche unbefugte Nutzung ist hiermit ausgeschlossen.

produktsicherheit@cross-cult.de
(Vorstehende Angaben sind zugleich Pflichtinformationen nach GPSR)

ISBN Paperback-Ausgabe: 978-3-98743-073-2
E-Book ISBN: 978-3-98743-074-9

WWW.CROSS-CULT.DE | WWW.CROCU.DE

*Für meine kluge, liebevolle
und talentierte Schwester Camille.*

# Eins

Jay's Karaoke liegt inmitten einer Einkaufsmeile von Koreatown, zwischen einem Boba Land 2 und Sookie's Hair Emporium.

Die Tür des Letzteren fliegt auf, als ich daran vorbeigehe. »Yah, Jenny-yah!« Sookie Kim, Besitzerin und Friseurin, hebt eine Plastiktüte und ein Glätteisen hoch. »Willst du nicht Hallo sagen?«

»Hallo, Mrs. Kim«, sage ich, dann spähe ich über ihre Schulter und sehe drei Frauen mittleren Alters in einer Reihe sitzen. Sie alle haben Trockenhauben auf dem Kopf und verfolgen ein K-Drama, das auf einem an der Wand befestigten Fernseher läuft. »Hi, Mrs. Lim, Mrs. Chang, Mrs. Sutjiawan.«

»Hi, Jenny«, rufen sie gleichzeitig und winken mir kurz zu, bevor sie ihre Aufmerksamkeit wieder dem Paar auf dem Fernseher zuwenden, das sich kurz vor einem K-Drama-Kuss zu befinden scheint. Der Mann beugt seinen Kopf in die eine Richtung, die Frau in die andere und ihre Lippen berühren sich, während sich die Kamera unter dramatisch anschwellender Musik zurückzieht.

Als der Abspann beginnt, lehnen sich die Damen unter verträumten Seufzern zurück. Na ja, zumindest zwei von ihnen.

»Das war's?« Mrs. Sutjiawan wirft ihren Hausschuh nach dem Fernseher.

»Hier.« Mrs. Kim ignoriert die Frauen und reicht mir die fest verknotete Supermarktplastiktüte, in der sich bei näherer Inspektion Essen zu befinden scheint. »Das ist für dich und deine Mutter.«

»Danke.« Ich richte den Tragegurt der Tasche über meiner Schulter und verbeuge mich leicht, während ich ihr Geschenk annehme.

Mrs. Kim schnalzt mit der Zunge. »Deine Mutter arbeitet zu viel! Sie sollte öfter zu Hause sein und sich um ihre Tochter kümmern.«

Ich bin mir zwar ziemlich sicher, dass meine Mutter genauso viele Stunden im Büro ist wie Mrs. Kim in ihrem Salon, aber mein Selbsterhaltungstrieb ist stark genug, um sie nicht darauf hinzuweisen. Stattdessen bemühe ich mich weiter, wie eine respektable junge Person zu wirken, und lächle höflich. Es scheint zu funktionieren, denn Mrs. Kims Gesichtsausdruck verliert seine Strenge. »Deine Mutter muss sehr stolz auf dich sein, Jenny. Eine gute Schülerin. Und so talentiert auf dem Cello! Ich sage meiner Eunice immer, dass gute Musikschulen nur die Besten annehmen, aber sie hört einfach nicht auf mich.«

»Sookie-ssi!«, ruft eine der Damen von drinnen.

»Komme schon!«, ruft sie zurück. Als sie wieder in ihrem Salon verschwindet, gehe ich eine Tür weiter.

Seit Eunice und ich in der siebten Klasse das erste Mal in einem klassischen Musikwettbewerb gegeneinander angetreten sind, vergleicht uns Mrs. Kim. Angesichts der Komplimente, die sie mir immer macht, mag ich mir gar nicht ausmalen, was Eunice zu Hause zu hören bekommt. In letzter Zeit habe ich sie bei keinem Wettbewerb mehr gesehen. Auch bei dem am letzten Samstag war sie nicht. Und es ist genau dieser Wettbewerb, dessen Ergebnisse gerade ein Loch in meine Jackentasche brennen. Wenn Mrs. Kim wüsste, was die Preisrichter über mich gesagt haben, würde sie mich nicht so über den Klee loben.

Die Glocke über der Tür von Jay's Karaoke verkündet meine Ankunft.

»Bin sofort da!«, ertönt Onkel Jays Stimme hinter dem Vorhang, der die Bar von der Küche trennt.

Ich gehe hinter den Tresen, stelle meine Tasche ab und öffne den Minikühlschrank, um Mrs. Kims Frischhaltedose zwischen die Sojuflaschen zu stellen.

Vor sieben Jahren haben Dad und Onkel Jay diesen Laden gekauft, um sich ihren Kindheitstraum zu erfüllen: zusammen eine Karaokebar zu betreiben.

Onkel Jay ist kein Blutsverwandter, aber mein Vater und er waren wie Brüder. Nach Dads Tod hat Onkel Jay meine Mom gefragt, ob ich nach der Schule bei ihm arbeiten könnte. Zuerst war sie dagegen, weil sie sich Sorgen machte, ob mir dann noch genug Zeit für Schule und Orchesterproben bleiben würde. Doch sie willigte schließlich ein, als Onkel Jay sagte, dass ich meine Hausaufgaben nach Feierabend machen könnte. Außerdem bin ich praktisch hier aufgewachsen. Ich erinnere mich, wie Dad und Onkel Jay lachend hinter der Bar standen, während er sein neuestes Gebräu ausprobierte und dabei stets an ein spezielles alkoholfreies Getränk für mich dachte.

Jahrelang hatte ich nicht in die Bar gedurft – Mom befürchtete, dass es schlechte Erinnerungen wecken würde –, aber bis jetzt macht es Spaß und mir fallen nur gute Dinge ein.

Ich spritze ein Reinigungsmittel auf die Theke und wische sie ab, dann kümmere ich mich um die hohen Bartische. Im Hauptraum sind gerade keine Gäste, auch wenn mir ein Blick in den Gang verrät, dass ein paar der privaten Karaokeräume besetzt sind.

»Hey, Jenny, dachte ich mir doch, dass du das bist.« Onkel Jay taucht hinter dem Vorhang auf. Er hat zwei Pappteller mit dampfendem Essen dabei. »Das heutige Special sind Bulgogi-Tacos. Willst du was?«

»Ich bin am Verhungern.« Ich hüpfe auf einen Barhocker und Onkel Jay stellt den Teller mit zwei Tacos vor mir ab. Die Füllung besteht aus in seiner Spezialsoße mariniertem Bulgogi, Salat, Tomaten, Käse und Kimchi.

Während ich das Essen hinunterschlinge, stellt Jay den Fernseher über der Theke an und geht auf Netflix die verfügbaren Filme durch.

Das ist unser Ritual. Die Bar wird erst später voll, also verbringen wir den frühen Abend damit, zu essen und Filme zu schauen, besonders asiatische Gangsterfilme.

»Da ist er ja«, sagt Onkel Jay und wählt einen Klassiker aus. *The Man from Nowhere*, auch bekannt als *Ajeossi*. Ein Actionthriller über einen verbitterten ehemaligen Cop. Als seine junge Nachbarin entführt wird, macht er sich auf die Suche nach ihr. Es ist wie die koreanische Version von *96 Hours* mit Liam Neeson. Nur besser. Denn dieser Film ist mit Won Bin. Und Won Bin macht alles besser.

Onkel Jay stellt die Untertitel an und wir schauen uns beim Essen den Film an. Dabei reden wir darüber, wie glaubhaft es ist, dass Won Bin mit *dreiunddreißig* einen *Ajeossi* darstellt, einen Mann mittleren Alters. Wenn Gäste hereinkommen, macht er den Film leiser und führt sie zu ihren Räumen. Ich behalte den Monitor im Blick, der anzeigt, ob jemand den Rufknopf gedrückt hat, damit ich die Bestellungen der Gäste aufnehmen und ihnen ihr Essen bringen kann, während sich Onkel Jay um die Getränke kümmert.

Gegen einundzwanzig Uhr ist die Hälfte der Räume belegt und der Film zu Ende. Stattdessen dröhnt nun K-Pop aus den Lautsprechern. Auf dem Fernseher in der Bar streamt Onkel Jay immer YouTube-Zusammenstellungen der beliebtesten Musikvideos des Monats. Ich sehe zu, wie eine Gruppe Mädchen in farblich aufeinander abgestimmten Outfits zu einem eingängigen Elektropopsong eine komplizierte Choreographie tanzt.

Anders als meine Mitschüler konnte ich mich nie für K-Pop oder überhaupt irgendwelchen Pop begeistern. Auf einer Playlist meines Lebens wären Künstler wie Bach, Haydn und Yo-Yo Ma zu hören.

»Hattest du diese Woche nicht einen wichtigen Wettbewerb?« Onkel Jay steht hinter dem Tresen und mustert ein Glas, das er gerade abtrocknet.

Mir rutscht das Herz in die Hose. »Der war am Samstag.« Ich schenke ihm ein angestrengtes Lächeln. »Hab heute Morgen die Ergebnisse bekommen.«

»Ach ja?« Er runzelt die Stirn. »Und, wie lief's?«

»Ich hab gewonnen.«

»Was? Wirklich? Herzlichen Glückwunsch!« Er stößt triumphierend eine Faust in die Luft. »Meine Nichte ist ein Champion«, sagt er zu dem Paar, das an der Bar sitzt und Tacos isst. Sie schauen erschrocken auf.

»Ja …« Mit einer Fingerspitze fahre ich die durch ein Herz verbundenen Initialen nach, die jemand in die Theke geritzt hat.

»Was ist los?« Er stellt das Glas ab und legt das Geschirrtuch hin. »Du hast was auf dem Herzen. Das seh ich doch.«

»Die Preisrichter haben mir Feedback gegeben.« Ich ziehe den ziemlich zerknitterten und zusammengefalteten Zettel aus der Tasche und reiche ihn Onkel Jay. »Damit ich vor dem nächsten Wettbewerb daran arbeiten kann.«

Während Onkel Jay den Zettel liest, wiederhole ich innerlich die Worte, die ich bereits auswendig kann.

*Jenny ist zwar eine talentierte Cellistin, die alle technischen Elemente der Musik beherrscht, doch ihr fehlt der Funke, der sie von einer perfekt ausgebildeten Musikerin zu einer außergewöhnlichen machen würde.*

Nächstes Jahr werden sich Hunderte Cellisten, die genauso gut sind wie ich, bei den besten Musikhochschulen des Landes bewerben. Um in einer der besten Schulen aufgenommen zu werden, reicht perfekt nicht. Ich muss außergewöhnlich sein.

Onkel Jay gibt mir den Zettel zurück. »Talentiert *und* technisch perfekt. Klingt doch super.«

Ich stopfe den Brief wieder tief in meine Tasche. »Du hast den Teil vergessen, wo sie mich einen seelenlosen Roboter nennen.«

Er lacht. »Den Teil muss ich überlesen haben.« Einen Hauch mitfühlender fügt er hinzu: »Ich verstehe, dass du enttäuscht bist. Aber es ist nur eine Kritik. Die bekommst du doch dauernd.«

»Es ist eben *nicht* nur eine Kritik«, sage ich und versuche meinen Frust in Worte zu fassen. »Denn es gibt nichts, was ich noch verbessern kann. In der Musik wird Gefühl über

Tonhöhen und Dynamik ausgedrückt. In beiden Punkten bin ich großartig.«

Onkel Jay wirft mir einen Seitenblick zu.

»Die behaupten, mir fehle der Funke! Was soll das überhaupt sein?«

Er seufzt und lehnt sich gegen den Tresen. »Ich denke, es geht mehr darum, dass du deinen Funken noch nicht gefunden hast. Etwas, das das Feuer in dir zum Leben erweckt, deinen Träumen zu folgen. Dein Dad und ich haben uns zum Beispiel entschieden, diese Karaokebar zu eröffnen, obwohl das viele Leute für eine absolute Zeitverschwendung gehalten haben. Selbst deine Mutter. Obwohl ich es ihr nicht verübeln kann, da ich weiß, mit wie wenig sie aufgewachsen ist. Wir wussten, wie viel Arbeit vor uns lag und dass wir vielleicht scheitern würden, aber wir haben's trotzdem gewagt, weil es unser Traum war.«

»Aber ...«, sage ich langsam, »was hat das alles damit zu tun, dass ich die Musikhochschulen beeindrucken muss?«

»Okay, dann erkläre ich es mal in Jenny-Sprache. Weißt du noch, der Film, den wir vorhin geschaut haben? *Ajeossi.* An einer Stelle sagt die Figur von Won Bin etwas, das sich ungefähr so übersetzen lässt: ›Menschen, die für das Morgen leben, sollten Menschen fürchten, die für das Heute leben.‹ Weißt du, warum das so ist?«

»Nein«, erwidere ich. »Aber du wirst es mir wahrscheinlich gleich sagen.«

»Weil Menschen, die für das Morgen leben, keine Risiken eingehen. Sie fürchten sich vor den Konsequenzen. Während Menschen, die für das Heute leben, nichts zu verlieren haben und also mit Zähnen und Klauen kämpfen. Damit will ich sagen, dass du vielleicht mal versuchen solltest, etwas weniger über deine Zukunft nachzudenken, darüber in eine Kunsthochschule aufgenommen zu werden, darüber, was danach kommt, und … einfach ein bisschen lebst. Dass du neue Erfahrungen sammelst, neue Freunde findest. Ich versprech dir, dass du das Leben, das du willst, bekommen kannst, wenn du's einfach mal lebst.« Die Türglocke läutet, als neue Gäste die Bar betreten.

»Willkommen«, ruft Onkel Jay und lässt mich mit meinen Gedanken allein, als er hinter der Theke hervorkommt, um die Neuankömmlinge zu begrüßen.

Ich spiele mit dem Gedanken, Mom eine Nachricht zu schicken, nur dass ich jetzt schon genau weiß, was sie sagen wird: dass ich mehr üben und vielleicht zusätzlichen Unterricht bei Eunbi buchen sollte. Und dass ich nicht auf Onkel Jay hören soll. Während es ihm darum geht, im Moment zu leben und seinen Träumen zu folgen, ist meine Mutter viel pragmatischer. Ich kann eine erfolgreiche Karriere als Cellistin erreichen, aber nur, wenn ich hart dafür arbeite und mich vollkommen darauf konzentriere.

Alles außerhalb davon ist nur Ablenkung.

Obwohl es ja nicht so ist, als hätte ich *nicht* hart gearbeitet, wie Mrs. Kim und wahrscheinlich auch Eunice wissen. Und *dennoch* hab ich diese Kritik bekommen.

Vielleicht hat Onkel Jay recht.

»Keine Sorge, Kleines«, sagt er, als er von den Gästen zurückkommt. »Du kriegst das schon hin. Warum gehst du heut nicht etwas früher nach Hause und ruhst dich aus? Bomi sollte gleich hier sein.« Bomi ist die mürrische UCLA-Studentin, die normalerweise die Spätschicht übernimmt. »Schau nur noch mal in Raum acht nach, bevor du gehst. Die Zeit auf ihrer Maschine ist abgelaufen, aber sie sind noch drin.«

Ich seufze. »Okay.« Also rutsche ich vom Barhocker und trotte den Gang entlang. Gäste rauszuwerfen ist die Aufgabe, die ich im Jay's am wenigsten mag. Warum können sich die Leute nicht einfach an die Regeln halten?

In den meisten Karaokebars in den Staaten zahlen die Gäste am Ende des Abends, meistens pro Stunde, und die Gäste selbst achten auf die Zeit und wie viel sie ausgeben. Onkel Jay betreibt seine Bar, wie es in Korea üblich ist. Man zahlt im Voraus für eine bestimmte Zeit, die dann als Countdown auf dem Bildschirm im Raum heruntergezählt wird. Auf diese Weise muss man nicht zu viel bezahlen. Wenn man länger singen will, kann man mehr Zeit auf seinen Raum buchen. Mom sagt immer, dass Onkel Jay keinen Geschäftssinn hat.

Die Tür zu Raum acht ist geschlossen und dahinter ist alles still. Aber das ist auch logisch, wenn ihre Zeit abgelaufen ist. Ich klopfe einmal, dann öffne ich die Tür.

Überrascht stelle ich fest, dass sich nur ein einziger Gast im Raum befindet. Es ist ein Junge in meinem Alter, der mit dem Rücken an die Wand gelehnt in einer Ecke sitzt. Seine Augen sind geschlossen.

Ich suche nach Hinweisen auf einen weiteren Kunden, doch auf dem langen Tisch stehen weder Getränke noch Essen. Wenn er den Raum für sich allein gebucht hat, muss er reich sein. Seine Kleidung wirkt teuer. An seine Schultern schmiegt sich ein Seidenhemd und seine langen Beine sind in eine glatte schwarze Hose gehüllt. Sein linker Arm ist eingegipst, aber am rechten prangt eine Rolex. Und sind das *Sleeve-Tattoos*?

Welcher Teenager hat Sleeve-Tattoos?

Ich sehe wieder in sein Gesicht und stelle erschrocken fest, dass seine Augen jetzt offen sind. Ich warte darauf, dass er etwas sagt, aber er bleibt stumm. Ich räuspere mich. »Deine

Zeit ist abgelaufen. Wenn du den Raum weiter nutzen willst, kostet das fünfzig Dollar pro Stunde. Ansonsten muss ich dich bitten zu gehen.«

Das hat unhöflicher geklungen, als es gemeint war. Ich gebe den Preisrichtern die Schuld, dass ich so schlechte Laune habe.

Das folgende Schweigen wird vom Stroboskoplicht der Diskokugel an der Decke noch betont.

Vielleicht spricht er kein Englisch? Er könnte *aus* Korea kommen. Amerikanische Jugendliche sind nicht so stylish.

Ich versuche es erneut, diesmal auf Koreanisch. »Sigan Jinasseoyo. Nagaseyo.« Wörtlich: »Die Zeit ist abgelaufen. Raus hier.« Allerdings in der Höflichkeitsform, damit ich *technisch* gesehen höflich bin.

»Ich hab dich schon beim ersten Mal verstanden«, sagt er auf Englisch. Seine Stimme ist leise und weich. Er hat einen leichten Akzent, eine Art warmes Kräuseln um seine Worte.

Unerklärlicherweise spüre ich, wie meine Wangen rot werden. »Warum hast du dann nichts gesagt?«

»Ich hab überlegt, ob ich gekränkt sein soll.«

Ich deute auf das große laminierte Buch, das mitten auf dem Tisch liegt und in dem alphabetisch alle verfügbaren Lieder aufgelistet sind. »Die Regeln stehen auf dem Deckblatt des Katalogs. Da steht, dass man nach einer Viertelstunde gehen muss, wenn man keine zusätzliche Zeit bucht.«

Er zuckt mit den Schultern. »Ich hab kein Geld.«

Ich werfe einen skeptischen Blick auf seine Gucci-Slipper. »Das bezweifle ich.«

»Die gehören mir nicht.«

Ich runzle die Stirn. »Hast du sie gestohlen?«

Er zögert kurz, dann sagt er langsam: »Könnte man so sagen.«

Lügt er? Irgendwie glaube ich das nicht. Ich habe nicht gesehen, wie er in die Bar gekommen ist. Wie lange war er schon in diesem Raum? Allein? Wer tut so etwas, wenn er sich nicht vor jemandem versteckt? Und vielleicht liegt es daran, dass ich eben noch *Ajeossi* gesehen habe, aber mir kommt nur eine Erklärung in den Sinn.

Ich trete näher an den Tisch. Er scheint meine Bewegungen zu spiegeln und lehnt sich vor.

»Brauchst du ...« Ich senke meine Stimme. »Brauchst du Hilfe?« In Krimis sind Leute meines Alters nie in einer Gang, weil sie das so wollten.

Er zuckt mit den Schultern. »Grad jetzt wären mir fünfzig Dollar ganz recht.«

Ich schüttle den Kopf. »Ich frage dich, ob du in Schwierigkeiten steckst. Hast du Ärger ... mit einer Gang?«

Einen Moment lang wirkt er erstaunt. Seine Augen werden ein wenig größer. Dann ergeben meine Worte wohl Sinn und er lässt den Blick sinken. »Ah, dann hast du's also erraten.«

Ich nicke eifrig. »Du bist doch bestimmt nicht älter als sechzehn, siebzehn ...«, sage ich. »Hier in den Staaten gibt es Gesetze, um Minderjährige zu schützen.« Vielleicht haben sie etwas gegen ihn in der Hand. So was wie die Sicherheit seiner Geschwister oder eines Freundes. »Wenn du Hilfe brauchst, musst du es nur sagen.«

Eine kurze Pause, dann sagt er sanft: »Wenn ich dich bitten würde, mich zu retten, würdest du es tun?«

Mir bricht fast das Herz. »Ich kann es versuchen.«

Er schaut auf, und als sich unsere Blicke treffen, stockt mir der Atem. Es ist fast schon unfair, dass jemand so ... schön ist. Seine Haut ist makellos. Er hat dunkle Augen, weiche Haare und einen vollen kirschroten Mund.

Er lässt den Kopf sinken und seine Schultern beginnen zu wackeln. Weint er etwa? Ich komme näher heran, nur um festzustellen, dass er …

Er lacht. Dann klopft er sich mit seiner unverletzten Hand sogar aufs Knie.

Was für ein Mistkerl! Und ich Idiotin war *besorgt* um ihn.

Ich stürme aus der Tür.

Im Foyer sieht Onkel Jay vom Computer auf, über den er einem der Räume mehr Zeit gebucht hat. Er wirft einen Blick auf meinen Gesichtsausdruck und seufzt. »Der Junge geht nicht, hm? Kein Ding, ich schmeiß ihn raus.«

Er will schon hinter der Theke hervorkommen, doch ich hebe eine Hand. »Warte.« Ich hab seine Worte von vorhin im Ohr. *Leb doch mal ein bisschen.* »Ich mach das.«

# Zwei

Als ich den Raum wieder betrete, sitzt der Junge immer noch in der Ecke. Vielleicht sollte ich sauer sein, dass er nicht auf mich gehört hat, aber es spielt keine Rolle.

»Das ist der Deal, okay?«, sage ich zu ihm. »Ich hab dir jetzt zwanzig Extraminuten auf diesen Raum gebucht.«

Er zieht eine Augenbraue hoch. »Wie großzügig.«

»Das ist kein Geschenk. Ich fordere dich zu einem Karaoke-Battle heraus.«

Er starrt mich ausdruckslos an.

»Ich zeig's dir.« Ich setze mich auf den Platz neben ihm, nehme die Fernbedienung der Karaokemaschine und drücke den Knopf, auf dem »Punkte« steht. »Sobald das Lied vorbei ist, wird die Maschine unsere Darbietung bewerten«, erkläre ich. »Wenn du gewinnst, bekommst du noch eine Stunde ohne Extrakosten in diesem Raum. Wenn ich gewinne, musst du gehen.«

Ich bin selbst ein bisschen von mir überrascht, dass ich das tue. Nicht in einer Million Jahre hätte ich gedacht, dass ich einen Fremden – einen Jungen in meinem Alter, der wahrscheinlich der attraktivste Mensch ist, den ich je gesehen habe – zu einem Karaoke-Wettstreit herausfordern würde. Aber nach dem Feedback der Preisrichter bin ich entschlossen, *etwas* zu ändern.

Vielleicht hat Onkel Jay recht. Vielleicht muss ich einfach mal meine Komfortzone verlassen.

Ich beiße mir auf die Lippen und warte, während der Junge über mein Angebot nachdenkt. Eigentlich ist es für ihn eine Win-win-Situation. Wenn er nicht bezahlt, *muss* er schließlich gehen. Also entweder kann er tun, was er ohnehin vorhatte, oder er bekommt eine kostenlose, ziemlich bequeme Stunde.

Schließlich klopft er mit seiner heilen Hand auf die Songliste. »Meinetwegen. Ich spiel mit. Aber du wirst enttäuscht sein. Ich sing gar nicht mal so schlecht.«

Seinem Grinsen seh ich an, dass er sich seiner zusätzlichen Stunde bereits sicher ist. Er hat ja keine Ahnung, dass ich zwar nicht die beste Stimme habe, Karaokemaschinen aber danach gehen, wie gut man die Töne trifft, und darin bin ich einfach unschlagbar.

Er schiebt die Songliste über den Tisch zu mir.

»Die brauch ich nicht.« Ich nehme die Fernbedienung in die Hand und gebe das Lied ein, das ich singen will. Die Instrumentalversion von Gloria Gaynors *I Will Survive* spielt los.

Mit dem Mikrofon in der Hand stehe ich auf und beginne aus voller Lunge den Song zu schmettern. Ich habe ihn hauptsächlich wegen des schnellen Tempos ausgewählt. Während ich versuche Luft zu holen, bleibt mir keine Zeit, um zu grübeln oder an mir zu zweifeln. Außerdem schadet es nicht, dass Verse wie »Walk out the door« und »You're not welcome here anymore« vorkommen.

Als es vorbei ist, lasse ich mich erschöpft auf die Couch zurückfallen. Auf dem Monitor erscheint meine Bewertung: 95.

Der Junge klatscht nicht, sondern klopft mit seiner heilen Hand auf den Tisch. »Das war … interessant.«

Ich bin völlig außer Atem und meine Wangen brennen. »Wir haben nur noch acht Minuten. Schnell, such ein Lied aus.«

Als ich zu ihm aufblicke, stelle ich fest, dass er mich ansieht. »Such du was für mich aus.«

»Bist du sicher?« Ich nehme den Katalog und schlage ihn ganz hinten auf, um mir die neuesten Lieder anzusehen. »Das wirst du noch bereuen.« Es gibt nicht viel Auswahl, was amerikanische Songs angeht, aber die koreanischen füllen zwei Seiten. Ich lese den Namen des Interpreten laut vor.

»XOXO? Was ist denn das für ein Name?« Ich lache.

Er runzelt die Stirn. »Noch sieben Minuten.«

Es gibt so viele Möglichkeiten. Vor lauter Macht bin ich fast schadenfroh. »Willst du lieber auf Englisch oder Koreanisch singen?«

»Spielt keine Rolle.«

»Ich meine, wir sind in einem Norabaeng, also kannst du auch ein koreanisches Lied singen. Ich kenn nur nicht viele.«

»Wirklich? Nicht mal die Nationalhymne?«

Ich will etwas Schnippisches erwidern, doch dann zögere ich. »Ich glaube, eines kenne ich …«

»Wie heißt es?«

»Den Titel kenn ich nicht.« Ich summe die Melodie aus dem Gedächtnis, aber es ist sehr lange her, seit ich sie das letzte Mal gehört habe. »Sorry.« Ich schüttele den Kopf und komme mir dumm vor, dass ich es überhaupt erwähnt habe.

»*Gohae.*«

Ich blinzle überrascht. »Was?«

»Das heißt ›Geständnis‹. Der Name des Songs. Er ist berühmt.«

Ich starre ihn an und kann nicht fassen, dass er ihn *erkannt* hat, und zwar nur von ein paar Melodiebruchstücken her. »Es war ein Lieblingslied meines Dads.«

»Dito.«

Ich runzle die Stirn. »Es war dein Lieblingslied?«

»Nein, meines Vaters.«

Einen Herzschlag lang schweigen wir, weil uns klar wird, dass wir beide über unsere Väter sprechen, als wären sie nicht mehr da.

Er nimmt die Fernbedienung, stellt die Sprache von Englisch auf Hangeul und gibt die Nummer des Songs ein.

Bei den ersten Klängen des Liedes fühle ich mich innerlich erstarren. *Das ist der Song.* Ich erkenne die Melodie und den unverwechselbaren Sound des Keyboards. Doch als der Junge zu singen beginnt, raubt es mir den Atem.

Ich habe vorher noch nie auf den Text geachtet, aber nun umhüllt er mich wie Seide.

Er singt davon, dass man jemanden zu lieben wagt, obwohl die ganze Welt dagegen ist.

Seine Stimme ist alles andere als perfekt, ziemlich rau und trifft nicht immer die richtigen Töne, und doch liegt in jeder Note, jedem Wort eine ganz besondere Verletzlichkeit.

Plötzlich überkommt mich die Erinnerung an einen Moment vor fünf Jahren, als ich am Fußende des Krankenhausbetts meines Vaters saß. Wir spielten auf der Bettdecke Karten und dieses Lied spielte im Hintergrund. Wir lachten so sehr, dass mir Tränen in die Augen schossen, und ich erinnere mich daran, dass ich dachte: *Ich bin so glücklich. Dieses Gefühl soll niemals aufhören. Ich will, dass das für immer so bleibt.*

Doch das tut es nie.

Auf dem Monitor erscheint die Bewertung: 86.

Der Timer auf der Maschine ist bei null angekommen. Der Junge steht auf und richtet seinen Gips. Instinktiv erhebe ich mich ebenfalls.

»Danke«, sagte er zögerlich. Dann verbeugt er sich und ich verbeuge mich ebenfalls, was eigentlich seltsam sein sollte, es aber aus irgendeinem Grund nicht ist.

Ich will ihm sagen, dass er hätte gewinnen sollen, dass jede menschliche Jury seinen Gesang höher bewertet hätte als meinen. Schließlich trägt ein wahrer Musiker ein Lied nicht nur vor, sondern lässt einen etwas dabei fühlen. Und so, wie mein Herz durch die Erinnerung und die Musik schmerzt, ist klar, dass ihm das gelungen ist. Ich will ihn fragen, woher er das hat und wie ich es für mich finden kann.

Aber ich sage nichts. Leise verlässt er den Raum und die Tür hinter ihm fällt zu.

# Drei

Im Eingangsbereich sehe ich Bomi, die sich gerade ein UCLA-Sweatshirt über den Kopf zieht. »Hey, Jenny«, sagt sie, als sie mich sieht. »Machst du Schluss?« Sie stopft ihr Sweatshirt und den Rest ihrer Sachen hinter die Bar. »Geh nicht über die Olympic und die Normandie nach Hause. Da ist irgendein koreanisches Fest und die Straßen sind total verstopft.«

Onkel Jay schiebt den Vorhang zur Küche beiseite. Auf einem Tablett trägt er einen Teller gebratenen Reis mit Kimchi und einem Spiegelei.

Bomi blickt nicht auf, während sie ihre Tasche mit meiner tauscht. »Boss«, sagt sie und reicht mir meine Sachen über die Theke, »kann ich am Sonntag früher Schluss machen? Ich muss für eine Wirtschaftsklausur lernen.«

»Na klar. Wenn ich irgendwas bin, dann entgegenkommend.« Er wirft einen Blick in meine Richtung. »Vergiss nicht, deine Reste aus dem Kühlschrank mitzunehmen.«

»Das ist Banchan, keine Reste«, korrigiere ich ihn.

»Mann«, motzt Bomi. »Ich wünschte echt, *mir* würde jemand mal so was Leckeres mitgeben. Ich kleb immer nur an meinen Ramen aus dem Reiskocher.«

Onkel Jay und ich starren sie beide an. »Warum benutzt du nicht den Herd?«

Bomi zuckt mit den Schultern. »Ich geh nur aus meinem Zimmer, wenn es unbedingt sein muss.«

Onkel Jay reicht ihr das Tablett. »Da kann ich ja froh sein, dass du uns damit beehrst, zur Arbeit zu kommen.«

Ich schüttle lächelnd den Kopf und lehne mich vor, um Mrs. Kims Banchan aus dem Kühlschrank zu holen. Dann richte ich mich wieder auf und drücke die Tüte mit der Tupperware-Box an meine Brust. Das wäre jetzt wahrscheinlich der beste Moment, um einen Abgang zu machen, aber ich bleibe hinter der Bar. Bomi schaltet den Monitor auf eine Indie-Rock-Playliste – ihr liebstes K-Pop-Genre – und verschwindet im Gang, um den gebratenen Reis mit Kimchi zu servieren. An einem der Tische im Foyer sitzen vier Collegestudenten und stoßen auf das Wochenende an.

Ich fühle mich beklommen. Vielleicht brauchen Onkel Jay und Bomi ja Hilfe. Ich muss noch nicht gehen. Morgen früh hab ich zwar Cello-Unterricht, aber ich könnte noch etwas bleiben.

»Jenny, bist ja noch hier?« Neben mir erscheint Onkel Jay. Diesmal hat er auf seinem Tablett eine halbierte und ausgehöhlte Wassermelone, die mit einer Mischung aus Fruchtfleisch, Soju und Limo gefüllt ist. »Wenn du nicht langsam losziehst, verpasst du den Bus.« Er verlässt den Tresen und ruft über seine Schulter zurück: »Schreib mir, wenn du zu Hause bist!«

Ich bin entlassen. Seufzend ziehe ich den Tragegurt meiner Tasche auf der Schulter höher, gehe zur Tür und stoße sie auf. Kühle Luft weht über mein Gesicht.

Es ist schon kurz vor zehn und doch ist es durch all die Leuchtreklamen der Geschäfte hier taghell. Sookie's Hair Emporium hat zu, doch im Boba Land 2 kaut eine Verkäuferin mit Pferdeschwanz Kaugummi, während sie durch die Nachrichten auf ihrem Handy scrollt. Das koreanische BBQ in der Ecke ist vollgepackt mit Studenten und Geschäftsleuten, die plaudern, während ihr Fleisch über Holzkohle gegrillt wird.

An der Haltestelle steht der Bus. Die Fahrgäste steigen ein und ich laufe zum Ende der Schlange. Als ich bezahlt habe, hangle ich mich durch den Gang, richte die Tüte mit Mrs. Kims Banchan und halte mich an einem Griff fest. Mit einem Ruck setzt sich der Bus in Bewegung und meine Tasche trifft jemanden auf einem der Einzelplätze vor mir.

»Tut mir leid«, sage ich und verziehe entschuldigend das Gesicht. Der Typ sieht auf.

*Er ist es. Der Junge aus der Karaokebar.*

»Was machst du denn hier?«, platzte ich heraus. Obwohl die Antwort offensichtlich ist: Er fährt mit dem Bus. »Ich meine, hast du nicht gesagt, du hättest kein Geld?«

Er zeigt mir einen Einzelfahrschein. »Was ist mit dir? Hast du Feierabend?« Er hält inne, dann bildet sich auf seinen perfekten Lippen ein kleines Lächeln. »Oder bist du mir gefolgt?«

»Nein, also …«, stottere ich.

»Setzen Sie sich dorthin?« Eine Frau tippt mir auf die Schulter und deutet auf den Platz hinter ihm.

»Oh, nein.« Ich gehe ein Stück weiter, damit sie sich setzen kann, und stehe jetzt verlegen vor beiden herum. Mit glühenden Wangen gehe ich zum hinteren Ende des Busses.

Der Bus wird langsamer, als er sich der West Achte Straße nähert. Dort steigen ein Haufen Studenten und eine alte koreanische Großmutter ein, leicht zu erkennen an ihrer kurzen grauen Dauerwelle. Die Studenten müssen gerade aus einer Bar gekommen sein, denn sie schwatzen laut durcheinander und riechen nach Hühnchen und Bier. Da nicht mehr genug Plätze frei sind, versperren sie den Gang. Sie sind so miteinander beschäftigt, dass sie gar nicht bemerken, wie sich die Großmutter an ihren vorbeizuquetschen versucht.

Der Bus fährt los. Im Gesicht der alten Frau blitzt Angst auf, während sie noch einmal versucht, an den Studenten vorbeizukommen. Sie sieht nach oben, doch der Haltegriff ist zu hoch für sie. Der Bus fährt durch ein Schlagloch und sie stolpert.

»Vorsicht …« Ich springe auf.

Doch da hält der Junge aus der Karaokebar sie schon am Arm fest. »Halmeoni«, spricht er sie auf Koreanisch an – Oma. Als sie ihn sieht, zittern ihre Lippen. »Alles in Ordnung?« Sie nickt nur. Er hilft ihr zu dem Platz, auf dem er vorher gesessen hat. »Bitte nehmen Sie Platz«, sagt er und bedeutet ihr, sich zu setzen. Das tut sie, tätschelt dann seinen Arm und lobt ihn auf Koreanisch.

Ich wende meinen Blick ab. Mein Herz rast. Sie hätte stürzen können. Wenn er sie nicht bemerkt und bereits die Entscheidung getroffen hätte, ihr seinen Platz anzubieten, wenn er nicht so schnell reagiert hätte, wäre sie gefallen.

Der Griff rechts von mir quietscht, weil sich jemand daran festhält. Ich starre aus dem Fenster, während der Bus wegen einer abgesperrten Straße voller Stände eine Umleitung fahren muss.

Neben mir lehnt sich der Junge aus dem Karaokeraum vor und guckt auch aus dem Fenster. »Was ist denn da los?«

Nachdem er die Großmutter gerettet hat, bin ich ihm gegenüber etwas freundlicher eingestellt. »Das jährliche

Korea-Fest von Los Angeles. Offenbar haben sie dafür extra ein paar Straßen abgesperrt.« Mir wird klar, dass er nicht von hier zu sein scheint und sich daher auch nicht mit den Straßen auskennt. »Wohin willst du?«

»Weiß ich nicht genau.«

Ich runzle die Stirn. »Was meinst du damit?«

»Ich bin weggelaufen.«

Ich warte darauf, dass er grinst, doch sein Gesicht wirkt ernst und ein bisschen traurig.

»Vor Verbrechern?«, frage ich.

Erleichtert sehe ich, wie er lächelt.

»Vor ...« Sein Lächeln wird etwas schwächer. »Chaegimkam. Wie übersetzt man das noch mal?«

»Verantwortung.« Ein Wort, das tausend Dinge bedeuten kann, zumindest in der koreanischen Community. Vielleicht den Müll rausbringen oder sich auf eine Weise verhalten, die der Familie keine Schande macht. Ich studiere sein Spiegelbild und frage mich, welche Art von Verantwortung er meint.

Ich denke daran, wie ich vorhin das erste Mal seinen Karaokeraum betreten habe. Zu diesem Zeitpunkt war er schon eine, vielleicht sogar zwei Stunden allein da drin gewesen. Und jetzt sitzt er ohne Ziel in einem Bus. Ein Teil von mir – ein ziemlich großer sogar – will unbedingt wissen, wovor er weg läuft, warum er der Meinung war, das tun zu müssen. Aber der andere Teil erinnert sich noch daran, wie es sich anfühlt, wenn man nur noch fliehen kann, um den übermächtigen Gefühlen in einem zu ... entkommen.

»Wenn du mich fragst, ist es unglaublich wichtig, sich Zeit für sich selbst zu nehmen, trotz aller Verantwortung. Man kann nicht für andere da sein, wenn man nicht zuerst mal für sich selbst da ist.«

Es fühlt sich seltsam an, jemandem in meinem Alter einen Rat zu geben, aber das sind die Worte, die ich auch mir selbst sagen muss. Zum Glück scheint er nicht beleidigt zu sein. Er denkt darüber nach, das sehe ich seinem Gesichtsausdruck an. Sein Blick sucht meinen und darin liegt eine Intensität, die mit meinem Herzen seltsame Dinge anstellt.

»Es ist nicht leicht für mich, so etwas zu glauben«, sagt er. Jetzt, da ich so nah vor ihm stehe, kann ich seine Augenfarbe erkennen, ein sattes, warmes Braun. »Aber ich will schon.«

Jemand rempelt ihn von hinten an. Er zuckt zusammen und flucht leise. Dann richtet er seinen Gips und rückt etwas näher an mich heran. Der Kerl, der ihn angestoßen hat – einer der Studenten –, scherzt mit seinen Freunden herum.

»Hey«, sage ich zu ihnen. Erst der Zwischenfall mit der Großmutter und jetzt das. »Könnt ihr nicht sehen, dass sein Arm gebrochen ist? Macht ihm ein bisschen Platz.«

Der Bus nähert sich der Olympic-Haltestelle. Hinter uns öffnet sich die Tür und ein paar Leute steigen aus. Der offensichtlich angetrunkene Student neben uns scheint verwirrt, warum ich ihn anspreche. Dann schnaubt er. »Ist ein freies Land.«

»Das ist richtig«, gebe ich zurück. »Es steht dir frei, dich rücksichtsvoll oder wie ein Arschloch zu benehmen.«

Erschrockenes Schweigen folgt. Das Gesicht des Studenten läuft puterrot an. Oh, Scheiße.

Der Junge und ich sehen uns an. Er hält mir seine Hand hin. Mir bleibt keine Zeit, um nachzudenken. Ich nehme sie und zusammen springen wir schnell noch raus, bevor sich die Türen wieder schließen.

# Vier

Wir landen mitten auf dem Straßenfest. Auf einem Banner steht *Los Angeles Koreanisches Festival* und kleiner darunter: *Wir feiern seit über fünfzig Jahren kulturelle Vielfalt in LA*. Die Straße ist auf beiden Seiten mit Ständen gesäumt, an denen koreanisches Essen verkauft wird. Traditionelle Gerichte wie Tteokbokki in großen Töpfen mit Gochujang und Eomuk-Spieße in heißer Sardellenbrühe, darüber hinaus Fusion-Küche wie mit Mozzarella und Cheddar überbackene Jakobsmuscheln und in Backteig frittierte Hot Dogs.

Als ich nach unten sehe, bemerke ich, dass der Junge aus der Karaokebar und ich uns immer noch an den Händen halten, und lasse schnell los.

»Tut mir leid«, sage ich und gucke weg, um meine knallroten Wangen vor ihm zu verbergen. »Dass wir aus dem Bus geflogen sind.« Genau genommen sind wir ausgestiegen. Aber das Endergebnis ist das gleiche.

Dennoch fühle ich mich schlecht. Er mag kein Ziel im Sinn gehabt haben, aber ich bin mir sicher, dass er ohne mich nicht hier gelandet wäre, nur ein paar Blocks von Jay's Karaoke entfernt.

»Dieser Ort ist so gut wie jeder andere«, sagt er mit Blick auf das Banner.

»Willst du … Willst du dich umsehen?« Ich deute vage auf das Straßenfest.

Sein Blick kehrt zu mir zurück und wieder verspüre ich dieses seltsame Gefühl in meiner Brust.

»Das würde mir gefallen.«

Wir gehen die Straße mit den Essensständen entlang. Ich weiß, dass ich einfach heimgehen könnte. Vorhin in der Karaokebar hat mich meine Wettbewerbsbewertung, die mir in der Tasche brennt, dazu gedrängt, irgend*etwas* zu tun, und ich habe impulsiv gehandelt. Eigentlich sollte ich besser nach Hause gehen und üben, mich auf meinen Unterricht morgen vorbereiten.

Die Sache ist nur die … Ich *will* gar nicht heim.

So viel Spaß hatte ich schon lange nicht mehr und es kann nicht schaden, diesem Gefühl nachzugehen, zumindest heute Abend.

»Ich heiß übrigens Jenny.«

»Ich heiße …« Er zögert. »Jaewoo.«

Ich will ihn gerade dafür aufziehen, dass er offenbar seinen eigenen Namen vergessen hat, als ich weiter hinten auf der Straße eine sehe, die mir irgendwie bekannt vorkommt, doch sie verschwindet in einem Zelt.

»Ist Jenny auch dein koreanischer Name?«, fragt Jaewoo.

»Nein, der ist Jooyoung.«

»Jooyoung.« Er betont langsam eine Silbe nach der anderen. »Joo. Young. Jooyoung-ah.«

»Okay, aber so redet mich kein Mensch an.« Mir ist ein bisschen warm, also nehme ich einen der Plastikfächer, die jemand verteilt, und beginne mir Luft zuzufächeln.

Dieses Fest besteht wohl nur aus Ständen, die für alle möglichen Geschäfte Werbung machen – und bergeweise Essen. Wir kommen an einem vorbei, der Dakkochi verkauft. Ein Mann dreht mit einer Hand die Hähnchenspieße über einem Grill, während er das Fleisch gleichzeitig mit einer dickflüssigen Marinade bepinselt. Dann lässt er es mit einem Gasbrenner noch mal besonders knusprig werden. Zwei Mädchen stellen sich an.

Der Verkäufer zeigt eine erstaunliche Koordination, als er mit einer Hand von einem der Mädchen einen Zwanzig-Dollar-Schein annimmt und ihr das Wechselgeld gibt, während er mit der anderen einen Spieß auf einen Teller befördert und diesen ihrer Freundin reicht.

»Fühlt sich an, als wäre ich wieder in Seoul«, sagt Jaewoo unbewegt.

Ich lache, dann sage ich nachdenklich: »Ich war noch nie in Korea.«

»Wirklich?« Er starrt mich an. »Hast du keine Familie dort?«

»Meine Großmutter, die Mutter meiner Mom, aber ich kenne sie nicht mal. Die Beziehung zwischen meiner Mom und ihr ist ziemlich angespannt.« Ehrlich gesagt habe ich nie groß über ihr Verhältnis nachgedacht oder dass ich gar keins zu ihr habe. Die Eltern meines Dads sind so richtige Supergroßeltern und schicken mir zu jedem Feiertag Geschenke und an Neujahr Geld. Einer der Gründe, warum meine Mutter meint, ich solle mich an Schulen in New York City bewerben, ist, dass ich dann näher an ihrem Wohnort in New Jersey wäre.

Wenn Jaewoo es seltsam findet, dass ich meine Großmutter in Korea nicht kenne, sagt er es nicht.

»Du lebst also in Korea?«, frage ich.

»Ja, ursprünglich komme ich aus Busan, aber ich geh in Seoul zur Schule.« Er zögert. »Eine Schule für Darstellende Künste.«

»Ich wusste es!«, rufe ich und er grinst. »*Gar nicht mal so schlecht* im Singen. Alles klar.«

Mir fällt auf, dass Jaewoo den Essensständen sehnsüchtige Blicke zuwirft. Ich deute auf einen kleinen überdachten Bereich, wo eine ältere Frau ein paar Kunden auf niedrigen Hockern traditionelles koreanisches Streetfood serviert. »Wie klingt ein zweites Abendessen für dich?«

Seine Augen leuchten und auf seiner Wange erscheinen Grübchen. »Du kannst wohl meine Gedanken lesen.«

Wir gehen dorthin und er hält mir die Eingangsplane des Zelts auf, damit ich hineinschlüpfen kann.

»Eoseo oseyo!«, begrüßt uns die Standbesitzerin mit lauter Stimme und deutet auf zwei freie Plätze vor ihrer Theke. »Was möchtet ihr haben?«

Jaewoo schaut zu mir, weil ich das Geld habe. »Nimm dir einfach, was du magst«, sage ich. »Mir ist alles recht.«

Während er seine Bestellung aufgibt, löse ich den Knoten an Mrs. Kims Plastiktüte mit den Beilagen. Darin sind fünf kleine Frischhaltedosen. Ich stelle sie zwischen uns auf den Tresen und nehme die Deckel ab.

»Na, das nenn ich mal ne tolle Ausbeute«, sagt Jaewoo, während er meine Bewegungen verfolgt.

In der letzten Box befindet sich Kimchi aus Lauchzwiebeln und Knoblauch. »Eine freundliche Ajumma in der Nachbarschaft ist nicht zu unterschätzen.«

»Ah, ich weiß, was du meinst. Meine Mom ist alleinerziehend, darum haben unsere Nachbarinnen sie immer bedrängt und ihr ungebetene Ratschläge gegeben, als ich aufgewachsen bin, aber das hat sie nicht davon abgehalten, fast jeden Tag Essen vorbeizubringen.«

Ich lache. »Koreaner sind echt überall gleich.«

Und Jaewoo und ich sind uns auch gleich, zumindest insofern, als wir beide bei alleinerziehenden Müttern aufgewachsen sind. Das ist nicht so ungewöhnlich, aber trotzdem fühle ich mich ihm dadurch irgendwie näher.

Aus einem Glasbehälter nehme ich ein Paar hölzerne Essstäbchen, breche sie auseinander und reiche sie Jaewoo. »Du hast Glück, dass du dir den linken Arm gebrochen hast und nicht den rechten. Natürlich nur, wenn du Rechtshänder bist.«

»Bin ich. Auch wenn ich mir gerade nicht unbedingt glücklich vorkomme.«

Wie unsensibel von mir. »Tut mir leid …«, setze ich zu einer Entschuldigung an.

»Wenn der rechte Arm gebrochen wäre, müsstest du mich füttern.« Mithilfe seiner Essstäbchen nimmt er sich aus dem Behälter mit Jangjorim ein Stück geschmortes Rindfleisch.

Ich mustere ihn. Hat er das gerade *wirklich* gesagt? Mein Blick streift die anderen Kunden im Zelt, aber uns beachtet nur ein Mädchen, das mit einer Freundin links von ihm sitzt, und zwar so, dass er sie nicht sehen kann. Sie beobachtet ihn, seit wir das Zelt betreten haben, wahrscheinlich weil er so gut aussieht.

»Euer Essen ist fertig!« Die Standbetreiberin reicht drei Teller über die Theke. Jaewoo hat uns ein paar koreanische Streetfood-Klassiker bestellt: Tteokbokki, Eomuk und Kimchi Pajeon – Kimchi-Pfannkuchen mit Lauchzwiebeln. Mit all den Tellern und Banchan-Behältern ist auf dem Tisch wirklich kein Zentimeter mehr frei. Wir müssen mit den Gerichten Tetris spielen, um alles abstellen zu können.

Beim Essen kommen wir uns immer wieder mit den Essstäbchen in die Quere. Als die Standbetreiberin Jaewoo eine kleine Schale Brühe anbietet, lehnt er sich vor, um sie anzunehmen. Dabei stößt seine Schulter gegen meine.

»Tut mir leid«, sagt er.

»Schon gut.« Dort, wo er mich berührt hat, verspüre ich ein seltsames Kribbeln. Wie zuvor sehe ich mich zu den anderen Gästen um. Mir fällt auf, dass es sich bei den meisten um Pärchen handelt, die über Essen und Getränken flirten.

Jaewoo schiebt mir den Teller Tteokbokki hin und ich sehe, dass er mir den letzten Bissen übrig gelassen hat. Jeder, der uns beobachtet, könnte auch denken, dass wir gerade auf einem Date sind.

Hinter Jaewoo nähert sich das Mädchen, das ihn vorhin angestarrt hat, mit ihrer Freundin.

Ich werfe Jaewoo einen Blick zu und frage mich, ob ich ihn warnen soll. Er wird wahrscheinlich ständig angebaggert. Obwohl ich mich schon frage, für wen diese Mädchen *mich* halten. Was, wenn das hier wirklich ein Date wäre? Wollen sie dann wirklich vor mir mit ihm flirten? Aus irgendeinem Grund runzle ich bei diesem Gedanken die Stirn.

»Hey«, sagt das erste Mädchen. »Du kommst mir irgendwie so bekannt vor. Hab ich dich schon mal irgendwo gesehen?«

Die Essstäbchen, die Jaewoo gerade zum Mund führt, bleiben auf halbem Weg stehen.

Einen Moment lang sagt keiner was. Als ich aufblicke, bemerke ich, dass das Mädchen *mich* ansieht.

»Du hast doch letztes Wochenende an diesem Musikwettbewerb teilgenommen, oder?«, fragt sie. »Ich hab deinen Beitrag gesehen. Unglaublich gut.«

Ich starre sie an und habe keine Ahnung, was ich sagen soll. Ich werde nicht zum ersten Mal gelobt, aber meistens passiert das kurz nach einem Auftritt. Noch niemand hat mich einfach so angesprochen, als wäre ich eine Berühmtheit. Langsam lässt Jaewoo seine Essstäbchen sinken. Dann legt er seinen Ellbogen auf den Tresen und stützt seine Wange in die Hand, während er auf meine Reaktion wartet.

Ich winke ab. »Ach so, danke.«

»Nein, ernsthaft, meine Mutter hat mal Cello in der Philharmonie von Los Angeles gespielt, und sie sagt, du wärst sehr talentiert.«

»Ich weiß gar nicht, was ich sagen soll …«, setze ich an, halte jedoch inne, als ich plötzlich das andere Mädchen erkenne. »Eunice.«

Sookies Tochter Eunice Kim. Sie blickt auf den Tresen und kurz befürchte ich, dass sie mich anschreien wird, weil ich das Essen ihrer Mutter mit einem Jungen teile.

»Hey, Jenny, ich bin ganz baff, dich an einem Freitagabend unterwegs zu treffen.« Sie lächelt, doch es gelingt ihr nicht ganz zu überspielen, dass sie gekränkt ist. »Du bist immer so beschäftigt. Ich dachte, du hättest keine Zeit, etwas mit mir zu unternehmen.«

»Oh«, sage ich. »Ach so, das hat sich einfach irgendwie ergeben.« Wie unangenehm! Wir haben echt die letzten fünf Jahre nicht mehr so richtig miteinander gesprochen, dabei waren wir davor praktisch unzertrennlich.

»Na ja, wir müssen jetzt mal langsam los.« Eunice' Freundin zieht sie am Arm. »Lasst's euch noch schmecken!«

Eunice wirft mir einen letzten Blick zu. »Bye, Jenny.« Sie verlassen das Zelt.

Das darauffolgende verlegene Schweigen breche ich schnell: »Als kleinere Mädchen waren wir mal richtig gute Freundinnen. Aber dann hab ich mehr Energie ins Cellospielen gesteckt und …«

Ich habe keine Ahnung, warum ich ihm das erzähle. Ich stehe wohl noch unter Schock, weil mir ausgerechnet vor ihm ein Mädchen gesagt hat, wie toll ich bin, während ein anderes angedeutet hat, dass ich eine grauenhafte Freundin sei.

Jaewoo lehnt sich zurück. »Mir ist mal was Ähnliches passiert. Als ich von Busan nach Seoul gezogen bin, haben einige meiner Freunde damals gesagt, dass ich ein Verräter bin.«

»Wow.« Abgesehen von Seoul kenn ich mich mit koreanischen Städten kaum aus, aber ich schätze, es muss ungefähr so sein, als würde jemand aus seiner Heimatstadt nach New York City ziehen.

»Du bist also Cellistin«, sagt er.

»Ja.«

»War das immer dein Traum? Cello spielen?«

»So ungefähr. Mein Dad hat Cello gespielt. Er war kein Profi oder so, aber als es darum ging, ein Instrument zu wählen, *der* Schritt für alle amerikanischen Kinder asiatischer Abstammung ins Erwachsenenleben ...«

Jaewoo lacht.

»Das Cello meines Dads war eben da und, na ja, es hat sich rausgestellt, dass ich es einfach liebe. Und irgendwie ist es auch schön, diese Verbindung zu ihm zu haben.«

Noch nie habe ich mich jemandem gegenüber so geöffnet, was meinen Dad betrifft. Ich warte auf die vertraute Traurigkeit, doch sie kommt nicht. Fünf Jahre sind keine besonders lange oder kurze Zeit, aber es ist *Zeit*.

Ich sehe Jaewoo an. Was hat er bloß an sich, das mich dazu bringt, mich so zu öffnen? Ist es, weil ich weiß, dass ich ihn nach dem heutigen Abend nie wiedersehen werde; dass ich bei ihm ganz ich selbst sein kann?

»Das ist echt cool«, sagt Jaewoo. Als er lächelt, schmelze ich ein bisschen dahin.

»Was ist mit dir?«, frage ich und hoffe inständig, dass das schummrige Licht im Zelt meine glühenden Wangen kaschiert. »Was für Träume hast du?«

Ein Ausdruck blitzt in seinem Gesicht auf, den ich nicht zu deuten vermag und der so schnell verschwindet, wie er gekommen ist. »Ich schlaf nicht genug, um zu träumen.«

»Wow«, erwidere ich, »was für eine Antwort.«

Er zwinkert mir zu.

Eine Gruppe neuer Gäste betritt das Zelt. Ich gucke auf mein Handy und sehe, dass es schon kurz vor Mitternacht ist. Jaewoo reicht unsere leeren Teller über die Theke, während ich die Frischhaltedosen einsammle. Als wir aufstehen, nehme ich zu einem der Neuankömmlinge Augenkontakt auf.

Der Rüpel aus dem Bus. Er ist umgeben von seinen Freunden, von denen sich die meisten um einen Platz am Tresen drängeln.

»Wie stehen die Chancen, dass er uns erkennt?«, sage ich zu Jaewoo, der meine Blickrichtung bemerkt hat.

In diesem Moment zeigt der College-Typ auf uns, als wären wir in einem Actionfilm und Jaewoo und ich gesuchte Verbrecher.

»Ich würd sagen, ziemlich hoch.«

# Fünf

Ich weiß nicht, wer sich zuerst in Bewegung setzt oder warum wir beide zum gleichen Schluss kommen, aber wir rennen los.

Keiner von uns blickt zurück, während wir in die Richtung laufen, aus der wir gekommen sind, vorbei an den Essensständen. Dann biegen wir scharf nach rechts ab, hechten in ein Bürogebäude und sprinten eine Treppe herunter.

Hier bleiben wir stehen, um wieder zu Atem zu kommen. Dieses Untergeschoss scheint ein Einkaufszentrum zu beherbergen. Die meisten Läden sind um die Uhrzeit geschlossen – ein Nagelsalon, mehrere kleine Geschäfte und ein Lunchbox-Shop –, aber ein paar sind noch auf, darunter ein 24-Stunden-Spa und eine Spielhalle.

»Da!« Ich zeige auf einen frei stehenden Automaten, wo man für ein paar Dollar vor niedlichen Hintergründen Fotos von sich machen kann, die dann direkt ausgedruckt werden.

Jaewoo und ich springen hinein und ich ziehe den Vorhang zu. Nur der Touchscreen beleuchtet in der Dunkelheit unsere Gesichter. Wir starren einander an.

»Warum sind wir weggelaufen?«, fragt er.

»Keine Ahnung.«

Er blinzelt. Ich blinzle. Dann müssen wir beide lachen. *Warum* sind wir weggelaufen? Es gab überhaupt keinen Grund dazu. Es ist ja nicht so, als hätten uns diese Studenten verprügelt oder so was – wir waren an einem öffentlichen Ort mit Erwachsenen um uns herum. Trotzdem war es aufregend. Mein Herz schlägt durch das Adrenalin immer noch wie verrückt. Oder vielleicht liegt es auch daran, dass ich in der engen Kabine praktisch auf seinem Schoß sitze.

Waren Fotoautomaten immer schon so winzig? Er drückt sich gegen die Rückwand und seine Beine reichen bis zu der Wand mit dem Touchscreen. Mit der einen Hand halte ich mich am Rand des Sitzes fest, während ich die andere gegen die hintere Wand drücke.

»Wie groß bist du?«, platzt es aus mir heraus.

»Eins zweiundachtzig.«

Stimmt ja. Ich hatte vergessen, dass man in fast allen Ländern außer den USA in Metern und Zentimetern misst.

Er runzelt die Stirn. »Ich glaube, das sind so fünf Fuß elf?«

»Hast du das gerade im Kopf umgerechnet?«

Er zuckt mit den Schultern. »Wie groß bist du?«

»Fünf sechs. Keine Ahnung, wie viel das in Zentimetern ist.«

Er nickt. Auf dem Touchscreen läuft in Dauerschleife die Werbung für den Fotoautomaten – lächelnde Zweier- oder Dreiergruppen und auch ein paar Einzelporträts.

Er richtet seinen Gips.

»Wie ist das passiert?«, frage ich.

»Bei einem Unfall.«

»Hast du dir schon vorher mal was gebrochen?«

»Einmal, als ich klein war.« Er hört auf, an seiner Armschlinge herumzufummeln, und sieht auf. »Du?«

»Nein.« Als Cellistin würde sich ein gebrochener Arm für mich wie das Ende der Welt anfühlen. »Tut es weh?«

»Nicht so sehr wie beim ersten Mal.«

Ich muss mir auf die Lippen beißen, um mir noch mehr Fragen zu verkneifen. Von sich aus erzählt er kaum etwas über sich. Dennoch will ich mehr über ihn wissen. Aber warum? Warum tut es diesmal weniger weh als beim ersten Mal? Weil es ein anderer Knochen ist? Weil er wusste, was er zu erwarten hat, weil er sich schon mal verletzt hat?

Ich will mehr wissen. Was für eine Art Unfall war es? Ist er aus dem Grund weggelaufen?

Anders als im Karaokeraum und beim Straßenfest sind wir uns hier so nahe, dass ich die Details seines Gesichts nicht erkennen kann. Seine Haut ist fast zu perfekt – trägt er Make-up? –, seine wunderschön geformten Augen werden von Schatten betont und seine Lippen sind sehr rot.

Entweder ist das Lippenstift oder er hat jemanden geküsst, der Lippenstift drauf hatte, und ich weiß nicht, was mir lieber wäre.

Das ist gelogen. Ich will nicht, dass er jemand anderen geküsst hat.

Ich komme ihm noch näher und berühre seine Schulter. Er legt seine Hand auf meinen Rücken. Unsere Gesichter sind jetzt so dicht beieinander, dass ich seinen Atem auf meinen Lippen spüre.

Auf einmal klopft jemand von außen laut gegen den Fotoautomaten.

»Hallooo? Seid ihr dadrin jetzt endlich mal fertig? Wir wollen auch ein Foto machen.«

Ich springe praktisch von seinem Schoß auf und einmal durch die ganze Kabine. Da sie so winzig ist, keine besonders beeindruckende Leistung.

»Das sind bestimmt Schüler«, sage ich atemlos, denn ihre Stimmen sind zu hoch für Studenten. Ich greife nach dem Vorhang.

»Warte ...«

Ich drehe mich um.

Jaewoo sieht zum Touchscreen. »Sollen wir ein Foto machen?«

Ich setze mich langsam wieder hin. »Na klar.« Ich kann gerade nicht richtig klar denken, also drücke ich auf ein paar Knöpfen herum, bis es viermal hintereinander blitzt. Auf den ersten beiden Schnappschüssen muss ich wie ein Reh im Scheinwerferlicht aussehen, aber auf den letzten beiden ist es mir gelungen zu lächeln. Danach kann man den Fotos verschiedene Rahmen und Designs hinzufügen, aber ich drücke einfach nur auf Drucken.

Als wir die Kabine verlassen, starren uns vorwurfsvoll ein paar Sechstklässler an.

»Ihr habt den Automaten kaputt gemacht«, informiert mich ein Mädchen, und als ich mir den Drucker näher betrachte, erkenne ich, dass sie recht hat. *Fehler* steht auf dem kleinen Monitor. Einen der beiden Abzüge hat er allerdings noch gedruckt.

Die Schüler ziehen zur Spielhalle weiter und ich präsentiere Jaewoo das Ergebnis unserer Session. »Er hat nur einmal gedruckt.«

»Macht nichts, ich fotografier es ab«, sagt er und zieht ein Handy aus seiner Tasche.

Als er es einschaltet, beginnt es vor Benachrichtigungen sofort zu piepsen und zu summen.

Er wirkt beunruhigt und presst die Lippen zusammen. Dann dreht er sein Handy um und ich sehe die zersplitterte Frontkamera. »Hab ich vergessen. Das muss passiert sein, als ich mir den Arm gebrochen habe.«

»Ich kann es abfotografieren und dir schicken«, biete ich an.

»Ja, ist vielleicht besser.« Er steckt sein Handy weg, nimmt meins und tippt seine Nummer ein.

Als ich es wiederbekomme, sehe ich, dass er den Ländercode +82 für Südkorea eingegeben hat.

Wir nehmen die Rolltreppe und gelangen wieder zur Hauptstraße zurück.

Er klopft auf seine Jackentasche, in der sein Handy immer noch vibriert. »Sie werden bald hier sein, weil sie jetzt mein Handy wieder orten können. Wahrscheinlich sind sie schon irgendwo in der Gegend und warten auf mich.«

Das klingt ... beunruhigend. »Kannst du dein Handy nicht einfach wieder ausschalten?«

»Ich glaube, es ist Zeit. Ich sollte mal zurückgehen.«

»Bist du echt okay?«, frage ich.

Er schenkt mir ein bezauberndes Lächeln. »Jetzt schon.«

Mein Herzschlag setzt aus.

»Was ist mit dir?« Er sieht sich auf der Straße um, die nach dem Ende des Straßenfests ziemlich verlassen wirkt. »Es ist nach Mitternacht.«

»Mein Onkel hat mir eben geschrieben«, schwindle ich. »Er kommt mich abholen.« Ich kann die paar Blocks zur Karaokebar zurückgehen, die bis drei Uhr nachts aufhat, oder ein Sammeltaxi rufen.

Etwas weiter entfernt taucht plötzlich ein Van mit verdunkelten Scheiben auf. Jaewoo zieht mich in den Schatten einer Ladenmarkise. »Warte hier. Ich will nicht, dass sie dich sehen.«

»Jaewoo, du machst mir Angst«, sage ich heiser.

Er sieht mich an. »Es ist nicht, was du denkst. Ich schreibe dir, sobald ich kann.« Dann fügt er mit einem Lächeln hinzu, das ich wohl niemals vergessen werde: »Danke, Jenny. Ich hatte einen richtig schönen Abend mit dir.«

Er tritt aus dem Schatten. Der Van, der langsam die Straße entlanggefahren ist, beschleunigt und bleibt direkt vor ihm stehen. Die hintere Tür öffnet sich, und gerade bevor sie zugeschlagen wird, erhasche ich einen Blick auf noch einen Jungen im Inneren des Wagens.

Als der Van wegfährt, verlasse ich den Schatten ebenfalls. Ich schaue ihm hinterher, bis er in den Lichtern der Stadt untertaucht.

# Sechs

Der Ausdruck auf Stickerpapier zeigt in der Reihenfolge, in der sie aufgenommen wurden, übereinander vier kleine Fotos. Auf dem obersten Bild schaue ich stirnrunzelnd in die Kamera, während sich Jaewoo mit geschlossenen Augen in die Ecke der Kabine lehnt. Wahrscheinlich hat er in diesem Moment geblinzelt. Auf dem zweiten Bild hat er die Augen auf und ein kleines Lächeln umspielt seine Lippen. Ich runzle immer noch die Stirn.

Das dritte Bild ist ziemlich gut geworden. Wir lächeln beide in die Kamera. Ich erinnere mich daran, wie ich darauf geachtet habe, das Lächeln zu halten und die Augen aufzulassen. Erleichtert stelle ich fest, dass mir beides gelungen ist. Ich sehe normal aus. Sogar ziemlich hübsch.

Jaewoo hingegen lehnt sich nicht mehr gegen die Rückwand, sondern hat sich leicht vorgebeugt. Er hält den Kopf schief und sein Blick ist nicht mehr auf die Kamera gerichtet. Er sieht mich an und sein Gesichtsausdruck ist eine Mischung aus einem Lächeln und einem Lachen.

Ich spüre, wie mein Herz einen kleinen Hüpfer macht.

Ich nehme mein Handy aus der Tasche, fotografiere die Bilder ab und dann noch mal, weil sie auf unserem Küchentisch ein bisschen verwaschen wirken.

Als mir das Foto gefällt, wähle ich die Nummer aus, die Jaewoo in meinem Handy gespeichert hat.

Hier sind die Bilder von heute Abend, schreibe ich. Hier ist übrigens Jenny. Ich drücke auf Senden.

So. Frei heraus. Ganz lässig.

Sofort wird meine Nachricht als Gelesen markiert und drei Punkte erscheinen. Er tippt! Hat er darauf gewartet, dass ich mich melde? Und warum hat er seine Lesebestätigung aktiviert?

Eine Antwort erscheint. Steige eben ins Flugzeug. Melde mich nach der Landung.

Er fliegt *heute noch* nach Hause? Ich wusste, dass er aus Seoul kommt, aber ich hätte nicht gedacht, dass er so bald schon wieder abreist.

Okay. Guten Flug!

Wieder wird meine Nachricht sofort als Gelesen markiert, dann …

Danke 😀.

Oh, mein Gott, er hat ein Emoji geschickt. Wie süß!

Ich höre Schritte an der Haustür und wie aufgeschlossen wird. Schnell stecke ich das Foto ein, als meine Mom auch schon hereinkommt.

Sie blickt zu mir, wie ich am Küchentisch sitze, und zieht ihre Schuhe aus. »Du bist noch wach?« Sie hängt ihre Jacke in den Schrank und streift sich ein Paar Hausschuhe über – meine. Zu der Verwechslung kommt es leicht, denn wir haben die gleiche Größe. Gleiche Schuhgröße, gleiche Körpergröße, das gleiche ovale Gesicht. Viele Leute betonen immer, wie ähnlich wir uns sehen.

»Ich dachte, du würdest heute lange an einem Fall arbeiten«, sage ich. An den Wochenenden übernimmt sie normalerweise zusätzliche Fälle und schläft im Büro. Als Anwältin für Immigrationsrecht in Los Angeles hat sie immer viel zu tun.

»Planänderung.« Sie läuft ein paar Schritte durch die Küche, dann bleibt sie stehen. Mir wird klar, dass ich immer noch die gleiche Kleidung wie heute Morgen in der Schule trage. »Bist du gerade erst heimgekommen?«

Einen Moment lang starre ich sie nur an und weiß nicht, ob ich ihr sagen soll, wie ich meinen Abend verbracht habe.

»Bomi hat morgen eine Abgabe«, sage ich schließlich. »Also bin ich länger geblieben, um Onkel Jay auszuhelfen. Er hat mich nach Hause gefahren.« Der letzte Teil stimmt, der erste nicht so richtig.

Ich fühle mich ein bisschen schuldig, denn ich lüge meine Mutter nur sehr selten an. Es gibt einfach keinen Grund dafür, denn wir haben das gleiche Ziel: dass ich an einer Musikschule in New York angenommen werde. Und die letzten fünf Jahre gab es nur uns zwei und Onkel Jay.

Aber wenn ich ihr erzähle, was ich vorhin erlebt habe, wird sie sich garantiert Sorgen machen, dass ich mich nicht genug konzentriere oder abgelenkt bin. Wir haben noch nicht über Jungs geredet, aber unausgesprochen ist klar, dass ich mit so etwas bis zum College warten soll.

Sie geht zum Reiskocher, klappt den Deckel auf und seufzt, als sie sieht, dass er leer ist.

»Hast du im Büro nichts gegessen?«, frage ich.

»Keine Zeit.«

Ich deute auf den Küchentresen, wo ich die Supermarkttüte abgestellt habe. »Mrs. Kim hat uns Banchan mitgegeben, wenn du darauf Lust hast. Es ist Jangjorim dabei.« Das ist ihr Lieblingsgericht.

Mom schnalzt mit der Zunge. »Mrs. Kim sollte sich lieber um ihren eigenen Kram kümmern. Manchmal ist sie so aufdringlich.«

»Also ich finde es sehr nett von ihr.«

»Jetzt erzähl mir nicht, sie hätte keine abfällige Bemerkung über meinen Erziehungsstil gemacht.«

Ich versuche, mich an das zu erinnern, was sie gesagt hat, aber es fällt mir nicht mehr ein. »Japchae ist auch dabei.«

»Meinetwegen. Kannst du Reis machen? Ich geh schnell duschen. Ach, und wenn du eh noch wach bist, ich möchte was mit dir besprechen.«

Wenn jemand ankündigt, mit mir reden zu wollen, werde ich immer nervös. Sag's doch einfach. Ich hasse diese Unsicherheit zu denken, dass es um etwas Schlechtes gehen könnte. Aber Mom weiß, dass sie mich mit nichts Ernstem überfallen darf. Nicht nach Dad.

»Na klar«, sage ich und sie verschwindet im Flur. Unsere Zimmer liegen genau an den entgegengesetzten Enden der Wohnung, was dennoch fast direkt nebeneinander bedeutet.

Ich gebe zwei Tassen Reis in eine Schüssel, wasche ihn und schütte ihn in den Kocher.

Danach hole ich mir ein Meloneneis aus dem Tiefkühlfach und setze mich an den Tisch. Dann recherchiere ich, wie lange ein Flug vom Los Angeles Airport nach Seoul braucht.

Vierzehn Stunden.

Dann google ich den Zeitunterschied zwischen Korea und Kalifornien.

Korea ist uns sechzehn Stunden voraus.

Zwanzig Minuten später kehrt Mom im Bademantel in die Küche zurück. Ihre Haare sind in einen Handtuchturban gewickelt.

Als der Reiskocher piept, schaufelt sie sich eine Kelle Reis in eine Schüssel und setzt sich mir gegenüber an den Tisch.

Sie sagt nichts dazu, dass schon ziemlich viel Banchan fehlt, und ich erkläre nichts.

»Heute Morgen kam ein Anruf aus Seoul«, beginnt sie. »Wegen ... meiner Mutter.«

Ich setze mich auf. »Es ist doch wohl alles in Ordnung mit ihr, oder?« Erst vorhin habe ich Jaewoo gegenüber meine Großmutter in Korea erwähnt. Ich habe sie zwar nie kennengelernt, doch sie gehört zur Familie und ich will nicht, dass ihr etwas zustößt.

»Es geht ihr gut«, beruhigt mich Mom. »So gut, wie es jemandem mit Darmkrebs gehen kann. Ihr Arzt hat mich angerufen. Er denkt, dass sie gesund genug ist, um in ein paar Monaten operiert zu werden, aber sie weigert sich. Es ist noch lange hin und ihr Zustand muss weiter beobachtet werden, aber ich dachte, ich sollte vielleicht besser für ein paar Monate nach Seoul ziehen, um Zeit mit ihr zu verbringen und sie davon zu überzeugen, sich operieren zu lassen.«

Hunderte Gedanken schießen mir gleichzeitig durch den Kopf. Meine Großmutter hat Krebs, eine andere Art als mein Vater, aber sie ist krank. Und meine Mom will nach Seoul, um sich um sie zu kümmern. Ohne mich.

»Ich habe Jay schon angerufen«, fährt Mom fort. »Und er hat gesagt, dass du den Rest des Schuljahrs bei ihm bleiben könntest. Ich wäre dann im Juli zurück.«

»Du willst mich bis *Juli* alleinlassen?« Ich höre selbst, wie schrill meine Stimme klingt. »Wir haben November.«

»Nein«, erwidert sie ruhig. »Ich würde erst im neuen Jahr fliegen. Wahrscheinlich Ende Februar. Ich muss noch ein paar Dinge auf der Arbeit erledigen.«

Ich versuche zu begreifen, was hier gerade geschieht. Meine Mutter will mich mitten in meinem *vorletzten Schuljahr* alleinlassen. »Was ist mit dem Abschlusskonzert im Mai?«

»Es wird noch mehr Konzerte geben, Jenny. Meine Mutter braucht mich.«

*Und ich brauche dich.* Fast spreche ich es aus, aber nur fast. Wenn ich ihr sage, dass ich sie brauche, wird sie mich nur nach dem Grund fragen, doch bis auf die schlichte Tatsache, dass ich sie vermissen werde, gibt es keinen.

»Ich hätte mich nicht dazu entschlossen, wenn ich nicht davon überzeugt wäre, dass du das hinbekommst.«

»Aber Mom …«

»Wenn ihr etwas passiert und ich bin nicht da, verzeihe ich mir das niemals.«

Spiel, Satz, Sieg. Dagegen kann ich nichts mehr sagen. Ich würde mich auch so fühlen. Genau so *habe* ich mich gefühlt.

»Dann wirst du also in Korea sein.« Mir fällt selbst auf, wie erschöpft ich klinge. »Das sind sechzehn Stunden Zeitunterschied.«

»Ich … warte, woher weißt du das?«

»Spielt keine Rolle.« Ich stehe auf. Ich hätte noch ein paar saftige Kraftausdrücke im Angebot, aber als ich meine Mutter ansehe, schrumpft die Wut in mir zusammen. Sie sieht so erschöpft aus, wie ich mich fühle. Unter ihren Augen sind dunkle Ringe und sie isst nicht mal mehr – das eindeutigste Zeichen dafür, dass sie gerade nicht sie selbst ist.

Ich mache ihr ein Friedensangebot. »Tja, zumindest über die Feiertage bist du noch da. Und dann Seoul, was? Wow.

Wie lange warst du nicht mehr da? Sechs Jahre?« Das war das einzige Mal, seit sie damals mit einem Studentenvisum in die USA gekommen und nach der Hochzeit mit meinem Vater geblieben ist.

»Sieben.« Mom seufzt. Sie fühlt sich wohl wieder ein bisschen besser, denn sie greift nach einem Stück Mungbohnenpfannkuchen. »Ich habe das viel zu lange aufgeschoben. Es ist höchste Zeit, dass ich zurückkehre.«

Zu meinem Cello-Unterricht am nächsten Morgen um neun Uhr komme ich fast zu spät, weil ich erst weit nach zwei ins Bett gegangen bin. Als ich dort bin, stolpere ich über so viele Noten, dass meine Lehrerin Eunbi mich mitten in meinem Solostück für die Schule unterbricht.

»Ich kann hören, dass du etwas auf dem Herzen hast«, sagt sie. »Liegt es an den Ergebnissen des Wettbewerbs?«

Total irre, dass die Antwort noch vor vierundzwanzig Stunden Ja gelautet hätte. Ich ärgere mich immer noch darüber, was die Preisrichter gesagt haben, aber die sind nicht meine Mutter, die mich monatelang im Stich lassen will.

»Ich hole dir jetzt erst mal einen Tee und dann reden wir.« Ich wechsle von der Klavierbank in einen der Ohrensessel in Eunbis Wohnzimmer. Wir machen das nicht oft, aber gelegentlich lassen wir den Unterricht ausfallen, um uns über Dinge außerhalb des Cellospielens zu unterhalten. Das erste Mal hat sie auf meinen Kopf, mein Herz und meine Hände gedeutet und gesagt: »Das hängt alles zusammen.« Ich glaube, damals habe ich das nicht richtig verstanden – immerhin war ich erst elf –, aber jetzt tue ich es. Kein Unterricht und kein Talent der Welt kann einen Kopf und ein Herz voller Sorgen überwinden.

Sie kommt mit zwei Tassen Gerstentee zurück und setzt sich zu mir. »Ich bin ganz Ohr.«

Ich erzähle ihr alles, beginnend mit dem Telefonat meiner Mutter mit dem Arzt und ihrer Entscheidung, mich zurückzulassen.

Eunbi hört genauso aufmerksam zu, wie wenn ich ihr etwas vorspiele. Und vielleicht ist das der Grund, warum ich alle meine Gefühle bei ihr ablade.

»Sie hat mir einfach mitgeteilt, was sie vorhat. Sie hat mich nicht mal gefragt, was ich davon halte. Sie lässt mich mitten in meinem vorletzten Schuljahr im Stich.«

Eunbi nippt an ihrem Tee. »Hast du sie gefragt, ob du sie begleiten kannst?«

Ich blinzle erstaunt. »Das ist keine Option, glaube ich. Schließlich habe ich Schule ... und sie wird fünf Monate dort sein.«

»Es gibt auch in Seoul Musikschulen«, sagt sie und mir fällt wieder ein, dass sie selbst auf eine davon gegangen ist, bevor sie an der Ewha Womans University ihren Abschluss in klassischem Cello gemacht hat. »Du musst nur eine finden, die internationale Schüler annimmt.«

Ich versuche immer noch die Möglichkeit zu begreifen. Mir ist überhaupt nicht in den Sinn gekommen, dass ich meine Mutter *begleiten* und mein vorletztes Schuljahr *im Ausland* verbringen könnte.

Ich habe Kalifornien überhaupt noch nie verlassen, geschweige denn dass ich in Südkorea gewesen bin. Außer meiner Großmutter kenne ich dort niemanden.

Na ja, nicht ganz.

Einen anderen Menschen kenne ich.

»Eine meiner Freundinnen ist Rektorin einer Musikschule in Seoul«, sagt Eunbi. »Wenn du mir dein Vorspielmaterial gibst, kann ich ihr per Mail eine Empfehlung schicken. In Korea beginnt das Schuljahr im März, also würdest du nicht mittendrin ankommen.«

»Ich sollte besser vorher meine Mom fragen, oder?« Sie ist inzwischen bestimmt schon bei der Arbeit.

»Vielleicht sprichst du sie erst nach ein bisschen Recherche darauf an. Aber du kannst ja auf jeden Fall den Ball schon mal ins Rollen bringen. Du brauchst einen Reisepass, wenn du noch keinen hast.«

Tatsächlich habe ich einen. Letztes Jahr hätte ich eigentlich mit meinem Französischkurs nach Paris fliegen sollen, musste aber absagen, weil ich die Grippe hatte.

»Du wirkst ein bisschen überfordert.« Eunbi nimmt mir den Tee ab, den ich kaum angerührt habe. »Sing mir noch den Mozart vom Blatt ab, dann machen wir Schluss für heute, in Ordnung? Du musst jetzt über vieles nachdenken.«

Das ist eine Untertreibung. Wobei – *muss* ich über so vieles nachdenken?

Mein Herz rast. Meine Hände schwitzen.

Wenn mich jetzt jemand fragen würde: *Willst du mit deiner Mutter nach Korea fliegen? Willst du deine Großmutter kennenlernen? Willst du ein paar Monate in Seoul verbringen, einer Stadt, in der du noch nie warst, aus der ursprünglich deine gesamte Familie stammt, die dir endlose Möglichkeiten für neue Abenteuer und Erfahrungen bietet?*

Die Antwort wäre ein donnerndes *Ja*.

Den ganzen Morgen lang google ich Fakten über Südkorea im Allgemeinen und Seoul im Besonderen. Offenbar hat es fast zehn Millionen Einwohner, womit dort mehr Menschen leben als in New York City.

Als ich nach der Adresse meiner Großmutter schaue, finde ich heraus, dass sie im Jongno-Distrikt von Seoul lebt, wo es viele historische Stätten wie den Gyeongbokgung-Palast und das Dorf Bukchon Hanok gibt. Außerdem wohnt sie direkt um die Ecke von einem Paris Baguette. Ich erforsche die Gegend per Satellitenbildern, als mir Eunbi einen Link schickt. Ich klicke darauf und auf meinem Computer öffnet sich die Website der Seoul Arts Academy.

Der Campus ist total atemberaubend. Alles ist brandneu, die Übungsräume, die zweigeschossige Bibliothek sowie die Wohnheime gegenüber dem frisch renovierten Studienzentrum. Obendrein gibt es einen weltbekannten Konzertsaal.

Nach einer Stunde am Computer nicke ich ein, bis mich mein Handyalarm aus dem Schlaf reißt. Ich habe ihn heute früh gestellt, als ich durchgerechnet habe, dass ein Vierzehnstundenflug etwa gegen fünfzehn Uhr meiner Zeit ankommen würde. Was bedeutet, dass es in Seoul ungefähr acht Uhr morgens ist.

Ich öffne den Chat mit Jaewoo und tippe. Bist du gut angekommen? Als die Nachricht nicht mit Gelesen markiert wird, gehe ich davon aus, dass ich mich bei seiner Ankunftszeit verrechnet haben muss oder er aus irgendeinem anderen Grund keinen Empfang hat.

»Jenny?« Die Haustür knallt zu. »Ich bin wieder zu Hause.«

Ich lasse das Handy aufs Bett fallen und folge meiner Mom in die Küche.

Überraschenderweise hält sie meine Idee, sie nach Seoul zu begleiten, nicht sofort für abwegig.

»Die Schule hat Wohnheime. Unter der Woche könnte ich dort bleiben und am Wochenende Halmeoni und dich besuchen.«

»Was ist mit der Schulgebühr?« Sie stellt logische Fragen. Ein gutes Zeichen.

»Eunbi sagt, ich habe als klassische Cellistin gute Chancen auf ein Stipendium.«

Sie seufzt. »Du hast dir das alles schon genau überlegt, oder?«

»Warum sollte ich hierbleiben, wenn ich dort eine genauso gute Ausbildung bekommen kann? Vielleicht sogar eine bessere. Schließlich reden wir hier von *Asien.*« Ich lache und sie schüttelt den Kopf. *Und ich werde bei dir sein.* Diesen letzten Gedanken spreche ich nicht laut aus. Meine Mutter ist einfach nicht der gefühlvolle Typ.

Stattdessen sage ich: »Ich will Halmeoni kennenlernen.«

Mom schweigt bestimmt eine ganze Minute, dann nickt sie. »Sie dich auch.«

Ich kann nicht glauben, dass sich mein Leben innerhalb von vierundzwanzig Stunden so krass geändert hat. Ich werde *fünf Monate* lang in Seoul leben.

Als ich wieder in meinem Zimmer bin, gucke ich auf mein Handy. Meine Nachricht wurde inzwischen gelesen, aber nicht beantwortet.

Darum mag ich Lesebestätigungen nicht. Es kommt mir vor wie psychologische Kampfführung. Er *weiß*, dass ich weiß, dass er meine Nachricht gelesen hat, und *will* mir nicht antworten.

Aber vielleicht deute ich da auch zu viel hinein. Er könnte gerade jemandem schreiben, der wichtiger ist als ich, zum Beispiel seiner Mom.

Sag mir nicht, du wurdest an der Passkontrolle wegen Gangaktivitäten aufgehalten, tippe ich schnell, drücke auf Senden und bereue es sofort. Darum soll man denken, bevor man handelt! Das ist nicht mal ein besonders guter Witz!

Der Status wechselt von Gesendet auf Gelesen.

Ich starre auf mein Handy. Eine Minute vergeht. Dann noch eine. Mir dreht sich langsam, aber sicher der Magen um.

Ich liste alle möglichen Gründe auf, die ihn von einer Antwort abhalten könnten. Er hat eine schlechte Internetverbindung (eher unwahrscheinlich, da Südkorea laut Google das schnellste Internet der Welt hat). Er geht gerade *wirklich* durch die Passkontrolle (aber warum schickt er dann nicht einfach eine Nachricht? Das dauert nur ein paar Sekunden). Oder gibt es noch einen anderen Grund, der mir nicht einfällt? Aber welcher könnte das sein?

Ich google: *Warum hat ein Junge deine Nachricht gelesen, antwortet aber nicht?* Alle Artikel sagen das Gleiche: *weil er nicht auf dich steht.*

Wow, vielen Dank, Internet.

Eine einzige Nachricht ist ja aber auch keine Verpflichtung. Ich werfe das Handy aufs Bett und gehe zu meinem Cello. Dann übe ich halt. Wenn ich einen Jungen nicht dazu bringen kann, mir zu antworten, kann ich es wenigstens schaffen, an einer Schule angenommen zu werden.

Am folgenden Montag spreche ich mit meinem Beratungslehrer über meinen Plan, für das restliche Jahr die Schule zu wechseln, und er gibt mir eine Liste von Kursen, die ich für meinen Abschluss brauche. Die meisten davon bietet die Seoul Arts Academy an. Die wenigen, bei denen das nicht der Fall ist, kann ich online belegen. Das ist fast so, als würde ich auf zwei Schulen gleichzeitig gehen. Literatur und Geschichte mache ich an der LACHSA, der Los Angeles County High School for the Arts, meiner alten Schule, die Musikkurse an der SAA – der Seoul Arts Academy.

Natürlich muss ich erst mal angenommen werden, aber ich denke, dass mein Vitamin B schon zu etwas gut sein wird. Außerdem habe ich mit meinen super Noten und Auszeichnungen bestimmt gute Aussichten.

Zum Glück erfüllt sich meine Hoffnung, denn im Dezember werde ich nicht nur an der Seoul Arts Academy angenommen, sondern bekomme auch ein Stipendium, das die Hälfte der Schulgebühren sowie Unterkunft und Verpflegung abdeckt.

Bei alldem enttäuscht mich nur, dass Jaewoo nicht mehr auf meine Nachrichten antwortet. Mir scheint, ich verbringe mehr Zeit damit, über den Grund dafür nachzugrübeln, als meine Reise nach Seoul zu planen.

Ich muss wohl einfach akzeptieren, was mir das Internet netterweise zu erklären versucht hat. Wahrscheinlich steht er einfach nicht auf mich.

Es stimmt, dass ich es war, die ihn in der Karaokebar angesprochen hat. Und ich habe dafür gesorgt, dass wir aus dem Bus springen mussten.

Dennoch wäre es schön gewesen, einen Freund zu haben.

Ich weiß nicht mal, auf welche Schule er geht.

Am Tag meiner Abreise beschließe ich, ihm ein letztes Mal zu schreiben. Hey, ich bin ein paar Monate in Korea, um meine Großmutter zu besuchen. Vielleicht bist du ja da und hast Lust, dass wir uns treffen. Fertig. Frei heraus. Echt, ich hasse Spielchen. Dafür ist das Leben zu kurz. Besser man sagt gleich, was man denkt, denn sonst bereut man's später.

Er antwortet nicht und eigentlich hab ich's nicht mal gedacht.

Onkel Jay fährt meine Mom und mich zum Flughafen. Solange wir weg sind, wird er sich um unsere Wohnung kümmern.

Vor der Sicherheitskontrolle umarmt er meine Mom, dann wendet er sich an mich und wuschelt mir durch die Haare. »Viel Spaß, Kleines.«

»Danke, Onkel Jay.«

Erst vor ein paar Monaten hat er mir gesagt, dass ich mal etwas Neues ausprobieren und ein bisschen das Leben genießen soll.

Ich beherzige deinen Rat, Onkel Jay. Ich werd mein Leben so richtig genießen.

# Sieben

Meine Mom und ich landen um kurz vor fünf am Incheon International Airport. Nach der Passkontrolle holen wir unsere Koffer von der Gepäckausgabe, gehen zu einem Geldwechselkiosk und tauschen ein paar Scheine um. Dann verlassen wir das Terminal. Da wir unbedingt Koffein brauchen, stellen wir uns in einem der wenigen Geschäfte an, die um fünf Uhr früh geöffnet haben – Dunkin' Donuts. Aber hier geht es anders zu als in den Staaten. Nicht nur ist an der Tafel alles auf Koreanisch angeschlagen, die Einrichtung wirkt auch heller und die Speisekarte bietet mehr Auswahl. Außerdem sind die Donuts irgendwie ... niedlicher.

»Ich glaube, das Taxi ist da«, sagt meine Mom.

Ich schaue zu einem älteren, sehr gut gekleideten Herrn mit weißen Handschuhen, der ein Schild mit den Namen Susie und Jenny auf Englisch geschrieben in die Höhe hält.

Nachdem wir unseren Kaffee bekommen haben – Mom hat dem Fahrer ebenfalls einen bestellt –, folgen wir ihm zu einem Taxi, in dem er fachmännisch unsere vier Koffer verstaut. Ich bin froh über meine dicke Daunenjacke, deren Reißverschluss ich bis ganz nach oben ziehe, und steige ein. Es ist schon bald März, aber hier ist es fast zwanzig Grad kälter als in LA.

Mom unterhält sich mit dem Fahrer, ich dagegen starre aus dem Fenster auf die neblige Straße.

Laut Navi dauert die Fahrt vom Flughafen in Incheon – einem Vorort von Seoul – zum Haus meiner Großmutter ungefähr anderthalb Stunden. Irgendwann überqueren wir eine lange Brücke und der Fahrer erzählt uns, dass das Gewässer unter uns das Gelbe Meer ist.

Irgendwo auf der Strecke schlafe ich ein und schrecke erst wieder hoch, als der Fahrer einen Rollerfahrer anhupt, der sich frech vordrängelt.

Irgendwann müssen wir Seoul wohl erreicht haben. Es sind mehr Autos unterwegs und die Straßen säumen hohe Gebäude und riesige Reklameschilder. Die meisten sind auf Koreanisch, aber gelegentlich entdecke ich auch ein paar englische Worte. Wir fahren am Eingang einer U-Bahn-Station vorbei. Geschäftsleute in Anzügen eilen in Reih und Glied über Rolltreppen oder Fahrstühle hinein und hinaus. Wir sind an einem Mittwoch in LA losgeflogen, aber in Seoul ist es jetzt bereits Freitagmorgen. An einer Kreuzung zähle ich mindestens sechs Cafés, vier Schönheitssalons und drei Handyläden.

Nach fünfhundert Metern sagt das Navi dem Fahrer, dass er von der Hauptstraße in eine Wohngegend abbiegen soll. Wir halten vor einem älteren Gebäude mit einem kleinen Supermarkt direkt im Erdgeschoss und einem Blumenladen und einem winzigen Café gegenüber. Mom bezahlt das Taxi und wir steigen aus. Den Großteil unseres Gepäcks lassen wir auf der Straße stehen und nehmen zuerst nur mein Cello und unser Handgepäck mit nach oben.

Mom ist ziemlich still, was nach ihrem angeregten Gespräch mit dem Fahrer seltsam ist. Als sie auf die Klingel gedrückt hat, greift sie nach ihren Ellbogen – ein sicheres Zeichen dafür, dass sie nervös ist. Sie hat ihre Mutter nicht mehr gesehen, seit sie vor fast sieben Jahren wegen einer Hochzeit in Seoul war. Und damals hatte sie meinen Vater dabei.

Die Tür geht auf.

Ich weiß nicht, was ich von meiner ersten echten Begegnung mit meiner Großmutter erwartet habe. Dads Eltern sind so wie er, lieb, lustig und trinkfreudig.

Ich weiß, dass das Verhältnis zwischen meiner Mom und ihrer Mutter angespannt ist, aber ich dachte, das liegt an der räumlichen Entfernung und, na ja, an der Persönlichkeit meiner Mom. Es fällt ihr schwer, ihre Gefühle zu zeigen. Nur mein Dad war imstande, diese Seite aus ihr herauszukitzeln.

Wenn mich jemand gefragt hätte, wie ich mir meine Großmutter vorstelle, hätte ich gesagt, dass sie wahrscheinlich Mom ähnelt – stark, einschüchternd und ziemlich reserviert.

»Soojung-ah!«, ruft Halmeoni meine Mutter bei ihrem koreanischen Namen.

Mom bleibt steif stehen, während sie von ihrer Mutter in eine Umarmung gezogen wird. Meine Oma ist so winzig, dass sie sich dazu in ihren Hausschuhen auf die Zehenspitzen stellen muss.

Sie sieht aus wie die liebste Großmutter der Welt.

»Kommt doch rein! Kommt rein!« Sie führt uns in ihr Zuhause und schiebt schnell die Schuhe beiseite, die ordentlich im Flur aufgereiht sind. »Und das muss Jenny sein.« Sie ergreift meine Hände. Ihre sind warm und weich. »Wie hübsch du bist«, sagt sie und ich spüre, wie sich Wärme in mir ausbreitet, denn noch nie hat mich jemand so genannt, und sie klingt vollkommen aufrichtig. »Wie alt bist du?«

»Siebzehn.«

»Eomma«, sagt Mom. »Unser Gepäck ist noch draußen.«

»Ich rufe meinen Vermieter an. Er wohnt unter mir. Er wird es hochbringen.« An mich gewandt fügt sie hinzu: »Er hilft mir auch immer bei meinen Einkäufen.«

Sie sieht jung aus für eine Großmutter, aber das ergibt Sinn, denn meine Mom hat mich ja auch sehr jung bekommen. Sie hat kurze dauergewellte Haare mit grauen Strähnen darin und strahlt wie eine warme Sonne. Wenn sie lächelt, verstärken sich die Fältchen in ihren Augenwinkeln und es sieht einfach absolut bezaubernd aus.

Wir unterhalten uns die ganze Zeit auf Koreanisch und ich bin gerade sehr froh, dass mich Mom gezwungen hat, es weiterzulernen, als ich in der zweiten Klasse aufhören wollte.

»Schon gut, Eomma«, sagt Mom. »Jenny ist stark.«

Mom nickt mir zu und ich sause nach unten, um unsere Koffer zu holen, während sie im einzigen anderen Zimmer der Wohnung auspackt. Ich muss viermal laufen, aber dann habe ich alles nach oben gebracht. Als ich fertig bin, hat Halmeoni auf dem kleinen Tisch in der Küche ein Frühstück angerichtet. Dick mit Butter bestrichener Toast, Spiegeleier und Spam, gegrilltes Frühstücksfleisch aus der Dose. Das Toastbrot muss sie aus einer Bäckerei haben, denn die Scheiben sind dick und fluffig, die Eier sind perfekt und der Spam ist die ideale Mischung aus salzig und süß. Meine letzte Mahlzeit gab es im Flugzeug und ich sterbe vor Hunger. Ich schlinge das Essen hinunter, während meine Großmutter neben mir einen Apfel schält und aufmunternd nickt.

Als Mom fertig ausgepackt hat, kommt sie zu uns an den kleinen Tisch und ich stehe auf, damit sie auf einem der beiden Stühle sitzen kann.

»Kann ich raus und die Gegend erkunden?«, frage ich meine Mom auf Englisch.

Halmeoni sieht von dem zweiten Apfel auf, den sie gerade schält. »Will sie nicht erst auspacken?«

»Jenny bleibt nicht hier«, erklärt Mom. »Die Schule, auf die sie geht, hat ein Wohnheim. Dort zieht sie übermorgen ein.«

»Ah.« Halmeoni nickt wissend. »Chelliseuteu.« *Cellistin.* Ohne den Apfel und das Messer aus der Hand zu nehmen, hebt sie zwei Daumen. »Meosisseo.« *Sehr cool.*

Dann greift sie hinter sich nach einem Blatt Papier und schreibt 1103* darauf – den Eingangscode für die Haustür unten – und drückt ihn mir in die Hand, zusammen mit ein paar Man-Won im Wert von ungefähr zehn Dollar.

Während ich in meinem Koffer nach meinen Ankle Boots suche, äußert meine Großmutter ihre Sorge, ob ich in der Stadt denn allein zurechtkomme. *Sie war noch nie in Seoul. Sie kennt die Gegend nicht. Was, wenn sie verloren geht?*

»Keine Sorge, Eomma«, beruhigt Mom sie. »Jenny ist sehr klug. Sie kann Koreanisch lesen und sprechen. Außerdem hat sie ihr Handy.«

»Bist du sicher?« Sie klingt erleichtert. »Dann ist sie wohl so unabhängig wie du.«

Meine Mutter antwortet erst nach einem Moment. »Ja, Eomeoni«, sagt sie schließlich. »Jenny musste schnell erwachsen werden, so wie ich.«

Die beiden tauschen einen Blick und ich gehe zur Tür. Was auch immer sie zu besprechen haben, es ist wohl besser, wenn ich nicht dabei bin.

•

Mein erster Halt ist das Café gegenüber, um noch etwas mehr Koffein zu tanken. Als ich die Tür öffne, läutet ein Glöckchen. Da niemand kommt, um mich zu begrüßen, sehe ich mich ein wenig um. Das Café ist nur halb so groß wie der Eingangsbereich von Jay's Karaoke. Durch das Ostfenster fällt Tageslicht herein und trifft auf die Unmenge frischer Blumen auf der Fensterbank, die wahrscheinlich vom Floristen nebenan kommen. Aus einem Lautsprecher in der Ecke dringt leiser Jazz.

»Tut mir leid, ich hab nicht gehört, dass jemand hereingekommen ist.« Ein junger sportlicher Mann tritt durch den Vorhang. Er trägt eine Schürze.

Dann bemerke ich, was er darunter trägt. »Du gehst auf die Manhattan School of Music?«, frage ich auf Englisch.

Er wirft einen Blick auf sein Sweatshirt, dann sieht er wieder zu mir auf. »Ja«, antwortet er ebenfalls auf Englisch. »Ich studiere dort im zweiten Jahr Saxofon. Warum?«

»Da will ich auch studieren. Es ist meine erste Wahl.« Zusammen mit dem Berklee College of Music in Boston. Nur dass es Mom lieber wäre, wenn ich nach New York gehe, um näher bei den Eltern meines Dads zu sein.

Der junge Mann mustert mich und ich richte mich unwillkürlich gerader auf. »Ach ja? Für ... Tanz?«

Ich erröte. »Cello.«

»Ach so. Was führt dich nach Seoul?«

»Ich besuche für ein paar Monate meine Großmutter. Eigentlich bin ich erst vor ein paar Stunden angekommen. Aus LA.«

»Das ergibt Sinn. Du siehst aus wie ein LA-Mädchen.«

Ich war mir nicht ganz sicher, was es mit der Tanz-Bemerkung auf sich hatte, aber die hier lässt mich innehalten.

Ich glaube, er flirtet mit mir. Das ist das zweite Mal in ein paar Monaten, dass ein Junge mit mir flirtet.

Er ist zwar nicht so absurd hübsch wie Jaewoo, aber Café-Boy *ist* niedlich. Und etwas älter.

Die Türglocke klingelt erneut und ein Typ in einem Lieferantenanzug ruft: »Ich hab heute eine große Bestellung, Ian-ssi.«

»Das ist mein Name«, sagt Café-Boy zu mir. »Ian.«

»Ich bin Jenny.«

»Warte kurz.«

Als er zurückkommt, gibt er mir einen Kaffee to go. »Ich hab meine Nummer draufgeschrieben. Weil ich arbeiten muss, um ein paar Rechnungen zu bezahlen, hab ich mir dieses Semester freigenommen, also bin ich in Seoul. Wenn du Fragen zur MSM hast oder einfach nur abhängen willst, ruf mich an.«

»Das … das mach ich, danke.«

»Bis dann, Jenny.«

Er beginnt die große Bestellung für den Liefertypen fertig zu machen und ich gehe zur Tür. Dabei werfe ich einen Blick auf den Pappbecher. Dort steht: *Ian Nam, dein Guide zur MSM* und seine Handynummer.

Ich kann gerade noch meine Gesichtszüge beherrschen, bis ich draußen bin, dann laufe ich mit klopfendem Herzen im Sauseschritt davon. Nur ein paar Stunden nach meiner Ankunft in Seoul hat mir ein niedlicher koreanischer Junge, der in einem Café arbeitet und auf meine *Traumschule* geht, seine Nummer gegeben und mich vielleicht sogar um ein Date gebeten.

Vielleicht ist das ein Zeichen dafür, wie ich diese nächsten paar Monate in Seoul verbringen soll. Nämlich mit Verabredungen und anderen Aktivitäten als Cello-Unterricht und Üben.

Ich gerate ein bisschen ins Stolpern, als mir plötzlich einfällt, wie ich mit Jaewoo in diesem kleinen Essenszelt in LA gesessen habe und er aufmerksam gelauscht hat, während ich ihm von meinem Vater erzählt habe. Meine Brust zieht sich zusammen, als ich mich erinnere, wie hoffnungsvoll und glücklich ich mich an jenem Abend gefühlt habe. Dass er mir nie zurückgeschrieben hat, macht es nur noch schlimmer. Aber es ist meine Schuld. Ich habe nicht aufgepasst. Wenn ich diesen Abend als das betrachtet hätte, was er eigentlich war – nämlich eine Ablenkung –, wäre ich nicht so enttäuscht gewesen.

Fünf Monate in Seoul, fünf Monate, in denen ich neue Erfahrungen machen kann und jeden Augenblick genießen werde. Und dann kehre ich hoffentlich mit der Entschlossenheit heim, mir die Zukunft zu erarbeiten, die ich mir immer gewünscht habe.

So beflügelt spaziere ich in der nächsten Stunde durch die Gegend. Nur ein paar Blocks vom Haus meiner Großmutter entfernt gibt es eine U-Bahn-Station und in einer ruhigen Ecke ein Restaurant, das sich auf Juk – koreanisches Porridge – spezialisiert hat. Schließlich kehre ich zur Wohnung zurück.

Den Rest des Tages verbringe ich mit meiner Halmeoni. Meine Mom und sie müssen zumindest zu einer Art Waffenstillstand gekommen sein, denn meine Mutter ist freundlich und Halmeoni richtiggehend überschwänglich. Wir nehmen ein Taxi zu der Klinik, in der Halmeoni an den meisten Wochenenden ihre Behandlung bekommen wird. Und dort werde ich sie auch hauptsächlich besuchen, denn wenn sie unter der Woche bei sich zu Hause ist, werde ich in der Schule sein.

Danach gehen wir mittagessen und spazieren. Mom will den Jetlag vermeiden und so versuchen wir, ein paar

Sehenswürdigkeiten abzuklappern, aber gegen sechs schlafe ich praktisch im Stehen ein. Es gelingt mir gerade so, noch zwei Stunden wach zu bleiben, aber auf der Taxifahrt nach Hause döse ich ein. Schlaftrunken stolpere ich die Treppe zur Wohnung hinauf, dann schlafe ich die nächsten zwölf Stunden durch.

# Acht

Am nächsten Morgen führt Halmeoni Mom und mich zum Juk-Restaurant um die Ecke aus. Es ist kalt draußen und der Reisporridge wärmt mich von innen auf. Danach spazieren wir zur Gegend um den Gyeongbokgung-Palast. Weil es Eintritt kostet, gehen wir nicht hinein, aber Halmeoni und ich haben viel Spaß, während wir Arm in Arm gehen und uns die Touristen und Einheimischen in farbenfrohen Hanbok ansehen, der traditionellen koreanischen Tracht, die man sich in einem der vielen Läden hier ausleihen kann. Mom verbringt die meiste Zeit am Handy. Sie bekommt jetzt schon Anrufe von ihrer Arbeit daheim. Mir macht es nichts aus, denn so bleibt mir mehr Zeit mit Halmeoni, bevor die Schule anfängt.

Gegen Mittag wirkt sie erschöpft und so kehren wir in ihre Wohnung zurück. Um vier gehe ich wieder raus, diesmal allein. Da ich morgen in mein Wohnheim der Seoul Arts Academy ziehen werde, muss ich mir in einem Geschäft in Sinsa-dong noch meine Schuluniform abholen.

Den Weg lasse ich mir auf dem Handy anzeigen und gehe zur U-Bahn-Station. Dort stelle ich überrascht fest, dass sie mit einem riesigen unterirdischen Einkaufszentrum verbunden ist.

Sofort bin ich reizüberflutet – Hunderte Bilder, Geräusche, Gerüche stürmen nur so auf mich ein. Verschiedene Gänge in scheinbar endlosen Richtungen, lauter Läden, die alles Mögliche verkaufen, von koreanischer Markenkleidung über Handyzubehör zu Kosmetik und bezaubernden Socken für tausend Won das Paar, was etwas weniger als ein Dollar ist. Es gibt haufenweise Essensstände, Restaurants, Bäckereien und Cafés. Ich entdecke ein paar bekannte Ketten wie Dunkin' Donuts und 7-Eleven und andere, die es nur in Korea beziehungsweise Asien gibt, wie Hollys Coffee und A Twosome Place.

Ich könnte Stunden hier unten verbringen und trotzdem nicht alles sehen. Vor mir geht eine Gruppe Schulmädchen zu einem Stand, der Corn Dogs mit Käse, Senf und süßsaurer Chilisoße anbietet. Ich bin versucht, mir vor dem Abendessen einen kleinen Snack zu genehmigen, aber ein Blick auf mein Handy erinnert mich daran, dass ich nicht mehr viel Zeit habe, bevor der Laden mit den Schuluniformen schließt.

Unten am Gleis kann ich gerade noch in den Zug hüpfen, bevor sich die Türen schließen.

Als ich so plötzlich aufschlage, blicken ein paar Fahrgäste kurz hoch, dann wenden sie sich wieder ihren jeweiligen Geräten zu. Ich setze mich neben zwei kleine Jungs, die etwas auf ihren Handheld-Konsolen spielen. Sie scheint kein Erwachsener zu begleiten, aber mir wird allmählich klar, dass das hier in Seoul wohl so üblich ist. Es ist so sicher, dass Kinder allein unterwegs sein können.

Ehrlich gesagt bin ich ein bisschen neidisch. Meine Mom hat mir erst vor sechs Monaten erlaubt, das erste Mal allein öffentliche Verkehrsmittel zu benutzen. Und verglichen mit den Bahnen in Los Angeles wirkt diese wie aus der Zukunft. Eine angenehme Computerstimme erklärt, welche Station wir gerade hinter uns lassen, und die Luft ist so perfekt klimatisiert wie in einem Kaufhaus. An der Decke ist ein zweigeteilter Monitor befestigt. Auf der einen Seite wird die nächste Station angezeigt, auf der anderen läuft gerade das Ende eines Musikvideos. Vier Jungs entfernen sich von der Kamera, hinter ihnen Flammen und Zerstörung. Am unteren Bildrand erscheinen die Worte *Joah Entertainment* sowie der Name der Band und des Songs: *XOXO* und *Don't Look Back*.

Das Musikvideo wird von einer Werbung für Instantkaffee abgelöst.

Ich steige an der richtigen Haltestelle aus und folge meiner Karten-App zu der Adresse, die die Schule mir geschrieben hat.

Wegen der großen Menschenmenge davor übersehe ich fast das Gebäude.

Ein Haufen Teenagermädchen in dicken Mänteln drängen sich in der Nähe des Eingangs um einen schwarzen Van.

Ich bahne mir meinen Weg durch die Menge. Am Eingang blockiert ein genervt wirkender Mann Mitte dreißig die Tür.

»Du kannst hier nicht rein«, sagt er zu mir.

»Ich bin hier, um meine Uniform abzuholen.« Ich zeige ihm die E-Mail von der Seoul Arts Academy.

Die Mail ist auf Englisch, aber das scheint kein Problem darzustellen, denn er seufzt und öffnet mir die Tür. »Keine Fotos.«

Ich nicke, obwohl ich das ziemlich seltsam finde. Was, wenn ich meiner Mom die Uniform zeigen will? Während ich reingehe, fangen ein paar Mädchen zu *kreischen* an, und ich stolpere über die Schwelle. *Was zum Teufel?*

Die Tür wird hinter mir geschlossen und der Lärm verebbt schlagartig.

Angesichts des Tumults draußen habe ich angenommen, dass auch drinnen Chaos herrscht, aber es ist ruhig. Außer mir sind keine anderen Kunden da. Überall im Laden hängen auf Bügeln Uniformen. Eine der beiden Verkäuferinnen kommt von der Kasse auf mich zu. Wie dem Mann draußen zeige ich ihr die E-Mail. Schnell macht sie sich an die Arbeit und bringt mir ein paar Teile in verschiedenen Größen, die ich anprobieren soll – Blusen, Röcke, Hosen, einen Pullover und einen Blazer. Auf den Stapel legt sie auch Sportkleidung sowie ein paar Accessoires – eine Krawatte und ein Stirnband.

»Brauchen Sie Hilfe?«, fragt sie, nachdem sie mir den Weg zu den Umkleidekabinen gezeigt hat.

»Nein danke, ich komme zurecht.«

Sie reicht mir den Kleiderstapel. »Falls Sie doch Hilfe brauchen, drücken Sie einfach auf den Kopf in der Kabine.«

»Danke.« Sie verneigt sich und kehrt an die Kasse zurück. Ich hätte sie beinah gefragt, warum all diese Mädchen vor dem Laden sind. Ob irgendwelche Uniformen gerade im Angebot sind? Das wäre natürlich toll.

Ich schiebe einen Vorhang beiseite, der den Hauptbereich des Ladens von den Umkleiden trennt. Auf der anderen Seite befindet sich ein kleiner Raum mit einem dreiteiligen Spiegel.

Ein Junge lehnt an einer Wand und guckt auf sein Handy. Ich erstarre kurz, weil ich nicht wusste, dass sonst noch jemand im Geschäft ist.

Er ist ungefähr in meinem Alter, schmal gebaut, aber kräftig, und ganz in Schwarz gekleidet. Ich muss ihn wohl angestarrt haben, denn er sieht auf. Schnell schaue ich weg und betrete eine der drei Umkleidekabinen.

Ich habe noch nie eine Uniform getragen, finde jedoch schnell heraus, wie es funktioniert. Ich stecke die weiße Bluse in den Bund des Rocks. Da ich nicht weiß, wie man eine Krawatte bindet, lasse ich sie weg. Dann ziehe ich erst den Pullover und schließlich den Blazer darüber und stecke mein Handy in die Tasche. Ich drehe mich zum Spiegel in der Kabine um, doch er ist ziemlich klein, was den großen dreiteiligen im Vorraum erklärt.

Ich zögere kurz, weil ich mich an den Jungen erinnere, der auf sein Handy guckt. Will ich mich wirklich draußen im Spiegel betrachten, während er dabei ist?

Ach, egal. Dafür bin ich schließlich hergekommen. Ich schiebe den Vorhang beiseite und trete hinaus. Dabei achte ich sorgfältig darauf, nicht in seine Richtung zu schauen. Stattdessen gehe ich zum Spiegel und steige auf das kleine Podest davor. So kann ich mich aus allen Winkeln betrachten.

Ich muss zugeben, dass ich mir gefalle. Der Rock endet knapp über meinen Knien. Ich bin mir zwar nicht sicher, ob das so gewollt ist, aber meine Beine sehen toll aus so. Ich habe breite Schultern, die mir ein bisschen peinlich sind, aber sie füllen den Blazer gut aus. Ich stecke meine Hände in die Taschen und nehme verschiedene Posen ein, um zu sehen, wie sie aus unterschiedlichen Winkeln aussehen.

Ein lauter Klingelton ertönt. Ich greife in die Tasche meines Blazers und nehme mein Handy heraus.

»Hast du's in den Laden geschafft?«, fragt Mom, als ich rangehe. Nachdem ich den ganzen Tag Koreanisch gehört habe, ist es eine Erleichterung, wieder auf Englisch zu wechseln.

»Ja«, sage ich. »Ich bin grad am Anprobieren.«

»Wirst du rechtzeitig zum Abendessen zu Hause sein? Deine Halmeoni möchte dich noch mal verwöhnen, bevor du morgen ins Wohnheim ziehst.«

»Ja, ich sollte in einer Stunde daheim sein.«

»Okay, bis dann.«

Ich lege auf.

»Du gehst auf die SAA?«

Der Junge von eben steht jetzt direkt neben dem Spiegel. Es dauert einen Moment, bis mir klar wird, dass er Englisch mit mir spricht. Akzentfrei.

»Ja. Ich bin gerade aus Los Angeles hergekommen.«

»Los Angeles ...« Ein seltsamer Ausdruck blitzt in seinem Gesicht auf, als wäre da etwas an mir, worauf er gerade nicht kommt. Vielleicht liegt es daran, dass ich koreanischer Herkunft bin, aber Englisch spreche. Aber das Gleiche könnte ich auch über ihn sagen. »Dort lebst du?«, fragt er.

»Ja, warum?« Jetzt, wo ich ihn so direkt ansehe, entgeht mir nicht, wie attraktiv er ist. Er hat tiefe Grübchen, selbst wenn er nicht lächelt, und weiche Haare, die ihm verwegen über die Augen fallen.

Er zuckt mit den Schultern. »Nur so. Du kommst mir irgendwie bekannt vor. Ich komme auch aus den Staaten. New York.« Das erklärt, warum er so akzentfrei Englisch spricht. Und warum er überhaupt mit mir redet.

»Wie bist du in Seoul gelandet?«, frage ich.

Er starrt mich an und ich befürchte, in irgendein Fettnäpfchen getappt zu sein. »Du weißt also nicht, wer ich bin.«

Das ist eine Feststellung, die aber wie eine Frage klingt.

»Sollte ich?«

»Nicht unbedingt.«

Oookay. Mir kommt es so vor, als fehle mir ein Teil dieser Unterhaltung.

Er hingegen scheint sich jetzt wohler zu fühlen. Lässig lehnt er sich gegen den Spiegel. »Es ergab sich eine Gelegenheit und ich bin hergezogen. Meine Familie lebt in Flushing.«

»Wow«, erwidere ich. »Koreanisch-amerikanischer geht's wohl nicht mehr.«

Er lacht.

»Hyeong, sprichst du Englisch?« Aus einer der Umkleidekabinen kommt ein Junge. Ich würde ihn auf fünfzehn schätzen und sein hervorstechendes Merkmal sind seine knallblauen Haare. »Was sagst du?«

Bevor er antwortet, fragt mich der Junge in Schwarz auf Koreanisch: »Wie gut kannst du dich unterhalten?«

»Ganz okay«, entgegne ich ebenfalls auf Koreanisch. »Über *Politik* oder so was kann ich allerdings nicht diskutieren.« Weil ich das koreanische Wort für Politik nicht kenne, sage ich es einfach auf Englisch.

»Ehrlich gesagt, ich auch nicht.« Er wendet sich an den blauhaarigen Jungen und tätschelt ihm den Kopf. »Sorry, Youngmin-ah. Wenn sich Ausländer im Ausland treffen, können sie nicht anders.«

Youngmin sieht mich mit leuchtenden Augen an. »Du gehst auf die Seoul Arts Academy?« Mir wird klar, dass er die gleiche Uniform trägt wie ich, nur mit Hosen statt einem Rock. »Das ist auch unsere Schule. Ich bin Choi Youngmin und das ist mein erstes Jahr. Nathaniel-hyeong ist im dritten.«

»Schön, euch kennenzulernen. Ich bin Jenny, ich bin in …« Die Schuljahre in Korea unterscheiden sich von denen in Amerika und ich muss nachdenken. »Ich schätze, hier bin ich in meinem dritten Jahr?«

»Jenny kommt aus LA«, erklärt Nathaniel, während er seine Fingernägel mustert.

»Wirklich?«, ruft Youngmin aufgeregt. »Da waren wir schon mal!«

»Echt?« Ich lächle. »Im Urlaub?« Sind die beiden wirklich Brüder? Youngmin nennt Nathaniel »hyeong«, was auf Koreanisch »großer Bruder« bedeutet, aber sie sehen sich überhaupt nicht ähnlich.

Vor seiner Antwort schaut Youngmin erst zu Nathaniel. »Um unser Musikvideo für *Don't look back* zu drehen.«

Musikvideo? Plötzlich macht's Klick. Die wartenden Mädchen draußen. Der Mann vor der Tür. Selbst Youngmins knallblaue Haare erinnern mich an die Werbeplakate, die ich überall gesehen habe, seit ich in Seoul gelandet bin.

»Seid ihr ...« Nennen sich K-Pop-Stars selbst auch K-Pop-Stars? Wie Ariana Grande, die sich selbst einen American Popstar nennt.

»Idols«, erklärt mir Youngmin. »Wir sind beide in der Band XOXO. Ich bin der Maknae, der Jüngste der Gruppe und auch der Rapper. Nathaniel ist Vocalist und Main Dancer. Dann haben wir noch unseren Leader, der wie ich Rapper ist, und natürlich unseren Main Vocalist.«

Mein Kopf schwirrt vor all diesen Begriffen, aber mir ist klar, dass sie ziemlich berühmt sein müssen, wenn ihnen schon Fans folgen. Und mir ist es ein bisschen peinlich, dass ich *null* Ahnung habe, wer sie sind ...

»Warte, ich glaube, ich habe dieses Musikvideo gesehen!«, sage ich. »In der U-Bahn auf dem Weg hierher.«

Youngmin grinst. »Vielleicht wirst du ja ein Fan?«

Ich zwinkere ihm zu. »Auf jeden Fall.«

Nathaniel sieht mich plötzlich seltsam an. »Hast du dir das ganze Ding angesehen?«

Ich schätze, es wäre seltsam, wenn ich das Video gesehen und sie trotzdem nicht erkannt hätte. »Nein, nur das Ende.«

»Das ist erst vor einer Woche rausgekommen«, erklärt Youngmin. »Es ist der Main Track unseres ersten Albums.«

»Herzlichen Glückwunsch«, sage ich und Youngmin strahlt. »Dann habt ihr es also in Los Angeles gedreht? Hat euch die Stadt gefallen?«

»Ich fand sie toll! Wir hatten so viel Spaß. Na ja …« Sein Lächeln verschwindet. »Bis auf den letzten Tag. Da gab's einen Unfall …«

»Youngmin! Nathaniel.« Der Mann, der draußen vor der Tür stand, steckt seinen Kopf in den Umkleideraum. »Oh«, sagt er, als er mich sieht. Einen Augenblick lang wirkt er misstrauisch, als ob er denken würde, ich hätte mich hier reingeschlichen, um Youngmin und Nathaniel zu belästigen. Doch dann sieht er meine Schuluniform der Seoul Arts Academy und wendet sich wieder an die Jungs. »Draußen sammeln sich immer mehr Fans. Seid ihr fertig?«

»Ja! Die hier passt.« Youngmin hechtet in die Kabine zurück. Der Mann, bestimmt ihr Manager, geht nicht, sondern verwickelt Nathaniel in ein Gespräch, wahrscheinlich damit er nicht mit mir redet.

Ich will in meine eigene Kabine zurück, als Youngmin wieder auftaucht. Er trägt von Kopf bis Fuß Nike und eine riesige Daunenjacke, die fast bis zum Boden geht.

Er winkt mir zu, läuft zu seinem Manager und hakt sich bei ihm unter. Nathaniel wendet sich langsamer zum Gehen und sieht noch mal zu mir. »Wir sehen uns dann ja in der Schule.«

Als sie weg sind, ziehe ich mich schnell wieder um und bezahle meine Uniform, um zu Mom und Halmeoni zurückzufahren. Die Menge vor dem Laden hat sich zwar aufgelöst, aber insgesamt sind jetzt mehr Leute auf der Straße. Ich schließe mich all denen an, die zur U-Bahn strömen. Die Ereignisse des Nachmittags schwirren mir durch den Kopf.

Ich habe gerade zwei K-Pop-Stars getroffen. Berühmtheiten. Schüler an der Seoul Arts Academy. Ich kenne ein paar Leute in meiner alten Schule, die vor Neid grün werden würden.

Andererseits ist es ja nicht so, dass ich viel Zeit mit ihnen verbringen werde. Mit Sicherheit haben sie ihre eigenen Freunde – und Fans. Auch wenn es nett wäre, an meinem ersten Schultag bereits jemanden zu kennen.

Die Erinnerung an Jaewoo blitzt in meinem Kopf auf.

Meine letzte Nachricht ist immer noch als Ungelesen markiert. Ich habe heute früh so wie jeden Morgen noch mal nachgesehen.

Als ich die Rolltreppe zur U-Bahn betrete, nehme ich mein Handy heraus und rufe Jaewoos Kontakt auf. Ich drücke auf Bearbeiten und scrolle nach unten. Ich sollte seine Nummer wirklich mal löschen. Vielleicht höre ich dann endlich auf, an ihn zu denken.

Als es nach unten geht, strahlt mich wie ein gleißendes Licht ein riesiges Poster an, das vom Boden bis zur Decke reicht und damit einen Großteil der Wand bedeckt.

Schockiert starre ich darauf, denn *sie* sind es. XOXO.

Es sind vier, so wie Youngmin gesagt hat. Ich erkenne ihn ganz rechts an seinen blauen Haaren und seinem Lächeln. Der Junge ganz links muss das älteste Mitglied sein, der andere Rapper. Neben ihm ist Nathaniel zu sehen, der absurd sexy in die Kamera schaut. Er ist nicht mein Typ, aber er muss die Mädchen völlig verrückt machen. Und neben *ihm* …

Nein.

Ausgeschlossen.

Oh.

Mein.

Gott.

Ich schaue auf das Handy in meinen zitternden Händen. Ich schließe das Bearbeiten-Menü und scrolle im Nachrichtenverlauf nach oben. Bis zu dem Foto, das wir im Automaten gemacht haben. Ich starre den Jungen neben mir an, dann auf das Poster an der Wand. Der Main Vocalist von XOXO ist ziemlich geshoppt, sieht aber genauso umwerfend aus.

Das sind die gleichen Jungs.

Er ist der gleiche Junge.

Jaewoo.

# Neun

Auf der Fahrt zurück zum Haus meiner Großmutter google ich »Jaewoo XOXO« und erfahre, dass er siebzehn ist und am ersten September Geburtstag hat. Und dass er eins zweiundachtzig groß ist. Er hat mich also nicht angelogen.

Er wurde in Busan, Südkorea, geboren und ist im Grundschulalter in die USA gezogen, was sein gutes Englisch erklärt. Als Teenager ist er wieder zurück nach Busan und wurde dort wegen seines guten Aussehens »entdeckt«. Fünf Jahre lang wurde er ausgebildet und feierte letztes Jahr mit XOXO sein Debüt.

Sie waren von Anfang an sehr beliebt, aber ihre neueste Veröffentlichung *Don't look back* hat alle Chartrekorde gebrochen.

Kein Wunder, dass Nathaniel so überrascht war, als ich weder ihn noch Youngmin erkannt habe. In Seoul weiß garantiert jeder, wer sie sind.

Ihr Fanklub heißt *Kiss and Hug Club* und diesen Sommer geht die Band mit Station in New York auf Welttournee.

Ich stöpsele mir meine Kopfhörer in die Ohren, öffne YouTube und suche nach »XOXO«. Das Musikvideo für *Don't Look Back* wird gleich oben angezeigt. Ich klicke drauf.

Völlig gefangen schaue ich mir das Video an. Optik und Text des Songs sind einfach umwerfend. Die Rapteile sind zu schnell, als dass ich sie verstehen könnte, doch der Refrain geht ungefähr so: »Selbst wenn ich weine, selbst wenn ich sterbend am Boden liege, blick nicht zurück, blick nicht zurück.« Klingt ein bisschen melodramatisch, aber trotzdem habe ich Gänsehaut. Wow. Das Video scheint eine Art umgekehrtes Orpheus-und-Eurydike-Konzept zu sein, wo jeder der Jungs in einer Noir-Unterwelt-Ästhetik qualvolle Prüfungen bestreiten muss, während im Hintergrund ein Mädchen mit dem Rücken zur Kamera aus dem Bild verschwindet.

Vermischt ist das Ganze mit Clips, wie sie in einem Lagerhaus eine absolut synchrone und komplexe Tanzchoreografie hinlegen. Jaewoo trägt genau die Sachen, die er damals in der Karaokebar anhatte. Er muss sich den Arm während des Drehs gebrochen haben und ist dann nach dem Krankenhausbesuch irgendwie im Jay's gelandet.

Es ist klar, warum Nathaniel als Main Dancer der Gruppe gilt. Er ist unglaublich und es fällt mir schwer, den Blick von ihm loszureißen, und doch ... ist Jaewoo derjenige, der meine Aufmerksamkeit ganz und gar fesselt. Seine Bewegungen sind nicht so elektrisierend wie Nathaniels, aber sie sind sauber und glatt ausgeführt und seine Stimme ... Er singt Teile der Strophen und des Refrains mit den anderen, doch die Bridge gehört ganz ihm. Selbst der Beat macht eine Pause, um seinen wunderschönen Gesang zu betonen. An einer Stelle wechselt er von sehr tiefen Noten zu sehr hohen und ich bekomme von Kopf bis Fuß Gänsehaut.

Das Video ist zu Ende und YouTube empfiehlt mir eine Live-Performance und ein Tanzvideo. Ich schaue mir beides an und dann noch ein Video, bei dem XOXO in einer Art Varietéshow auftreten, wo sie eine ziemlich komplexe Version von Räuber und Gendarm spielen.

Ich bin so in die Videos vertieft, dass ich beinah überhöre, wie die freundliche weibliche Lautsprecherstimme verkündet, dass wir meine Station erreicht haben. Ich schaue vom Handy auf und treffe direkt den Blick eines Mädchens in meinem Alter, das neben mir sitzt und die Videos offenbar über meine Schulter mit angesehen hat.

Sie nickt mir wissend zu.

Zurück im Haus meiner Großmutter fühlt sich Halmeoni nicht gut genug, um rauszugehen, also bestellen wir von einem Restaurant um die Ecke Jjajangmyeon. Das Nudelgericht mit Schwarzbohnensauce wird in einer Rekordzeit von fünfzehn Minuten geliefert.

Nach dem Abendessen lasse ich mich auf mein Bett fallen – das eigentlich nur aus Decken besteht, weil meine Großmutter nur ein Gästebett hat – und forste mich weiter durchs Internet.

Das älteste Bandmitglied Sun ist cool und attraktiv, berühmt für sein langes Haar und die schmalen Augen, mit denen er wie ein heißer Superschurke aus einem Videospiel aussieht. Nathaniel kommt *wirklich* aus New York und interessanterweise beleuchtet der Artikel, der bei der Suche nach seinem Namen gleich oben auftaucht, einen Skandal. Offenbar hatte er über ein paar Monate eine heimliche Affäre mit einer ungenannten Trainee bei Joah, ihrer Entertainmentfirma – einem Mädchen, das noch in keiner Band oder als Solokünstlerin sein Debüt hatte. Der *Bulletin*, ein bekanntes Boulevardmagazin, hat im Internet Fotos veröffentlicht, auf denen die beiden zu sehen sind, das Gesicht der jungen Frau allerdings unkenntlich gemacht. Wer sie ist, wurde nie enthüllt, doch die Netizens haben zahlreiche Theorien aufgestellt. Youngmin ist nicht nur der Jüngste in der Gruppe, sondern auch das jüngste von fünf Geschwisterkindern. Über Jaewoos Privatleben ist abgesehen davon, dass er aus Busan stammt, nur wenig bekannt. Er war noch nie in irgendwelche Skandale verwickelt und ist von den vier Jungs in der Band laut einer kürzlichen Abstimmung wahrscheinlich derjenige, der seine Eltern am allerwenigsten enttäuschen wird, was auch immer das heißen mag. Wegen seiner charmanten Manieren und seines guten Rufs lautet sein Spitzname »Prinz«.

»Solltest du nicht langsam mal schlafen gehen?«, fragt Mom, als sie gegen Mitternacht ins Zimmer kommt. »Was machst du denn da überhaupt? Du hängst doch sonst nicht so viel am Handy.«

»Nichts.« Ich schließe den Browser und schiebe das Handy unter mein Kissen.

»Deine Halmeoni und ich konnten heute nicht wie geplant zur Klinik fahren«, sagt Mom. »Also werde ich sie morgen hinbringen. Ich weiß, ich habe gesagt, dass ich dir beim Umzug ins Wohnheim helfe …«

»Schon gut«, beruhige ich sie. »Ich ruf mir ein Taxi.«

Sie schaltet das Licht aus und ich lege mich hin. Ich schließe die Augen, doch kann einfach nicht einschlafen.

Ich glaube, mir dämmert endlich, dass der Junge, den ich in der Karaokebar getroffen habe – Jaewoo –, ein *Idol* ist, so berühmt, dass sein Gesicht auf Plakatwänden prangt und seine Musikvideos in der U-Bahn laufen.

Als ich an jenen Abend in LA und einige Dinge zurückdenke, die ich zu ihm gesagt habe, schäme ich mich in Grund

und Boden. Ich habe doch echt geglaubt, er sei ein *Gangster*, doch jetzt weiß ich, dass er nur wegen des Musikvideos so angezogen war. Hat er mich etwa die ganze Zeit ausgelacht? Bei dem Gedanken runzle ich die Stirn, fühle mich aber auch ein bisschen gekränkt. Obwohl, selbst wenn er sich anfangs auf meine Kosten amüsiert hat, habe ich doch das Gefühl, dass sich zwischen uns etwas geändert hat, je mehr wir uns voneinander erzählt haben.

Plötzlich kommt mir ein anderer Gedanke. Wenn Nathaniel und Youngmin auf die SAA gehen, dann tut Jaewoo das bestimmt auch.

Natürlich kann er genauso gut auf eine andere Schule gehen. Aber irgendwie weiß ich, dass dem nicht so ist.

Bei der Vorstellung, dass ich ihn vielleicht schon bald wiedersehe, schlägt mir das Herz bis zum Hals.

Ich atme tief durch, um mich zu beruhigen.

Es bringt nichts, mir darüber jetzt Gedanken zu machen. Zumindest rede ich mir das in den nächsten Stunden ein, in denen ich mich unruhig hin und her wälze. Schließlich schlafe ich aber doch ein und träume von den XOXO-Jungs im Musikvideo. Nur bin ich das Mädchen, das aus dem Bild verschwindet.

# Zehn

Laut der Wohnheimleiterin bin ich die Einzige, die an diesem Morgen einzieht. Die meisten Schüler im dritten Jahr haben das gleiche Zimmer wie die Jahre zuvor oder wohnen abseits des Campus bei ihren Familien. Ich hätte auch bei Halmeoni und meiner Mutter bleiben können, aber die Fahrt von und zur Schule dauert in eine Richtung eine Dreiviertelstunde. Außerdem gibt es auf dem Campus Übungsräume, wo ich keine hellhörigen Nachbarn störe. Und da meine Mutter sehr viel arbeitet, bin ich eigentlich schon daran gewöhnt, allein zu leben.

»Du hast zwar ein Einzelzimmer angefragt«, erklärt die Leiterin, während wir den Aufzug in den obersten Stock nehmen. »aber leider ist gerade keins frei.«

»Kein Problem«, sage ich.

Der Fahrstuhl öffnet sich und wir betreten einen sauberen Aufenthaltsbereich, in dem durch bodenhohe Fenster das Tageslicht hereinfällt. Ich schiebe den kleinen Trolley mit meinen Koffern und dem Cello vorwärts.

Die Wohnheimleiterin bleibt vor einer Tür mit Zahlenschloss stehen. »Hast du die Mail von der Hausverwaltung bekommen?«

»Ja.« Ich hole mein Handy heraus und scrolle in der E-Mail zum Türcode. Ich drücke auf die entsprechenden Knöpfe und das Schloss geht auf.

»Ich muss noch ein paar Lieferungen annehmen«, sagt die Frau ein wenig zerstreut. »Kommst du klar?«

»Oh, natürlich, gehen Sie ruhig.«

Sie geht zurück zum Fahrstuhl und ich öffne die Tür zu meinem Zimmer. Überrascht stelle ich fest, dass es größer ist als erwartet, etwa doppelt so groß wie das Gästezimmer in Halmeonis Wohnung. Ich stelle meinen Gepäckwagen in die offene Tür und ziehe im kleinen Eingangsbereich meine Schuhe aus. Dann blicke ich neugierig in den Schrank auf der linken Seite und staune nicht schlecht über die vielen Schuhe, die schon darin stehen. Doc Martens, drei Paar Sneaker, kniehohe Stiefel, Ballerinas und ein Paar Stilettos. Wer auch immer meine Mitbewohnerin sein mag – sie ist eindeutig ein Schuhfreak.

Mittig teilt ein Bücherregal das Zimmer. Die näher am Eingang liegende Hälfte ist bereits besetzt. Neben den Schuhen hat meine modische Mitbewohnerin bereits eine Kleiderstange voll mit Jacken und Kleidern aufgestellt, wahrscheinlich, weil sie nicht mehr in ihren Schrank gepasst haben. Ansonsten ist ihre Hälfte aber sehr ordentlich. Auf dem Schreibtisch steht nichts außer einem Computer und an einer Pinnwand hängen ein paar Landschaftsbilder.

Ich frage mich, ob sie immer so ordentlich ist oder ob sie das Zimmer extra für meine Ankunft aufgeräumt hat.

Ich stelle meinen Rucksack neben das unbezogene Bett auf meiner Zimmerseite und lehne mein Cello gegen die Wand.

Am liebsten würde ich mich einfach hinlegen, aber ich weiß genau, dass ich dann in frühestens einer Stunde wieder aufstehen werde. Also bringe ich stattdessen nach und nach meine Koffer ins Zimmer, zuerst den, in dem sich meine Bettlaken befinden. Ich werd gleich noch runter in die Verwaltung gehen, um mir ein Kissen und eine Decke zu besorgen.

Gerade will ich den letzten Koffer reinholen, als ich gegen den Schreibtisch meiner Mitbewohnerin stoße. Eines ihrer Bilder fällt zu Boden. Schnell hebe ich es wieder auf. Es ist kein Foto, sondern eine Postkarte. Aus Los Angeles. Ich drehe sie um und sehe eine lange, auf Koreanisch geschriebene Botschaft. Ich bin froh, dass mein Hangeul nicht so gut ist, sonst wäre ich noch versucht, sie zu lesen. Ich will die Karte wieder an die Pinnwand hängen, als mir ein paar englische Worte und eine Unterschrift am Ende der Nachricht ins Auge fallen.

*Chin up, Songbird.*
*You will always have my heart.*
*XOXO*

»Was machst du da?«, fragt ein Mädchen, das plötzlich in der Tür erscheint.

Sie marschiert auf mich zu und reißt mir die Postkarte aus der Hand.

»Oh, mein Gott, es tut mir so leid«, sage ich. Einen schlechteren ersten Eindruck hätte ich nicht machen können. Ich fühle mich furchtbar. Ich hätte mir ihre Sachen nicht ansehen sollen, auch wenn es nicht absichtlich war. »Ich bin gegen deinen Schreibtisch gestoßen und sie ist runtergefallen.«

Sie öffnet eine Schublade, steckt die Karte hinein und donnert sie zu.

Ich verziehe das Gesicht. »Ich bin Jenny, deine neue Mitbewohnerin.«

»Ich weiß«, sagt sie. Ihren Namen nennt sie nicht, doch ich habe ihn schon auf einem kleinen Schild an der Tür gesehen.

Min Sori.

Ihr Name ist genauso wunderschön wie sie selbst. Sie hat katzenähnliche Augen, eine lange, elegante Nase und hinreißende volle Lippen. Ich dachte immer, ich sei für ein koreanisches Mädchen recht groß, aber wir sind ungefähr gleich groß. Vielleicht wirkt es aber auch nur so, weil sie sich so gerade wie eine Ballerina hält.

»Ich hätte die Karte gar nicht lesen können, selbst wenn ich gewollt hätte«, erkläre ich ihr. »Ich komme aus Amerika und kann Koreanisch nicht besser lesen als ein Grundschüler.«

»Könntest du mir aus dem Weg gehen?«, sagt sie. »Ich muss lernen.«

Höflichkeitsformen sind mir nicht wichtig, aber mir fällt auf, dass sie mir gegenüber keine benutzt. Ihr Bamnal klingt nicht freundlich und vertraut, sondern unhöflich.

Ich trete von ihrem Schreibtisch zurück und sie nimmt Platz, öffnet ihren Laptop und steckt sich Kopfhörer in die Ohren.

Tja, die nächsten paar Monate werden wohl eher unangenehm. Normalerweise lasse ich mich nicht so leicht einschüchtern, aber sie könnte selbst Flammen gefrieren lassen.

Ich verbringe den Rest des Vormittags damit auszupacken. Dabei achte ich sorgfältig darauf, sie nicht zu stören. Aber sie sieht ohnehin kein einziges Mal von ihrem Computer auf. Gegen Mittag erhebt sie sich und zieht Sportsachen an. Ich würde sie gern fragen, ob sie eine Laufpartnerin möchte, aber sie hat immer noch die Kopfhörer drin.

Als sie den Raum verlässt, seufze ich erleichtert auf. Verdammt. Bomi, die in ihrem zweiten Studienjahr an der UCLA ist, hat mir von stressigen Mitbewohnersituationen erzählt, aber das hier kommt mir ein bisschen krass vor.

Da Halmeoni keinen Trockner besitzt, habe ich noch nichts gewaschen, seit ich hier bin. Ich beschließe, das jetzt schnell zu erledigen, also schnappe ich mir meinen Wäschekorb und fahre mit dem Lift in die Waschküche des Wohnheims. Als ich eine Maschine vollgemacht und angestellt habe, stelle ich meinen Handytimer auf eine halbe Stunde und mache mich auf die Suche nach irgendwas zu essen.

Zum Glück gibt es direkt gegenüber im Studienzentrum einen kleinen Laden. Ich kaufe ein paar dreieckige Gimbap – in getrocknete Algenblätter gewickelten, gefüllten Reis – und lasse es mir mit einer Flasche Wasser schmecken. Weil mir dann immer noch fünfzehn Minuten bleiben, bis die Wäsche fertig ist, gehe ich in den Aufenthaltsraum, wo ein paar Schüler vor mehreren Bildschirmen sitzen. Auf allen läuft das gleiche Programm: *Music Net LIVE.* Davon habe ich bei Halmeoni schon eine Wiederholung gesehen. In der Sendung werden beliebte und neue Künstler präsentiert, die auf einer Bühne vor Publikum auftreten.

Auf dem Bildschirm stellen die beiden Gastgeber die nächste Band vor: »Endlich sind sie wieder bei uns, XOXO mit *Don't Look Back*!«

Nun sind Sun, Jaewoo, Nathaniel und Youngmin in Formation auf der Bühne zu sehen, umgeben von Backgroundtänzern.

»Ist das wirklich gerade live?«, frage ich einen Schüler.

»Ja«, sagt der Junge. »Jeden Sonntag auf EBC.«

Die Kamera zoomt auf die einzelnen Mitglieder, wenn sie mit ihren Soloparts dran sind, um zu singen oder zu rappen.

Jaewoo beginnt mit seiner Strophe. Seine Stimme ist klar und kräftig, selbst während er tanzt.

»Die gehen auf unsere Schule, weißt du?«, sagt der Junge.

»Alle vier?« Ich weiß nicht, ob ich hoffnungsvoll oder ängstlich klinge.

Der Junge weiß es offenbar auch nicht, denn er zieht eine Augenbraue hoch. »Drei von ihnen.« Jaewoos Teil ist vorbei und der Älteste in der Band beginnt zu rappen. Der Junge nickt in Richtung Bildschirm. »Sun hat letztes Jahr seinen Abschluss gemacht.«

Also werde ich Jaewoo sehen. Natürlich erst morgen, weil er heute Abend offensichtlich live in einer landesweit ausgestrahlten Fernsehsendung auftritt.

Ich schlinge meine Arme um mich und bin mit einem Mal genauso nervös wie gestern Abend. Ich weiß einfach nicht, was ich zu erwarten habe, da ich noch nie in so einer Situation gewesen bin. Wie verhält man sich, wenn man den Jungen wiedertrifft, der einen über Textnachrichten praktisch hat abblitzen lassen? Oh, und der Junge ist ein K-Pop-Idol.

»Viele Trainees gehen auf diese Schule«, erklärt der Junge weiter, der nichts von meinem inneren Aufruhr ahnt. »Von Joah und den anderen Unterhaltungsagenturen.«

»Ich bin bei Neptune Entertainment«, mischt sich ein Mädchen in unsere Unterhaltung. »Mein Label hat mich an der SAA angemeldet, weil ich noch nicht volljährig bin.« Sie ist ein bisschen kleiner als ich, hat rosige Wangen und wirkt sehr freundlich. »Ich heiße Angela Kwang und komme aus Taiwan. Ich bin vor drei Monaten nach Seoul gezogen.«

»Schön, dich kennenzulernen«, sage ich. »Jenny Go. Ich bin … Amerikanerin.«

Der Junge nickt uns zu. »Hong Gi Taek. Ich bin kein Trainee, aber ich will bald zu einer Joah-Audition gehen. Ich würde sagen, die Hälfte der Schüler hier sind entweder Trainees oder wollen es werden.«

»Joah ist die Agentur von XOXO, oder?«, fragt Angela. »Ich kann nicht fassen, dass ich auf die gleiche Schule gehe wie sie. Aber werden sie überhaupt oft am Unterricht teilnehmen? Die sind doch bestimmt wahnsinnig beschäftigt.«

»Sie sind öfter hier, als du denkst. Joah Entertainment liegt praktisch um die Ecke und die Geschäftsführerin der Agentur ist auch im Aufsichtsrat der Schule.«

Oh, wow. Ich wusste, dass die SAA eine Musikschule ist, hatte aber keine Ahnung, dass sie so eine starke Verbindung zur Unterhaltungsindustrie hat. Aber das erklärt natürlich, warum so viele Idols und Trainees hier sind. Wenn es hier so ist wie auf der LACHSA, legt die Schule ihren Schwerpunkt auf die darstellenden Künste und ist wahrscheinlich sehr flexibel, was angekündigte Fehlzeiten angeht.

»Was ist mit dir, Jenny?«, fragt Angela.

Einen Moment lang denke ich, sie will wissen, ob ich mich freue, XOXO zu sehen, dann wird mir klar, dass sie mich nach meinem Hauptfach fragt.

»Mein Hauptfach ist Cello.«

»Wie cool!«, ruft Angela. »Ich wollte auch immer ein Instrument spielen. Aber ich habe einfach kein Talent dafür. Nicht dass ich fürs Singen und Tanzen ein Talent hätte.« Sie kichert und ich muss lächeln. Mir gefällt, dass sie über sich selbst lachen kann. »Aber es ist mein Traum, mein Debüt zu haben.«

»Debüt?«, frage ich. Bei meiner Internetrecherche habe ich erfahren, dass XOXO erst vor einem Jahr ihr »Debüt« hatten, wobei ich nicht genau weiß, was das bedeutet.

Gi Taek seufzt. Er ist sichtlich enttäuscht, dass mir grundlegendes Wissen über die Idol-Kultur fehlt.

»Ach, das ist ganz einfach.« Angela scheint sich darüber zu freuen, ihr Wissen teilen zu können. »Nach der Ausbildung, was in meinem Fall Choreografie, Gesangs- und Sprachunterricht auf Koreanisch, Japanisch und Englisch sowie Kurse in öffentlichem Reden bedeutet, stellt die Agentur eine Band zusammen, basierend auf einem Haufen von Faktoren – wie dem Branding, besonderen Talenten und Stimmen. Dann veröffentlicht sie die Profile und Fotos der Mitglieder im Internet, um Aufmerksamkeit zu schaffen. Am Ende bringt sie eine Single oder ein Album heraus. Sobald die Band das erste Mal aufgetreten ist und mit der PR beginnt, hatte sie ihr offizielles Debüt!«

Ich starre sie an. Wenn das so einfach ist, was ist dann so kompliziert?

»Natürlich steckt noch mehr dahinter«, sagt Gi Taek. »Aber das ist es im Wesentlichen. Doch ein Debüt ist nicht selbstverständlich.«

Ich vergleiche ihre Erfahrungen mit meinen. »Das klingt ein bisschen so wie das, was ich mit meinem Cellospiel erreichen will«, sage ich nachdenklich. »Nur dass ich es auf eine angesehene Musikhochschule schaffen will statt in eine Unterhaltungsagentur. Und ich will in ein Orchester statt in eine Idol-Band.«

»Ja, das ist genau so!« Angela strahlt mich an.

Gi Taek nickt mir anerkennend zu.

In meiner Tasche summt auf einmal mein Handy und ich sehe, dass der Timer für die Wäsche abgelaufen ist. »Ich muss los«, sage ich, zögere dann aber. Es ist eine Weile her, dass ich mich um neue Freunde bemühen musste, und ich bin mir nicht mehr so ganz sicher, wie das geht.

Und auch wenn ich nicht unbedingt Freunde *brauche*, da ich ja nur bis zum Ende des Halbjahrs bleibe, würde es mir die Zeit hier doch angenehmer machen.

Angela lächelt. »Ich hoffe, wir haben irgendwelche Fächer zusammen, Jenny.«

»Ich auch«, sage ich, winke und wende mich zum Gehen. XOXOs Auftritt ist vorbei und eine andere Band steht auf der Bühne. Sie singen über die Jugend und dass man mit ganzem Herzen seine Träume verfolgen soll.

# Elf

**Go Jenny, Drittes Jahr,**
**Stundenplan: Montag bis Donnerstag**
8:00–8:10 Klassenzimmer/Anwesenheitspflicht
8:10–9:35 Fach 1 oder 4
9:40–11:05 Fach 2 oder 5
11:10–12:35 Fach 3 oder 6
12:40–13:15 Mittagspause
13:20–16:00 Künste
16:05–18:00 Privatstudium

**Freitags**
9:00–9:10 Klassenzimmer/Anwesenheitspflicht
9:10–10:25 Künste
10:30–12:35 Privatstudium
12:40–13:15 Mittagspause
13:20–16:00 Künste

Am Sonntagabend gehe ich zum hundertsten Mal meinen Stundenplan durch. Während meine Mitschüler Koreanisch,

Englisch, Naturwissenschaften und Geschichte haben, werde ich in Privatstudiumzeit selbstständig lernen. Aber bei Fächern wie Informatik, Mathe, Sport bin ich dabei, und natürlich auch bei allen Musikkursen wie Orchester und Einzelunterricht.

Außerdem bin ich bei Tanz angemeldet, ein Wahlfach, in dem ich wegen meiner späten Anmeldung gelandet bin. Das ist erst mal in Ordnung, allerdings muss ich meinen Studienberater fragen, ob es möglich ist, es ebenfalls in Privatstudium umzuwandeln. Als Musikerin habe ich zwar ein gutes Rhythmusgefühl, allerdings weiß mein Körper das nicht.

Als am nächsten Morgen mein Wecker klingelt, ist Sori bereits weg. Ich lasse mir Zeit beim Fertigmachen und begreife den größten Vorteil an einer Schuluniform – man muss sich morgens nicht entscheiden, was man anziehen will.

Draußen im Flur bin ich froh, dass ich schon am Abend zuvor geduscht habe, denn jetzt steht eine lange Schlange vor dem Waschraum. Ich finde Platz vor einem Spiegel, um Eyeliner und ein bisschen Lipgloss aufzutragen. Ich habe keine Ahnung, was die Schule in puncto Make-up für Regeln hat, aber hier stehen so viele Kosmetikbeutel herum, dass sie nicht so streng sein können.

Da es der erste Schultag ist, gibt es eine Versammlung in der weltbekannten Konzerthalle, die als Aula dient. Auf dem Weg zum Gebäude schaue ich mich nach meinen beiden Mitschülern um, die ich gestern im Studienzentrum kennengelernt habe, Gi Taek und Angela. Ich bin ziemlich nervös und mein Herz bleibt jedes Mal stehen, wenn ich einen besonders großen Jungen sehe. Ich versuche mir einzureden, dass es nur am Erster-Schultag-Lampenfieber liegt. *Erster-Schultag-im-Ausland-Lampenfieber.* Und auch wenn das teilweise stimmt, weiß ich genau, dass ich auch deshalb nervös bin, weil ich

Jaewoo wiedersehen werde. Ich will es einfach nur hinter mich bringen, damit ich danach endlich mein Leben in Seoul weiterleben kann.

Ich betrete den Vorraum des Auditoriums.

»Jenny!« Mir bleibt fast das Herz stehen, aber es ist Gi Taek, der mit Angela zu mir kommt.

»Du musst mal deine Krawatte richten«, sagt er, statt mir einen Guten Morgen zu wünschen. »Wenn das einem Lehrer auffällt, bekommst du Minuspunkte.«

»Ich liebe deine Frisur!«, sagt Angela und deutet auf meine Zöpfe, die ich mir hauptsächlich aus Zeitgründen geflochten habe.

»Suchen wir uns besser einen Platz, bevor es zu voll wird«, sagt Gi Taek.

Durch eine große Doppeltür kommen wir in den Hauptsaal und ich muss kurz stehen bleiben, um meine Umgebung angemessen zu würdigen. Die Konzerthalle ist riesig und hat ein Kuppeldach, um die Akustik zu verbessern. Die Bühne ist in einem herrlichen Mahagoni gehalten und die Sitze sind fächerartig verteilt, damit jeder Zuschauer gut sehen kann.

»Da sind drei freie Plätze!« Angela deutet auf eine hintere Reihe. »Schnappen wir sie uns schnell.«

Ich suche nach meiner Mitbewohnerin, während wir nach hinten gehen, und entdecke sie in einer Reihe auf der linken Seite. Neben ihr sind jeweils zwei Plätze frei – *sowie vor und hinter ihr.* Dabei scheint ihre Isolation eher selbst gewählter Natur zu sein. Sie sitzt mit verschränkten Armen da, den Blick stur geradeaus gerichtet, und strahlt Sprich-mich-an-und-ich-kill-dich-Vibes aus.

Plötzlich werde ich abgelenkt, weil jemand ruft: »Yah! Choi Youngmin!«

Ich drehe meinen Kopf zum Eingang, durch den gerade Youngmin marschiert ist. Der Geräuschpegel im Saal nimmt zu, als ein paar Kinder aufgeregt zu tuscheln anfangen.

Youngmin hüpft zu einer Gruppe Jungs im ersten Jahr nach vorn durch und sie klatschen sich ab.

Dann tritt Nathaniel durch die Tür und es ist wirklich so, als wäre ein Promi eingetroffen. Seine Haare sind kunstvoll verwuschelt und seine Krawatte hängt schief. Es ist seltsam, ihn in echt zu sehen, nachdem ich das ganze Wochenende damit verbracht habe, ihn mir in Musikvideos anzugucken. Ich frage mich, ob es für die anderen, die mit ihm und den anderen Jungs von XOXO zur Schule gehen, genauso seltsam ist, ihren Klassenkameraden, vielleicht sogar Freunden dabei zuzusehen, wie sie genau jenen Traum leben, den sie sich so verzweifelt wünschen.

Nathaniel setzt sich auf den nächstbesten freien Platz im Bereich für das dritte Jahr und wird sofort von einer Mädchentraube umringt.

Als ich den Blick endlich losreißen kann, sehe ich, dass Sori zum Eingang schaut. Als würde sie das plötzlich selbst bemerken, schaut sie schnell weg.

Um 8:09 Uhr schleicht sich ein weiterer Schüler in den Saal, aber es ist nicht Jaewoo. Dann ein weiterer und noch einer. Um Punkt zehn nach acht erscheint ein Lehrer und schließt die Tür.

Ist er zu spät? Nein, wenn überhaupt, wäre er doch mit seinen Bandkollegen gekommen. Vielleicht hat er entschieden, seinen Abschluss online zu machen. Oder er ist wegen irgendwelcher PR-Angelegenheiten im Ausland. So was machen K-Pop-Idols doch die ganze Zeit, oder?

Ich bin so sehr in meinen Gedanken versunken, dass ich beinah die Frau nicht bemerke, die die Bühne betritt und ihren Platz am Rednerpult einnimmt.

Sie stellt sich als Rektorin der Seoul Arts Academy vor, sagt, dass die Institution vor fünfzig Jahren gegründet wurde und in dieser Zeit viele Absolventen mit inzwischen großem Prestige unterrichtet hat. Sie nennt ein paar Namen, die mit Ahs und Ohs kommentiert werden. Dann spricht sie über die Erwartungen der Akademie an ihre Schüler. Unter anderem sollen wir in Verhalten und Charakter dem Ruf der Schule gerecht werden und uns vor allem der Künste verschreiben. Außerdem erwähnt sie ein Ding namens »Senior Showcase«, wohl eine Art Talentshow und weckt damit unter den Schülern allgemeines Aufsehen.

»Die Teilnahme ist für alle Schüler der Abschlussklasse obligatorisch«, informiert uns Rektorin Lee, »ob Sie als Teil eines Ensembles oder als Solokünstler auftreten. Dies ist die beste Gelegenheit, uns Ihr Talent zu demonstrieren. Es werden Vertreter aller großen Universitäten des Landes anwesend sein sowie ein paar ausländischer, des Berklee College, der Universität der Künste Tokio und der Manhattan School of Music.«

Sie führt weiter aus, dass auch Talentsucher der größten Entertainmentfirmen teilnehmen werden, aber ich höre gar nicht weiter zu. Ein Vertreter der MSM wird im Publikum sitzen. Wenn ich es schaffe, ein Solo zu bekommen und einen tollen Auftritt hinzulegen, könnte das meinen Freifahrtschein nach New York bedeuten. Ich kann spüren, wie mein Herz immer schneller klopft. Mein Traum nimmt zunehmend Gestalt an.

»Und nun hält der diesjährige Stufensprecher des Abschlussjahrgangs unsere Willkommensansprache.«

Bis jetzt haben sich die Schüler die Rede der Rektorin ruhig angehört, doch nun herrscht wieder aufgeregtes Getuschel.

Und wieder bleibt mir das Herz stehen.

Eine vertraute Gestalt betritt die Bühne. Jaewoo, der Junge aus der Karaokebar, K-Pop-Idol – und Stufensprecher meines Jahrgangs.

# Zwölf

In Jaewoos Rede an die Schüler gibt es einen Moment, in dem er direkt in die Menge blickt, und ich versinke instinktiv in meinem Sitz. Was völlig unnötig ist, denn hier hinten in der letzten Reihe, so weit entfernt von der Bühne wie nur möglich, kann er mich sowieso nicht sehen.

Anders als bei der Rektorin lausche ich jedem seiner Worte. Verstärkt vom Mikrofon erfüllt seine ruhige, weiche Stimme das Auditorium. Was er sagt, ist nicht mal besonders interessant – seine Worte klingen auswendig gelernt – und doch sind alle verzückt und schenken ihm ihre volle Aufmerksamkeit.

»Stufensprecher, Lead Singer von XOXO, gut aussehend und nett. Ob es wohl auch etwas gibt, in dem Jaewoo *nicht* gut ist?«, fragt Angela verträumt.

*Nachrichten beantworten*, denke ich, spreche es aber natürlich nicht aus.

»Wusstet ihr, dass er für alle Songs der Band die Texte schreibt?«, bemerkt Gi Taek.

Das überrascht mich. Auch wenn ich nicht so genau weiß, warum eigentlich.

»Manchmal arbeitet er auch mit einem Texter oder einem anderen Bandmitglied zusammen«, fährt Gi Taek fort. »Aber er wird bei allen Liedern als Autor genannt.«

»Kein Wunder, dass er der beliebteste Junge der Band ist«, sagt Angela.

Das wiederum überrascht mich nicht. Natürlich ist er das.

Jaewoo beendet seine Rede unter ohrenbetäubendem Applaus und verbeugt sich, bevor er die Bühne verlässt. Die Rektorin kommt zurück, um den Ehrengast der Versammlung vorzustellen, eine Pianistin der Ewha Womans University und ehemalige SAA-Schülerin, die ein Titelsong-Medley beliebter K-Dramas spielt. Danach sind wir entlassen und werden in unsere Klassenzimmer geschickt.

Meines befindet sich im Gebäude A direkt neben dem Studienzentrum und der Cafeteria. Gi Taek und Angela müssen in andere Klassenzimmer, aber wir haben ein paar gemeinsame Fächer. Wir verabreden uns für die Mittagspause und laufen dann in unterschiedliche Richtungen davon.

Der Gang vor meinem Klassenzimmer ist voller Schüler, die einander Dinge zurufen und sich nach den langen Winterferien auf den neuesten Stand bringen. Vor mir entdecke ich Sori, die wieder allein unterwegs ist, und versuche sie einzuholen.

»Jenny-nuna!« Youngmin läuft auf mich zu und bleibt erst kurz vor einem drohenden Zusammenstoß stehen. »Wie läuft dein erster Schultag? Wenn du mal jemanden brauchst, der dir den richtigen Weg zeigt, frag ruhig mich!«

Ich blinzle ihn an. Es überrascht mich, dass er mit mir spricht. Auch wenn ich nicht genau weiß, warum eigentlich, denn im Uniformgeschäft war er ja schon sehr freundlich. Ich blicke mich um und sehe, dass mich ein paar Leute neugierig beobachten, aber die meisten grinsen nur Youngmin an.

»Coole Haare, Youngmin«, sagt jemand und mir fällt auf, dass sich seine Haarfarbe seit unserer letzten Begegnung verändert hat. Von Azurblau zu Nachtblau.

»Es läuft großartig«, sage ich, sobald er sich wieder mir zuwendet. »Und ich komme gern auf dein Angebot zurück.«

»Wenn das mal nicht Jenny ist«, sagt eine leise Stimme auf Englisch. Nathaniel.

Ich drehe mich zu ihm um und will gerade antworten, als ich Sori im Gang entdecke. Unsere Blicke treffen sich kurz, dann dreht sie sich schnell um und verschwindet in einem Raum.

»Ist was?«, fragt Nathaniel.

»Nein ...« In dem flüchtigen Moment, bevor sie weggeschaut hat, war da ein Ausdruck in ihrem Gesicht, den ich nicht erwartet habe. Traurigkeit. »Es ist nichts. In welches Klassenzimmer musst du?«

»B.«

»Ich auch.« Ich seufze erleichtert. Wenigstens ein freundliches Gesicht in meiner Klasse, wie schön.

»Ai-ssh«, stöhnt jemand hinter mir. »Der erste Schultag und ich bin schon völlig kaputt.«

Ich erstarre.

Vor mir strahlt Youngmin noch mehr als vorher. »Jaewoo-hyeong! Wir haben dich heute Morgen vermisst.«

»Ah ja, ich wollte mit euch im Van fahren, aber Sun wollte, dass ich mir im Studio einen Track anhöre.«

»Deine Rede war ja vielleicht inspirierend«, sagt Nathaniel ironisch.

»Hab ich nur für dich geschrieben«, erwidert Jaewoo schlagfertig.

»Kennst du schon Jenny?«, fragt Youngmin.

»Jenny?«

Ich wusste, dass dieser Moment früher oder später kommen würde, aber ich dachte, dass es an einem Ort mit nicht ganz so vielen Leuten passieren würde oder zumindest überraschender, sodass ich anders als jetzt keine Zeit hätte auszuflippen.

Ich atme tief durch und drehe mich um.

Wir sehen uns an. Er reißt überrascht die Augen auf und ich kann ihm ansehen, dass ihm in diesem Sekundenbruchteil eine Million Gedanken durch den Kopf schießen. Dann sieht es aus, als gingen in seinem Gesicht die Schotten runter. »Ah«, sagt er. »Schön, dich kennenzulernen.«

Mir wird schwer ums Herz. So wie er meine Nachrichten ignoriert hat, habe ich nicht erwartet, dass er sich *freut*, mich zu sehen, aber ich hätte nicht gedacht, dass er so tun würde, als wären wir uns noch nie begegnet.

»Wir haben Jenny letztens im Schuluniformgeschäft kennengelernt«, informiert Youngmin Jaewoo, der geistesabwesend nickt. »Sie kommt aus LA.«

»Ach ja?« Er wendet sich an Nathaniel. »Ich muss noch was aus der Verwaltung holen.« Dann sagt er, als wäre es ihm gerade noch eingefallen: »Bring mal deine Krawatte in Ordnung. Sonst bekommst du gleich am ersten Tag Minuspunkte.«

Ich denke, dass er mit mir redet, doch dann sagt Nathaniel. »Die werden mich schon nicht rauswerfen.«

»Man darf doch wohl noch träumen.«

Und damit stapft er davon, ohne sich noch einmal umzudrehen.

»Ich muss los, sonst komme ich zu spät zum Unterricht!«, sagt Youngmin. »Bis dann, Jenny, Nathaniel-hyeong!« Damit läuft er in die entgegengesetzte Richtung, in die Jaewoo gegangen ist.

»Unser Klassenzimmer ist da drüben.« Nathaniel deutet auf eine Tür. »Sollen wir?«

Ich folge ihm, auch wenn ich eigentlich keine Ahnung habe, wohin genau ich gehe. Was ist eben passiert? In all den Szenarien, die ich mir für unsere zweite Begegnung ausgemalt habe, ist mir nie in den Sinn gekommen, dass mich Jaewoo so eiskalt stehen lassen würde. Es ist, als wäre er plötzlich ein völlig anderer Mensch.

»Jenny?« Mit einer Hand an der Tür wartet Nathaniel auf mich. »Kommst du?«

»Ja.« Flugs folge ich ihm.

Im Klassenzimmer stehen aufgereiht Tische mit Blick zur Tafel. Der Lehrer ist noch nicht da, also schaue ich auf den Sitzplan, der vorn angebracht ist. Mein Platz befindet sich in der vorletzten Reihe am Fenster. Als ich dorthin gehe, fällt mir auf, dass immer zwei Leute an einem Tisch sitzen, und meine Sitznachbarin ist keine andere als Sori. Sie wirkt über diese Wendung genauso begeistert wie ich.

»Guten Morgen«, sage ich. Wenigstens kann ich einen Neuanfang versuchen.

Sie dreht ihren Kopf zum Fenster.

Seufzend ziehe ich meinen Stuhl unter dem Tisch hervor. Nathaniel sitzt am anderen Ende des Raums bei einem großen, schmalen Jungen, mit dem er sich angeregt unterhält.

Außer Sori und mir scheinen alle mit ihren Banknachbarn zu reden. Ich frage mich, ob wir Freundinnen hätten werden können, wenn ich nicht gegen ihren Schreibtisch gestoßen wäre und die Nachricht auf dieser Postkarte gelesen hätte.

Eine Nachricht, die mit XOXO unterzeichnet wurde. Was entweder für »Küsse und Umarmungen« steht oder ... für eine heimliche Liebesbeziehung.

Ich gehe die möglichen Kandidaten durch. Youngmin ist zu jung, das kann ich mir nicht vorstellen. Sun vielleicht, aber er war gerade nicht im Gang, als ich Soris traurigen Blick bemerkt habe. Außerdem war das Ende der Postkarte auf Englisch geschrieben. Damit bleiben Jaewoo und Nathaniel. Ich sehe zu Nathaniel, der gerade mit seinem Tischnachbarn herumalbert. Er ist das komplette Gegenteil zu meiner Mitbewohnerin. Jaewoo und Sori haben immerhin eine Sache gemeinsam: Ich weiß nie, was die beiden denken.

In meiner Tasche summt mein Handy. Ich ziehe es heimlich heraus und sehe, dass es eine Nachricht von meiner Mutter ist.

Ich hab das Schulgeld bezahlt. Mein Stipendium reicht nur für die Hälfte. Sag mir, wenn es Probleme geben sollte.

Ich schreibe zurück: Okay. Danke, Mom.

Kein »Ich hoffe, du hast einen schönen ersten Schultag«, aber das überrascht mich nicht weiter.

Ich will mein Handy gerade wieder wegstecken, als ich innehalte. Ich scrolle ein paar Tage zurück zu der Nachricht, in der ich Jaewoo geschrieben habe, dass ich nach Seoul komme.

Hey, ich bin ein paar Monate in Korea, um meine Großmutter zu besuchen. Vielleicht bist du ja da und hast Lust, dass wir uns treffen.

Die Nachricht ist jetzt als Gelesen markiert.

Ich blinzle überrascht. Wann hat er sie gelesen? Vor ein paar Tagen oder erst jetzt, als er mich im Gang gesehen hat?

Sori rempelt fest gegen meine Schulter und ich blicke auf. Vor mir steht ein Mädchen und starrt mich erwartungsvoll an.

»Du musst die Uniform richtig tragen«, sagt sie und zeigt auf meine unordentliche Krawatte. »Sonst wird die ganze Klasse bestraft.«

Meint sie das ernst? Ich schaue zu Sori, doch die starrt schon wieder aus dem Fenster.

»Beeilung«, sagt das Mädchen. »Du hast noch ein paar Minuten.«

Ich stehe auf.

In der Hoffnung, zufällig eine Toilette zu finden, laufe ich draußen im leeren Gang einfach in eine Richtung. Ich ärgere mich, das Regelbuch nicht richtig gelesen zu haben. Jetzt werde ich an meinem ersten Schultag zu spät kommen.

»Schülerin!« Ein Lehrer kommt auf mich zu und ich seufze erleichtert. Er kann mir bestimmt helfen ... »Du musst sofort in dein Klassenzimmer!«

Ich starre ihn an und bin verwirrt. Warum ist er so wütend? »Mir wurde gesagt, dass ich meine Krawatte in Ordnung bringen soll ...«, beginne ich.

»Ins Klassenzimmer. Sofort!« Er brüllt regelrecht, inklusive fliegender Spucketröpfchen.

»Sie verstehen das nicht. Ich bin neu ...«

»IN DEIN KLASSENZIMMER!«

Mir schießen Tränen in die Augen. Warum schreit er mich so an? »Aber ...«

»Seonsaengnim.« Jaewoo erscheint wie aus dem Nichts und spricht den Lehrer mit seinem Titel an. »Sie ist eine neue Schülerin. Ich wollte sie gerade in ihr Klassenzimmer bringen.«

Plötzlich lächelt der Lehrer wieder. »Ah, Jaewoo-ssi. Natürlich.«

Jaewoo verneigt sich lächelnd und der Lehrer geht davon. Dann legt er mir die Hand auf den Rücken, schiebt mich zu einer Tür und drückt sie auf.

Wir stehen in einem Treppenhaus. Schwaches Licht dringt durch ein Oberlicht. Ich muss tief durchatmen, um mich zu beruhigen. Als ich mich wieder unter Kontrolle habe, drehe ich mich zu Jaewoo um, der sich gegen die Tür lehnt.

»Alles okay?«, fragt er auf Englisch.

»Ja«, sage ich. »Danke für …« Ich deute in Richtung des Gangs. Es ist eine Geste, die alles Mögliche beinhaltet.

»Er hätte dich nicht anschreien sollen«, sagt er sanft.

Ich starre ihn misstrauisch an. Er verhält sich wieder wie damals in LA. Ein krasser Gegensatz zu vorhin, als er so getan hat, als würde er mich nicht kennen.

»Warum bist du nicht in deinem Klassenzimmer?«, fragt er.

»Ein Mädchen hat mir gesagt, dass die ganze Klasse bestraft wird, wenn ich meine Uniform nicht richtig trage.«

Jaewoo lächelt mitfühlend. »Sie hat dich nur verarscht.«

Wie gemein! Ich bin neu hier! Warum hat Sori nichts gesagt?

»Aber trotzdem«, sagt Jaewoo, »für einen Regelverstoß bekommst du bei deinem nächsten Test Minuspunkte oder musst ein paar Runden um den Sportplatz laufen.«

»Echt?«

»Echt.«

Wow, in koreanischen Schulen geht es ganz schön streng zu.

»Na ja, es ist so …« Ich trete verlegen von einem Bein aufs andere. »Ich weiß nicht, wie man eine Krawatte bindet.«

»Echt?«

»Echt.«

Er schüttelt den Kopf. »Auf was für einer Schule warst du eigentlich in den USA?«

»Einer öffentlichen.«

Er stößt sich von der Tür ab und greift nach meinem Kragen. Langsam löst er den nachlässigen Knoten, den ich am Morgen gebunden habe. Vor lauter Konzentration erscheint zwischen seinen Augenbrauen eine kleine Falte. Er bringt beide Enden der Krawatte auf gleiche Länge und bindet einen ordentlichen Knoten. Dabei berühren seine Fingerknöchel meine Bluse. Ich atme scharf ein.

»Tut mir leid«, sagt er und seine Hände halten einen Moment inne. Er beißt sich auf die Lippe und macht dann weiter. Sein Adamsapfel hüpft auf und ab.

Er bildet eine Schlinge und zieht das andere Ende sanft hindurch.

Ich beobachte ihn, während er an mir herumhantiert. Anders als in LA trägt er jetzt kein Make-up. Ohne sieht er jünger aus, aber genauso hübsch. Sein Arm ist nicht mehr eingegipst und mit seiner linken Hand hält er auch die Krawatte fest und zieht den Knoten straff. Die Tattoos auf seinem Handgelenk sind ebenfalls verschwunden.

»Was tust du hier, Jenny?«, fragt er leise.

»Ich schwöre, ich bin dir nicht gefolgt«, sage ich.

Erneut hält er kurz inne, blinzelt und lacht dann. »So egozentrisch bin ich nicht. Zumindest noch nicht. Ich meinte, was tust du hier in Korea an dieser Schule?«

Ich runzle die Stirn. »Hast du meine Nachricht nicht bekommen?«

»Welche Nachricht?«

»Die von vor ein paar Tagen. Du weißt schon, die, in der ich dir gesagt habe, dass ich für ein paar Monate in Seoul sein werde.«

Er seufzt, zieht ein letztes Mal an meiner Krawatte und lässt die Hände sinken. »Mein Handy wurde konfisziert. Nach dem

Abend in LA hat es mir mein Manager weggenommen. Ich habe von der Agentur ein neues bekommen, mit genehmigten Kontakten. Was hast du mir geschrieben?«

»Das wirst du wohl nie erfahren.«

Jetzt runzelt er die Stirn.

Ich habe überhaupt nichts Verfängliches geschrieben, aber ich lasse ihn trotzdem in seiner Neugier schmoren. Über uns läutet die Schulglocke.

»Wir sollten besser gehen«, sage ich.

»Ich bring dich zur Klasse.«

Wir verlassen das Treppenhaus und kehren in den nun gähnend leeren Gang zurück.

»Es tut mir leid«, sagt Jaewoo nach ein paar Schritten. »Dass ich dir nicht zurückgeschrieben habe, meine ich. Ich ... ich wollte es.«

Ich taxiere ihn aus den Augenwinkeln. Er presst seine Lippen zusammen und sein Gesichtsausdruck wirkt unentschlossen.

»Warum hast du vorhin so getan, als würdest du mich nicht kennen?«, frage ich.

»Ich wollte nicht, dass jemand weiß, dass wir uns schon mal getroffen haben. Ich vertraue meinen Klassenkameraden, aber es gab schon wegen weniger Gerüchte. Wenn es nur nach mir ginge ...«

Wir erreichen die Tür meines Klassenzimmers. Drinnen kann ich eine Erwachsene am Pult sehen. »Jenny.« Jaewoo hält mich zurück. »Die Sache ist die ...« Aufmerksam beobachtet er meine Reaktion. »*Wir* müssen nicht so tun, als ob wir uns nicht kennen.«

»Was meinst du?«

»Wenn wir ... unter uns sind.«

»Du willst unsere Freundschaft geheim halten?«

Er kratzt sich verlegen im Nacken. »Wenn du es so ausdrückst, klingt es schlimm.«

Ich überlege, ob ich beleidigt sein soll. Normalerweise wäre ich das, aber ich bin mir sicher, dass er mehr als die Freundschaft mit irgendeinem Mädchen aus LA berücksichtigen muss. Zum Beispiel seinen Ruf als Idol.

»Ich versteh schon«, sage ich. »Dein Leben ist nicht gerade normal.«

»Ja«, erwidert er mit einem zögerlichen Lächeln auf den Lippen.

Dennoch muss *ich* mich nicht auf eine geheime Freundschaft einlassen, wenn es Leute gibt, die kein Problem damit haben, sich mit mir in der Öffentlichkeit zu zeigen, wie Angela und Gi Taek. Sogar Nathaniel und Youngmin waren nett zu mir, und zwar auch vor aller Augen. Warum ist es mit Jaewoo so anders? Liegt es daran, dass er Stufensprecher ist, der beliebteste Junge seiner Band, ein »Prinz«, wie es sein Spitzname und Ruf behaupten?

Vielleicht ist es nur mein verletzter Stolz, aber ich habe gerade genug um die Ohren – die Eingewöhnung in eine neue Schule, die Bewerbung um einen Platz in einer Musikhochschule meiner Wahl. Ich weiß nicht, ob ich Energie darauf verwenden will, ihn zu durchschauen.

»Was das mit der Freundschaft angeht ...« Ich trete einen Schritt näher und er lehnt sich fast instinktiv vor. »Ich denk drüber nach.«

Sein Lächeln erstirbt.

Ich gehe zu meinem Klassenzimmer und öffne die Tür.

# Dreizehn

Wie erwartet starren mich alle an, als ich erst fünf Minuten nach dem Klingeln ins Klassenzimmer komme. Der Lehrerin hat es wohl die Sprache verschlagen, weil sie wahrscheinlich nicht versteht, wie jemand an seinem ersten Schultag zu spät kommen kann.

»Sie ist eine Austauschschülerin«, sagt Jaewoo, der mir hinterhergekommen ist. »Sie hatte sich verlaufen.« Verblüfft, dass er mir hineingefolgt ist, starre ich ihn an.

»Und du hast sie gefunden«, sagt die Lehrerin freundlich. »Nichts anderes erwarten wir von unserem Stufensprecher.«

Jaewoo geht an mir vorbei zum Lehrerpult und zieht eine Akte aus seiner Tasche. »Hier sind die Papiere, die ich noch aus der Verwaltung holen sollte.«

Er verbeugt sich, doch statt zurück zur Tür zu gehen, setzt er sich in die letzte Reihe ans Fenster.

Es ist der Platz direkt hinter meinem.

Was bedeutet, dass er *in meiner Klasse ist.* Er sieht mich nicht an, sondern stützt sein Kinn auf die Hand und schaut aus dem Fenster. Selbst von hier vorn kann ich ihn grinsen sehen.

»Jenny«, sagt die Lehrerin, »stell dich doch bitte der Klasse vor.«

Oh, mein Gott, Reden vor Publikum ist das Allerschlimmste für mich.

Ich atme tief durch. »Ich heiße Jenny Go«, fange ich an. »Ich bin siebzehn …« Ein paar der Schüler runzeln die Stirn, und mir fällt ein, dass man in Korea am Tag seiner Geburt quasi bereits ein Jahr alt ist und zum Jahreswechsel älter wird. Je nach Geburtstag ist man also ein bis zwei Jahre älter als nach der westlichen Zählweise. Es gelingt mir nicht so schnell, mein koreanisches Alter herauszufinden, also sage ich stattdessen, in welchem Jahr ich geboren bin. Jetzt nicken alle verstehend. »Ich komme aus Los Angeles in Kalifornien. Und ich spiele Cello.«

Als ich fertig bin, schaue ich zur Lehrerin, die auf etwas zu warten scheint. Ich verbeuge mich.

»Perfekt!«, sagt sie. »Baksu!« Sie klatscht in die Hände und meine Mitschüler schließen sich ihr halbherzig an. »Du kannst dich jetzt setzen.«

Ich schätze, nach dieser Vorstellung wissen alle, dass ich eine internationale Austauschschülerin bin, und werden hoffentlich nachsichtiger sein, wenn mir ein weiterer kultureller Patzer passiert.

Oder auch nicht. Ich erinnere mich an das Mädchen, das mich wegen des Verstoßes gegen die Kleiderordnung angelogen hat. Sie saß während meiner Vorstellung in der ersten Reihe und hat mich zusammen mit ihrer Sitznachbarin die ganze Zeit abfällig gemustert und die Augen verdreht.

Auf meinem Weg zu meinem Platz schaue ich kurz zu Jaewoo, doch er starrt immer noch aus dem Fenster.

Sori vor ihm tut genau das Gleiche und nimmt auch nicht das kleinste bisschen Notiz von mir, als ich mich neben sie setze.

Die restliche Stunde gehen wir die Lernziele für dieses Schuljahr durch und verteilen Aufgaben. Offenbar wechseln sich alle Schüler mit der Reinigung des Klassenzimmers ab. Außerdem erwähnt die Lehrerin die angekündigte Talentshow im Juni. Nach dem Mittagessen werden uns unsere jeweiligen Fachbereichsleiter in weitere Details einweihen. Ich nehme mir vor, meinen nach der Möglichkeit für ein Cellosolo zu fragen.

Irgendwann verkündet die Schulglocke das Ende der ersten Stunde. Die meisten bleiben sitzen, denn für sie steht als Nächstes Koreanische Literatur auf dem Plan. Nur ich und ein paar andere Mitschüler packen unsere Sachen zusammen und wechseln den Raum.

»Jaewoo-yah.« Sori dreht sich zum Fenster um.

Also kennen sie sich *doch* näher. Wenn sie seinen Namen auf so vertraute Weise sagt, müssen sie sich nahestehen.

Er sieht von seinem Stundenplan auf. »Min Sori.«

»Warum hast du mir nicht zurückgeschrieben?« Warum ist *sie* auf seiner Liste genehmigter Kontakte?

»Sorry, hab mein Handy im Studio liegen lassen«, sagt Jaewoo. »Was war denn?«

»Ich hab dir nur zu eurem Auftritt gestern gratuliert.« Ich schaue unauffällig in ihre Richtung, kann ihr Gesicht jedoch nicht sehen. Aber sie klingt ziemlich angespannt, wenn auch nur ganz leicht. »Bei *Music Net.*«

»Oh, danke.«

»Du wirst dein Handy doch wiederfinden, oder?«

»Ja.«

»Ignoriere nicht meine Nachrichten«, sagt sie leise.

In einem Affenzahn packe ich meine Sachen zusammen und flüchte praktisch von meinem Platz. Als ich rausgehe, legt mir Nathaniel seine Hand auf den Arm.

Ich hätte ihn fast vergessen, was ziemlich erstaunlich ist. Wie kann man Nathaniel nur vergessen?

»Welches Fach hast du als Nächstes?«, fragt er.

»Selbstständiges Lernen, aber ich schätze Englisch.« Da Koreanische Literatur zu schwer für mich ist, darf ich einen Onlinekurs in Englischer Literatur der LACHSA belegen.

»Und danach?« Er schüttelt den Kopf. »Weißt du was, schick mir doch einfach deinen Stundenplan.« Er reicht mir sein Handy.

Ich starre es überwältigt an. Seine Einstellungen sind alle auf Koreanisch.

»Oh, tut mir leid, hier.« Er öffnet eine neue Kontaktseite. »Gib einfach deine Nummer ein, den Rest tipp ich dann schon.«

Als ich fertig bin, nimmt er es zurück und schreibt »Jenny Go« daneben.

Beim Rausgehen sehe ich, dass mich die Lügnerin und ihre Freunde – ein Junge und ein Mädchen – böse anstarren. Doch ehrlich gesagt könnte mir gerade nichts egaler sein.

Die ersten paar Minuten meines Privatstudiums verbringe ich damit, den Lehrplan durchzulesen, den mir meine Englischlehrerin geschickt hat. Den Rest der Zeit überlege ich, ob etwa Jaewoo Sori diese Postkarte geschickt hat. Wenn ja, warum hat er dann in LA Zeit mit mir verbracht? Und was bitte war das vorhin im Gang, als er mir vorgeschlagen hat, unsere Freundschaft geheim zu halten? Wie würde Sori das finden? Wie finde *ich* das?

Nicht besonders toll.

Die letzte Stunde vor dem Mittagessen ist Sport. Ich sause schnell ins Wohnheim, ziehe mich um und schließe mich auf dem Sportplatz meiner Klasse an.

»Jenny!«, begrüßt mich Angela. Sie trägt ihre Haare jetzt in Zöpfen und über ihrem Jogginganzug der Schule einen pinkfarbenen Hoodie. Es ist eiskalt hier draußen und die meisten Schüler laufen auf der Stelle oder machen den Hampelmann, um sich aufzuwärmen. »Ich bin froh, dass wir im gleichen Kurs sind!«

»Ich auch«, sage ich, besonders als ich die Lügnerin und ihre Freunde entdecke. Und Sori, die etwas abseits steht, was typisch für sie zu sein scheint.

»Wer ist das?«, fragt Angela, als sie meinem Blick folgt. »Sie ist so hübsch.«

»Min Sori«, antwortet eine unserer Mitschülerinnen, ein Mädchen mit lilafarbenen Haaren. »Sie ist Trainee bei Joah Entertainment.«

Daher kennt sie also Jaewoo. Und darum ist sie vielleicht auch ein genehmigter Kontakt auf seinem Handy.

»Ich beneide sie«, seufzt Angela.

»Ach ja?« Das andere Mädchen grinst. »Dann warte, bis du hörst, wer ihre Mutter ist.« Das Mädchen legt eine dramatische Pause ein.

Den Gefallen nachzufragen tue ich ihr nicht.

Angela hingegen macht das gar nichts aus. »Wer?«

»Seo Min Hee, die Chefin von Joah Entertainment.«

Angela schnappt nach Luft. »Hat die ein Glück. Aber sie wäre bestimmt auch ohne diese Verbindung in die Agentur aufgenommen worden.«

Ich wäre gern so freundlich und liebenswert wie Angela. Das andere Mädchen sieht das offenbar anders und kehrt zu ihren Freunden zurück.

Heute müssen wir vier Runden um den Sportplatz laufen. Die erste Runde macht mir noch nicht viel aus. Nach der zweiten bin ich ein wenig aus der Puste, nach der dritten schnaufe ich wie eine Dampflokomotive und nach der vierten sinke ich neben den anderen Schülern, die vor mir fertig geworden sind, halb tot auf den Boden. Angela ist noch dran, also gehe ich nach einer kurzen Pause zum Wasserspender am Rand, um mich frisch zu machen.

Die Lügnerin und ihre Freundin stehen dort. Um ihnen aus dem Weg zu gehen, entscheide ich mich für die andere Seite des Spenders und spritzte mir kaltes Wasser ins Gesicht. Als ich wieder aufsehe, treffen sich unsere Blicke. Aus dieser Nähe kann ich auch ihr Namensschild lesen: Kim Jina.

Sie fixiert mich weiter, stößt ihre Freundin an und sagt etwas auf Koreanisch.

Ich verstehe es nicht und runzle die Stirn. Aber sie hat so laut gesprochen, dass ich es eindeutig hören sollte.

Ihre Freundin guckt ebenfalls zu mir und erwidert etwas. Endlich raff ich's.

Sie reden absichtlich Slang, damit ich nichts verstehe.

Angesichts meiner verwirrten Miene lachen sie los. Dann unterhalten sie sich weiter und *diesmal* verstehe ich es, weil Schimpfwörter immer mit das Erste sind, was man in jeder neuen Sprache lernt.

Mit tropfendem Gesicht gehe ich davon. Das Gelächter der Mädchen verfolgt mich.

Ich bin so wütend und geschockt, dass ich wie Espenlaub zittere. Ich würde zu gern etwas erwidern, aber was soll ich schon sagen? Mein Koreanisch ist nicht gut genug, um sie zu beschimpfen – und das *will* ich. Aber wenn ich es auf Englisch mache, verstehen sie mich nicht. Sie würden nur noch mehr lachen und ich mich wie eine noch größere Verliererin fühlen.

Und das ist so gemein, weil ich mich normalerweise ziemlich gut verteidigen kann. Meine Mutter, eine Immigrantin mit Akzent, hat die Sprache stets als Waffe betrachtet und gegen Leute eingesetzt, die ihr einreden wollten, sie würde nicht in die USA gehören. Darum ist sie Anwältin geworden.

Und nun wird diese Sprachwaffe gegen mich eingesetzt, allerdings in einem anderen Land.

»Ich bin soooo durchgeschwitzt«, sagte Angela, die mit hängenden Zöpfen auf mich zukommt. »Und jetzt müssen wir zum Mittagessen gehen.« Als sie mein Gesicht sieht, runzelt sie die Stirn. »Alles okay?«

Ich nicke, weil ich mir von Jina und ihrer Freundin nicht den Tag vermiesen lassen will. »Alles bestens. Ich sterb nur vor Hunger.«

»Ich auch«, erwidert Angela. »Lass uns schnell rübergehen, bevor die Schlange zu lang wird.«

Die Cafeteria liegt direkt neben dem Studienzentrum, gegenüber den Wohnheimen. Obwohl wir fünf Minuten vor dem offiziellen Beginn der Mittagspause da sind, hat sich vor dem Eingang bereits eine Schlange gebildet. Eine Speisekarte auf dem Bildschirm über der Tür zeigt die verschiedenen Gerichte: Bulgogi, gebratene Makrele, geschmorter Tofu. Dazu gibt es jeweils Banchan und die Tagessuppe. Heute ist es Sigeumchi-guk, eine Spinatsuppe.

Während die Schüler hineingehen und sich ihr Essen holen, beginnen sich die Tischreihen der Cafeteria zu füllen. Auch aus dem Studienzentrum kommen Leute und bringen das in der Snackbar und dem kleinen Lebensmittelladen gekaufte Essen mit, um es hier zu verzehren.

Zwischendurch bleibt Angela bei einem Mädchen stehen und stellt sie mir als ihre Zimmergenossin Anushya vor. Sie kommt aus Bristol in England und hat indische Wurzeln. Wir unterhalten uns ein bisschen auf Englisch darüber, wie es ist, nach Seoul zu ziehen – sie ist schon seit zwei Jahren hier –, dann ruft sie ein Junge an einem Tisch in der Nähe zu sich. Auch wenn die SAA keine internationale Schule ist, war ich schon überrascht, als ich auf der Webseite gelesen habe, dass internationale Schüler fast ein Fünftel der Schülerschaft ausmachen.

Als wir uns Essen geholt haben – ich habe mich für das Bulgogi entschieden, Angela für die Makrele –, suchen wir in der Menge nach Gi Taek.

»Da ist er!«, sagt Angela und deutet mit einer Hand ans andere Ende der Cafeteria, wo Gi Taek allein an einem langen Tisch sitzt und auf sein Handy starrt. Wir flitzen zu ihm.

Er pausiert das Video, das er sich ansieht und in dem es um Choreografie geht. »Und wie läuft euer erster Schultag so?«, fragt er. »Wie ich sehe, kommt ihr gerade vom Sportunterricht.« Im Gegensatz zu uns trägt er immer noch die gleiche Schuluniform wie bei der Versammlung am Morgen.

»Großartig!« sagt Angela und setzt sich ihm gegenüber hin. »Aber vorhin hatte ich Mathe.« Sie verzieht ihr Gesicht.

»Ich hatte Privatstudium«, sage ich und setze mich rechts von ihm hin. »Da mache ich Online-Kurse von meiner alten Schule in den Staaten.«

»Tja, ich hatte erst Englisch, dann Koreanische Literatur«, sagt Gi Taek. »Mein Hirn ist Matsch.«

Mit den Essstäbchen stecke ich mir ein Stück Dotori-Muk in den Mund. »Und was passiert nach der Mittagspause?« Ich bin neugierig, ob es sich von meiner alten Schule unterscheidet.

»Dann kommen die Kunstfächer dran«, sagt Gi Taek. »Du bist Cellistin, also gehst du zum Orchester. Mein Hauptfach ist Tanz, also gehe ich ins Tanzstudio. Und du …« Er deutet auf Angela. »Du gehst ins Studio von Neptune, oder?«

Sie nickt, auch wenn sie die Stirn runzelt und ein bisschen geistesabwesend wirkt.

»Trainees, die bereits unter Vertrag stehen, bekommen ihren Unterricht direkt bei ihrer jeweiligen Agentur«, erklärt er mir.

»Hast du keinen Hunger?«, fragt Angela. Erst jetzt fällt mir auf, dass Gi Taek kein Essen vor sich stehen hat.

Er zuckt mit den Schultern. »Ich bin auf Diät.«

»Aber du solltest keine Mahlzeiten auslassen …«, erwidert Angela.

»Was dagegen, wenn ich mich zu euch setze?« Nathaniel zieht den Stuhl mir gegenüber zurück und stellt sein Tablett auf den Tisch.

Wie Gi Taek und Angela Bauklötze staunen, fände ich wirklich komisch, wenn ich nicht genauso dreinblicken würde.

Es ist gar nicht mal so sehr seine Anwesenheit, die mich vom Hocker reißt, sondern die Art und Weise, wie er meine Nähe sucht. Ein Blick zu den anderen Tischen zeigt, dass ein paar Schüler uns aufmerksam beobachten. Ist ihm im Gegensatz zu Jaewoo sein Ruf denn völlig egal? Vielleicht glaubt er, nach seinem ersten Skandal nicht mehr viel zu verlieren zu haben.

Als ich mich wieder unserem Tisch widme, bemerke ich, dass mir Gi Taek und Angela wohl telepathisch etwas mitteilen wollen.

»Nathaniel«, sage ich. »Kennst du schon Angela und Gi Taek?«

»Ja.« Er deutet mit seinem Löffel auf Gi Taek. »Tänzer, oder?«

»Ja.« Gi Taek nickt eifrig. Nathaniel wendet sich an Angela und streckt ihr seine Hand entgegen. »Dich kenne ich allerdings noch nicht. Ich bin Nathaniel. Schön, dich kennenzulernen.« Sie nimmt seine Fingerspitzen zwischen beide Hände. Er lacht, schüttelt den Kopf und zieht die Hand zurück, um es sich weiter schmecken zu lassen.

Gi Taek guckt abwechselnd zu Nathaniel und mir. »Woher kennt ihr euch?«

Da Nathaniel gerade den Mund voll hat und es nicht so wirkt, als würde er gleich antworten, erkläre ich: »Wir haben uns kennengelernt, als ich meine Schuluniform gekauft habe.«

Angela lehnt sich neugierig vor. »Wusstest du, wer er ist?«

»Da nicht.«

»Aber jetzt schon«, ermuntert sie mich, mehr zu erzählen.

»Klar, ich meine, ich hab mir euer Musikvideo angesehen«, sage ich an ihn gewandt.

»Ach ja?«, fragt Nathaniel. »Und wie findest du's?« Diesmal ist der Löffel auf mich gerichtet. »Konntest bestimmt nicht aufhören, mich anzusehen, oder?«

Angela kichert.

»Natürlich nicht«, behaupte ich, obwohl mir in Wirklichkeit nicht Nathaniels Part im Kopf herumspukt, seit ich den Clip zum ersten Mal gesehen habe.

Im Eingangsbereich der Cafeteria kommt Unruhe auf.

Ich blicke auf und sehe Jaewoo hereinkommen ... mit Sori.

Noch nie habe ich ein attraktiveres Paar gesehen. Die beiden sehen aus, als wären sie geradewegs den Seiten eines Katalogs entstiegen.

»Wäre es schräg, wenn ich ein Foto mache?«, fragt Angela. »Nur für mich natürlich. Die beiden sehen echt toll aus.«

»Ich würde das an deiner Stelle lieber lassen«, beantwortet Gi Taek ihre scherzhaft gemeinte Frage ernsthaft. »Was, wenn das Foto irgendwie in der Öffentlichkeit auftaucht? Das könnte einen Skandal geben. Ich meine, weißt du noch ...« Er unterbricht sich selbst und wirkt verlegen.

Nathaniel schaut von seinem Tablett auf. Ich starre Gi Taek an, dessen Gesicht kreidebleich geworden ist.

»Was ist denn?«, frage ich.

»Nichts«, sagt Gi Taek. »Es ist nichts.«

Nathaniel legt seinen Löffel ab und lehnt sich mit einem amüsierten Ausdruck im Gesicht zurück.

Mein Eindruck ist, dass ich hier gerade ganz klar was verpasse.

»Du weißt das bestimmt nicht«, seufzt Nathaniel. »Min Sori und ich waren sechs Monate lang zusammen, bevor ihre Mutter es herausbekommen und uns gezwungen hat, Schluss zu machen.«

»Oh, mein Gott«, sage ich.

Er zuckt mit den Schultern. »Voll scheiße, oder?«

*Nathaniel* hat die Postkarte geschrieben. Erleichterung überkommt mich, gleich darauf eine Welle Schuldgefühle. Mehrmals habe ich heute bemerkt, wie Sori traurig zu mir rübergeschaut hat, doch ich hab eher Eifersucht als Mitgefühl empfunden.

Selbst jetzt kann sie den Blick nicht von unserem Tisch losreißen: Der Ausdruck in ihrem Gesicht lässt sich nur als gequält beschreiben.

Der Text auf der Postkarte klingt nicht mal nach Jaewoo, jetzt wo ich weiß, wer ihn geschrieben hat. Ich erinnere mich an die englischen Worte auf der Karte und setze am Schluss seinen Namen ein.

*Chin up, Songbird.*
*You will always have my heart.*
*XOXO*
*Nathaniel*

# Vierzehn

Der Rest des Tages vergeht wie im Flug. Nach dem Mittagessen nehme ich an der Orchesterprobe teil und treffe mich mit meiner Cellolehrerin zum Solounterricht. Sie lässt mich ein paar Tonleitern und meinen Wettbewerbsbeitrag von letztem Herbst spielen. Als ich die Talentshow erwähne, sagt sie mir, dass wir vor Ende April nicht mit den Vorbereitungen der Stücke beginnen.

Da Angela noch bei ihrer Probe ist, holen Gi Taek und ich uns nach der Schule ein schnelles Abendessen im Subway um die Ecke.

Zurück im Wohnheim nehme ich eine lange und heiße Dusche, dann sprinte ich nur in ein Handtuch gehüllt über den Gang zurück in mein Zimmer. Als ich die Tür öffne, weiß ich sofort, dass Sori da ist, denn das Licht ist an. Wie üblich schaut sie nicht mal von dem Tanzvideo auf, das sie sich auf YouTube ansieht.

Ich ziehe meinen Schlafanzug an und öffne eine der Gesichtsmasken aus dem Zehnerpack, den mir Halmeoni gekauft hat. Ich ziehe das feuchte Tuch heraus und lege es vorsichtig auf mein Gesicht. Dann lege ich ein Handtuch über mein Kissen, um es vor meinen nassen Haaren zu schützen, und mache es mir auf dem Bett gemütlich. Nach einem langen Tag gibt es echt nichts Besseres als ein bisschen Selfcare.

Ich stöpsele mir meine Kopfhörer in die Ohren und gucke auf mein Handy. Der Browser öffnet sich auf der letzten Seite, die ich direkt nach der Mittagspause, bevor ich zur Orchesterprobe laufen musste, gegoogelt habe.

*Nathaniel. XOXO. Skandal.*

Ich linse durch das Bücherregal in der Mitte des Raums. Sori schaut immer noch Videos. Ist es schräg, dass ich meine Mitbewohnerin google? Es geht mich ja eigentlich nichts an.

Abgesehen davon, dass es mich *schon* irgendwie angeht, schließlich wohne ich ja mit ihr zusammen. Das rede ich mir zumindest ein.

Ich klicke auf den ersten Link. Im letzten November – ungefähr um die Zeit, in der XOXO ihr Musikvideo für *Don't Look Back* in LA drehten – hat der *Bulletin* Fotos von Nathaniel mit einer »geheimnisvollen Trainee« von Joah Entertainment veröffentlicht. Darauf gehen die beiden händchenhaltend eine dunkle Straße entlang. Auf weiteren Fotos verlassen sie die Wohnung, die Nathaniel mit den anderen Bandmitgliedern teilt. Fotos von ihnen in Nathaniels Wagen. Das Gesicht des Mädchens ist unkenntlich gemacht, aber jetzt, wo ich ihre Identität kenne, ist klar, dass es sich um Sori handelt – der gleiche Körper, die gleichen Haare, die gleiche Kleidung. Auf einem Foto ist die pinkfarbene Bomberjacke zu sehen, die jetzt gerade an unserer Garderobe hängt.

Ich frage mich, ob Joah Entertainment den *Bulletin* bezahlt hat, Soris Identität geheim zu halten. Schließlich ist sie die Tochter der Geschäftsführerin. Entweder das oder es war ihnen rechtlich nicht möglich, weil Sori noch minderjährig ist oder sie als Trainee noch nicht in der Öffentlichkeit steht.

»Jenny?«

Vor Schreck falle ich beinah vom Bett. Sori steht an ihrem Schreibtisch, eine Hand auf ihrem zugeklappten Laptop, während sie zu mir schaut.

»Ja?« Gott sei Dank klingt meine Stimme nicht so, als hätte ich sie gerade online gestalkt.

»Schon gut.« Sie geht zur Tür, um das Licht auszuschalten.

Fast will ich sie bitten, damit zu warten. Ob sie mit mir über Nathaniel reden will? Ich könnte sie beruhigen, ihr sagen, dass ich nicht an ihm interessiert bin und der Mensch, an dem ich interessiert *bin*, mehr Zeit mit ihr als mit mir verbringt. Oh, und dass ich für ihn ein beschämendes Geheimnis bin.

Stattdessen sage ich nichts. Sie knipst das Licht aus und geht ins Bett. Ich nehme meine Tuchmaske ab und lege sie auf meinen Nachttisch – ich werd sie am nächsten Morgen wegwerfen.

Sori schnarcht nicht, also ist es still im Raum. Ich weiß nicht, ob sie schläft oder – wie ich – grübelnd an die Decke starrt.

Ich will Sori Löcher in den Bauch fragen. Wie ist es so als Trainee bei Joah Entertainment? Wollte sie immer schon ein K-Pop-Star werden oder wird das einfach wegen ihrer Mutter von ihr erwartet?

Warum ist sie in der Schule immer allein? Ich habe sie mit niemandem außer Jaewoo reden sehen. Warum hat sie sich überhaupt für eine Mitbewohnerin eingetragen, wenn sie auch ein Einzelzimmer hätte bekommen können? Hat sie gehofft, dass *ich*, besagte Mitbewohnerin, eine Freundin hätte werden können? Eine Verbündete? Eine Vertrauensperson?

Hab ich das vermasselt, als ich diese Postkarte gelesen habe? In diesem Moment gibt es nichts, was ich in meinem Leben mehr bereue.

Vor allem will ich sie fragen, wie es ist, jemanden zu lieben, den man niemals haben kann. Das soll natürlich nicht bedeuten, dass sie verliebt ist …

Oder ich.

Ich würde gern wissen, ob sie schon am Anfang gewusst hat, wie das alles enden wird …

Das ist mein letzter Gedanke, bevor ich schließlich im Traumland versinke.

Um fünf Uhr morgens klingelt Soris Wecker. Ich liege im Bett und höre zu, wie sie sich fertig macht, ihre Trainingskleidung anzieht und mit ihrer Sporttasche durch die Tür verschwindet.

Anders als gestern gibt es in der Cafeteria Frühstück und ich setze mich zu Gi Taek und Angela an den gleichen Tisch. Beide sehen übernächtigt aus. Sie teilen sich eine Packung mit Brötchen aus dem Lebensmittelladen. Gi Taek reicht mir eines und ich knabbere daran, während ich mich im ganzen Raum umsehe.

»Die Mitglieder von XOXO werden heute nicht hier sein«, sagt Gi Taek, als könnte er meine Gedanken lesen. »Sie haben von neun bis elf Probe und nehmen dann von zwei bis vier was auf.«

»Woher weißt du das?«, frage ich. Diese Information ist ziemlich spezifisch.

»Von ihrem Fancafé.«

Ich will nicht mal fragen, was das ist.

Dennoch bin ich enttäuscht, dass ich heute weder Jaewoo noch Nathaniel in der Schule sehen werde. Ich lasse die

Schultern sinken, als ich mein Klassenzimmer betrete und ihre leeren Plätze sehe. Sori sitzt bereits da. Ich gehe zu ihr und bin froh, dass ich an meinem zweiten Schultag weder zu spät noch regelwidrig gekleidet bin, denn Angela hat mir ihre Krawatte mit Gummizug geliehen.

Die zweite Stunde ist Mathe, und zwar auf Koreanisch. Eine ziemlich krasse Erfahrung. Glücklicherweise habe ich diesen Kurs schon an meiner alten Schule gemacht und kann die Aufgabe lösen, zu der mich der Lehrer an die Tafel ruft.

Danach habe ich selbstständiges Lernen – Geschichte. Während ich meine Sachen zusammenpacke, stellt sich Jina mit einem Jungen vor meinen Tisch und sie beginnen sich laut zu unterhalten.

Sie reden wieder Slang, aber ein paar Worte verstehe ich, nämlich Zicke und Schlampe.

Dieses Mädchen ist echt unmöglich. Es ist, als hätte sie noch nie einen Film gesehen oder Reality-TV geschaut. Weiß sie denn nicht, dass man umso hässlicher wirkt, je gemeiner man ist?

Sori steht so abrupt auf, dass ihr Stuhl nach hinten umkippt. Schnell sammelt sie ihre Bücher zusammen und flüchtet.

Jetzt erst wird mir klar, dass gar nicht ich das Ziel von Jinas Gemeinheiten war.

Ich sause ebenfalls los und sehe Sori vom Gang aus gerade noch in der Mädchentoilette verschwinden.

Ich laufe ihr hinterher und trete beiseite, als zwei Mädchen herauskommen. Sie werfen einen Blick über ihre Schulter und flüstern sich etwas zu. Drinnen ist niemand zu sehen. Aus der letzten Kabine, der einzigen, die zu ist, dringt ein Schluchzen.

Ich nähere mich und klopfe sachte an die Tür. »Sori? Alles okay?« Das Schluchzen klingt plötzlich gedämpft, als würde sie sich die Hand vor den Mund halten. »Ich habe gehört, was Jina gesagt hat. Das war echt nicht nett. Und es stimmt auch nicht.«

Die Tür geht auf und ich trete zurück. Sie muss wasserfeste Wimperntusche tragen, denn ihr Make-up sieht immer noch tadellos aus. Nur ihre Augenwinkel sind leicht gerötet. »Woher weißt du denn, dass es nicht stimmt?«

Verdammt. Sie macht es mir nicht gerade einfach. Die Antwort, die ich ihr geben will, wäre auf Englisch leichter auszudrücken. Dass Worte wie »Zicke« und »Schlampe« schon so lange systematisch genutzt werden, um Frauen herabzuwürdigen. Und dass Frauenfeindlichkeit in allen Kulturen der Welt so tief verwurzelt ist, dass ich nicht wollen würde, dass jemand mich oder all meine Entscheidungen auf ein einzelnes Wort reduziert, ohne Nuancen, Kontext oder Mitgefühl.

Wir sind einfach nur … Mädchen. Nicht mehr und nicht weniger. Aber bevor ich mir überlegen kann, wie ich irgendwas davon formuliere, sagt Sori: »Ich brauch dein Mitleid nicht.« Sie schiebt sich an mir vorbei und knallt die Tür hinter sich zu.

# Fünfzehn

Ich bin total erschöpft, dabei ist der Tag noch nicht mal halb vorbei. Ich verbringe den Großteil meiner Zeit für freies Lernen in der Bibliothek. Dort grüble ich darüber nach, wie ich die Situation mit Sori besser hätte handhaben können, und über meine erste Tanzstunde. Ich wollte eigentlich fragen, ob es möglich ist, dieses Wahlfach zu tauschen, da ich es mir selbst eher nicht ausgesucht hätte, aber die Gelegenheit hat sich noch nicht ergeben.

Jetzt ist es zu spät, um mich zu drücken, also gehe ich ins Gebäude der Darstellenden Künste, in dem ich bis jetzt noch nicht gewesen bin. Ich weiß nur, dass Angela und Gi Taek dort ihre meisten Kurse haben. Ich bin zwar früh dran, aber nicht die Erste.

Sori steht an einem der Panoramafenster gegenüber der Spiegelwand. Ihre Sportkleidung ist stylish – ein bauchfreies Tanktop und Radlershorts. Wenn ich gewusst hätte, dass das eine Option ist, hätte ich mir etwas anderes als meine Sportsachen angezogen.

Sori behandelt mich wie Luft, also stelle ich meine Schultasche in die Ecke und setze mich auf den Boden, um mich zu dehnen.

Nach ein paar stillen Minuten geht die Tür wieder auf. Ich erwarte die Lehrerin oder andere Schüler, aber Nathaniel betritt den Raum.

»Na, das ist ja ein Zufall«, sagt er auf Englisch, dann wandert sein Blick über meine Schulter und er erstarrt.

Im Spiegel kann ich sehen, dass sich Sori vom Fenster abgewandt hat, als er hereingekommen ist. Es kommt mir ein bisschen wie eine außerkörperliche Erfahrung vor, ihn vor mir an der Tür zu sehen und gleichzeitig sie hinter mir im Spiegel. Beide haben einen seltsamen Ausdruck im Gesicht, der mir viel zu intim vorkommt, als dass er für meine Augen bestimmt wäre. Dann ist es, als ob beide gleichzeitig die Schotten dicht machen würden.

Nathaniel grinst, als hätte er nicht die geringste Sorge.

»Min Sori. Wie geht es dir?«

Sie wendet sich abrupt ab. »Sprich nicht mit mir. Schau mich nicht an. Atme nicht mal in meiner Nähe.«

Er schließt seinen Mund. Dann wirft er seine Tasche gegen die Wand und lässt sich neben mir zu Boden sinken.

Wie Sori trägt auch er stylishe Work-out-Kleidung.

»Ich dachte, du hättest Probe«, sage ich.

Er zieht eine Augenbraue hoch.

»Hat Gi Taek erzählt«, erkläre ich.

»Ach ja. Gi Taek.« Er streckt seine Beine vor sich aus, wölbt seinen Rücken und sieht zur Decke. »Wir hatten Probe, aber dann haben wir uns entschieden, zur Schule zurückzufahren, statt eine Stunde im Van zu warten.«

»Wir?«

Die Tür wird wieder aufgeschoben.

»Jaewoo!« Sori eilt zu ihm und ergreift seinen Arm. Es wirkt ein bisschen zu dramatisch für sie, besonders da ich noch nie einen Ton von ihr gehört habe, der am Ende nach einem Ausrufezeichen klingt.

Jaewoo schaut erst verwirrt zu Sori, dann zu Nathaniel, der nur mit den Schultern zuckt. Dann landet sein Blick auf mir.

Wie immer, wenn er mich ansieht, schlägt mein Herz Purzelbäume.

»Du erinnerst dich doch noch an Jenny, oder? Aus LA? Sie spielt Cello.«

Jaewoo sieht mich an. »Wenn du Cellistin bist, warum belegst du dann Tanz?« Er zieht seine voluminöse Daunenjacke aus. Darunter trägt er wie Nathaniel stylishe Sportsachen.

In diesem Moment wird mir klar, dass ich wohl auf Jungs in Trainingsklamotten stehe. Jaewoos schwarzer Hoodie betont seine Schultern und seine Brust, und seine Jogginghose sitzt ziemlich tief auf der Hüfte.

»Warum sollte Jenny nicht Tanz belegen?«, fragt Nathaniel und erinnert mich so gleichzeitig an die Frage. »Nicht alles muss einen bestimmten Grund haben. Manchmal macht man etwas auch einfach nur, weil es Spaß macht.«

Jaewoo und Nathaniel wechseln einen grimmigen Blick und ich frage mich, ob es sich dabei um ein altes Streitthema handelt.

Ein drittes Mal geht die Tür auf und diesmal sind es die restlichen Schüler, gefolgt von einer Lehrerin. Sie klatscht in die Hände. »Alle an die Seiten«, sagt sie ohne ein Wort der Begrüßung.

Die Schüler zögern und es ist offensichtlich, dass sie abwarten, für welche Seite des Raumes sich Jaewoo und Nathaniel entscheiden werden. Als sie in unterschiedliche Richtungen gehen, wird den anderen klar, dass sie sich ebenfalls entscheiden müssen, und es ist so, als würde man sein Lieblingsmitglied von XOXO wählen.

Nach und nach verteilen sich die Schüler gleichmäßig auf die beiden Seiten des Raums, bis nur noch Sori und ich übrig sind. Sie sieht mich an, wirft ihre Haare herum und geht in Jaewoos Richtung.

Jetzt stehe ich als Einzige noch in der Mitte, als wäre ich die Letzte bei der Wahl der Völkerballteams.

Nur dass ich hier die Wahl habe. Ich sehe zu Jaewoo, der mich mit undurchschaubarer Miene mustert.

Dann schaue ich zu Nathaniel, der mich zu sich winkt.

Ich schätze, die Entscheidung ist eindeutig. Ich sollte dorthin gehen, wo ich erwünscht bin. Also geselle ich mich zu Nathaniel, der beiseitetritt, um mir Platz zu schaffen.

»Für diejenigen, die mich noch nicht kennen«, beginnt die Lehrerin, »mein Name ist Ms. Dan. Dies ist ein Wahlfach für das dritte Jahr. Die Schüler mit Tanz als Hauptfach bekommen keine Punkte hierfür, verstanden?«

»Ja«, antworten die Anwesenden einstimmig.

»Perfekt! Möchte jemand die Lehrplanziele vorlesen?«

Ein Junge aus Jaewoos Team – auf seiner Seite des Raums, meine ich – meldet sich freiwillig. Ich höre genau auf das, was er von Ms. Dans Tablet vorliest. Ich bin größtenteils mit den Themen einverstanden, die in Tanzstile wie Ballett und Jazz sortiert sind. Allerdings freue ich mich nicht besonders auf das Gruppenprojekt, wo wir zu viert oder fünft ein Lied aussuchen und dazu eine Choreografie erarbeiten müssen.

Glücklicherweise informiert uns Ms. Dan, dass die Choreografie erst nächste Woche beginnt, also verbringen wir den Rest der Stunde mit Dehnübungen.

»Warum hängst du mit mir ab?«, frage ich Nathaniel, der seit Beginn der Stunde praktisch nur mit mir geredet hat. Passend zu seinem Spitznamen verteilt Jaewoo auf der anderen Seite des Trainingsraums seine Gunst wie ein Prinz.

*Benutzt* mich Nathaniel etwa, um Sori eifersüchtig zu machen? Das kommt mir ziemlich gemein vor, besonders da sie ihm noch wichtig zu sein scheint. Die Art, wie er sie angesehen hat, als sie hereinkam, sagt alles. Es muss einen anderen Grund geben.

»Wir sind Landsleute«, sagt er und ich verdrehe die Augen. »Ich spreche gern Englisch.«

»Kauf ich dir nicht ab.«

»Verdammt, Jenny. Vielleicht verbringe ich einfach gern Zeit mit dir, weil du mir meinen Scheiß nicht durchgehen lässt.«

Ich lache, wünsche mir aber gleichzeitig, er würde es mir einfach sagen. Es kann nicht nur daran liegen, dass ich Amerikanerin bin. Hier gibt es noch andere Schüler aus den Staaten. Ich *würde* mir gern einbilden, dass er mich einfach als Freundin mag – aber ich weiß nicht, irgendwas an seiner Aufmerksamkeit wirkt so gezwungen.

Doch wenn es nicht darum geht, Sori eifersüchtig zu machen, warum sucht er dann ständig meine Nähe?

»Jaewoo-yah! Wo starrst du denn dauernd hin?«

Ich schaue zur anderen Seite und sehe gerade noch, wie sich Jaewoo zu dem Mädchen umdreht, das ihn anspricht. Auch wenn ich genau zuhöre, kann ich seine Antwort nicht verstehen.

Nach dem Unterricht packen alle zusammen und sausen los, wahrscheinlich um sich in die Cafeteriaschlange einzureihen. Jaewoo geht genauso schnell, aber aus einem anderen

Grund. Laut Gi Taeks Info über den Zeitplan von XOXO muss er zu einer Studioaufnahme.

»Bis später, Jenny«, ruft Nathaniel, während er hinausstürmt.

Ich packe meine Sachen viel langsamer zusammen. Ehrlich gesagt bin ich ein bisschen enttäuscht.

Nachdem die Klasse auf die zwei Seiten des Raums aufgeteilt wurde, haben Jaewoo und ich die ganze Stunde getrennt voneinander verbracht. Ich habe zwar gesagt, ich würde über sein Freundschaftsangebot nachdenken, aber so, wie er mich heute die ganze Zeit ignoriert hat, habe ich keine Ahnung, wie das überhaupt aussehen soll.

Es kränkt mich, ihn mit anderen reden zu sehen. Ich weiß, dass es nicht so sein kann wie in LA, aber mir fehlt das Gefühl von jenem Abend, seine ganze Aufmerksamkeit zu haben.

Ich beschließe, den Tanzkurs so schnell wie möglich zu tauschen.

Der Gang ist leer. Die anderen Schüler sind alle schon zum Mittagessen gegangen. Auf dem Weg zum Fahrstuhl geht links von mir eine Tür einen Spaltbreit auf.

»Psst«, sagt jemand.

Ich gehe näher an die Tür heran. »Jaewoo?«, frage ich überrascht. Ich erkenne ihn auf Anhieb, obwohl er seine Kapuze trägt und sein Gesicht im Schatten liegt. »Was machst du da?«

»Ist noch jemand im Gang?«, fragt er.

Ich sehe mich um. »Nein.«

»Gut.« Er greift nach meiner Hand und zieht mich hinein.

# Sechzehn

»Zuerst ein Treppenhaus, jetzt eine Besenkammer.«

»Wenn du an enge Räume denkst, in denen wir schon mal waren«, sagt Jaewoo spitzbübisch, »war das Treppenhaus nicht der erste.«

Er spielt auf den Fotoautomaten an und nun schlägt mein Magen Purzelbäume.

»Ich hab die Fotos immer noch«, sage ich.

»Ach ja?« Er lehnt sich zurück, ohne auch nur an den Schrank mit Putzmitteln hinter sich zu stoßen. Dieser Raum ist so schmal, dass ich die Tür und die gegenüberliegende Wand gleichzeitig berühren könnte. »Hast du sie jetzt gerade dabei?« Er lässt seinen Blick über mich wandern. Eigentlich ist klar, dass die Fotos in meinem Rucksack wären, wenn ich sie dabeihätte, nicht an mir. Ist das nur ein Vorwand, mich zu mustern?

In dem Fall wäre ich normalerweise begeistert, würde ich nur keinen so unvorteilhaften Jogginganzug tragen.

Er hingegen sieht selbst in Trainingsklamotten bühnenreif aus. Apropos ...

»Hast du nicht gleich eine Aufnahme?«, frage ich.

Er runzelt verwirrt die Stirn, dann sagt er: »Oh, Nathaniel hat dir das gesagt.«

»Klar.«

»Ich hab noch bisschen Zeit. Unser Auftritt ist erst am Ende der Show, also muss ich nicht so früh da sein.«

»Verstehe.«

»Dennoch wäre es höflich, früh da zu sein und die ganze Show über zu bleiben.«

Dort *sollte* er also eigentlich sein, doch stattdessen ist er lieber länger mit mir *hier.*

Mir geht das Herz auf, was nicht gerade hilfreich ist, wenn ich versuche, ruhig Blut zu bewahren. Konzentrier dich, Jenny. Lass dich jetzt nicht von diesem Bonbonjungen einwickeln, der dich vorher wie Luft behandelt hat.

Draußen im Gang sind Stimmen zu hören. Wir lauschen angespannt, bis sie wieder leiser werden und ganz verstummen.

»Ich wollte mit dir über Nathaniel reden«, sagt Jaewoo.

Ich sehe ihn überrascht an. »Was ist mit ihm?«

»Halt dich von ihm fern.«

Ich verschränke die Arme. Wie selbstgerecht von ihm.

Er schiebt hastig eine Erklärung nach. »Letzten Herbst wurde ein Artikel über Nathaniel veröffentlicht, dass er mit jemandem zusammen sei …«

»Ich weiß«, sage ich. »Er hat mir davon erzählt.«

»Ach ja?« Jaewoo wirkt überrascht. »Hat er dich in die Einzelheiten eingeweiht?«

»Nur dass die andere Person Sori war.«

Jaewoo seufzt. »Das kam zu einem wirklich schlechten Zeitpunkt. Unser Debüt war erst ein halbes Jahr her und wir standen kurz vor der Veröffentlichung von *Don't Look Back.*

Dann hörten wir davon, dass der *Bulletin* diese Bombe hatte platzen lassen. Wir mussten Auftritte und Interviews absagen. Natürlich war es für Nathaniel am schlimmsten. Er musste nicht nur mit seiner Freundin Schluss machen, sondern wurde auch nicht mehr zu Soloaktivitäten eingeladen und seine Social-Media-Accounts wurden mit Hasskommentaren überflutet.«

Ich kann mir nur schwer vorstellen, auf jemanden wegen seines Privatlebens so wütend zu sein, dass man ihn online angreift. Besonders Nathaniel, der so freundlich und unbeschwert ist.

»Ehrlich gesagt habe ich keine Ahnung, wie er so gut damit zurechtkommt«, sagt Jaewoo. »Er behauptet, dass es keine Rolle für ihn spielt, aber das kaufe ich ihm nicht ab.«

»Und Sori?«, frage ich. »Was für Folgen hatte das für sie?«

»Zum Glück ist ihre Mutter die Chefin von Joah Entertainment. Dadurch konnte sie das Klatschblatt dazu bringen, Soris Gesicht auf den Fotos unkenntlich zu machen. Es gab ein paar Gerüchte an der Schule ... aber das war auch alles.«

Na ja, nicht alles. Selbst wenn sie nicht von Internettrollen belästigt wurde, wird sie von Leuten wie Jina und bestimmt noch anderen in der Schule gemobbt. Außerdem sehe ich sie immer nur allein.

»Okay«, sage ich. »Ich versuche mich von Nathaniel fernzuhalten. Um seinetwillen«, stelle ich klar. »Nicht weil du es von mir verlangst. Ich will nicht, dass er Ärger bekommt.«

Ich kann jetzt erkennen, dass Jaewoo anders als Nathaniel sehr auf sein öffentliches Image bedacht ist, mit allen gleichermaßen redet und niemandem besonders viel Beachtung schenkt. Nathaniel ist das komplette Gegenteil. Ihm ist das alles wirklich egal.

»Es ist nicht *nur* aus Sorge um Nathaniel«, sagt Jaewoo.

Selbst im schummrigen Licht der nackten Glühbirne über uns kann ich seine roten Wangen sehen.

»Ich will nicht, dass du mit ihm befreundet bist«, sagt er. »Nicht so wie mit mir.«

Es dauert einen Moment, bis der Groschen fällt …

Er ist eifersüchtig.

»Ich habe alles genauso gemeint.« Er weicht meinem Blick aus und schaut zu Boden. »Aber meine Gründe sind nicht ganz selbstlos.«

Die Schulglocke läutet. Die Mittagspause hat offiziell begonnen.

»Wir sollten gehen«, sagt Jaewoo, aber wir rühren uns beide keinen Zentimeter.

Ich frage mich, ob er die Ironie darin sieht, mich vor einem potenziellen Skandal mit Nathaniel zu warnen, indem er mich in irgendwelche Treppenhäuser und Besenkammern zieht. Aber das werde ich ihm natürlich nicht sagen.

Ihm fällt eine Strähne ins Gesicht und ich streiche sie ihm langsam aus der Stirn.

»Jenny …« Seine Augen sind halb geschlossen, seine Lippen leicht geöffnet. Als er sich vorbeugt, greife ich nach der Vorderseite seines Hoodies. Gerade als ich meine Augen schließen will, reißt jemand die Tür auf.

# Siebzehn

Youngmin steht vor uns und schaut von mir zu Jaewoo. »Warum bist du mit Jenny-nuna im Besenschrank?«

Ich erstarre und spüre, wie mein Gesicht knallrot wird. Sofort lasse ich Jaewoos Hoodie los. Glücklicherweise scheint Youngmin die Bewegung zu entgehen, da er Jaewoo ansieht.

»Was denkst du denn, warum wir hier sind?«, fragt Jaewoo.

Oh, Mann. Er schindet Zeit.

»Habt ihr nach etwas gesucht? Ich hab gesehen, dass das Licht an ist. Obwohl …« Er runzelt die Stirn. »Das erklärt nicht, warum die Tür geschlossen war …«

»Du hast dir die Haare umgefärbt!«, unterbreche ich ihn und deute auf Youngmins Kopf. Gestern war es noch blau, nun feuerrot. »Sieht gut aus!«

Meine Ablenkung scheint zu funktionieren, denn Youngmin beginnt zu strahlen. »Danke! Unser Manager sagt, dass ich der Einzige in der Band bin, zu dem es passt. Er hat mich geschickt, um dich zu holen, Jaewoo-hyeong. Wir hätten vor einer Viertelstunde ins EBC-Studio fahren müssen.«

»Ach ja«, sagt Jaewoo. »Dann sollten wir ihn mal nicht länger warten lassen.«

Ich frage mich, ob Jaewoo und ich jemals erwähnen werden, wozu es in dieser Besenkammer fast gekommen wäre, oder ob wir einfach wieder so tun, als wäre das nie passiert.

»Hyeong«, sagt Youngmin zögerlich, »da draußen ist wieder dieser *Ajeossi.*«

Es ist, als ob diese Worte bei Jaewoo einen Schalter umlegen, denn seine ganze Haltung verändert sich.

Ruckartig zieht er sein Handy heraus, gibt eine Nummer ein und hält es sich ans Ohr. Als er meinen Blick bemerkt, erklärt er: »Ich rufe den Sicherheitsdienst der Schule an. Hallo?« Jemand muss am anderen Ende drangegangen sein. »Vor dem Gebäude der Darstellenden Künste treibt sich ein verdächtiger Mann Mitte vierzig herum.« Er hält die Hand übers Mikro. »Auf welcher Seite?«, fragt er Youngmin.

»Ostseite«, sagt Youngmin und Jaewoo wiederholt es.

»Danke.« Er legt auf. »Keine Sorge, Youngmin-ah. Die werden ihn schon los.«

Wir gehen los, Jaewoo vorn, Youngmin und ich hinter ihm. Jaewoo wirkt angespannt. Etwas an dem Auftauchen dieses Manns scheint ihn unglaublich aufzuregen.

»Was ist das für ein Typ?«, frage ich Youngmin.

»Ein Paparazzi-Ajeossi«, erklärt Youngmin. »Er war es, der die Geschichte von Nathaniel und Sori an den *Bulletin* verkauft hat.«

Plötzlich ergibt Jaewoos Zorn viel mehr Sinn. Dieser Typ also hat seinem Bandkollegen und Freund geschadet. Das hier ist was Persönliches für ihn.

»Werdet ihr viel von Paparazzi belästigt?«, frage ich.

Youngmin rümpft die Nase. »Eigentlich nicht. Wenn überhaupt, warten sie vor der Agentur auf uns …«

»Das ist was anderes«, sagt Jaewoo. Seine normalerweise so ruhige Stimme hat einen aggressiven Unterton. »Auf Konzerten, Fan-Events oder sogar an nicht offiziellen Medienzonen wie vor der Joah-Zentrale oder den Fernsehanstalten wird die Presse nicht nur geduldet, sondern sogar gern gesehen. Aber auf unserem Schulgelände? Vor unserem Wohnheim? Dort, wo unsere Familien leben? Das ist nicht in Ordnung. Wenn unsere Fans Fotos von uns machen, dann weil sie sich mit uns verbunden fühlen. Sie unterstützen uns und unser Wohlergehen liegt ihnen am Herzen. Paparazzi wollen einfach nur unser Privatleben gegen Profit verscherbeln.«

»Manchmal wurden sogar schon Leute verletzt«, sagt Youngmin. »Es gab Fälle, in denen Idols auf der Flucht vor den Paparazzi Autounfälle gebaut haben.«

»Oh Gott, das ist ja grauenvoll.«

Wir erreichen einen Gang, der sich in zwei verschiedene Richtungen teilt. Jaewoo bleibt stehen und dreht sich zu mir um. »Youngmin und ich gehen am Ostausgang raus. Wenn du in diese Richtung da gehst, landest du am Nordausgang. Nimm einfach den Weg durch den Park zur Cafeteria.«

Es kommt mir vor, als wären wir in einem Kriegsfilm und er würde das feindliche Feuer auf sich ziehen. So ähnlich habe ich mich auch an jenem Abend in LA gefühlt, als dieser schwarze Van mit quietschenden Reifen angehalten hat, um Jaewoo mitzunehmen.

»Dieser Paparazzi-Ajeossi sollte jetzt weg sein.« Ich weiß, dass Jaewoo das nur sagt, um mich zu beruhigen.

Beide warten darauf, dass ich zuerst gehe. »Viel Glück bei eurem Auftritt«, sage ich. »Ich werd's mir auf jeden Fall ansehen.«

Youngmin kreuzt Daumen und Zeigefinger, sodass sie ein winziges Herz bilden.

»Wenn ich vor der Kamera dieses Zeichen mache, dann ist das nur für dich!«

Am Abend sitzen Angela, Gi Taek und ich in einem kleinen Imbiss in der Nähe des Campus, wo man traditionelles koreanisches Essen zum kleinen Preis bekommt, und schauen uns XOXOs Auftritt bei *Top Ten Live* an. Während wir auf die restlichen Gerichte warten, teilen wir uns einen Teller Tteokbokki.

Gi Taek spießt einen der zylinderförmigen scharfen Reiskuchen mit einem Zahnstocher auf. »Lasst mich nicht mehr als drei essen. Ich bin auf Diät.«

»Wie kannst du nach dreien bloß schon aufhören?«, fragt Angela erstaunt. »Ich könnte einen ganzen Berg davon verschlingen.« Sie nimmt keinen Zahnstocher, sondern Essstäbchen, um die Stückchen schneller in ihren Mund zu transportieren.

Ich halte mein Kinn auf die Hand gestützt und verfolge den Auftritt. Mir fallen viel mehr Einzelheiten auf als beim ersten Mal. Zum Beispiel, dass sogar die Choreografie eine Geschichte erzählt. Als die Kamera näher heranzoomt, macht Youngmin das Fingerherz.

»Das gehört normalerweise nicht dazu«, sagt Angela. »Wie süß!«

Eine Türglocke kündigt einen weiteren Gast an. Überrascht sehe ich Sori hereinkommen. Ohne uns auch nur eines Blickes zu würdigen, geht sie zur Theke, bestellt und setzt sich an einen Tisch ein wenig von uns entfernt.

Angela lehnt sich vor und flüstert: »Sollen wir sie fragen, ob sie sich zu uns setzen will?«

Gi Taek schüttelt den Kopf. »Sie wird niemals Ja sagen.«

Der Imbissbetreiber ruft unsere Bestellung auf und Angela saust davon. Zurück kommt sie mit einem Teller Bratreis mit Kimchi. Wir schnappen uns Löffel und hauen rein.

»Was habt ihr am Wochenende vor?«, fragt uns Gi Taek. Er hat inzwischen viel mehr als drei Tteokbokki verdrückt.

»Sonntagmorgen besuche ich meine Halmeoni«, sage ich.

»Wo wohnt sie?«, fragt Gi Taek.

»In der Nähe vom Gyeongbokgung-Palast, aber besuchen werd ich sie im Krankenhaus, wo sie immer das Wochenende verbringt. Mit Linie 3 ist das nur ein paar Haltestellen entfernt.«

»Das ist nicht weit weg von Ikseon-dong«, sagt Gi Taek. »Meine Schwester wohnt in der Gegend. Da gibt es viele coole Cafés. Wir sollten uns treffen.«

»Ich bin dabei!«, sagt Angela.

»Das klingt toll«, sage ich.

Wir verabreden uns für Sonntag am späten Nachmittag, nachdem ich meine Oma besucht habe.

Wieder läutet die Türglocke. Diesmal kommt Jina mit ein paar Freunden herein.

Sie wirft einen Blick zu unserem Tisch und sagt dann etwas zu dem Jungen hinter ihr, der lacht.

»Sie ist in deiner Klasse, oder?«, fragt Gi Taek. »Kim Jina?«

»Ist sie. Und auch in unserem Sportkurs«, sage ich und nicke zu Angela. »Kennst du sie?«

»Ich bin mit ihr zusammen auf die Mittelschule gegangen. Sie hat nicht grad den besten Ruf, angeblich hat sie Mitschüler gemobbt.«

Angela und ich sehen uns an. Warum überrascht mich das nicht?

Nachdem die Gruppe ihre Bestellung aufgegeben hat, ignoriert sie uns komplett. Denn sie hat ein leichteres Opfer im Visier.

Sie nehmen direkt neben dem Tisch Platz, an dem Sori sitzt, und unterhalten sich laut. Ihre Stimmen sind im ganzen Imbiss zu hören.

»Sie sitzt mal wieder ganz allein.«

»Meint ihr, die hat überhaupt Freunde?«

»Was für ne Loserin.«

Sori, die sich ein Nudelgericht bestellt hat, beugt sich leicht vor, sodass ihr die Haare ins Gesicht fallen.

Der Imbissbetreiber ruft unsere letzten Speisen auf. Gi Taek, Angela und ich stehen gleichzeitig auf. Es sind drei Tabletts und jeder nimmt sich eins.

Der Reihe nach gehen wir durch den Imbiss zurück, halten jedoch nicht an unserem Tisch, sondern gehen weiter und setzen uns zu Sori.

Dann unterhalten wir uns einfach weiter unter uns, als wäre nichts geschehen. Soris Löffel stoppt in der Luft und kurz befürchte ich, dass sie gleich Reißaus nimmt. Doch dann isst auch sie weiter, als sei das alles ganz normal.

Wir bleiben – essen und scherzen und lachen –, bis sie mit ihrem Essen fertig ist.

# Achtzehn

Gegen Ende der Woche habe ich das Gefühl, meine Fächer und meinen Stundenplan im Griff zu haben. Nach den ersten zehn Minuten morgens im Klassenzimmer habe ich Mathe oder Informatik, gefolgt von Selbstbeschäftigung, in der ich meine LACHSA-Onlinekurse belege, und schließlich Sport oder Tanz. Letzteres habe ich immer noch nicht abgewählt, da es der einzige andere Kurs ist, den ich zusammen mit Jaewoo habe. Nach dem Mittagessen kommen Orchesterprobe, Einzelunterricht und noch mal selbstständiges Lernen.

Ich frage mich zwar, ob es ein Fehler ist, im Tanzkurs zu bleiben, da Jaewoo und ich eh nie miteinander sprechen. Er meinte es ernst mit dieser ganzen »geheimen Freundschaft«.

Ich wünschte nur, es wäre für mich so einfach wie für ihn. Vielleicht gehört ja auch das in diese lange Liste, die Angela mal heruntergerasselt hat, zur Ausbildung eines Idols: Tanzen, Singen und wie man ein Mädchen den ganzen Tag lang ignoriert, nur um sie dann in eine Besenkammer zu ziehen und fast zu küssen.

Es wirkt völlig mühelos, wie er so tut, als würde ich gar nicht existieren, während ich die ganze Zeit zu ihm schauen muss. Dazu muss ich ständig an ihn denken. Was hatte dieser Moment im Besenschrank zu bedeuten, wenn denn überhaupt irgendwas? Ich bin einfach so unglaublich verwirrt.

Das Wochenende ist wirklich eine Erleichterung.

Den Freitag verbringe ich damit, mit meinem Englischlehrer zu mailen. Ich soll Auszüge aus der *Norton Anthology of World Masterpieces* lesen, die ich mir online als E-Book besorge. Als mir auffällt, dass im Lehrplan überhaupt keine koreanischen Autoren oder Dichter vorkommen, frage ich nach, ob ich ein paar davon für Extrapunkte dazunehmen kann. Er schreibt mir begeistert zurück: »Gute Idee.« Und weil es gerade so gut läuft, bitte ich Eunbi um mein Portfolio für die Musikhochschulen.

Am Sonntagmorgen setze ich mir die alte Basecap meines Dads auf und schnappe mir mein Cello. Nach einer kurzen Fahrt mit der U-Bahn steige ich in die Orange Line um, bis ich am Krankenhaus meiner Oma im nördlichen Teil von Seoul angekommen bin.

Als ich die Station verlasse, atme ich die frische Bergluft ein. In der Nacht hat es gefroren, also schlittere ich vorsichtig über einen kleinen Wochenmarkt und vorbei an einer Bäckerei mit frisch gebackenen Brotlaiben im Schaufenster. Ich bleibe stehen, kehre um und kaufe einen. Die freundliche Verkäuferin wickelt ihn mir in braunes Papier ein und steckt eine Wildblume unter das Paketgarn.

Die Klinik meiner Großmutter befindet sich nahe der Hauptstraße auf einem Gelände namens Camellia Health Village, das aus verschiedenen kleinen Gesundheitseinrichtungen mit unterschiedlicher Spezialisierung besteht.

Die Anlage wird von einem wunderschönen privaten Park voller Blumenbeete und Spazierwege umgeben. Bevor ich in Halmeonis Klinik gehe, bleibe ich stehen und sehe einem kleinen Jungen und seinem Großvater dabei zu, wie sie einen Drachen steigen lassen.

Richtig friedlich ist es hier. Der Weg zur Klinik wird von Kirschbäumen gesäumt, die selbst jetzt schon kleine Knospen an ihren Zweigen tragen. In kaum vier Wochen werden sie in voller Blüte stehen.

Vor mir bemerke ich einen Jungen, der abseits des Wegs direkt unter einem der Bäume steht. Er ist groß, trägt eine Camo-Jacke und dunkle Jeans. Sofort muss ich an Jaewoo denken. Mein fieses Unterbewusstsein spielt mir einen Streich.

Seufzend gehe ich an dem Baum vorbei.

»Jenny?«

Ich falle fast hintenüber.

Jaewoo kommt über die Wiese zu mir. »Was machst du denn hier?«

Er sieht toll aus. Ich meine, er sieht natürlich immer toll aus. Aber ich sehe ihn hier zum ersten Mal in normaler Kleidung, die nicht für Sport gedacht ist. Er strahlt gewaltige Boyfriend-Vibes aus. Als mir klar wird, dass ich ihn anstarre, zwinge ich mich zu einer Antwort. »Ich besuche meine Halmeoni. Sie ist hier in der Klinik. Und was ist mit dir? Warum bist du hier?«

Sein Lächeln erstirbt.

»Du musst es mir nicht sagen«, schiebe ich schnell hinterher. Ich will nicht, dass er sich gezwungen fühlt, etwas zu erzählen, das er für sich behalten will, besonders wenn es um seine Gesundheit geht.

»Nein, schon gut. Ich war bei meinem Therapeuten.«

»Oh«, sage ich. »Cool.« Ich war auch ein paarmal bei einer Therapeutin, als mein Dad gestorben ist. Es hat mir wirklich geholfen, und meiner Mutter auch, die allerdings seit ein paar Jahren nicht mehr hingeht.

Ich weiß, dass die psychische Gesundheit in Korea nicht die gleiche Priorität hat wie in den USA. Aber bei all dem Druck und Stress, dem ein Idol ausgesetzt ist, klingt es logisch, dass Jaewoo eine Therapie macht.

»Ja«, sagt er und sieht mich seltsam an. Sein Blick wandert zu der Tasche über meiner Schulter. »Ist das dein Cello? Sieht schwer aus.«

Ich schiebe den Haltegurt an die richtige Stelle. »Ich bin dran gewöhnt. Immerhin spiele ich, seit ich acht bin.«

»Ich würde sagen, ich singe, seit ich vier war.« Er grinst. »Aber du wahrscheinlich auch.«

»Bestimmt nicht so schön.«

Er zieht eine Augenbraue hoch.

Ich winke ab. »Komm schon, du weißt doch, dass du eine wunderschöne Stimme hast.«

Er schüttelt den Kopf und lächelt. »Hast du dein Cello mitgebracht, um deiner Halmeoni etwas vorzuspielen?«

»Ja, sie hat mich tatsächlich noch nie spielen hören. Ist das nicht seltsam?«

»Mein Vater hat mich auch nie singen hören.«

Er sagt es ganz beiläufig, als würde er über das Wetter reden. Ich erinnere mich, dass er an jenem Abend in LA seine alleinerziehende Mutter erwähnt hat.

»Spielt er gar keine Rolle in deinem Leben?«, frage ich vorsichtig.

»Nicht mehr, seit ich vier war. Jetzt, wo ich darüber nachdenke, eigentlich seit ich singen kann.« Mit einem Grinsen versucht er nicht nur mich, sondern auch sich selbst darüber hinwegzutäuschen, wie traurig dieses Thema ist. Aber ich weiß, wie verlockend es ist, Schmerz mit Humor zu verschleiern. Ich habe es selbst schon getan.

»Bist du jetzt auf dem Heimweg?«, frage ich, um das Thema zu wechseln.

»War ich ...«, sagt er. »Ich habe heute nichts anderes mehr vor ...« Er beißt sich auf die Lippe und sieht mich erwartungsvoll an.

»Willst du ...« Er konzentriert sich auf meinen Mund, als ob er meinen Lippen die Worte abringen will. »... mit mir meine Halmeoni besuchen?«

Er grinst breit. »Bittest du mich darum?«

Ich verdrehe die Augen. »Komm schon.«

Zusammen gehen wir den von Bäumen gesäumten Weg entlang.

Ich habe keine Ahnung, was mich geritten hat, ihn einzuladen, besonders da ich mir total unsicher bin, was wir füreinander darstellen. Geheime Freunde. Geheime Freunde, die sich fast geküsst hätten. Und ich weiß nicht, ob das für mich in Ordnung ist. Dann wird mir klar, dass es keine Rolle spielt. Es ist ein wunderschöner Tag und ich bin einfach nur froh, dass er mich begleitet.

»Kommst du immer allein her?«, frage ich. »Als ich Nathaniel und Youngmin in dem Uniformgeschäft getroffen habe, war da dieser Mann bei ihnen ...«

»Du meinst bestimmt Nam Ji Seok, unseren Manager. Normalerweise begleitet er mich zu meinen wöchentlichen Sitzungen, aber heute hatten Sun-hyeong und Youngmin Verpflichtungen, um die er sich dringender kümmern muss. Youngmin dreht einen Werbespot und Sun macht bei einer Kochsendung mit.«

Mir fällt auf, dass er Nathaniel nicht erwähnt. Ich hoffe, dass er nur deshalb keine Soloaktivität hat, weil er wie Jaewoo schon etwas anderes vorhatte, und nicht, weil er nicht gefragt wurde.

Der Weg endet an einer kleinen Rasenfläche. Weiter vorn sehe ich den Großvater und den Jungen mit ihrem Drachen.

Jaewoo bietet an, mir ein paar Sachen zu tragen. Mein Cello gebe ich ihm nicht, aber er besteht darauf, zumindest das Brot zu nehmen.

Als wir den Eingang der Klinik erreichen, hält Jaewoo die Tür für mich auf. Ich gehe zum Empfang, um mich anzumelden, und schreibe *Jenny Go + 1* ins Besucherbuch.

Als ich mich umdrehe, ist Jaewoo verschwunden. Ich halte noch im Wartebereich Ausschau, als er mit einem großen Strauß pinker Nelken aus dem Geschenkeladen kommt.

Mein Herz macht einen kleinen Salto.

Außerdem trägt Jaewoo über Mund und Nase eine Maske, wahrscheinlich um seine Identität zu verbergen. Aber in einer Klinik wie dieser werden zusätzliche Schutzmaßnahmen gern gesehen.

Die Empfangsdame schickt uns in die Pflegeabteilung. Dort angekommen stelle ich mich vor, während Jaewoo das Brot aus der Bäckerei übergibt. Mit »Eomeonas« und »Ahs« würdigen die Schwestern das Mitbringsel, hauptsächlich aber Jaewoo, der selbst mit Maske sehr charmant ist. Dann führt uns die Oberschwester in Omas Zimmer, das sie sich mit drei anderen Patientinnen teilt.

Sie liegt im Bett gleich an der Tür und strahlt übers ganze Gesicht, sobald sie mich sieht. »Jenny-yah!«

Ich gehe zu ihr und nehme ihre Hände in meine. Meine Mutter hat mich morgens angerufen und gesagt, dass sie es heute erst später schafft, ich aber trotzdem früher hingehen soll. Ich war noch nie allein mit meiner Großmutter. Zuerst befürchte ich, dass es seltsam werden könnte, aber ihr glückliches Lächeln vertreibt diese Sorge schnell.

Sie lehnt sich vor und sagt nicht besonders leise: »Ist das dein Freund?«

»Halmeoni!«, japse ich. »Ich bin doch erst seit einer Woche in Korea.«

Sie kichert. »Als ich in deinem Alter war, haben mir Jungs dauernd Geschenke gebracht und mir gesagt, dass sie mich mögen.«

Jaewoo lacht. »Das ist immer noch so, Halmeoni.« Er beugt sich vor und überreicht ihr die Blumen.

»Eomeona!«, ruft sie. Die anderen älteren Patientinnen, die offenbar alle heimlich zugehört haben, lachen aus vollem Hals.

Jaewoo und ich holen uns Stühle heran und setzen uns neben Halmeonis Bett, und sie fragt uns, wie die erste Schulwoche gelaufen ist. Ich sage: »Großartig!«, und sie fragt weiter, ob ich schon Freunde gefunden habe. Dabei tätschelt sie Jaewoos Hand. »Außer Jaewoo-ssi, meine ich.«

Ich erzähle ihr von Gi Taek und Angela. Fast erwähne ich auch Nathaniel, aber das kommt mir ein bisschen komisch vor, während Jaewoo direkt neben mir sitzt. Ich habe mich schon ein bisschen von Nathaniel distanziert, aber es ist schwer, ihm zu erklären, *warum*, und ich glaube, dass es ihm allmählich auffällt.

»Was ist mit deiner Mitbewohnerin?«, fragt sie.

»Sie ist …« Ich zögere. »Sie lässt mir meinen Raum.« Damit versuche ich diplomatisch auszudrücken, dass wir keine Freunde sind.

Halmeoni schnalzt mit der Zunge. »Du solltest dich mit ihr anfreunden, wenn sie das zulässt. Eine gute Mitbewohnerin kann eine Freundin fürs Leben werden.«

Die anderen Großmütter im Zimmer stimmen lautstark zu.

Nachdem wir noch ein bisschen geplaudert haben, bittet Halmeoni Jaewoo, den Fernseher einzuschalten. Er tut ihr den Gefallen, nimmt die Fernbedienung und schaltet den Kanal ein, den sie möchte. Es ist *Cookey's Cooking Show* mit ein paar prominenten Gästen, darunter Oh Sun von XOXO. Während Suns Vorstellung läuft ein Ausschnitt aus *Don't Look Back*, aber Halmeoni und ihre Freundinnen scheinen keine Verbindung zwischen dem Jungen im Raum und dem im Fernseher herzustellen. Sie sind mehr an der älteren Schauspielerin interessiert, die ebenfalls zu Gast ist.

Nach der Sendung führt Halmeoni Jaewoo und mich durch die Klinik und zeigt uns auch die Cafeteria und den Fitnessraum. Beim Laufen stützt sie sich auf mich. Wie ein Vögelchen fühlt sie sich an, so schwach und fragil, und ich empfinde auf einmal unheimlich viel Liebe für sie. Was seltsam ist, denn ich glaube, dass wir in meinem ganzen Leben noch keine vierundzwanzig Stunden miteinander verbracht haben.

Die letzte Station der Führung ist der Aufenthaltsraum. Halmeoni muss dem Krankenhauspersonal gesagt haben, dass ich ihr was vorspielen will, denn vor eine kleine Plattform werden Stühle gestellt. Die meisten Plätze sind besetzt, unter anderem von Halmeonis Zimmergenossinnen.

»Ich hole schnell dein Cello aus dem Zimmer«, sagt Jaewoo. Als er zurückkehrt, gibt es keinen freien Stuhl mehr. Selbst ein paar Schwestern und Pfleger haben beschlossen, eine kleine Pause einzulegen, um mir zuzuhören.

Plötzlich bin ich *nervös*, was für mich ziemlich untypisch ist. Ich habe schon vor viel mehr Leuten gespielt – vor viel mehr Leuten mit *Prestige*, von deren Urteil es abhing, ob ich eine Auszeichnung bekommen würde.

Aber nur selten hat jemand im Publikum gesessen, der *mir* wichtig ist, auf dessen Meinung *ich* etwas gebe. »Du wirst das toll machen«, sagt Jaewoo zuversichtlich, während er mir mein Cello gibt, und mir wird ganz warm ums Herz. Halmeoni sitzt in der ersten Reihe und prahlt laut damit, dass ich ihre Sonnyeo bin, ihre Enkelin. Ihr Stolz sorgt dafür, dass sich meine Nervosität in Luft auflöst.

Ich gucke zur Tür und stelle mir vor, wie meine Mutter hereinkommt. Ich habe mein Cello heute nicht nur mitgebracht, um für Halmeoni zu spielen, sondern auch, weil ich dachte, sie wäre hier. Ich bin ein bisschen enttäuscht, dass dem nicht so ist, aber das ist nur ein kleiner Wermutstropfen gegenüber der Freude, die ich empfinde, für Halmeoni und ihre Freunde spielen zu dürfen. Und natürlich für Jaewoo.

Ich nehme mein Cello aus der Tasche. Langsam gehe ich meine übliche Routine durch, platziere das Instrument zwischen meinen Knien, dehne meine Finger und stimme die Saiten. Dann spiele ich ein durchdringendes G und ein paar der älteren Leute klatschen begeistert.

Es gibt keinen Notenständer, was bedeutet, dass ich etwas aus dem Gedächtnis spielen muss. Ich klappe meinen Ordner auf und blättere auf der Suche nach Inspiration die Noten durch. Ich würde ja das Stück spielen, das ich gerade im Unterricht lerne, aber davon beherrsche ich leider erst den ersten Satz. Ein paar andere Stücke könnten funktionieren, aber irgendwie fühlen sie sich nicht *richtig* an.

Ich will nichts zu Langes spielen. Ein paar Patienten in der letzten Reihe dösen bereits ein. Und es soll auch nichts sein, was sie langweilt. Klassische Musik liegt nicht jedem.

Meine Finger streichen über das letzte Stück in meinem Ordner. Langsam ziehe ich es heraus. Es sind die Noten für

Saint-Saëns' *Le Cygne* oder *Der Schwan*, ein wunderschönes Stück, komponiert als Cello solo. Es war eigentlich in meinem Portfolio für die Musikhochschule, aber nach dem Wettbewerb im November habe ich es rausgenommen.

*Jenny ist zwar eine talentierte Cellistin, die alle technischen Elemente der Musik beherrscht, doch ihr fehlt der Funke, der sie von einer perfekt ausgebildeten Musikerin zu einer außergewöhnlichen machen würde.*

Es scheint mir so lange her, seit ich mich bei Onkel Jay über dieses Ergebnis beschwert habe und er mir gesagt hat, ich solle mal »ein bisschen leben«. Und das alles an dem Abend, an dem ich Jaewoo das erste Mal begegnet bin. Ich blicke auf, vorbei an den vielen erwartungsvollen Gesichter, ganz nach hinten, wo er an der Wand lehnt. Vielleicht fühle ich mich deshalb so zu ihm hingezogen, weil ich diesem Funken hinterherjage, der an jenem Abend zwischen uns zu spüren gewesen ist.

Es fühlt sich fast wie Trotz an, gegenüber den Preisrichtern und mir selbst, genau dieses Stück *jetzt* zu spielen, aus keinem anderen Grund als dem, dass ich es will.

Schnell überfliege ich die Seiten. Seit dem Wettbewerb habe ich *Le Cygne* nicht mehr gespielt, aber ich bin zuversichtlich, mich an die Noten erinnern zu können. Es ist ein kurzes Stück und in den Monaten vor dem Wettbewerb habe ich es immer wieder geübt. Nur für den Fall lege ich die Notenblätter vor mir auf den Boden.

»Soll ich sie für dich halten?«, fragt ein Opa in der ersten Reihe.

»Danke, nicht nötig«, antworte ich höflich.

Ich atme tief durch und konzentriere mich. Ich versuche die Geräusche im Publikum zu ignorieren, das Stühleknarren, ein Husten.

Ich sehe meine Großmutter an, die ihre Hände fest ineinandergelegt hat, dann zu Jaewoo, der mir ermutigend zunickt.

Ich schließe die Augen und beginne zu spielen.

Die Musik ist wunderschön, elegant, langsam und kraftvoll. Während ich spiele, scheint mein Atem der Melodie zu folgen. Er hebt und senkt und hebt sich wieder. Es ist, als würde ich all die Emotionen der letzten Woche durch die Höhen und Tiefen des Liedes erneut durchleben, die Freude, in Seoul zu sein, neue Freunde zu finden, meine Großmutter kennenzulernen, die Kluft zwischen meiner Mutter und mir, die ungewissen Was-wäre-wenns meiner Zukunft und an einer Musikhochschule, alles, was Jaewoo mich fühlen lässt: Erwartung, Enttäuschung, Freude und noch etwas ganz anderes.

Noch nie habe ich mich einem Stück so verbunden gefühlt wie in diesem Moment.

Als ich fertig bin und die letzte Note halte, sind alle einen Moment lang still, dann brechen sie in tosenden Beifall aus. Ein paar Patienten geben mir stehende Ovationen. Ich bin ganz siegestrunken. Das war zweifellos meine beste Darbietung von *Le Cygne*, vielleicht sogar meine beste überhaupt.

Meine Großmutter steht in der ersten Reihe und klatscht ebenfalls. Sie hat Tränen in den Augen. Ich verbeuge mich strahlend, dann schaue ich gespannt nach hinten zu Jaewoo.

Als ich ihn nicht mehr dort stehen sehe, wo er zuletzt war, beginne ich im Publikum nach ihm Ausschau zu halten. Doch keins der strahlenden, lächelnden Gesichter ist seins.

Die Freude in mir beginnt sich in Luft aufzulösen, bis sich meine Brust schmerzhaft zusammenschnürt.

Er ist fort.

# Neunzehn

Ich hätte den Tanzkurs tauschen sollen, als ich die Gelegenheit dazu hatte. Wenn das so weitergeht, werde ich durchfallen, und es spielt keine Rolle, wie unglaublich mein Portfolio ist oder wie gut mein Vorspielen läuft. Mit einer schlechten Note werde ich es nie in eine tolle Musikhochschule schaffen.

»Du hast ja echt nicht übertrieben, als du von deinem armseligen Tanztalent erzählt hast«, sagt Nathaniel, als ich ihm zum dritten Mal auf den Fuß trete. Zu Beginn der Stunde hat uns Ms. Dan gesagt, dass wir uns einen Partner suchen sollen, und bevor ich jemand anderen überhaupt nur fragen konnte, hat mich Nathaniel praktisch auch schon angesprungen. »Ganz ehrlich, ich denke, du tust der Welt einen Gefallen, indem du Cello spielst«, sagt Nathaniel nachdenklich. »Zumindest kannst du da sitzen.«

Von draußen ist fernes Donnergrollen zu hören. Von Westen drängen Sturmwolken heran. Bald wird es regnen. Hoffentlich erst, wenn ich wieder im Wohnheim bin.

»Jaewoo-seonbae!«

Wie von einem unsichtbaren Faden gezogen reiße ich den Kopf in die Richtung, aus der die Stimme gekommen ist. Auf der anderen Seite des Studios geht jemand zu Jaewoo.

Wir sind uns die ganze Woche über aus dem Weg gegangen, seit er ohne jeden Abschied aus der Klinik meiner Großmutter verschwunden ist. Dafür gibt es keine Entschuldigung und ich werde mir keine anhören, selbst wenn er mich in einen Luftschacht ziehen sollte.

»Du bekommst das schon noch hin«, sagt Nathaniel. »Entweder das oder du fällst durch.«

Ich starre ihn finster an. Er ist schon den ganzen Tag so bissig. Welche Laus ist ihm denn über die Leber gelaufen?

»Danke dafür, dass du mich so stark machst.«

Den Rest der Stunde arbeiten wir an unserem Gruppenprojekt und widmen die letzten paar Minuten dem Teil der Choreografie, bei dem mich Nathaniel im Kreis drehen muss.

»Bae Jaewoo!«

Ich stolpere.

Nathaniel folgt meinem Blick. »Was schaust du denn da dauernd?«

»Nichts!« Ich versuche das Thema zu wechseln. »Du bist doch aus New York, oder?«

»Das ist richtig.«

»Wie ist es da so?«

Meine Großeltern, die Eltern meines Dads, sind erst vor Kurzem nach New Jersey gezogen, um näher bei meiner Tante zu wohnen, und ich hatte noch gar keine Gelegenheit, sie zu besuchen.

Für mich war New York bisher nur der Ort mit der Manhattan School of Music. Aber jetzt, hier in Seoul, wo die Stadt so sehr Teil des alltäglichen Lebens und der Kultur ist, bin ich neugierig.

»Denk an Seoul«, sagt Nathaniel. »Stell es dir vor.« Ich schließe die Augen und sehe die Stadt vor mir, den ständigen Trubel, die Autos, Taxis, Busse und Motorräder auf den Straßen, die unzähligen Restaurants, Cafés, Geschäfte, Märkte, Museen und Paläste. Es ist wie eine Sinfonie in meinem Kopf.

»Stellst du es dir vor?«

»Ja«, hauche ich.

»Jetzt stell dir eine dicke Schicht Dreck über allem vor. Das ist New York.«

Ich schaue ihn finster an.

Nach der Stunde packe ich flugs meine Tasche und verschwinde. Mein Plan ist, beiden Jungs von XOXO aus dem Weg zu gehen. Doch ich komme nicht weit.

»Jenny!«, ruft Nathaniel und hält mich im Treppenhaus an. Ein paar Schüler werfen uns neugierige Blicke zu.

»Was ist denn mit dir?«, fragt er und presst seine Schulter gegen die Wand. »Du ignorierst mich schon die ganze Woche.«

Es war klar, dass diese Unterhaltung früher oder später kommen würde, und ich schulde Nathaniel eine Erklärung.

»Ja, ich weiß«, seufze ich. »Es ist nur, du bist …« Ich deute auf ihn, eine Geste, die sein ganzes Sein beinhaltet. »Ein Idol.«

»Ja, ich weiß«, sagt er. »Das haben wir doch alles schon durchgekaut.«

Ich senke meine Stimme, als eine Gruppe von Schülern an uns vorbeigeht und abwechselnd zu Nathaniel und mir sehen. »Ich will einfach nicht, dass irgendwelche Gerüchte entstehen.«

»Wen kümmert's, was die anderen denken?«, fragt er.

»Mich«, zische ich. »Ich will nicht, dass du wegen mir in Schwierigkeiten gerätst.«

Nathaniel starrt mich an, als ob mir ein zweiter Kopf gewachsen wäre. »Was?«, frage ich verlegen.

»Kommt das wirklich von dir?« Er kneift die Augen zusammen. »Jaewoo hat was gesagt, oder?« Als ich nicht sofort antworte, flucht er. »Ich wusste es! Gott, er denkt wirklich, er wüsste, was für jeden das Beste ist.«

»Er macht sich nur Sorgen um dich«, sage ich, obwohl ich eigentlich gar nicht weiß, warum ich Jaewoo in Schutz nehme. Ich bin genauso wütend auf ihn wie auf Nathaniel, vielleicht sogar noch mehr.

In Nathaniels Augen flackert ein seltsamer Ausdruck auf. »Er sollte sich lieber an die eigene Nase fassen.«

Was soll *das* denn bitte heißen?

»Hast du Hunger?«, fragt Nathaniel plötzlich, um das Thema zu wechseln. »Ich hab Knast. Lass uns mittagessen.«

Der Sturm, der sich den ganzen Morgen zusammengebraut hat, ist da. Nathaniel und ich müssen über den Platz rennen, um nicht klatschnass zu werden. Dennoch wringen wir Wasser aus unseren Schuluniformen, bevor wir die Cafeteria betreten. Gi Taek und Angela reden heute mit ihren Fachbereichsleitern – sie haben mir davon erzählt, als ich sie nach meinem Besuch bei Halmeoni getroffen habe – also essen heute nur Nathaniel und ich zusammen. Das Gericht des Tages ist Dwaejigogi-bokkeum, scharf angebratenes Schweinefleisch, was ich sehr gern esse. Mit unseren Tabletts gehen wir zu unserem üblichen Tisch, doch der ist bereits besetzt.

»Lass uns ins Studienzentrum gehen«, sage ich. Wegen des Sturms ist die Cafeteria voller als üblich.

»Nein, warte. Ich seh zwei leere Plätze.« Nathaniel marschiert durch die Menge. Ich folge ihm und versuche dabei, niemanden mit meinem Tablett anzustoßen.

An seinem Ziel wirft Nathaniel sein Tablett auf den Tisch, direkt neben …

Jaewoo.

Ihm gegenüber sitzt Sori.

»Setz dich, Jenny«, sagt Nathaniel. Entweder bemerkt er die angespannte Atmosphäre nicht oder er will sie nicht bemerken. Vielleicht genießt er sie sogar. Wahrscheinlich Letzteres. »Ich denke, wir sollten uns jetzt alle mal zusammensetzen und reden.«

Sori nimmt ihr Tablett. »Ich sollte gehen.«

»Aber nicht meinetwegen«, sagt Nathaniel.

Sie bleibt sitzen.

Mir kommt es so vor, als sei ich in eine Szene aus einem K-Drama geraten. Die Hauptfiguren sind Jaewoo, der aufrechte Stufensprecher, und Sori, die Tochter einer wohlhabenden Dynastie aus dem Unterhaltungssektor. Dann sind Nathaniel und ich wohl die intriganten amerikanischen Nebenfiguren, die nur aus dem Grund da sind, das ansonsten idyllische Leben der Hauptfiguren zu stören.

»Jenny?« Alle drei sehen mich erwartungsvoll an.

»Oh, sorry.« Ich setze mich neben Sori.

»Ihr zwei wohnt zusammen, oder?«, fragt Nathaniel.

Ich blicke Sori an, doch es sieht nicht so aus, als würde sie antworten. Stattdessen schiebt sie mit ihren Essstäbchen das Fleisch auf ihrem Teller herum. »Ja«, sage ich.

»Tja, das überrascht mich.«

Als er nicht weiterspricht, seufze ich. »Warum überrascht dich das denn?«

»Oh, nur weil Soris Eltern ihr erlaubt haben, eine Zimmergenossin zu haben, da sie ja ansonsten völlige Kontrolle über ihr Leben haben.«

Verdammt, Nathaniel! Ich werfe ihm einen empörten Blick zu. *Hör auf!*

Er zuckt mit den Schultern. *Was denn?*

Aus dem Augenwinkel sehe ich, dass uns Jaewoo beobachtet.

»Ich mein ja nur«, sagt Nathaniel und sieht zu Sori. »Sie wollen dich immer beschützen. So sollte es ja auch sein. Du bist ihre kostbare Tochter.«

»Was ist mit euch beiden?«, sage ich in einem Versuch, von Sori abzulenken. »Ihr zwei wohnt doch auch zusammen.«

Nathaniel reißt seinen Blick von Sori los und sieht zu mir. »Ja, in einem Wohnheim in der Nähe von Joah. Aber bald ziehen wir in was Größeres. Wenn wir uns fertig eingerichtet haben, solltest du uns mal besuchen kommen.«

Ich winke ab. »Du solltest vorher besser noch eure anderen Mitbewohner fragen.«

»Oh, Youngmin wird es nichts ausmachen. Und Sun ist nur selten da. Bei Jaewoo weiß ich es allerdings nicht.« Er wendet sich an seinen Bandkollegen und fragt gespielt unschuldig: »Was denkst du, Jaewoo? Willst du, dass uns Jenny besucht?«

Irgendetwas geht da vor. Nathaniel muss *etwas* über Jaewoo und mich wissen. Aber woher? Ich bezweifle, dass Jaewoo es ihm erzählt hat, nicht wenn er es vor Youngmin geheim hält.

»Im Wohnheim sind keine Mädchen erlaubt«, sagt Jaewoo kühl, obwohl seine Augen ein wenig schmaler werden.

»Bae Jaewoo ...« Nathaniel lacht freudlos. »Unser Paragrafenreiter.«

»Ich folge den Regeln, damit andere nicht verletzt werden«, presst Jaewoo zwischen zusammengebissenen Zähnen hindurch.

»Selbst wenn die Regeln selbst jemanden verletzen, der dir nahesteht?«

Sori neben mir tut nicht mal mehr so, als würde sie essen. Die Hand, mit der sie die Essstäbchen hält, zittert.

Ich sehe zu ihr. »Sori, was du vorhin gesagt hast, klingt gut. Wir sollten gehen.«

Sie ignoriert mich. »Jaewoo hat recht, Nathaniel. Diese Regeln gibt es aus einem guten Grund, und zwar nicht nur, um unsere Firma zu schützen, sondern auch unsere Träume, das, wonach wir schon unser ganzes Leben lang streben! Aber das verstehst du nicht. Du bist nicht wie wir.«

»Warum? Weil ich erst später in dieses Spiel eingestiegen bin? Weil ich nicht schon seit meiner Kindheit dieser Gehirnwäsche unterzogen wurde, dass ich für meine Familie alles aufgeben muss? Oder liegt es daran, dass ich aus Amerika komme? Ich kapier es einfach nicht, weil ich anders bin, weil ich … keine Ahnung … einen eigenen Kopf habe?«

In der Cafeteria ist es plötzlich ganz still geworden. Alle hören zu.

»Sori …« Ich ziehe sie am Ärmel. »Wir sollten wirklich gehen.«

»Und *du*!« Sie dreht sich zu mir um und bei dem Gift in ihrer Stimme zucke ich zusammen. »Du hältst dich für so toll, kommst hier angetanzt, findest Freunde und reibst sie mir unter die Nase. Wo du dich doch in *mein* Leben eingemischt, deine Nase in *meine* Angelegenheiten gesteckt und *meine Post* gelesen hast. Bist du überhaupt wegen der Musik hier? Du kannst nicht tanzen. Ich bezweifle, dass du singen kannst. Du gehörst nicht hierher. Du bist nichts.«

Ich will am liebsten im Erdboden versinken. Das hat sie also die ganze Zeit von mir gedacht. Ich kann kaum hören, was um mich herum vor sich geht, weil das Klingeln in meinen Ohren so laut ist.

»Du irrst dich, Sori-yah.«

Der Lärm in mir verstummt. Sori reißt die Augen auf und hebt den Kopf. Ich drehe mich langsam um.

»Du solltest über Jenny nicht solche Sachen sagen«, redet Jaewoo weiter. »Sie ist eine unglaubliche Musikerin. Außerdem ist sie eine ergebene Tochter und Enkelin. Und eine treue Freundin. Das alles würdest du erfahren, wenn du ihr eine Chance geben würdest.«

Eine Welle von Emotionen bricht über mich herein: Schock, Adrenalin, Dankbarkeit und Verwirrung. Warum sagt er das ausgerechnet *jetzt*, nachdem er mich in der Klinik im Stich gelassen und mich die ganze Woche lang ignoriert hat?

Wie soll ich auf diese … Verteidigung meines Charakters reagieren? Offiziell *kennen* wir uns noch nicht mal.

Sori steht so abrupt auf, dass der Stuhl hinter ihr lautstark umkippt. Tränen laufen ihr über die Wangen. Ohne ein weiteres Wort rennt sie aus der Cafeteria.

Ich haste ihr unter den Augen der erstaunten Menge hinterher.

# Zwanzig

»Sori!«

Wegen des Sturms ist sie noch nicht weit gekommen. Sie steht vor dem Eingang der Cafeteria unter dem Vordach, hat die Arme um sich geschlungen und starrt auf den Regen, der quer über den Platz fegt. Auf der anderen Seite blinken verschwommen die Lichter unseres Wohnheims. Sie sieht aus, als würde sie rüberrennen wollen.

»Sori!«, rufe ich und drücke die Tür auf. »Ich wusste nicht, dass du so von mir denkst. Es tut mir wirklich leid wegen der Postkarte, du kannst dir gar nicht vorstellen, wie leid.«

Sie dreht sich zu mir um. Die Schminke um ihre Augen ist verlaufen, wahrscheinlich beim Versuch, ihre Tränen wegzuwischen.

»Warum entschuldigst du dich bei mir? Ich habe gerade schreckliche Dinge über dich gesagt.«

Eine berechtigte Frage. Jina gegenüber würde ich mich nicht entschuldigen. Aber im Gegensatz zu ihr habe ich Sori nie für grausam gehalten. Natürlich wirkt sie ziemlich arrogant und kühl, aber sie hat nie hinter meinem Rücken über mich gesprochen, was ich wirklich zu schätzen weiß. Außerdem wohne ich mit ihr zusammen und weiß darum, dass sie K-Dramas guckt und schlüpfrige Romance-Manhwas liest, wenn sie nicht gerade lernt oder trainiert. Sie hat eine umwerfende Garderobe, ich weiß, dass sie am liebsten R&B hört und neben ihrem Bett eine Pflanze hat, die sie jeden Tag mit einem Becher mit *We Bare Bears*-Aufdruck gießt. Ich finde es sehr liebenswert, wie nerdig sie ist.

Warum hat sie sich für eine Mitbewohnerin eingetragen, wenn sie auch ein Einzelzimmer hätte haben können? Ich habe mir diese Frage schon mal gestellt und jetzt bin ich mir noch sicherer, die Antwort zu kennen: Sie hat auf eine Freundin gehofft.

»Ich entschuldige mich bei dir dafür, deine Postkarte gelesen zu haben. Das war absolut nicht in Ordnung.« Sie ist zwar aus Versehen heruntergefallen, doch ich hätte sie einfach wieder festpinnen sollen, ohne sie mir anzusehen. »Aber für das andere, was du mir vorgeworfen hast, entschuldige ich mich nicht. Ich respektiere, dass du so empfindest, aber dafür kann ich mich beim besten Willen nicht ...« Ich spreche den Satz nicht zu Ende. »Außer vielleicht fürs Tanzen. Niemand sollte das mit ansehen müssen.«

Sie sieht mich noch ein paar Sekunden länger an, dann schaut sie weg und schüttelt den Kopf. »Du bist seltsam.«

Ich schnaube. »Also bitte. Zumindest rolle ich mein Gesicht nicht jeden Abend mit einem Stein ab, um ein strafferes Kinn zu bekommen.«

Sie schnappt empört nach Luft und legt dramatisch eine Hand an ihr Kinn. »Na vielen Dank auch.« Aber sie lächelt dabei ein bisschen und ich weiß, dass wir uns etwas nähergekommen sind.

»Sori!« Die Tür zur Cafeteria wird aufgestoßen und Nathaniel eilt heraus.

Soris Lächeln erstirbt und ich werfe Nathaniel einen bösen Blick zu.

Er bemerkt es nicht, da er sich vollkommen auf Sori konzentriert. »Ich bin zu weit gegangen. Bitte entschuldige.«

Sie macht einen Schritt zurück. Regen prasselt auf ihre Schulter.

»Warte«, sagt er. »Du wirst dich noch erkälten.« Er tritt ebenfalls einen Schritt zurück. »Ich verspreche, dass ich dir nicht hinterherlaufen werde. Lauf nur nicht weg.«

»Hör auf!« Sie hält sich die Ohren zu, als könnte sie ihn so aussperren. »Hör einfach auf!«

»Sori-yah!«

»Hör auf, dich um mich zu bemühen. Ich will dich nicht weiter vermissen. Es tut weh. Es tut so weh, Nathaniel.«

»Die Trennung war nicht meine Idee«, sagt er leise. »Das weißt du.«

»Ich ... Ich kann das einfach nicht.«

Sie dreht sich um und verschwindet im Regen.

Nathaniel tritt gegen die Tür. »Verdammt.«

Wie versprochen läuft er ihr nicht nach.

Ich frage mich, was es über mich aussagt, dass ich wütender auf Nathaniel als auf Sori bin, obwohl ich schon länger mit ihm als mit ihr befreundet bin.

»Ich weiß, dass das jetzt gerade ein ziemlich krasser Moment für euch war«, sage ich. »Aber dafür hast du *meinen* Moment mit Sori kaputtgemacht.«

Er fährt sich durchs Haar. »Das war echt hart gerade.«

»Ähm«, sage ich. »Aber das lag doch an *dir*. Warum hast du dich überhaupt so aufgeführt? Du hast nicht nur Sori bedrängt; was bitte war das zwischen dir und Jaewoo? Seid ihr nicht Freunde?«

Nathaniel verzieht das Gesicht. »Du musst mir versprechen, nicht sauer zu werden.«

Ein sicheres Zeichen, dass ich bei dem, was er mir jetzt sagt, auf jeden Fall sauer werde. »Nein.«

Er seufzt. »Ich war in diesem Van in LA.«

Ich weiß nicht, wovon er redet, und runzle die Stirn. »Du meinst ... damals im November?«

Er nickt bedächtig.

»Dann ...«, sage ich, »... hast du mich dort gesehen?« Wenn er mich gesehen hat, wusste er auch die *ganze Zeit*, wer ich bin. Was bedeutet ... »Hast du mich in dem Uniformgeschäft erkannt?«

»Ja.«

Plötzlich ergibt sein seltsames Verhalten Sinn. Seine Neugier, ob ich immer schon in LA gelebt habe und ob ich das Musikvideo für *Don't Look Back* kannte, denn dann hätte ich Jaewoo natürlich erkannt.

»War Youngmin auch im Van?«, frage ich.

Er schüttelt den Kopf. »Nein, nur ich saß hinten. Unser Manager ist gefahren. Er hat dich nicht gesehen. Ich hab dich auch nur kurz im Profil gesehen und selbst da hätte ich dich nachher ohne die Fotos nicht erkannt.«

Die Fotos von Jaewoo und mir. Die aus dem Automaten.

»Er hat sie dir gezeigt?«, frage ich ungläubig.

»Ich hab ihm am Flughafen über die Schulter gelinst.«

Das muss ich erst mal verdauen, also atme ich tief und langsam durch.

»Warum?«

Dieses einzelne Wort beinhaltet für mich all meine Fragen. Warum hast du nichts gesagt? Warum hast du so getan, als wüsstest du nicht, wer ich bin? War unsere Freundschaft überhaupt echt?

Nathaniel seufzt. »Um dir das zu beantworten, muss ich ganz von vorne beginnen. Ich kenne Jaewoo, seit ich vor knapp vier Jahren bei Joah aufgenommen wurde. In all dieser Zeit hat er nie auch nur eine einzige Regel gebrochen. Er ist immer pünktlich. Er tut alles, was die Agentur von ihm will. Keine Ahnung, ob du das weißt, aber er wurde Idol, um seine Familie finanziell zu unterstützen. Alles, was er tut, tut er für sie. Und für uns. XOXO ist für ihn wie eine zweite Familie geworden.«

Nathaniels Geschichte spiegelt das wider, was Jaewoo an dem Abend erzählt hat, an dem wir uns kennengelernt haben. Als er davon gesprochen hat, wie überwältigend Verantwortung sein kann.

»An diesem Tag in LA«, fährt Nathaniel fort, »hat er sich beim Dreh des Musikvideos den Arm gebrochen. Und dann ... ist er einfach verschwunden. Wir sind stundenlang durch die Stadt gefahren. Wir haben uns Riesensorgen gemacht. Ich dachte, dass er vielleicht so was wie einen Zusammenbruch hat ... Doch dann hat er gegen Mitternacht sein Handy wieder angestellt. Wir waren bereits in K-Town, also war es nur eine Frage von Minuten, dass wir ihn auf dieser Straße fanden.«

»Ich kann mich erinnern«, sage ich. »Ihr seid wie aus dem Nichts aufgetaucht.«

Er nickt. »Ich war neugierig, wer du bist. Am Flughafen habe ich nach dir gefragt, aber er wollte nichts verraten. Und das ...« – Nathaniel schüttelt den Kopf – »... hat mich ehrlich gesagt verletzt. Ich dachte, er würde mir vertrauen. Dann ist all das mit Sori passiert und ich hab die Sache vergessen. Es ging mir nicht gut. Aber er war die ganze Zeit für mich da. Das waren sie alle.«

Ich bin froh, dass Nathaniel, Jaewoo und die zwei anderen Jungs von XOXO einander haben, obwohl sie es als Idols total schwer haben.

»Also ja, ich habe dich im Uniformgeschäft wegen Jaewoo angesprochen, aber dann hab ich mich weiter mit dir unterhalten, weil ich dich nett fand. Und es tut mir leid. Dass ich's dir nicht früher erzählt habe.«

»Schon gut …«

»Es macht mich einfach nur ohne Ende fertig, dass Jaewoo etwas hat, was er will, aber deswegen nichts *tut.*«

Als mir klar wird, dass Nathaniel offenbar denkt, dass *ich* es bin, die Jaewoo will, vollführt mein Herz einen Hüpfer. »Hast du ihn deswegen gerade so angegangen?«, frage ich.

»Deshalb und weil ich wütend bin, dass er dir gesagt hat, du sollst dich von mir fernhalten. Ich kapier ja, dass bei ihm mehr auf dem Spiel steht … aber er soll es nicht an mir auslassen, verstehst du?«

*Bei ihm steht mehr auf dem Spiel.* Nicht nur sein Ruf und der Erfolg seiner Gruppe, sondern auch das Wohl seiner Familie. Eine solche Verantwortung muss überwältigend sein – so überwältigend, dass er in LA versucht hat, davor wegzulaufen.

Ich hatte immer gewusst, dass unsere Leben nicht verschiedener sein könnten, aber das Ausmaß begreife ich erst jetzt so richtig.

Der Regen ist inzwischen nur noch ein leichter Schauer.

»Ich sollte wieder reingehen«, sagt Nathaniel mit einem Seufzen, »und Jaewoo helfen, das Chaos, das ich angerichtet habe, wieder auszubügeln.«

Ich folge seinem Blick. »Was, denkst du, sagt er?«

»Ich bin mir nicht sicher, aber er wird sich irgendwas ausdenken. Er ist gut darin, andere von seiner Sicht zu überzeugen.«

Ich frage mich, ob das auch auf mich zutrifft. Vielleicht schon, schließlich habe ich zugestimmt, unsere Freundschaft geheim zu halten. Aber vielleicht auch nicht, denn ich glaube nicht, dass ich das noch länger aushalten kann.

Wir gehen auseinander: er, um Jaewoo zu helfen, ich, um Sori zu finden. Mitten auf dem Platz schließe ich die Augen und halte mein Gesicht in den Regen.

# Einundzwanzig

Ich finde Sori auf ihrem Bett in unserem Zimmer. Sie trägt immer noch ihre Schuluniform. Die Haare hängen ihr ins Gesicht und ich vermute langsam, dass sie das immer macht, wenn sie nervös ist. Nur dass die Haare durch den Regen feucht sind und sie dadurch wie ein asiatischer Wassergeist aussieht. Ich bin stolz auf mich, dass ich ihr das nicht sage.

»Willst du darüber reden, was gerade passiert ist?«, frage ich, während ich mir die Schuhe ausziehe.

»Eigentlich nicht«, murmelt sie.

Wird es jetzt wieder so werden wie vorher? Zwei Fremde, die zufällig zusammenwohnen?

Plötzlich setzt sie sich auf und schleudert ihre Haare zurück. Auf der Stelle verwandelt sie sich von einem Wassergeist in eine Meerjungfrau. Ihre verschmierte Wimperntusche unterstreicht die wunderschöne Form ihrer Augen nur. »Entschuldigung«, sagt sie.

»Wofür?«

»Du hast dich entschuldigt, ich aber nicht. Tut mir leid, was ich über dich gesagt habe, besonders das über dein musikalisches Talent. Gerade für mich als Musikerin war das einfach unangebracht.« Sie greift nach ihrem *We Bare Bears*-Becher und trinkt einen Schluck.

»Ist der für Kinder?«

»Was meinst du?« Während sie spricht, hält sie den Becher weiter an ihre Lippen.

»Na ja, ist dieser Becher für kleine Kinder gedacht?«

»Nein, für jedes Alter.«

»Oh, tut mir leid. Ich war kurz abgelenkt. Schon gut, wirklich.«

»Nein, es ist nicht gut. Wir sind Zimmergenossinnen und ich hab nicht mal eine Ahnung … na ja, was du so *tust.*«

»Ich könnte es dir zeigen«, sage ich.

Im Wohnheim ist es wegen der dünnen Wände nicht erlaubt, Instrumente zu spielen, also schnappe ich mir mein Handy.

Sori klopft einladend neben sich auf ihr Bett. Ich setze mich neben sie.

»Oh, mein Gott, ist das ägyptische Baumwolle?«

»Konzentrier dich, Jenny.«

Ich öffne das letzte auf meinem Handy gespeicherte Video, das meine Großmutter mir geschickt hat. Offenbar hat eine der Schwestern in der Klinik meine Darbietung von *Le Cygne* gefilmt.

Ich halte den Atem an, während Sori zusieht. Ihr Gesichtsausdruck verrät nicht, was sie denkt. Erstaunlich, wie nervös mich das macht.

Als der Clip zu Ende ist, gibt sie mir das Handy zurück. »Jaewoo hat recht. Du bist unglaublich.«

Ich werde *rot.*

»Dieses Stück habe ich schon mal gehört«, sagt sie. »Es gibt ein berühmtes Ballett zu dieser Musik.«

»Du kennst dich mit Ballett aus?«

»Ich studiere es zusammen mit zeitgenössischem Tanz und Hip-Hop.«

»Du willst also Tänzerin werden?«

Sori wirft mir *einen Blick* zu, als hätte ich etwas total Dummes gesagt. »Ich will ein Idol sein. Dafür muss ich tanzen und singen können und eine Persönlichkeit haben.«

»Zwei von dreien hast du schon mal.« Sie kneift die Augen zusammen. »Nur ein Scherz.«

»Das also ist mir die ganze Zeit entgangen.« Aber sie sagt es mit einem Schmunzeln und so ist mir klar, dass sie meine Neckerei okay findet. »Aber lass uns lieber mal über *deine* Tanzkünste reden. So, wie es jetzt läuft, glaube ich nicht, dass du den Kurs bestehen wirst.«

»Ich *weiß*«, stöhne ich. »Ich bin Cellistin. Wir können gut sitzen.«

»Du brauchst bloß ein bisschen Übung.« Sori sieht mich an und beißt sich auf die Lippen. »Sollen wir heute Abend noch mal raus?«

Ich runzle die Stirn. »Hat das Studio dann nicht schon geschlossen?«

»Du redest mit der Tochter der CEO von Joah Entertainment. Meiner Mutter gehören dreißig Prozent der Anteile dieser Schule.«

»Was willst du damit sagen? Ich bin nur ein Peon. Du musst meine Sprache sprechen.«

»Ich hab einen Schlüssel.«

•

Genau genommen hat Sori keinen Schlüssel, sondern kennt den Code für das elektronische Schloss an der Tür. Wir betreten das Tanzstudio und stellen unsere Taschen ab. Im Wohnheim haben wir uns umgezogen und zwei Stoffbeutel mit Snacks gefüllt, denn sie hat unheilvoll verkündet, dass »wir Treibstoff brauchen werden.«

Sie schaltet nur eine Lampe an. Zum Glück liegt dieses Studio nicht auf der Hofseite, sodass uns der Wachmann wahrscheinlich nicht bemerken wird.

»Gehst du morgens immer hierhin?«, frage ich, setze mich auf den Boden und beginne meine Beine zu dehnen.

»Ja, hier übe ich eine Stunde, dann geh ich ins Fitnessstudio und mach mich vorm Unterricht noch schnell frisch.«

Das klingt für mich fies, aber beeindruckend.

Nach dem Dehnen verbindet sie ihr Handy mit dem Soundsystem. »Gehen wir eure Choreografie erst mal komplett durch.«

Sori ist ganz klar eine erfahrene Tänzerin, denn ich muss ihr das Ganze nur ein einziges Mal zeigen, bevor sie die Schritte auswendig kann. Dann zeigt sie mir, wie es eigentlich gemacht werden muss, und es ist toll, ihr dabei zuzusehen, besonders bei den schwierigeren Stellen.

»Konzentrier dich!«, ruft Sori, als sie mich dabei erwischt, wie ich sie im Spiegel bewundere.

Nach einer Stunde strömt mir der Schweiß aus allen Poren und ich bin kurz davor, mir jedes Haar einzeln vom Kopf zu reißen. »Ich kann das einfach nicht.«

»Hör auf, so hart zu dir zu sein«, sagt sie und nippt an ihrer Wasserflasche. »Dein Körper muss sich die Schritte einprägen, bevor es für andere gut aussieht. Du versuchst zu sehr, alles auf einmal hinzubekommen. Zerleg die Bewegungen. Sag mir nicht, du hast von Anfang an perfekt Cello gespielt.«

»Furchtbar war ich nicht«, murmele ich in mich hinein.

»Niemand verurteilt dich hier«, übergeht sie das einfach. »Denk einfach daran, dass ich dich habe Cello spielen hören. Ich gebe zu, dass du umwerfend darin bist. Aber das hier ist meine Spezialität und ich versuche dir zu helfen.«

Ich starre sie an. »Du bist so gut.«

Nun wird sie rot. »Ich ... helfe anderen gern. Als ich auf die Highschool gekommen bin, hatte ich diesen Traum ... ich wollte, dass man mich ›Seonbae‹ nennt.« Sie merkt, dass ich den Begriff nicht kenne, denn sie erklärt ihn: »So nennen die Schüler der unteren Klassen die in der Oberstufe. Ich wollte, dass mich eine der jüngeren Schülerinnen Sori-seonbae nennt und mich um Hilfe bittet.« Sie wickelt sich eine Haarsträhne um den Finger. »Peinlich, oder?«

Plötzlich überkommt mich ein heftiges Verlangen, sie zu umarmen. Sie ist *bezaubernd.* Natürlich konnte Nathaniel gar nicht anders, als sich in sie zu verlieben.

»Das ist so ... unschuldig«, schwärme ich.

Sie lacht, dann sagt sie wieder ernst: »Noch mal von vorn?«

Gegen Mitternacht habe ich die Choreografie so langsam im Griff. Es ist, als wäre mein Körper die Schritte so oft durchgegangen, dass ich nicht mehr darüber nachdenken muss, was als Nächstes kommt. Als ich eine besonders knifflige Stelle hinbekommen habe, verschnaufen wir noch mal und machen uns über die Snacks her. Vitaminwasser und Puffreisriegel für Sori, Garnelencracker und Gatorade für mich.

Nach dem Essen legen wir uns mitten im Studio auf den Rücken, gucken zur Decke hoch und reden einfach nur. Ich erzähle ihr von meiner Kindheit in LA mit meiner Mom und meinem Dad. Wie beide in der Gastro gejobbt haben, während meine Mutter Jura studiert hat. Dass mein Dad ein paar Jahre nach Eröffnung der Karaokebar die Krebsdiagnose bekommen hat. Ich überspringe die harten Jahre, in denen er im Krankenhaus war, und hüpfe zu meinen Zukunftsplänen – College in New York, absolute Unabhängigkeit.

Dafür erzählt mir Sori, wie es war, in Apgujeong aufzuwachsen, einem reichen Viertel, und dass auch sie ein Einzelkind ist. Ihre Mutter ist nicht nur die CEO von Joah, ihr Vater ist auch noch Politiker. Darum stammten viele ihrer Freunde entweder aus Chaebol-Familien oder wurden von ihren Eltern gezwungen, sich mit ihr anzufreunden.

Sie erzählt mir auch, dass ihr Vater vor ein paar Jahren eine in den Medien breitgetretene Affäre hatte und sie daraufhin viele dieser sogenannten Freunde verlor. In dieser schrecklichen und anstrengenden Zeit hielt Nathaniel wie ein Fels in der Brandung zu ihr.

Sori lächelt, während sie mir von ihrer ersten Begegnung erzählt, bei der sie beide erst dreizehn waren. Für einen Rüpel und Unruhestifter hat sie ihn gehalten. Jahrelang haben sie sich gegenseitig aufgezogen und einander zu übertrumpfen versucht.

»Kennst du das«, fragt sie, »wenn ein Junge in der Mittelschule manchmal gerade zu dem Mädchen, das er eigentlich mag, gemein ist?«

»Wow, Nathaniel«, sage ich. »Wie uncool.«

»Ja, oder?« Sie lacht, obwohl ihre Stimme ein bisschen traurig klingt.

»*Willst* du wieder mit ihm zusammenkommen?«

Sie schweigt so lange, dass ich mir nicht sicher bin, ob sie mir noch antwortet. Schließlich sagt sie: »Ich will Idol werden. Das ist mein *Traum*, Jenny.«

»Oookay, aber geht nicht beides? Liegt es an deiner Mom?«

»Es liegt nicht *nur* an meiner Mom oder der Agentur. Es ist mehr als das.«

»Was gibt es denn noch für Gründe?«

Sie dreht sich zu mir um. »Weißt du das wirklich nicht?«

»Nein«, erwidere ich, »aber ich würd's gern wissen.«

Ihretwegen. Nathaniels wegen. Für Gi Taek und Angela, die den gleichen Traum haben.

Für Jaewoo.

»Es ist eine große Ehre, ein Idol zu sein. Man hat einen Traum erreicht, den so viele andere Leute auch träumen. Aber das ist nur der Anfang. Man muss hart an sich arbeiten, um gute Musik zu produzieren, Image und Marke aufrechterhalten, gute Auftritte hinlegen, Preise gewinnen, die Charts erklimmen, Fantreffen abhalten, in Fernsehshows auftreten, die Soloaktivitäten der anderen Bandmitglieder unterstützen, eigene Soloaktivitäten haben …« Sori unterbricht, um Luft zu holen. »Viele denken, wenn dann noch ein Partner dazukommt, zieht das Energie. Dass dann eine Person wichtiger ist als all die anderen Dinge, dass man einen Teil seines Lebens nicht teilt, obwohl man doch als Idol eingewilligt hat, sein ganzes Leben mit den Fans zu teilen, sodass sie einen lieben können, ohne befürchten zu müssen, enttäuscht oder verletzt zu werden.«

Sori seufzt. »Zumindest habe ich es immer so gesehen und es ist der Grund, den ich am besten verstehen kann. Ich will die Leute zum Lächeln bringen. Ich will ihnen Freude schenken. Und wenn ein Partner die Fans beunruhigt oder ihnen das Gefühl gibt, dass ich mich nicht genug anstrenge, dann … verzichte ich eben darauf.«

Ich versuche zu verstehen, was sie sagt. Es ist so anders als alles, um das ich mir jemals Gedanken machen musste. »Ich glaube nicht, dass eine Beziehung deine harte Arbeit beeinträchtigt. Man kann es nicht allen recht machen. Aber man muss mit sich selbst zufrieden sein.«

Sie lächelt belustigt. »Wie amerikanisch von dir. Nathaniel denkt genauso. Scheiß auf alle anderen. Tu, was dir passt.«

»*So* meine ich das nicht. Sondern eher ... dass man in erster Linie für sich selbst gesund und glücklich sein muss, bevor man für andere stark sein und ihnen Freude machen kann. Je gesünder und glücklicher du bist, desto mehr kannst du deinen Fans schenken, oder nicht? Sie sollten das auch für dich wollen.«

Sie verschränkt die Arme im Nacken und nickt langsam.

»Und denkst du nicht, dass du mehr Inspiration für Liebeslieder hast, wenn du selbst verliebt bist?«

Sie lacht. »Wir preschen hier ganz schön vor, Jenny. Noch *habe* ich keine Fans!«

»Das stimmt nicht. Du hast mich.«

»Ich weiß, dass wir uns eben erst von Mitbewohnerinnen zu Freundinnen aufgeschwungen haben«, sagt sie schüchtern. »Aber kann ich dich umarmen?«

»Ähm, klar!« Ich ziehe sie in eine Umarmung mit leichtem Würgegriff, auf die Onkel Jay stolz wäre.

»Du bist ganz verschwitzt«, kichert sie.

»Du auch!« Ich schiebe sie weg. Sie lacht und bedeckt ihr Gesicht mit beiden Händen.

Es ist ein Uhr nachts. Wir legen uns wieder auf den Rücken. Wir schweigen eine Weile. Dann denke ich, dass Sori vielleicht eingeschlafen ist, doch sie dreht sich auf die Seite und murmelt: »Falls Cellisten Fanklubs haben, will ich deinem beitreten, Jenny.«

# Zweiundzwanzig

Am Sonntag besuche ich Halmeoni in der Klinik und wir gucken uns zusammen mit den anderen Damen in ihrem Zimmer ein Wochenenddrama an. Es ist bereits die achtundsiebzigste von hundert Folgen, verrät mir meine Oma.

Von den anderen Omas und aus der Serie selbst erfahre ich, dass es die Geschichte einer jungen Frau erzählt, die seit einem Schiffsunglück als Kind verschollen ist und von einem Fischer adoptiert wurde. Wie sich herausstellt, ist sie die Tochter eines Milliardärs und Erbin eines riesigen Firmenkonglomerats in Seoul. Aber ihre Identität wurde von einer Frau gestohlen, die das Unglück beobachtet und in der Zwischenzeit ihre eigene Tochter an die Stelle der jungen Frau gesetzt hat, damit diese als Erbin aufwächst. Währenddessen ist die junge Frau zwischen zwei verschiedenen Männern hin- und hergerissen, einem Jungen aus ihrem Dorf, der sich aus dem Nichts zum Fischereimagnaten hochgearbeitet hat, und dem Sohn einer anderen wohlhabenden Familie, dem sie von Geburt an versprochen war. Außerdem wurde ihre

Mutter möglicherweise ermordet und sie könnte eine tödliche Krankheit haben.

Als die Folge vorbei ist, hole ich das Essen heraus, das ich in der Bäckerei gekauft habe – einen Laib Sauerteigbrot, dicke, sahnige Butter und Brombeermarmelade.

»Sie haben so ein Glück, Eonni«, sagt Halmeonis rechte Bettnachbarin, »eine so aufmerksame Enkelin zu haben.«

Die Frau im Bett gegenüber schüttelt den Kopf und schnalzt missbilligend mit der Zunge. »Wenn Ihre Tochter nur auch so aufmerksam wäre.«

»Kein böses Wort über meine Soojung«, tadelt Halmeoni ihre Freundin. »Ich bin stolz darauf, dass sie so hart arbeitet.«

Mom wollte sich heute eigentlich zu Halmeoni und mir gesellen, aber ihre Kollegen in den Staaten haben ihr einen neuen Fall weitergeleitet, mit dem sie viel zu tun hat. Es geht um einen Einwanderungsfall aus Nordkorea. Mom konnte nicht widerstehen und irgendwie kann ich es ihr nicht verdenken. Ihre Arbeit ist wichtig und ich bin stolz auf sie.

Aber es ist schon blöd, dass ich nicht mehr Zeit mit ihr verbringen kann, wie ich eigentlich dachte. Dennoch kommt sie zur Talentshow am Ende des Halbjahrs, wo ich hoffentlich mit einem Solo dabei sein werde.

»Du erinnerst mich so sehr an Soojung«, sagt Halmeoni. »Sie war immer schon so unabhängig und wusste genau, was sie im Leben erreichen will. Sie wusste, dass sie als Tochter eines Fischverkäufers kaum Erfolgschancen hatte, also hat sie so viel gelernt wie möglich, nebenher gejobbt, um einen Englischkurs bezahlen zu können, und schließlich ein Stipendium bekommen. Dadurch konnte sie auf ein College in

Amerika gehen, wo sie deinen Vater kennenlernte und dich bekam.« Halmeoni lächelt, aber in ihrem Blick liegt eine gewisse Traurigkeit. Sie ist sonst immer so fröhlich, dass es mich überrascht.

»Ich weiß, dass sie mir nie so richtig verziehen hat, dass ich sie weggeschickt habe …«

Das muss der Grund für das gespannte Verhältnis zwischen Halmeoni und Mom sein. Aber ich glaube, meine Großmutter ist zu streng mit sich. Wenn meine Mom nicht erkennen kann, dass *ihre* Mutter es nur gut mit ihr meinte, als sie sie nicht zurückgehalten hat, ist das ihr Problem.

»Sie ist wie die Heldin in dieser Serie«, sage ich, um Halmeoni aufzuheitern. »Zumindest der Teil mit den Fischen.«

Als sie wirklich lacht, wird mir ganz warm ums Herz. Ich bleibe noch ein paar Stunden bei ihr, doch jetzt, wo ich diese Traurigkeit in ihr habe aufblitzen sehen, kann ich sie nicht mehr vergessen.

Ich *weiß*, dass sie mich lieb hat und sich freut, Zeit mit mir zu verbringen. Doch ihre sehnsuchtsvollen Blicke zur Tür verraten mir, dass sie sich wünscht, ihre Tochter wäre auch hier.

Und das kann ich ihr nicht verübeln, denn mir geht es genauso.

Es ist später Nachmittag, als ich schließlich aufbreche. Ich fühle mich gefühlsmäßig ziemlich ausgelaugt. Draußen stelle ich mich mitten auf die Wiese und halte mein Gesicht in die Sonne, als könnte ich so ihre Kraft aufnehmen.

Als ich mich umdrehe, sehe ich unter den Bäumen einen Mann mit Fischerhut und Sonnenbrille herumlungern. Normalerweise würde ich mir nichts weiter dabei denken, doch er hat eine große Kameratasche dabei.

Nach dem Vorfall in der Besenkammer, als Youngmin nach Jaewoo gesucht hat, weil vor dem Gebäude ein Mann herumstand, habe ich den Paparazzo recherchiert, der die Fotos von Nathaniel und Sori gemacht hat. Ich bin mir nicht sicher, ob das der gleiche Mann ist, aber nur für alle Fälle sollte ich Jaewoo warnen. Es ist später als am Wochenende zuvor, als ich ihn auf dem Heimweg von seiner Therapie getroffen habe, aber sicher ist sicher.

Ich beobachte den Mann heimlich, bis er weggegangen ist, dann wirbele ich herum. In Windeseile rufe ich auf meinem Handy die Karte des Camellia Health Village auf und finde ein Gebäude, das vielversprechend klingt: Psychologisches Zentrum. Ich wiesele dorthin, achte aber darauf, nicht zu rennen. Sollte der Mann hersehen und mich entdecken, hat er trotzdem keinen Grund, Verdacht zu schöpfen. Ich trage meine Schuluniform nicht, sondern meine liebste Kunstlederjacke und meine Dodgers-Cap.

Als ich das Gebäude erreiche, öffnen sich leise die automatischen Schiebetüren.

Drinnen sieht es genauso aus wie in der Klinik meiner Großmutter. Es gibt einen Wartebereich und einen Empfang. Die Wände sind in einem sanften Hellblau gestrichen und ein kleiner Wasserfall plätschert vor sich hin.

Die Frau am Empfang lächelt mich freundlich an, was so gar nicht zu dem Adrenalin passt, das durch meinen Körper rast. Was soll ich ihr überhaupt sagen? *Ist Bae Jaewoo hier Patient?* Sie wird mich für einen übereifrigen Fan halten und vom Gelände werfen lassen, was nur unnötige Aufmerksamkeit auf mich ziehen würde.

»Jenny?«

»Jaewoo!« Ich ziehe ihn von den Fenstern weg hinter eine Wand.

Kurz bin ich abgelenkt, weil er einen schwarzen Pullover mit einem weiten Halsausschnitt trägt und ich sein Schlüsselbein sehe.

»Was tust du hier?«, fragt er.

*Konzentration, Jenny.* Ich blicke in sein Gesicht hinauf. »Ich will dich warnen.«

Er zieht eine Augenbraue hoch.

»Okay, das war jetzt ein bisschen dramatisch. Aber ich hab den ganzen Tag mit meiner Oma dieses völlig überdrehte K-Drama geschaut.« Ich atme tief durch. »Da draußen ist so ein Kerl mit einer Kamera. Ich glaube, es ist dieser Paparazzi-Ajeossi, von dem du mir erzählt hast.«

Jaewoo verzieht sein hübsches Gesicht zu einer grimmigen Miene. »Warte hier.« Er presst seinen Rücken gegen die Wand und lugt um die Ecke. Es dauert nur eine Sekunde, dann kommt er zurück und nimmt meine Hand. »Okay, stimmt«, bestätigt er. »Wir gehen zum Notausgang raus, dann sieht er uns nicht.«

Jaewoo hat mich fest im Griff, während er mich erst durch einen Gang zieht, dann durch einen anderen. Eigentlich habe ich gar keinen Grund mitzugehen – schließlich interessiert sich der Paparazzo nicht für mich –, aber Jaewoo lässt meine Hand nicht los. Und nach diesem Tag will ich ihn auch gar nicht loslassen.

Dem Hinterausgang gegenüber parkt ein schwarzer Van. Jaewoo lässt meine Hand nur kurz los, um die Tür zu öffnen, dann bedeutet er mir, vor ihm einzusteigen. Ich setze mich ans Fenster. Jaewoo springt hinter mir rein und zieht die Tür zu. Dann klopft er gegen das Kabinendach. »Wir können, Hyeong.«

Da erst bemerke ich den Manager von XOXO auf dem Fahrersitz. Ich erkenne ihn von der Begegnung im Uniformgeschäft wieder. Er stellt Jaewoo keine Fragen – offenbar ist ein schneller Aufbruch nichts Ungewöhnliches –, sondern stellt den Motor an und drückt im Nu auf die Tube.

Nach ein paar Blocks wird er langsamer und wirft einen Blick in den Seitenspiegel, um sicher zu sein, dass uns niemand folgt. Dann sieht er in den Rückspiegel und mustert mich. »Wer …?«

»Sie ist eine Klassenkameradin von Nathaniel und mir«, erklärt Jaewoo. »Wir wurden von diesem Kerl verfolgt, der für den *Bulletin* arbeitet.«

Er hat wohl nicht gesehen, wie Jaewoo meine Hand gehalten hat, denn er sagt nichts dazu. Entweder das oder er ist daran gewöhnt, die Geheimnisse der Jungs von XOXO zu bewahren.

»Wo willst du hin, Jenny?«, fragt mich Jaewoo. »Können wir dich irgendwo absetzen?«

»Wir sind sowieso schon spät dran«, sagt der Manager.

»Schon gut«, erwidere ich. »Ich kann von dort, wo ihr hinfahrt, ein Taxi nehmen.«

Jaewoo hakt nicht weiter nach.

Mir fällt ein, dass Jaewoo mir den Namen des Managers mal genannt hat: Nam Ji Seok. Jetzt blinkt er und biegt auf eine Brücke über den Han River ab. Von Gi Taek weiß ich, dass ein guter Manager im Leben eines Idols neben der Planung von Aktivitäten viele Rollen hat: Leibwächter, Chauffeur, Vertrauter, Freund.

Ich frage mich, ob Jaewoo ihm von *uns* erzählt hat. Wobei, was gibt es da schon zu erzählen?

Das letzte Mal, als ich ihn gesehen habe, hat er mich vor Sori, Nathaniel und der gesamten Cafeteria verteidigt. Doch davor hat er mich während einer meiner besten Cellodarbietungen meines Lebens ohne jede Erklärung einfach im Stich gelassen.

Ich *will* ja mit ihm befreundet sein. Seit jenem Abend in LA spüre ich diese Verbindung zwischen uns. Einen Funken. Aber ich fühle mich durch sein Verhalten völlig hin- und hergerissen. Ich bin nur für fünf Monate in Korea – jetzt nur noch vier … Will ich wirklich warten, bis er sich endlich sicher ist, was er will?

Ich habe keine Lust mehr zu warten.

»Jenny?« Ich muss vor mich hin gestarrt haben, denn als ich zu Jaewoo gucke, bemerke ich, dass er mich beobachtet. »Alles in Ordnung?«

»Ja, ich hab nur … über was nachgedacht.«

Er runzelt die Stirn.

Das Navi gibt einen Ton von sich und eine Frauenstimme in höflichem Koreanisch sagt uns, dass wir in Kürze unser Ziel erreichen.

Der Manager biegt in eine Nebenstraße ab. Vor uns liegt ein großes Gebäude, auf dem die riesigen blauen Buchstaben EBC prangen – für Entertainment Broadcasting Center.

Als wir näher kommen, bremst Nam Ji Seok ab. Vor dem Eingang hat sich eine riesige Menschenmenge versammelt. Es sind noch mehr Leute als damals vor dem Uniformgeschäft. Die meisten sehen aus wie Schüler. Sie tragen Masken, wahrscheinlich um ihr Gesicht für den Fall zu verbergen, dass man sie übers Fernsehen dabei erwischt, wie sie den Privatunterricht schwänzen, um ihren Idols zu folgen.

»Wir müssen hinten rein«, sagt Jaewoo.

»Dafür haben wir keine Zeit mehr«, erwidert Ji Seok.

Ein anderer Van fährt an uns vorbei und parkt direkt vor dem Gebäude. Sofort ist er von den Wartenden umstellt.

»Das ist unsere Chance!« Der Manager fährt vor. »Du wirst mit uns reinkommen müssen«, sagt er mir. »Ich kann dich nicht allein im Wagen lassen. Hier, nimm die.« Er wirft mir eine Stoffmaske zu. Ich setze sie auf und ziehe mir meine Dodgers-Cap tief ins Gesicht. »Vielleicht halten sie dich für eine Backup-Tänzerin oder eine Stylistin. Halt einfach nur den Kopf runter. Fertig?«

Alles passiert so schnell. Er hält direkt hinter dem anderen Wagen. Die Türen öffnen sich zu beiden Seiten. Jaewoo hüpft auf der einen Seite heraus, Ji Seok und ich auf der anderen.

»Jaewoo-oppa!«, kreischt jemand.

Der Boden unter unseren Füßen beginnt zu dröhnen. Ich blicke auf und sehe, wie eine Horde Menschen wie eine Flutwelle auf uns zurollt.

Ji Seok schnappt sich meinen Arm und zusammen rennen wir wie im Flug an der Menge vorbei ins Fernsehstudio. Hinter uns schließen die Sicherheitsleute schnell die Türen.

Ich stütze meine Hände auf die Knie, um wieder zu Atem zu kommen, dann sehe ich mich um.

Nach dem Tumult draußen ist es hier erstaunlich ruhig.

Die Leute, die vor uns angekommen sind, stehen noch in der Lobby und unterhalten sich. Es muss sich auch um eine Boyband wie XOXO handeln. Anders als Jaewoo tragen sie bereits ihre Bühnenoutfits. Rotes und schwarzes Leder und enge Hosen.

»Beeilung«, sagt Ji Seok und winkt uns zu einer unbeschrifteten Tür.

»Ich sollte besser gehen«, sage ich, als Jaewoo schon seinem Manager folgt. Er dreht sich zu mir um. »Ich kann mich einfach hinten rausschleichen.«

»Draußen sind viel zu viele Leute«, sagt Jaewoo und schürzt die Lippen.

»Schon gut«, sage ich. »Ich bin dran gewöhnt, in der Menge unterzutauchen.« Wow, das klang dramatisch. »Ich meine, ich bin an Menschenmengen gewöhnt. Ganz allgemein.« Ich trete einen Schritt zurück. »Ich … finde alleine raus.«

Als ich mich umdrehen will, greift Jaewoo nach meinem Handgelenk.

Die Mitglieder der anderen Boygroup verstummen und starren uns an.

»Was *tust* du da?«, zische ich.

»Wenn du da rausgehst, mach ich mir Sorgen um dich«, sagt er.

Ich starre ihn an. In seinen Augen funkelt es waghalsig, dickköpfig.

»Jenny, Jaewoo!«, ruft Ji Seok und ich reiße die Augen auf. Er richtet seinen Zeigefinger auf mich. »Du kannst gehen, sobald die Show angefangen und sich die Menge zerstreut hat. Und jetzt kommt endlich!«

Jaewoo lässt mein Handgelenk fahren und wir sausen los.

Hinter der unbeschrifteten Tür befindet sich ein Gang voller Idols, Tänzerinnen, Stylisten, Maskenbildnerinnen, Produktionsassistenten und einer Menge anderer Leute, deren Position ich nicht auf einen Blick erkennen kann, die aber eindeutig so angespannt wirken, dass sie wohl hierhergehören. Während wir an den verschiedenen Bands vorbeigehen, verbeugen sie sich vor Jaewoo oder er vor ihnen. Von Gi Taeks K-Pop-Einführung weiß ich, dass es eine Idol-Hierarchie gibt, die darauf basiert, wer zuerst sein Debüt hatte. Also folge ich Jaewoos Beispiel und verbeuge mich, als wäre ich Teil seiner Entourage.

Ji Seok führt uns in eine Garderobe mit einem Schild an der Tür, auf dem *XOXO* steht. Er öffnet sie, ohne anzuklopfen.

Darin dreht sich Youngmin auf einem Sessel vor einem Fernseher, Nathaniel wirft und fängt immer wieder einen Baseball und Sun liest ein Buch. Alle drei schauen bei unserer Ankunft auf.

»Jenny-nuna!«, ruft Youngmin und springt auf. »Was machst du denn hier? Bist du gekommen, weil du dir unseren Auftritt ansehen willst?«

Nathaniel grinst. »Oh, wer ist denn das? Hast du uns eine neue Tänzerin mitgebracht?«

»Ha, ha, sehr witzig«, sage ich.

Sun klappt lautstark sein Buch zu.

»Warum ist noch keiner von euch umgezogen?«, stöhnt Ji Seok. »Oder zumindest geschminkt?«

»Wir haben auf ...«, beginnt Nathaniel. Hinter uns wird die Tür aufgestoßen und unzählige Männer und Frauen mit Kleiderstapeln und Schminkkoffern stürmen herein. Plötzlich herrscht das blanke Chaos. Youngmin wird von einer Stylistin in die Ecke getrieben, ein Maskenbildner schnappt sich Nathaniel und Sun berät sich ruhig mit der Hairstylistin. Und Jaewoo ... Unsere Blicke treffen sich. Er macht einen Schritt auf mich zu, doch plötzlich ist Ji Seok zwischen uns und drängt mich aus dem Raum.

»Die Jungs müssen sich fertig machen«, sagt er mir. »Du kannst da drüben warten.« Er führt mich den Gang entlang zu einer Tür, die in den Backstagebereich führt. Musik dröhnt in meinen Ohren. Sie ist so laut, dass der Boden vibriert. »Du kannst den Auftritt von der Seite verfolgen. Der beste Platz im ganzen Haus.« Sein Handydisplay leuchtet auf und er lässt mich mitten im Backstagebereich einer K-Pop-Show allein.

Über einen Monitor schaue ich einer Girlgroup zu, wie die Mädchen in perfekter Harmonie tanzen und mit weichen und lieblich klingenden Stimmen singen. Die Kamera zeigt das Publikum. Jemand muss die Menge vor dem Eingang hereingelassen haben, denn das Studio ist voll. Es sind hauptsächlich Jungs, die laut mitsingen und aufgeregt Schilder hochhalten.

Nach diesem Auftritt kommt Werbung. Sicherheitspersonal eilt in den Zuschauerraum, drängt die Leute direkt vor der Bühne nach hinten und lässt neue hin. Jetzt begreife ich, was vor sich geht. Das sitzende Publikum bleibt gleich, doch in der ersten Reihe stehen immer die Fans der Band, die gerade ihren Auftritt hat. Die Gruppe, die sich nun in diesem abgetrennten Bereich befindet, hat ein Banner dabei, auf dem *Kiss and Hug Club* steht. Alle haben Leuchtstäbe in X- oder O-Form in der Hand und halten ein paar Schilder hoch, auf denen jetzt die Namen der Bandmitglieder stehen. Jaewoo. Sun. Youngmin. Und Jihyuk, Nathaniels koreanischer Name.

Backstage passiert irgendwas, und als ich mich umdrehe, sehe ich XOXO aus der Garderobe kommen. Sun geht voran, Nathaniel und Youngmin folgen.

Sie sehen fantastisch aus. Ihre Bühnenoutfits kann man nur als postapokalyptischen Chic bezeichnen, kunstvoll zerstörte Designerkleidung. Ihre Haare sollen aussehen, als hätte ein starker Wind sie zerzaust – nun, bis auf Suns. Sein langes Haar ist perfekt geglättet.

Und dann sehe ich Jaewoo.

Irgendwie hat er sich innerhalb weniger Minuten von einem hübschen Highschool-Jungen in einen beunruhigend attraktiven K-Pop-Star verwandelt.

Er trägt ein zerrissenes Seidenhemd und eine enge Hose, beides schwarz. Seiner Hairstylistin ist es gelungen, seinen dunklen Schopf irgendwie feucht wirken zu lassen, als wäre er gerade aus dem Regen gekommen. Als er zu mir sieht, wirken seine Augen dunkler als sonst – oder liegt es am Make-up?

Sun geht vorbei, ohne mich zu beachten, doch Youngmin grinst, winkt und macht mit seinen Fingern wieder einmal das Herzzeichen.

Nathaniel bleibt kurz stehen. »Wünsch mir Glück.«

Ich antworte: »Hals- und Beinbruch.«

Dann ist Jaewoo vor mir.

»Bleibst du noch?«, fragt er. »Bis nach dem Auftritt, meine ich. Ich will mit dir reden.«

Bevor ich antworten kann, muss er auf die Bühne. Ich sehe zu, wie er sich an die Spitze der Formation stellt.

Dann gehen die Lichter aus und die Musik beginnt.

# Dreiundzwanzig

Zu Beginn des Songs rufen die Fans die Namen der einzelnen Bandmitglieder. Oh Sun. Lee Jihyuk. Bae Jaewoo. Choi Youngmin. Das sorgt für die richtige Stimmung und die Jungs legen einen spektakulären Auftritt hin.

Danach kommen alle Künstler noch mal auf die Bühne. Wo ich stehe, wird es gerade ein bisschen voll, also suche ich mir ein ruhigeres Plätzchen, um mir die Preisverleihung anzusehen. Ich lande in der Garderobe von XOXO, weil mir der Fernseher dort eingefallen ist. Ich setze mich auf Suns Couch, schnappe mir den Baseball, mit dem Nathaniel gespielt hat, und stelle den Fernseher an. Zwei Moderatoren mit Blumensträußen und einer kleinen Kristallskulptur kommen aus einem anderen Teil des Studios zu XOXO und den anderen Idols auf die Bühne.

»Wow, was für eine unglaubliche Performance von XOXO!«, ruft der Junge, der hier moderiert.

»Auf jeden Fall, Seojun-ssi«, bekräftigt das moderierende Mädchen. »Vielleicht werden sie ja diese Woche ihren ersten Gewinn einheimsen!«

»Das werden wir gleich herausfinden! Es ist an der Zeit, die Stimmen auszuzählen.«

Auf dem Monitor erscheint eine Grafik, auf der die drei Idol-Bands zu sehen sind, die um den ersten Platz wetteifern.

»Wer wird diese Woche gewinnen?«, fragt der Moderator.

Gespannt stehe ich auf und halte den Baseball fest umklammert.

Balken schießen in die Höhe und stellen offenbar dar, wie gut die Singles in den digitalen Charts und den Social Media sowie bei Albumverkäufen und im Echtzeit-Voting abgeschnitten haben.

»Und der Gewinner ist ...«, beginnt die Moderatorin.

Die Balken bleiben plötzlich stehen und der höchste bei ...

»XOXO!«, rufen die beiden Moderatoren zusammen. Ich beginne zu kreischen und schleudere aus Versehen den Ball durch den Raum. Er landet hinter einer Kleiderstange.

Während auf der Bühne Konfettikanonen explodieren, begebe ich mich auf alle viere, um nach dem Baseball zu suchen.

Dabei grinse ich wie ein Honigkuchenpferd. Ich freue mich so für sie! Was hat die Moderatorin vorhin gesagt? *Das ist ihr erster Sieg*. Ich kann hören, wie Sun im Namen von XOXO den Preis entgegennimmt. Dabei dankt er ihren Fans und Familien für die Unterstützung.

Die Tür zur Garderobe geht auf. Stimmen fluten herein und übertönen Sun im Fernseher. Ich will gerade wie ein böser Geist hinter der Kleiderstange auftauchen, als jemand sagt: »Hast du das Mädchen gesehen, das mit Jaewoo gekommen ist?«

»Nathaniel sagt, sie wäre seine Klassenkameradin«, antwortet eine andere Stimme. »In der Highschool.«

Ich presse mich mit dem Rücken an die Wand und luge um die aufgehängten Kleider. Es sind zwei Stylisten von XOXO, die ihren Arbeitsplatz aufräumen.

»Heute haben die Jungs das erste Mal gewonnen. Das ist wahrscheinlich der wichtigste Moment ihrer Karriere. Wenn sie jetzt am Ball bleiben, könnten sie internationale Stars werden. Noch einen Skandal können sie sich aber nicht leisten. Sie haben sich ja kaum vom letzten erholt.«

Ein kurzes Schweigen, dann murmelt der andere: »Sie könnte alles ruinieren.«

Sobald die Stylisten zusammengepackt haben und fort sind, husche auch ich aus der Garderobe. Draußen vor dem Studio mische ich mich unter die Zuschauer, die auf dem Weg zur U-Bahn sind. Ich greife in meine Jackentasche und meine Finger legen sich um den Baseball, den ich Nathaniel versehentlich gemopst habe. Ich *werd* ihn ihm zurückgeben. Irgendwann. Jetzt gerade brauche ich etwas, woran ich mich klammern kann.

Ich denke, jetzt verstehe ich, warum Jaewoo mitten in meinem Cellospiel aus der Klinik abgehauen ist. Ihm muss klar geworden sein, dass unsere Leben zu verschieden sind. Nicht nur, dass er ein Idol ist – es hat sich einfach surreal angefühlt, ihn auf der Bühne zu sehen und die Fans seinen Namen kreischen zu hören. Vom Erfolg seiner Band hängen auch viele Menschen ab. Die Konsequenzen sind real. *Sie könnte alles ruinieren.*

Ich sehe das Schild am U-Bahn-Ausgang leuchten und haste weiter.

Da legt sich eine Hand auf meine Schulter und wirbelt mich herum.

Vor mir steht Jaewoo.

Er trägt eine Basecap, die seine Augen verdeckt, und über Mund und Nase eine Maske.

Die Leute bahnen sich einfach einen Weg um uns herum, doch ein paar beäugen uns schon neugierig. Er nimmt meine Hand und lässt sie erst wieder los, als wir uns ein Stück entfernt haben.

Jaewoo muss ein Ziel im Sinn haben, denn er führt mich schnurstracks einen Weg entlang, der so schmal ist, dass ich die Wände rechts und links gleichzeitig berühren könnte. Wir steigen ein paar Stufen hinauf, biegen noch ein paarmal in Gassen ab und erreichen schließlich eine so lange Treppe, dass ich außer Atem bin, als wir oben ankommen.

Wir befinden uns in einem kleinen Park über der Stadt. Es gibt einen Laufpfad, ein paar öffentliche Trainingsgeräte und einen Spielplatz mit Schaukeln.

»Willst du …?«, fragt Jaewoo und ich nicke. Wir gehen zum Spielplatz und setzen uns auf die Schaukeln. Nur ein Geländer trennt uns hier von Seoul – es erstreckt sich kilometerweit und seine Hunderttausenden hellen Lichter funkeln wie Sterne.

Ich habe seit der Grundschule nicht mehr auf einer Schaukel gesessen. Ich stoße mich ab und genieße die Bewegung und die Brise im Gesicht. Jaewoos Beine sind länger als meine, also schaukelt er nicht, sondern lehnt seinen Kopf an die Kette und beobachtet mich. Er nimmt die Maske und seine Basecap ab, und selbst ohne sein Bühnenoutfit und sein Make-up sieht er so gut aus, dass ich meine Augen kaum von ihm abwenden kann. Ich stoße mich ein letztes Mal ab und schwinge vorwärts. Nathaniels Baseball fällt mir aus der Tasche auf die Wiese.

Jaewoo bückt sich und hebt ihn auf. »Ist das …?«

Ich stemme die Füße auf den Boden und bremse ab. »Ja«, sage ich mit knallroten Wangen.

Als Jaewoo nichts sagt, schaue ich zu ihm. Er starrt den Ball nachdenklich an.

»Was?«, frage ich.

Er schüttelt den Kopf und lacht. »Dieser Ball …« Er wirft ihn in die Luft und fängt ihn. »… ist der Grund, warum ich mir im November den Arm gebrochen habe.«

Ich höre ganz zu schaukeln auf. »Wie das?«

Er umklammert die Ketten und grinst angesichts meiner neugierigen Miene.

»Es war am letzten Abend eines langen Drehs, der drei Tage gedauert hat. Wir waren in diesem Lagerhaus und man hatte uns gewarnt, dass es noch offene Baustellen gibt, aber uns war fürchterlich langweilig. In einer Drehpause haben Nathaniel und ich angefangen, uns diesen Baseball zuzuwerfen. Als Jungs waren wir beide in der Little League.«

»Oh, mein Gott, das ist so süß«, platzt es aus mir heraus. »Sorry. Erzähl weiter.«

»Na ja, also, wir haben den Ball hin und hergeworfen und hatten viel Spaß. Dann hat er ihn etwas zu weit geworfen und als ich ihn fangen wollte, bin ich gegen eine Gipswand. Das ganze Ding ist eingestürzt und auf mich draufgefallen. Der Regisseur des Musikvideos war so was von wütend. Er hat uns bestimmt eine ganze Stunde angeschrien. Er nannte uns undankbar, dass es Typen wie uns wie Sand am Meer gäbe, dass wir das hier ernst nehmen müssten, wenn wir erfolgreich sein wollen.«

»Klingt nach einem furchtbaren Kerl«, sage ich. »Egal wie toll das Musikvideo am Ende geworden ist.«

Jaewoo schüttelt den Kopf, obwohl er lächelt. »Wir mussten den Dreh abbrechen. Zum Glück hatten wir schon ein anderes Ende gefilmt, das sie dann auch genommen haben. Aber ich hab mich trotzdem schrecklich gefühlt. Mein Arm war gebrochen, und weshalb? Wegen ein bisschen Spaß. Nach dem Dreh sind wir in ein Restaurant gegangen. Dort bin ich mitten beim Essen vom Tisch aufgestanden, hab mich entschuldigt und bin ... einfach abgehauen. Bin einfach raus und immer weitergegangen, bis ich die Karaokebar deines Onkels hab leuchten sehen.«

Er zögert, dann sagt er leise: »Ich hab dich sogar schon durchs Schaufenster gesehen, wie du mit deinem Onkel gelacht hast. Du hast auf einem Barhocker gesessen. Deine Haare waren offen.«

Ich starre ihn überrascht an und sehe den Abend, an dem wir uns das erste Mal gesehen haben, in einem vollkommen neuen Licht.

Ich stemme den Fuß gegen den Boden, muss jedoch einen falschen Winkel erwischt haben, weil sich die Schaukel nun schief bewegt.

»Warum bist du gegangen, Jenny?«, fragt Jaewoo. Es fühlt sich an, als würde mein Herz in meiner Brust erstarren, dabei wusste ich doch, dass er das früher oder später fragen würde.

Dies ist das Ende. Direkt nach diesem Gespräch gibt es keinen Grund mehr, uns stur an diese Verbindung zwischen uns zu klammern. Er muss sich auf das konzentrieren, was wirklich wichtig ist – seine Karriere.

Und ich muss mich zusammenreißen und mich auf mein Cellospiel, den Talentwettbewerb und meine Zukunft konzentrieren.

»Aus dem gleichen Grund, aus dem du letztens aus der Klinik verschwunden bist«, sage ich und bin stolz, dass es mir gelingt, so ruhig zu klingen. »Nathaniel hat mehr oder weniger den Nagel auf den Kopf getroffen.« Jaewoo runzelt die Stirn. »Du hast einfach mehr zu verlieren. Ich verstehe das, wirklich. Unsere Leben sind einfach zu verschieden.«

»Unsere Leben *sind* verschieden«, wiederholt Jaewoo und es sticht mir ins Herz, obwohl ich doch darauf vorbereitet bin. »Aber das ist nicht der Grund, warum ich gegangen bin.«

Meine Schaukel klirrt. Ich blicke auf und sehe, dass er sich eine der Ketten geschnappt hat und mich zu sich zieht. Ich muss mich an seiner Kette festhalten, um nicht nach hinten zu kippen.

»Ich habe mehr zu verlieren als Nathaniel«, sagt er und Traurigkeit steigt in mir auf. »Schließlich steht nicht sein Herz auf dem Spiel.«

Mir stockt der Atem. Meint er das, was ich denke?

»Ich mag dich, Jenny«, gesteht er. »Mehr, als ich jemals jemanden gemocht habe. An dem Tag in der Klinik ist mir bewusst geworden, wie sehr. Und ich hab das getan, was ich immer tue, wenn ich überfordert bin. Ich bin weggelaufen.«

»Und jetzt?«, frage ich.

»Jetzt lauf ich nicht mehr weg.«

Mit der Hand, die nicht meine Kette hält, hebt er mein Gesicht an seines und küsst mich.

Zuerst ist es ein schüchterner Kuss mit geschlossenem Mund. Doch dann lehnt er sich vor und ich spüre, wie mir meine Basecap vom Kopf fällt, während sich meine Lippen unter seinen öffnen. Meine Knie werden so weich, dass ich froh bin, schon zu sitzen. Er streicht durch meine Haare, während ich einen Arm um seinen Hals lege und ihn an mich ziehe.

Ich weiß nicht, wie lange wir uns in diesem Park küssen, unter uns die Stadt und über uns die Sterne.

Ich weiß nicht, was das in Zukunft für uns bedeutet. Werden wir jemals wieder so einen Moment erleben? Aber das spielt gerade keine Rolle. Ich schiebe diese Gedanken in meinem Kopf ganz nach hinten. Denn heute Abend gehört die Welt uns.

# Vierundzwanzig

Der nächste Tag ist ein Montag. Ich werde früher als sonst wach und rolle mich im Bett herum, um zu sehen, was in unserem Zimmer passiert. Sori ist bereits mit ihrem Morgentraining beschäftigt. Als ich am Vorabend nach Hause gekommen bin, hat sie schon geschlafen, sonst hätte ich sie gebeten, mich zu wecken. Vor acht Uhr morgens bin ich kein Fan von Sport, aber irgendwie muss ich das ganze Adrenalin loswerden, das meinen Körper durchströmt. Ich ziehe flugs meine Uniform an und warte in der langen Schlange vor dem Badezimmer, um mich zu waschen und mein Gesicht im Spiegel zu inspizieren. Sehe ich aus wie ein Mädchen, das am Abend zuvor ausgiebig geküsst worden ist? Verstohlen schaue ich zu den anderen Mädchen, aber sie sind zu sehr damit beschäftigt, sich Lockenwickler aus den Haaren zu nehmen und sich darüber zu unterhalten, was sie am Wochenende gemacht haben, um mich zu beachten.

In der Klasse ist es das Gleiche. Die Lehrerin geht die Namensliste durch und verschwindet dann zu einer Teambesprechung. Jaewoo ist nicht da, aber das hat er mir gesagt, als wir mit einem Taxi zur Akademie zurückgefahren sind. Wir haben dabei zwar kaum miteinander gesprochen und auch genau in entgegengesetzter Richtung aus den Fenstern geguckt, dabei jedoch die ganze Zeit Händchen gehalten. Er hat mich hinter meinem Wohnheim aussteigen lassen und gewartet, bis ich sicher drin war, bevor er zu seinem Wohnheim weitergefahren ist.

Ich nutze die Abwesenheit unserer Lehrerin, um mit Sori über das Wochenende zu plaudern. Ich will ihr erzählen, was mit Jaewoo passiert ist, aber nicht hier, wo uns andere zuhören könnten. Bisher habe ich ihr gegenüber nichts davon erwähnt, weil ich Jaewoos Wunsch, es geheim zu halten, respektieren wollte. Aber jetzt, wo es zwischen uns ernster wird, würde ich wirklich gern mit jemandem darüber reden, besonders mit Sori, die nicht nur weiß, wie es ist, ein Idol zu sein, sondern auch, mit einem zusammen zu sein.

Daher halte ich nur ihren Kosmetikspiegel hoch, während sie Eyeliner und Lipgloss aufträgt.

»Das ist mein morgendliches Work-out«, scherze ich.

»Hör auf zu wackeln. Halt ihn gerade.«

Nichts kann mir meine gute Laune verderben, nicht mal Jina, die beim Völkerball versucht, mich einen Kopf kleiner zu machen.

In der Mittagspause setzt sich Sori zu Angela, Gi Taek und mir an unseren üblichen Tisch. Keiner der beiden kommentiert diese neue Entwicklung.

»Du kannst neben mir sitzen«, sagt Angela und zieht einen Stuhl für Sori heraus, die sich steif auf den vorderen Rand setzt.

»Warum ist die Essensschlange heute so lang?«, frage ich mit Blick zur Ausgabetheke.

»Es gibt Macarons!«, ruft Angela. »Der beliebteste Nachtisch hier an der SAA. Die Küche gibt immer nur eins pro Essen raus. Ich kenne Leute, die zwei gekauft haben, nur um mehr Macarons zu bekommen.«

Demonstrativ nimmt Sori das kleine pinkfarbene Gebäck von ihrem Tablett und steckt es sich genüsslich in den Mund. Sie kaut langsam darauf herum, schluckt und seufzt.

»Du solltest Werbung für die SAA machen«, sage ich.

»Hat sie schon«, antworten Gi Taek und Angela gleichzeitig.

»Ist dieser Platz noch frei?« Nathaniel zieht den Stuhl auf Angelas anderer Seite heraus.

Neben mir gibt es eine ähnliche Bewegung. Ich drehe mich um und starre entgeistert. »Ich dachte, du hättest gesagt, ihr kommt heute nicht zur Schule?«

Jaewoo setzt sich. »Planänderung.«

Gestern Abend haben wir nicht weiter darüber gesprochen, was dieser Kuss – *diese Küsse* – für unsere ... Beziehung heißt. Wir sind nicht mehr *nur* Freunde – auch wenn klar zu sein scheint, dass wir das hier, was immer es ist, noch eine Weile für uns behalten werden.

Obwohl ich jetzt schon weiß, dass es mir schwerfallen wird. Beim bloßen Gedanken an seine Küsse werde ich knallrot.

»Habt ihr die Warteschlange übersprungen?«, fragt Sori plötzlich.

Wie wir alle haben Nathaniel und Jaewoo ein Tablett mit dem begehrten Gebäck vor sich.

»Es zahlt sich eben aus, nett zu den Ausgabedamen zu sein, Sori-yah«, sagt Nathaniel. Dafür, dass sie sich das letzte Mal, als sie hier in der Cafeteria zusammengetroffen sind, fürchterlich gestritten haben, gehen sie jetzt einigermaßen höflich miteinander um. Sori verdreht die Augen, während Nathaniel das Macaron von seinem Tablett nimmt und sich das ganze Gerät in den Mund steckt.

Als er bemerkt, wie ich ihm dabei zusehe, sagt er: »Was? Ich habe vier große Schwestern. Als ich noch klein war, haben sie mir das gute Zeug immer direkt vom Teller stibitzt, bevor ich auch nur einen Happs erwischt habe.«

»Unser Manager hat sich für uns angestellt«, erklärt Jaewoo.

Der arme Nam Ji Seok. »Gehört das wirklich zu seinem Job?«

»Hungrige Jungs beschwichtigen?« Nathaniel grinst. »Ja.«

Angela wirft immer wieder verstohlene Blicke zu Jaewoo. Wahrscheinlich denkt sie, er würde nur deshalb bei uns sitzen, weil Nathaniel und Sori es tun.

»Wir sind bloß hier, um was zu essen«, sagt Jaewoo. »Danach müssen wir ins Studio zurück.«

»Ihr seid den ganzen Weg gefahren, nur um hier zu essen?«, fragt Gi Taek.

»Heute ist Macaron-Tag«, sagt Nathaniel. »Den können wir uns doch nicht entgehen lassen.«

Während Nathaniel Gi Taek und Angela in eine Unterhaltung über die Vorzüge von Kantinenessen verwickelt, rückt Jaewoo näher an mich heran.

»Hast du dein Macaron denn noch nicht mal probiert?«

Seine Nähe überwältigt mich so ziemlich. Die Stühle in der Cafeteria stehen ohnehin schon ziemlich dicht zusammen, und jetzt lehnt er sich auch noch zu mir vor. Ich kann sein Eau de Cologne riechen – ein subtiler frischer Duft, wie eine Meeresbrise.

»Ich wollte es mir eigentlich bis zum Schluss aufheben«, antworte ich. »Aber Nathaniels Argument ist ziemlich gut.«

Ich nehme mir das Macaron und führe es an meine Lippen. Es ist mir ein bisschen unangenehm, weil Jaewoo mich beobachtet, aber dann beiße ich ab und die süße Geschmacksexplosion in meinem Mund ist unglaublich. Außen ist es knackig, innen weich und fluffig. Dann ist da noch die Himbeer-Buttercreme in der Mitte.

»Es ist himmlisch«, stöhne ich.

»Ja?« Jaewoo lacht ein bisschen wacklig.

Mit seinen Essstäbchen nimmt er sein Macaron und legt es auf mein Tablett. »Du kannst meins auch haben.«

Ich strahle ihn an. Er schenkt mir sein Macaron. Es ist, als würde er mir sein Herz schenken.

Dann bemerke ich, dass uns Sori mit undurchschaubarer Miene ansieht.

»Nein, schon gut«, sage ich. »Du solltest es essen.« Ich lege das Macaron wieder auf sein Tablett zurück.

»Also, wenn es keiner von euch beiden will, nehme ich es.« Blitzschnell steckt sich Nathaniel Jaewoos Macaron in den Mund.

Am Abend sitze ich auf meinem Bett und schreibe an einem Aufsatz für Geschichte. Sori sitzt an ihrem Schreibtisch und macht ebenfalls Hausaufgaben. Auf einmal dreht sie sich zu mir um. Vor Überraschung schreie ich fast auf, denn sie trägt eine knallrote Tuchmaske.

»Also, du und Jaewoo.« Es ist keine Frage.

»Was ist mit Jaewoo und mir?«

»Jetzt mach mir nichts vor.« Sie sieht weg, berührt mit ihrem Absatz die Unterseite ihres Stuhls und dreht sich wieder zu mir um. »Hast du keine Angst, dass ich es meiner Mutter erzähle?«

»Würdest du das tun?« Ehrlich gesagt ist mir der Gedanke nie gekommen. Sie mag die Tochter der Geschäftsführerin von Joah Entertainment sein, aber sie ist auch meine Freundin.

Doch sie lässt sich mit der Antwort Zeit. Sie nimmt ihre Maske ab und klopft die restliche Lotion in ihre Haut ein. Sie trägt ein Stirnband mit Minnie Mouse darauf, um sich die Haare aus dem Gesicht zu halten.

»Nein«, sagt sie schließlich, nachdem ich ihr anderthalb Minuten bei der Schönheitspflege zugeschaut habe. »Vor meiner Beziehung mit Nathaniel und bevor ich deine Mitbewohnerin war, war ich mit Jaewoo befreundet. Er verdient das.«

»Er verdient ... mich?« Ich grinse. »Weil ich so toll bin?«

Sie verdreht die Augen. »Er verdient es, glücklich zu sein.«

»Wow.« Ich hätte nicht gedacht, dass mich etwas so Abgegriffenes so froh machen könnte. Sie denkt, ich mache ihn glücklich?

Sie fährt fort: »Ich will ja nicht sagen, ich kenne ihn besser als du ...«

»Aber das hast du gerade gesagt«, erwidere ich.

»Weil du ihm bestimmt intim viel nähergekommen bist, als ich das jemals könnte ...«

Oh. Mein. Gott.

»Sein Leben war nicht besonders leicht. Nicht dass Reichtum es jetzt unbedingt leichter gemacht hätte.«

Gesprochen wie eine wahre Chaebol.

»Aber Nathaniel ist es immer schon leichtgefallen, zu sagen, was er will, während Jaewoo zurückhaltender ist. Er denkt immer zuerst an die Band und dann erst an sich. Ehrlich gesagt bin ich überrascht, dass er dir seine Gefühle überhaupt gestanden hat, wenn es denn so war. Es muss schwierig für ihn gewesen sein, sich für etwas zu entscheiden, was er will, statt sich für XOXO einzusetzen.«

»Ach.«

»Obwohl ich wirklich keine Ahnung habe, warum. Du bist es nämlich bestimmt nicht wert.«

»Wow, Sori. Ich dachte, wir machen uns Komplimente.«

»Ach ja?« Sori grinst.

»Mach dir um Jaewoo keine Sorgen«, sage ich. »Mit seiner zartbesaiteten Künstlerseele werd ich schon ganz vorsichtig umgehen.«

»Ja, bitte kümmere dich gut um seine Seele«, sagt sie und fügt schelmisch hinzu: »Und seinen Körper.«

»Oh, mein Gott!« Ich werfe mein Kissen nach ihr. Sie rast zu ihrem Bett und schnappt sich eins ihrer ungefähr hundert Kuscheltiere. Seit wir »Freundinnen wurden«, sind sie eines nach dem anderen scheinbar aus dem Nichts aufgetaucht. Ich glaube, sie hat sie unter ihrem Bett versteckt.

Ich werde mit einem Pikachu beworfen.

»Das ist nicht fair!« Ich reiße die Arme hoch, um mich zu schützen.

Dann ist sie mit meinem Kissen in der Hand auf meinem Bett. Sie will mir eine Kopfnuss verpassen, doch ich reiße sie um und falle auf sie drauf. Vor Lachen bekomme ich kaum noch Luft.

»Du erdrückst mich!«, beschwert sie sich, doch ich ignoriere sie. »Ich hasse das.« Aber sie lacht genauso sehr wie ich. Sogar noch viel lauter, sie prustet sogar vor Lachen. Unsere Nachbarn klopfen gegen die Wand, damit wir Ruhe geben, doch dabei müssen wir nur noch mehr lachen.

Fünf Minuten später liegen wir Schulter an Schulter und kommen allmählich wieder zu Atem.

»Würdest du es noch mal genauso machen?«, frage ich sie.

Sie weiß sofort, was ich meine. Wenn sie die Zeit zurückdrehen könnte, würde sie dann noch mal mit Nathaniel zusammenkommen?

»Auf der Stelle. Selbst nach dem Skandal, nach den Anschuldigungen, der Trennung und meinem gebrochenen Herzen. Er war meine erste Liebe. Das würde ich für nichts in der Welt aufgeben.«

# Fünfundzwanzig

Frühling bedeutet Kirschblütensaison und den jährlichen Schulausflug in einen von Südkoreas Nationalparks. Offenbar stand das auch im offiziellen Kalender auf der Webseite der Akademie. Ich habe erst vor ein paar Tagen davon erfahren.

»Das machen wir jedes Jahr«, erklärte mir Gi Taek. »Das …« Er zuckt mit den Schultern. »Als Schüler der SAA weiß man das einfach.«

»Ich bin doch nur Austauschschülerin!«

»Wir haben alle eine E-Mail bekommen.«

»Wenn sie auf Koreanisch war, hab ich sie nicht gelesen.«

»Du solltest wirklich mal an deiner Lesefähigkeit arbeiten.«

Am Abend vor der Abreise packen Sori und ich für den Ausflug. Da er zwei Tage dauert, übernachten wir auch und jeder Schüler darf eine kleine Reisetasche mitnehmen.

»Kriegst du das hin?«, frage ich Sori, die man nicht gerade als Minimalistin bezeichnen kann.

»Halt die Klappe. Aber könntest du vielleicht meinen Schminkkoffer in deine Tasche packen? Oh, und meinen Gesichtsroller?«

»Du brauchst nur einen Pyjama«, sage ich, als ich sehe, wie sie sowohl nach ihrem pinken Schlafanzug als auch dem T-Shirt und der Shorts mit dem *Line Friends*-Motiv greift.

Sie durchbohrt mich mit ihrem Blick. »Brauchen ist relativ.«

Als sie sieht, wie ich ein altes T-Shirt meines Vaters einpacke, wirft sie mir noch einen scharfen Blick zu. »Jenny.« Mehr sagt sie nicht. Nur meinen Namen. Als wäre es ein Synonym für *Enttäuschung*.

»Was denn?«

»Wir bleiben über Nacht.«

»Ja, ich weiß.« Die Informationen auf der Webseite der Schule habe ich schließlich doch noch gelesen, denn es gab eine Übersetzungsfunktion.

»Das heißt, wir werden irgendwo zusammen mit unseren Klassenkameraden übernachten.«

»Tun wir das nicht sowieso?«, frage ich. »Ich meine, wir leben in einem Wohnheim.«

»Damit meine ich, dass Mädchen und Jungen im gleichen Gebäude schlafen werden, wahrscheinlich in einem kleinen Haus mitten im Nirgendwo, mit wenig bis keiner Aufsicht. Damit meine ich, Jaewoo wird da sein. Damit meine ich, dass etwas zwischen euch laufen könnte.«

Für jemanden, der so auf *Hello Kitty* steht, kann sie ganz schön krass sein.

»Moment mal, er kommt mit?« Er war letzte Woche nicht in der Schule. Und ich kann ihn nicht kontaktieren, weil sein Handy immer noch überwacht wird. Ich könnte ihn wohl über Sori erreichen, aber ich will nicht, dass irgendjemand in Schwierigkeiten gerät.

»Jenny, niemand verpasst diesen Ausflug.«

Das klingt eher unheilvoll als aufregend und doch muss ich zugeben, dass ich aufgeregt bin.

»Besser«, sagt Sori, als ich einen Pyjama hochhalte. Wer allerdings einen riesigen Fön in eine winzige Reisetasche stopft, ist in puncto Packprioritäten nicht gerade vertrauenswürdig.

Der Tag des Ausflugs beginnt mit dichten Regenwolken, aber das hält keinen Schüler der SAA davon ab, rechtzeitig an den vor der Akademie geparkten Reisebussen zu erscheinen.

Alle sind hier. Alle außer den Jungs von XOXO.

»Du hast doch gesagt, sie kommen mit«, zische ich Sori zu.

»Dann vielleicht doch nicht.« Unglücklich sieht sie sich in der Menge um.

»Guten Morgen!«, ruft Angela und kommt Arm in Arm mit Gi Taek zu uns herüber. Sie trägt einen knallgrünen Regenponcho über einem passenden Jogginganzug. Gi Taek ist ebenso stylish gekleidet. Offenbar handelt es sich um eine japanische Marke, wenn das Kanji-Logo auf der Hose ein Hinweis ist. Sie nutzen es auf jeden Fall aus, dass wir auf dem Ausflug keine Schuluniform tragen müssen.

»Guten Morgen«, sage ich und lasse mich von beiden umarmen. Als ich zurücktrete, habe ich einen seltsamen Flashback zum Anfang meiner Zeit hier. Als ich den Campus vor ein paar Wochen das erste Mal betreten habe, hätte ich nicht gedacht, dass ich jemals einen Schulkameraden umarmen würde. Und jetzt fühlt es sich so natürlich an, Gi Taek und Angela so zu begrüßen, so *verdammt herzerwärmend.*

Sie schauen mich beide fragend an. Ich muss wohl eine seltsame Miene zur Schau tragen.

»Denkt ihr, uns werden Plätze zugewiesen?«, frage ich und versuche damit zu überspielen, wie gerührt ich bin. »Oder können wir uns im Bus hinsetzen, wo wir wollen?«

»Wahrscheinlich werden uns nur Busse zugewiesen«, sagt Gi Taek.

Natürlich hat er recht.

Gi Taek, Angela und ich klatschen uns ab, als wir alle im gleichen Bus landen. Wir geben unsere Reisetaschen beim Fahrer ab, der sie ordentlich im Gepäckfach unten im Bus aufstapelt. Als wir eingestiegen sind, stellen wir fest, dass die hinteren Reihen bereits voll sind, also setzen Sori und ich uns auf zwei Plätze in der Mitte, direkt vor Gi Taek und Angela. Unsere Klassensprecher verteilen den Proviant – Wasserflaschen und in Alufolie eingewickelte Gimbap.

Bis zum allerletzten Moment hoffe ich, dass Jaewoo noch auftaucht. Da ich am Fenster sitze, habe ich die letzten Schüler gut im Blick, die in die Busse einsteigen. Irgendwann ist nur noch der Sicherheitsmann übrig, der die Schultore schließt. Ich drehe mich zu Sori um, die sich ebenfalls den Hals verrenkt. Unsere Blicke treffen sich und sie schüttelt den Kopf.

Danach versuche ich mich einfach auf einen lustigen Ausflug mit meinen Freunden zu freuen. Es ist nie zu früh für Gimbap, also packe ich meinen aus und esse ihn wie einen Burrito. Die bunte Mischung an Zutaten ist wie eine Sinfonie in meinem Mund – gedünstete Karotten, Spinat und Klettenwurzel, dazu Surimi, eingelegter gelber Rettich und Bulgogi, ordentlich mit Reis und einem Algenblatt umwickelt und mit Sesamkörnern bestreut.

»Eigentlich hatte ich keinen Hunger«, sagt Sori, als ich den Leckerbissen verputzt habe und merke, dass sie mich anstarrt. »Aber jetzt irgendwie schon.«

Während wir Seoul hinter uns lassen, spielen Sori und ich Handygames und ich mache mit ihr und Gi Taek und Angela, die im Hintergrund Grimassen schneiden, ein Selfie, das ich Halmeoni schicken will.

Nach und nach wird es ruhiger, weil alle eindösen oder ihre Kopfhörer aufhaben. Ich öffne meine Musik-App und schon bald wiegen mich Rachmaninow und das Dröhnen des Busses auf der Straße in den Schlaf.

# Sechsundzwanzig

Anderthalb Stunden später rüttelt mich Sori wach und ich sehe, dass wir an einem Rasthof halten. Die Hälfte der Schüler hat den Bus bereits verlassen. Von Gi Taek und Angela ist auch schon keine Spur mehr zu entdecken.

»Wir haben eine halbe Stunde«, sagt Sori. »Schnell, ich muss pinkeln.«

Ich stehe auf und lasse mich von ihr aus dem Bus ziehen.

Schüler aus allen Bussen sind auf dem Weg zu einem großen einstöckigen Gebäude, vor dem viele Autos und Touristenbusse parken. Es gibt auch ein paar Foodtrucks – einer verkauft panierte und frittierte Hotdogs, ein anderer Manju, mit Walnüssen gefüllte Gebäckstücke in Maiskolbenform. Außerdem gibt es einen Kaffeestand und verschiedene Snackautomaten.

Im Inneren des Rasthofs bietet ein Foodcourt diverse Ramyeon- und Udon-Gerichte sowie ein paar traditionelle koreanische Speisen wie Bibimbap und heiße Suppen an, die man bestellen und an verschiedenen Theken abholen kann. Außerdem gibt es einen ziemlich großen Lebensmittelladen.

Dort entdecke ich Gi Taek und Angela, die sich mit Snacks und Getränken eindecken.

»Hey«, sagt Sori. »Müsst ihr auch so dringend?«

»Nein, ich war vor der Abfahrt. Außerdem hab ich nicht so eine Primanerblase wie du.«

Sori verdreht die Augen und macht sich auf die Suche nach den Toiletten.

Die meisten Schüler sind im Lebensmittelladen. Ein paar bestellen sich an der Theke heiße Mahlzeiten. Ich bin immer noch vom Gimbap satt, also gehe ich nach draußen zum Kaffeestand.

Leider bin ich nicht die Einzige mit dieser Idee, denn die Schlange davor ist ellenlang. Glücklicherweise bewegt sie sich ziemlich schnell und nach ungefähr fünf Minuten bin ich dran. Ich bestelle einen Latte und greife nach meiner Geldbörse.

Doch ich habe sie nicht bei mir, weil sie immer noch in meinem Rucksack im Bus steckt. Ich muss nicht hinter mich schauen, um zu wissen, dass jetzt mindestens doppelt so viele Leute anstehen, denn gerade ist ein japanischer Reisebus angekommen und hat viele koffeinsüchtige Erwachsene ausgespuckt.

Der Händler sieht mich mitleidig an.

»Das geht auf mich.«

Ich drehe mich so schnell um, dass mir fast schwindlig wird.

Jaewoo lehnt lässig am Tresen und reicht dem Händler seine Kreditkarte. »Schließlich hast du mir auch in LA das ganze Essen gekauft.«

»Oh, so ist das also«, scherze ich und bin froh, dass meine Stimme einigermaßen normal klingt. »Dann würde ich gern noch zu ein paar anderen Ständen.«

Er ist gekommen. Er ist *hier.*

Und er sieht *so gut* aus. Er trägt ein hellblaues Hemd, die Haare aus der Stirn frisiert und eine schicke Sonnenbrille.

»Hey, du da«, sagt der Händler. »Dein Kaffee?«

Mit puterrotem Gesicht drehe ich mich um und nehme mein Getränk entgegen.

Jaewoo und ich verlassen die Schlange und gehen in Richtung der Busse. Plötzlich bin ich verlegen. Wie soll ich mich in seiner Gegenwart verhalten? Das letzte Mal, als wir allein miteinander waren, haben wir eine halbe Stunde auf den Schaukeln herumgeknutscht.

Natürlich sind wir jetzt gerade nicht *wirklich* allein. Überall um uns wuseln unsere Klassenkameraden herum. Die meisten plaudern vor dem Rasthof und ein paar laufen über den Parkplatz, um sich die Beine zu vertreten, bevor wir für zwei weitere Stunden im Bus sitzen müssen.

»Du bist also doch beim Ausflug dabei?«, frage ich so beiläufig wie möglich.

Er scheint gar nichts mitgebracht zu haben, weder Reisetasche noch Rucksack.

»Ja, ich hatte schon Angst, dass wir es nicht schaffen. Wir sind heute Morgen erst aus Japan zurückgeflogen.«

»Macht ihr … oft … in Japan PR?«

Hinter uns hören wir jemanden kreischen.

Vor den Toiletten entdecke ich Nathaniel, der von einer Gruppe japanischer Touristen umringt wird. Er wirkt unbeeindruckt, macht das Peace-Zeichen und posiert für Selfies.

»Ja«, antwortet Jaewoo. »Jenny.« Lächelnd dreht er sich zu mir. »Ich wollte dich fragen …«

»Da bist du ja.« Sori wirft sich praktisch gegen mich. »Ich hab überall nach dir gesucht. Ich dachte, ich finde dich bestimmt bei einem der Foodtrucks.«

»Ha, sehr witzig.«

»Oh, Jaewoo«, sagt sie, als hätte sie jetzt erst bemerkt, dass er direkt neben mir steht. »Ich hab nicht gedacht, dass du noch auftauchst.«

»Unser Manager hat uns hergefahren.«

»Wie nett. Na ja, Jenny und ich müssen wieder in den Bus. Bis dann!« Sie packt meinen Arm und zieht mich weg.

»Warte«, sage ich.

»Verhalte dich normal.« Sori kneift mich in den Arm. »Schau unauffällig über deine linke Schulter. Was siehst du?«

Ich folge ihrem Blick, obwohl ich ziemlich sauer auf sie bin. Ich habe Jaewoo seit einer Woche nicht gesehen. Man sollte doch meinen, dass sie mir einen Moment mit ihm allein gönnen würde. Was er mich wohl fragen wollte? »Ich sehe Jaewoo.«

»Oh, mein Gott, Jenny. Weiter hinten.« Ich konzentriere mich und schaue an Jaewoo *vorbei*. Jetzt sehe ich Jina und ihre Freunde vor dem Rasthof stehen. Jina hat ihr Handy gezückt und hält es in unsere Richtung.

»Filmt sie uns etwa?«

»Sie könnte auch Fotos machen, keine Ahnung. Aber du musst vorsichtiger sein.«

Mir läuft ein eiskalter Schauer über den Rücken. Die Vorstellung, dass uns jemand beobachtet oder *fotografiert*, während Jaewoo und ich uns unterhalten, ist verstörend, besonders wenn dieser Jemand Jina ist, die mit Sicherheit nur böse Absichten verfolgt.

»Denkst du, sie hat irgendwelche verfänglichen Bilder geschossen?«

»Glaub nicht. *So* nah standet ihr beiden auch nicht beieinander. Außerdem bin ich ihr ins Bild gelaufen und Jina würde es nicht wagen, ein Foto mit mir darauf zu veröffentlichen. In der Schule traut sie sich, mich zu schikanieren, aber wenn irgendwo eines ihrer Fotos von mir auftaucht, würde sich meine Mutter einschalten und … sogar Jina will sich's nicht mit der Geschäftsführerin von Joah Entertainment verscherzen.«

Ich drücke Soris Arm. »Ich bin so froh, dass wir Freundinnen sind«, sage ich. »Du bist wie mein Ass im Ärmel«, füge ich auf Englisch hinzu.

»Ich hab keine Ahnung, was du meinst. Rede Koreanisch.« Doch dann sagt sie mit ihrem süßen koreanischen Akzent noch: »Aber ja, ich bin ein Ass.«

Ein paar Minuten später steigen Jina und ihre Freunde in den Bus. Als sie an mir vorbeigehen, flüstern sie sich etwas zu. Dann kommen Gi Taek und Angela herein, gefolgt von Nathaniel und Jaewoo. Der Rest unserer Klasse ist bereits an Bord und Jaewoo sieht sich im Bus um, als würde er nach mir suchen. Ich rutsche tiefer in meinen Sitz. Geht's nicht *noch* offensichtlicher? Schließlich setzen sich die beiden in die erste Reihe neben unsere Lehrerin.

Ich wollte unbedingt, dass Jaewoo auf diesen Ausflug mitkommt, aber jetzt bin ich mir nicht mehr so sicher. Ich dachte, Seoul hinter uns zu lassen, würde uns die Gelegenheit geben, zusammen zu sein, aber mit all unseren Klassenkameraden hier fällt es uns wahrscheinlich eher *schwerer*, das, was auch immer wir miteinander haben, geheim zu halten.

Dennoch bin ich jetzt zum ersten Mal außerhalb der koreanischen Metropole, zum ersten Mal auf dem Land. Schon bald überwiegt wieder die Freude und ich schiebe meine Befürchtungen beiseite.

Die Landschaft verändert sich, je weiter wir uns von Seoul entfernen. Über hügeliges Terrain erstreckt sich kilometerweit wunderschönes Farmland, durchbrochen von Bäumen und Feldwegen. Bauern bringen die Frühlingssaat aus und schirmen ihre Augen mit behandschuhten Fingern ab, während sie in ihrer Arbeit innehalten, um die Buskarawane zu beobachten.

Anderthalb Stunden später erreichen wir unser Ziel. Am Eingang eines großen Campingplatzes fahren wir an einem Schild mit der Aufschrift *Nationalpark* vorbei.

Überrascht stelle ich fest, dass auf dem Parkplatz bereits zehn Busse stehen. Offenbar ist die SAA nicht die einzige Schule, die diesen Park zu ihrem diesjährigen Ausflugsziel erklärt hat.

Es dauert ewig, bis ich aussteigen kann, hauptsächlich weil Sori so langsam ist und sie den Platz am Gang hat. Wir kommen als Letzte aus dem Bus und nehmen nicht nur vom Fahrer unsere Reisetaschen entgegen, sondern auch vom Klassensprecher ein T-Shirt. Offenbar müssen wir dieses während des Ausflugs tragen, damit die Lehrer uns unter all den anderen Schülern erkennen können. Die Menge strömt durch den Eingang der Anlage, die auch ein Naturreservat mit Dutzenden von Gebäuden und natürliche wie historische Sehenswürdigkeiten beherbergt.

Alles, was man sich hier ansehen kann, ist auf Koreanisch, Japanisch, Chinesisch und Englisch auf einer großen Landkarte aufgelistet. Außerdem gibt es einen Lebensmittelladen, schließlich sind wir ja hier in Korea.

Auf der Karte sind auch einige Orientierungspunkte eingezeichnet. In der Mitte befindet sich ein Bambuswald und in der oberen rechten Ecke ein blaues Rechteck mit Schilfrohr und Fröschen. Darunter steht *Teich der Beschaulichkeit.*

»Lass uns zur Hütte gehen«, sagt Sori. Sie hat die Karte neben mir studiert und sich wahrscheinlich die Wanderwege eingeprägt. »Der Platz ist begrenzt. Wir müssen unseren Claim abstecken.«

Ich weiß nicht genau, was sie meint, bis wir vor der uns zugewiesenen Hütte stehen. Eigentlich handelt es sich eher um ein Hanok, eines der einstöckigen Gebäude im traditionell koreanischen Stil mit gebogenem Dach und Schiebetüren aus Papier, als um eine Blockhütte, wie ich sie noch aus den Ferienlagern meiner Kindheit kenne.

So wie auch schon im Bus ist unsere Klasse mit der von Angela und Gi Taek zusammen, also übernachten die zwölf Mädchen aus ihrer Klasse mit den zwölf Mädchen aus unserer. Das bedeutet: Vierundzwanzig Mädchen schlafen auf dem Boden eines einzigen – wenn auch sehr lang gestreckten – Raums.

»Das ist doch eine einzige Brandgefahr«, murmele ich.

Aus den Wandschränken holt sich jede von uns einen Schlafsack und reserviert sich ihren Platz auf dem Boden.

Jina und ihre Freunde haben sich bereits die Plätze direkt an der Tür reserviert, wahrscheinlich um sich nachts einfacher rausschleichen zu können.

Sori steuert direkt auf das Fenster zu. Leider hat ein anderes Mädchen die gleiche Idee. Ihre Blicke kreuzen sich kurz, bevor beide zur gleichen Stelle rennen. Es ist wie in der Naturdoku *Animal Kingdom*. Normalerweise würde ich Sori aufziehen, doch als Angela und ich sehen, dass das andere Mädchen von ihren Freundinnen unterstützt wird, schalten wir uns lieber ein.

Als sich die Wogen geglättet haben, liegt Sori am Fenster neben mir, während Angela ihr Schlafzeug seitlich neben unseren Köpfen ausgebreitet hat. Die anderen Mädchen liegen zu unseren Füßen, *wo sie hingehören. Mu ha ha.*

»Jenny«, ruft mich Gi Taek von der Tür aus.

Ein paar der Mädchen kreischen los und bedecken ihre Brust, obwohl wir alle noch genau die gleichen Sachen wie im Bus anhaben. Bis jetzt hat niemand das T-Shirt angezogen. Gi Taek verdreht nur die Augen.

Ich gehe zu ihm. »Was gibt's?«

»Ich will mich für die Aktivitäten eintragen. Kommst du mit?«

Ich schaue zu Sori, die unter Angelas wachsamen Augen ihre Reisetasche auspackt.

»Ist das ein Luftbefeuchter?«

»Frag nicht.«

Ich folge Gi Taek aus dem Hanok in den kleinen Hof und von dort auf einen kurzen unbefestigten Pfad. Laut der Karte übernachten alle Schüler im Folk Village, einem Nachbau historischer Gebäude aus der frühen Joseon-Dynastie, die durch niedrige Steinmauern getrennt werden.

»Die Jungs springen nachts über die Mauern, um ihre Freundinnen zu besuchen«, erklärt Gi Taek, als wäre er mein Guide durch die koreanische Teenagerkultur. Was er ja irgendwie auch ist.

Das Folk Village liegt direkt neben dem Zentrum der Anlage, wo sich neben Museum und Parkleitung der Lebensmittelladen und eine ziemlich große Freilichtbühne befindet.

Hier hat sich die Mehrheit der Schüler versammelt und jetzt verstehe ich auch, warum wir alle diese T-Shirts bekommen haben. Ohne das leuchtende Rot mit der Aufschrift *SAA* würden wir zwischen all den Jugendlichen aus anderen Schulen leicht verloren gehen.

Ein Mädchen in einem türkis- und magentafarbenen Shirt mit dem Aufdruck *SPAHS* für Seoul Performing Arts High School auf dem Rücken geht vorbei. Auf dem eines Jungen steht: Yongsan Music School. Das Thema scheint ziemlich eindeutig zu sein.

Gi Taek führt mich zum Aktivitätentisch und schnappt sich ein Klemmbrett mit diversen Zetteln. Nachdem er sie durchgelesen hat, reicht er es mir und ich überfliege die Angebote. Abgesehen von einer Anwesenheitskontrolle am Abend und am nächsten Morgen können wir im Prinzip tun, was wir wollen. Ein paar Aktivitäten haben eine Teilnehmerobergrenze, wie Water Rafting und Caving. Doch bei anderen, wie der zweistündigen Wanderung zu einem buddhistischen Tempel, ist die Zahl der Plätze unbegrenzt.

Außerdem kann man sich zu einer Talentshow anmelden, die während der einzigen Pflichtveranstaltung stattfindet, einem Grillabend für alle Besucher.

Auf den Anmeldezettel für die Talentshow schreibt Gi Taek seinen Namen sowie »Tanz« in das Feld für die Kategorie Talent.

»Was ist mit dir?«, fragt er. »Hast du schon irgendwas entdeckt?«

»Die Wanderung zu dem buddhistischen Tempel klingt ziemlich cool.«

Ich gebe Gi Taek das Klemmbrett zurück. Während er weiterblättert, lasse ich meinen Blick umherschweifen. Die meisten Aktivitäten beginnen frühestens in einer Stunde, also packen die meisten Schüler erst mal aus oder erkunden in Gruppen die Anlage.

Dann sehe ich Jaewoo mit Nathaniel und ein paar anderen Jungs vor dem Lebensmittelladen stehen.

Ich schaue mich um, kann aber keine Spur von Jina entdecken. Also mache ich mich in seine Richtung auf. Ich will ihn nur fragen, für welche Aktivität er sich anmelden will. Das wirkt doch ganz lässig, oder?

Kurz bevor ich ihn erreiche, tauchen plötzlich zwei Mädchen vor mir auf. Sie sind von einer anderen Schule, denn ihre T-Shirts sind mitternachtsblau.

»Oppa!«, ruft eine von ihnen und ich kneife die Augen zusammen. Ich bezweifle, dass sie ihn gut genug kennt, um ihn oppa zu nennen, eine vertrauliche Anrede für ältere männliche Verwandte oder Freunde. »Als ich gehört habe, dass die SAA auch an diesem Ausflug teilnimmt, habe ich mich so gefreut«, fährt sie fort. »Ich bin ein Riesenfan und Mitglied im *Kiss and Hug Club.*«

Meine Verärgerung *und Eifersucht* lösen sich in Luft auf.

Sie ist ein Fan.

Und ich wollte schon etwas Peinliches tun. Ihr zum Beispiel sagen, dass sie sich verpissen soll.

»Danke«, sagt er und lächelt.

Ich kann praktisch sehen, wie dem Mädchen das Herz stehen bleibt und gleich wieder wie wild losklopft, denn mir ist es ebenso ergangen, als er mir genau dieses Lächeln zum ersten Mal geschenkt hat.

Langsam trete ich zurück, dann drehe ich mich seufzend um. Was, wenn unsere Unterhaltung am Rasthof der einzige Moment war, den Jaewoo und ich auf diesem Ausflug bekommen?

»Jenny?«

Ich drehe mich um.

Ein Junge steht hinter mir. Ich kann sein Gesicht nicht sofort einordnen. Dann fällt es mir ein. Ian. Ich habe ihn an meinem ersten Morgen in Seoul getroffen. Er hat mir seine Handynummer gegeben, aber wegen der Schule, Jaewoo und alldem habe ich es nie geschafft, mich bei ihm zu melden.

Was tut er hier?

# Siebenundzwanzig

»Ian, hi«, sage ich verlegen. Irgendwie fehlen mir die Worte. Wie ein paar andere Schüler hat er ein hellblaues Shirt an, doch dazu trägt er noch ein rotes Armband.

Als er meinen Blick auf seine Hand bemerkt, erklärt er: »Ich bin ehemaliger Schüler der Youngsan Music School, also haben sie mich gefragt, ob ich als Gruppenleiter arbeiten will. Ich werde sogar dafür bezahlt.«

Jetzt erinnere ich mich. Er hat sich dieses Semester freigenommen, um Geld zu verdienen, bevor er an der Manhattan School of Music weiterstudiert.

»Wie geht es dir?«, fragt er. »Hast du dich an das Schulleben in Korea gewöhnt?«

»Ja.« Ich schaue mich um. »Dieser Ausflug ist ziemlich cool.«

»Es gibt immer ein anderes Ziel«, sagt er. »In meinem dritten Jahr haben wir in einer riesigen buddhistischen Tempelanlage in den Bergen übernachtet. Jede Menge Gebete und vegetarisches Essen.«

»Ist hier nicht auch ein Tempel?«, frage ich. »Ich hab da was auf der Aktivitätenliste gesehen.«

»Ja, so was in der Art. Es ist ein Schrein für die lokale Berggottheit Sansin. Der Park kümmert sich um seine Instandhaltung.«

»Oh, cool.« Abgesehen vom Koreanischunterricht im Keller unserer Kirche war ich seit Jahren an keinem spirituellen Ort mehr. Ich hätte große Lust, mir den Schrein anzusehen.

»Um den Schrein rankt sich außerdem eine Liebesgeschichte. Es heißt, während der Goryeo-Periode wären sich dort zwei Mitglieder rivalisierender Familien beim Beten begegnet, hätten sich ineinander verliebt und wären zusammen auf Nimmerwiedersehen in die Berge verschwunden.«

Ich verziehe das Gesicht. »Ganz schön düster.«

»Na ja, Koreaner stehen auf tragische Geschichten. Ist dir das noch nicht aufgefallen?«

Das bringt mich zum Lachen.

»Tja, also, am Schrein ...«, fährt er fort, »kann man für einen allgemeinen Segen zum Sansin beten, aber die meisten Besucher bitten um etwas Spezielles.« Er macht eine dramatische Pause.

»Worum?«

»Liebe. Es ist ein berühmtes Pilgerziel für Liebende, weil es heißt, das Paar aus der Goryeo-Periode hätte in Wahrheit irgendwo gemeinsam bis an sein Lebensende glücklich und unter dem Schutz des Sansin gelebt.« Er grinst. »Wie du dir vorstellen kannst, ist der Ort bei Schülern sehr beliebt.«

Koreaner lieben tragische Geschichten, aber was wir noch mehr lieben, sind hoffnungsvolle.

Er tritt gegen einen Stein und der rollt ein bisschen, bevor er in einem Büschel Gras verschwindet. »Wir könnten da zusammen hin, wenn du magst.«

Ich blinzle erstaunt, dann blinzle ich gleich noch mal.

Ich habe keine Ahnung, wie ich reagieren oder das finden soll. Ich meine, natürlich bin ich geschmeichelt, dass er mich fragt, aber ein bisschen schuldig fühle ich mich auch. Er denkt wohl, ich bin Single. Ich meine, Jaewoo und ich haben nach dem Kuss nie über unseren Beziehungsstatus gesprochen, aber ...

»Jaewoo-seonbae!«, ruft jemand dicht hinter uns. Ich will mich schon umdrehen, als mir einfällt, dass ich ja eigentlich weggehen wollte, um auf Jaewoo und mich keine Aufmerksamkeit zu lenken.

»Jenny?« Ian runzelt die Stirn.

»Tut mir leid. Ja. Ich meine, ich hab eh daran gedacht, mich anzumelden, so als Ausgleich zu all den Stunden im Bus. Aber hast du als Gruppenleiter nicht ... äh ... zu viel zu tun?«

»Uns wurden noch keine Aktivitäten zugeteilt. Wenn ich die hier anfrage, bekomme ich sie bestimmt. Die anderen Gruppenleiter sind Lehrkräfte und die haben meistens nicht so viel Lust, in den Bergen herumzuwandern.«

»Okay«, sage ich. Als er mich weiter anstarrt und auf mehr wartet, füge ich hinzu: »Ich melde mich dafür an.«

»Super. Dann bis in einer Stunde!« Er winkt und geht in die Richtung des Verwaltungsgebäudes.

»Wer ist das? Er ist niedlich.« Mir bleibt fast das Herz stehen. Sori steht plötzlich neben mir und sieht Ian aufmerksam nach.

»Ein älterer Mann, Jenny?« Gi Taek ist ebenfalls da und wackelt zweideutig mit den Augenbrauen.

»Das ist Ian. Ich hab ihn an meinem ersten Tag in Seoul in einem Café getroffen.«

»Du bist echt so was wie ein Magnet für niedliche Jungs«, sagt Gi Taek. »Der niedlichste bin natürlich ich selbst.«

Angela, die zusammen mit Sori gekommen ist, kichert.

»Yo, Jenny Go!« Nathaniel springt mich praktisch an. Ich drehe mich um, weil ich wissen will, ob ihn Jaewoo begleitet hat, aber er steht immer noch dahinten mit diesem Mädchen, nur dass jetzt noch *zwei weitere* sowie ein Junge dazugekommen sind.

»Hast du dich schon für eine Aktivität entschieden?«, fragt Nathaniel. »Ich hab ans Wildwasser-Rafting gedacht. Bei einem Schulausflug geht doch nichts über den Nervenkitzel, fast zu ertrinken.«

Ich seufze. »Ich dachte eher an die Wanderung.«

»Da komm ich mit«, sagt Sori.

Nathaniel runzelt fast unmerklich die Stirn, wendet sich jedoch schnell an Gi Taek und Angela. »Was ist mit euch beiden? Lasst mich nicht hängen!«

»Das ist eigentlich nicht so mein Ding«, sagt Gi Taek, »aber ich schätze, ich kann's mal probieren.«

»Das ist die richtige Einstellung!«

»Ich *habe* einen Badeanzug eingepackt«, sagt Angela und sieht Sori und mich schuldbewusst an.

»Nur zu«, sagt Sori beschwichtigend. »Wir sehen uns dann nachher beim Grillen.«

Nathaniel wirft Angela einen seltsamen Blick zu. Es sieht ganz so aus, als wäre er eifersüchtig, dass Sori so nett zu ihr ist, wo sie doch zu … na ja, allen anderen immer so gemein ist. Angela sollte besser aufpassen, dass sie während dieses Rafting-Ausflugs kein Wasser schluckt.

»Was ist mit Jaewoo?«, fragt Sori beiläufig.

»Keine Ahnung«, sagt Nathaniel. »Wahrscheinlich lässt er seine Fans entscheiden, wo er sich anmeldet. Er tut ja immer alles für sie.«

»Wo sind deine Fans?«, fragt Gi Taek.

Nathaniel lässt sich nicht verunsichern. »Umfragen zufolge bin ich besonders bei Ausländern beliebt. Vielleicht liegt das an meinem Sexappeal und meiner Spontanität.«

Sori verdreht die Augen.

»Für Koreaner bist du wahrscheinlich einfach zu nervig«, erwidert Gi Taek lachend.

Eine Stunde später stehen Sori und ich am Anfang des Wanderwegs. An einem in den Boden gerammten Pfahl ist ein Schild angebracht, auf dem steht: »Pfad zum Sansin.« Neidisch beäuge ich Soris Wanderschuhe und Windjacke, die sie aus ihrer scheinbar bodenlosen Reisetasche gezogen hat, während ich meinen LACHSA-Hoodie ein bisschen enger um mich ziehe. Das ist zwar ein bisschen illoyal meiner aktuellen Schule gegenüber, aber zumindest hält er mich warm.

»Hört mal alle her!« Ian kommt dazu. Über seinen Shorts trägt er eine weite Jacke und hat einen großen Rucksack dabei. »Ich bin Ian, der Gruppenleiter bei dieser Aktivität. Wir werden jetzt ungefähr eine Dreiviertelstunde zum Schrein hinaufwandern und etwa eine halbe Stunde dort bleiben. Für den Rückweg bergab brauchen wir dann ebenfalls nur eine halbe Stunde. Wenn jemandem schwindlig wird oder er sich komisch fühlt, lasst es mich bitte wissen. Ich hab noch mehr Wasser dabei, Energieriegel und Bananen. Außerdem das hier.« Er hält ein Walkie-Talkie hoch. »In einem Notfall rufe ich damit Hilfe herbei. Hat noch jemand Fragen? Nein? Okay, dann …«

»Einen Moment!« Zwei Mädchen kommen aus Richtung Lager hergelaufen. Zwischen ihnen ist …

Jaewoo! Mein Herz macht einen Sprung. Statt des Hemds trägt er jetzt das SAA-Shirt unter seiner Windjacke. Die Mädchen waren in der Gruppe, die vorhin bei ihm gestanden hat.

»Okay, ich denke, *jetzt* sind wir komplett«, sagt Ian. »Auf geht's!«

Ich frage mich, ob Nathaniel Jaewoo gesagt hat, wofür ich mich anmelde, und er sich deshalb entschieden hat, auf die Wanderung mitzukommen.

Wegen des schmalen Pfads laufen wir zu zweit oder dritt hintereinander. Sofort verwickelt ein Junge aus einer anderen Klasse Sori in ein Gespräch, während weitere Mädchen Jaewoo umringen.

Verbitterung steigt in mir auf. Obwohl er jetzt hier dabei ist, kann ich nicht einfach zu ihm gehen.

»Jenny.« Ich reiße meinen Blick von Jaewoo los. Ian hat auf mich gewartet. Schicksalsergeben schließe ich mich ihm an. »Als ich meine Nachrichten gecheckt habe, ist mir aufgefallen, dass du dich nie bei mir gemeldet hast«, sagt Ian, während wir den Pfad in Angriff nehmen.

Was für eine seltsame Art, es zu formulieren. Als ob er *gedacht* hätte, ich hätte mich bei ihm gemeldet. Wie vielen Mädchen er wohl seine Handynummer gibt?

»Tut mir leid, der Unterricht fing an und ich ...« – hab es vergessen – »wollte mich auf meine Musik konzentrieren.«

»Ach ja«, sagt er. »Die SAA hat am Ende des Halbjahres immer so eine Talentshow, oder? Ich kenne jemanden, der nach seinem Auftritt in die MSM aufgenommen wurde. Der Vertreter der Hochschule war im Publikum und hat ihm sofort danach eine mündliche Zusage gegeben.«

»Ernsthaft? Wow«, sage ich. »Das ist ja krass.« Allein bei dem Gedanken daran bekomme ich Herzklopfen.

Gleichzeitig mache ich mir auch ein bisschen Sorgen. In Wirklichkeit habe ich mich hier viel weniger auf meine Musik konzentriert als in LA. Ich war abgelenkt, von der Schule, meinen Freunden und, na ja, Jaewoo. Aber in diesem Moment nehme ich mir fest vor, mich zu bessern, sobald ich wieder daheim bin. Ich werde mehr üben und vielleicht eine Videosession mit Eunbi arrangieren.

»Ian-ssi?«, ruft ein Mädchen, das mit seinen Freundinnen eine Pflanze betrachtet. »Was ist das hier?«

»Ich glaube, ich muss mal kurz meinen Job machen«, sagt Ian und geht, um die Frage der Schüler zu beantworten.

Nach und nach wird der Pfad immer anspruchsvoller. Es geht steiler bergauf, über moosbewachsene Felsen und einmal über einen kleinen Bach, in dem silberne Fische über Steine hüpfen. In der Nachmittagssonne funkeln die Tropfen. Hinter dem Bach liegt ein dichter Wald. Hier ist der Weg schlechter zu erkennen. Laub liegt am Boden, überall sind Baumwurzeln und Moos.

Ich gehe vorn neben Sori. Schließlich endet der Pfad und da taucht er vor uns auf, ein kleiner Schrein.

Er steht am Rande eines Berghangs – ein elegantes Gebäude aus Holz, hauptsächlich in Grün und Rot gestrichen, mit einem einzigen Raum darin und einem sanft abfallenden Dach.

Obwohl der Schrein mitten in den Bergen liegt, wirkt er wie der umliegende Bereich sehr gepflegt. Die Lichtung ist frei von Geröll und all die Details des Gebäudes – das Holz, die Papiertüren, die kleinen Steinfiguren auf dem Dach – sind tadellos. Aus dem Inneren dringt sogar ein leichter Duft von Räucherstäbchen, als sei gerade ein Mönch da gewesen.

Unsere Gruppe verteilt sich über das Gelände, einige machen mit den wenigen Steinstatuen, die auf der Lichtung

Wache stehen, Selfies, andere lassen sich aus lauter Erschöpfung zu Boden sinken.

»Ich muss mal«, sagt Sori alias Primanerblase und verschwindet zu einem kleinen Gebäude am Rand der Lichtung hin. Ich sehe mich nach Jaewoo um, kann ihn aber nirgendwo entdecken. Die Mädchen, mit denen er bis eben zusammen war, scheinen ihn ebenfalls zu suchen.

Ian steht am Schrein und ruft Anweisungen. »Bitte nicht mehr als zwei bis drei Leute gleichzeitig im Schrein.« Dann wendet er sich in meine Richtung.

Panisch sprinte ich hinter das nächstgelegene Gebäude. Ich knie mich hin und werfe einen vorsichtigen Blick um die Ecke. Ich sehe, wie Ian näher kommt. Oh, mein Gott, ich komme mir so lächerlich vor. *Verstecke* ich mich wirklich vor ihm? Ich will rückwärts aus meiner Deckung kommen, als jemanden gegen mich stößt.

»Hey, pass auf.«

Ich drehe mich um und falle fast um. »Jaewoo!«, zische ich. »Was machst du hier?«

»Ich glaube ...«, beginnt er langsam, »genau das Gleiche wie du.«

Von der anderen Seite des Schreins kann ich die Mädchen rufen hören. »Jaewoo! Jaewoo-oppa! Wo bist du?«

Einen Moment lang starren wir uns einfach nur an. Da hocken wir beide hinter einem Bergschrein und verstecken uns vor Leuten, die unsere Aufmerksamkeit wollen. Die Situation ist so absurd, dass ich lachen muss. Ich versuche es zu unterdrücken und presse mir sogar die Hand auf den Mund. Jaewoo geht es nicht anders. Sein ganzer Körper zittert vor stummem Lachen.

»Das ist ja genau wie damals in dem Fotoautomaten«, flüstere ich. »Warum landen wir immer in solchen Situationen?«

»Keine Ahnung«, flüstert er zurück und wischt sich die Tränen aus den Augen.

Bevor ich etwas dagegen tun kann, muss ich auflachen, und er hält sich einen Finger vor den Mund. »Psst, Jenny!«

»Ich kann nichts dafür!«

Jaewoo lächelt amüsiert.

»Jenny!« Ians Stimme ist jetzt ziemlich nah und bewegt sich um den Schrein.

»Jaewoo!«, rufen die Mädchen auf der anderen Seite.

Er zieht meine Hand von meinem Mund und plötzlich wird mir klar, was er tun wird.

Ich reiße die Augen auf. »Sie werden es sehen ...«

Er gibt mir einen kurzen, aber umso leidenschaftlicheren Kuss. Dann ist er weg und taucht hinter dem Schrein auf.

»Jenny?«, sagt eine Stimme hinter mir. Fast verliere ich mein Gleichgewicht. »Was tust du da?«

Ich stehe auf und drehe mich zu Ian um. »N... Nichts. Ich hab nur ... gedacht, ich hätte einen Fuchs gesehen.«

Ian starrt mich skeptisch an. »Wir müssen losgehen, bevor es dunkel wird. Wenn du noch Interesse hast, solltest du dir den Schrein jetzt ansehen.«

Ian hat wohl genug von mir, denn er folgt mir nicht zum Eingang. Ich bin nur ein paar Sekunden drin, aber der Anblick hinterlässt einen bleibenden Eindruck. Das Nachmittagslicht dringt durch die Tür und beleuchtet die gegenüberliegende Wand, wo ein Gemälde einen alten Mann mit langem weißen Bart zeigt, wahrscheinlich den Sansin. Umgeben von Tigern sitzt er unter einem Baum auf einem Berg.

Ich bete kurz zu ihm und stoße auf dem Wanderweg wieder zu den anderen.

# Achtundzwanzig

Als wir ins Lager zurückkehren, dämmert es bereits und die Mitarbeiter stellen für das Abendessen große Grills auf. Da es bis dahin noch eine halbe Stunde dauert, trennen wir uns und gehen zu unseren jeweiligen Hütten. Ich bemühe mich, nicht enttäuscht zu sein, so wenig Zeit mit Jaewoo verbracht zu haben, besonders als der völlig durchnässte Rafting-Ausflügler Nathaniel das Lager gleichzeitig mit uns betritt, Jaewoo umarmt und sie gut gelaunt zusammen verschwinden.

In unserer Hütte sitzt eine entschieden trocken aussehende Angela auf den Decken und breitet zwei Kleider aus.

»Es ist, als hätten Nathaniel und du an zwei vollkommen verschiedenen Aktivitäten teilgenommen«, sage ich.

»Die meisten von uns sind nicht nass geworden«, sagt Angela und entscheidet sich für das gelbe Kleid. »Abgesehen von ein paar Spritzern hier und da. Nathaniel ist einfach nur über Bord gegangen.«

Angela möchte ein Nickerchen machen, also gehen Sori und ich zu den Gemeinschaftsduschen, um uns frisch zu machen.

Dann kehren wir zu unserem Haus zurück, um Soris Fön zu benutzen. Inzwischen ist mir klar geworden, dass ihre Idee, ihn mitzubringen, brillant war. Die anderen Mädchen leihen ihn sich nach uns aus und tauschen dafür sogar andere Sachen ein, die sie aus Seoul mitgebracht haben – Gesichtsmasken, Blasenpflaster, Insektenspray. Selbst Jina fragt, ob sie ihn benutzen darf. Ich erwarte von Sori eine gewaltige Retourkutsche, doch stattdessen gibt sie ihn ihr, ohne mit der Wimper zu zucken.

Ich muss überrascht aussehen, denn sie sagt: »Halte dich an deine Freunde, aber noch mehr an deine Feinde.«

Ich ziehe eines der Kleider an, das ich von zu Hause mitgebracht habe. Dann leihe ich mir von einer unserer Klassenkameradinnen Insektenspray und sprühe meine Beine ein, sodass ich wie medizinische Orangen rieche.

Danach will sich Sori um Angelas Make-up kümmern, also trage ich nur schnell ein bisschen Eyeliner und Lipgloss auf und gehe raus, um mir das Folk Village ein bisschen genauer anzusehen. Ich schaue in Innenhöfe, die unserem ähneln. Überall sitzen Jungen und Mädchen, plaudern und üben für die Talentshow.

Ich gehe gerade an einem Hanok am anderen Ende des Lagers vorbei, als ich eine vertraute Stimme rufen höre. Ich schaue in den Hof und sehe, dass Nathaniel und ein paar andere Jungs aus unserer Klasse Fußball spielen.

Keiner von ihnen hat obenrum etwas an.

Nathaniel ist der Erste, der mich entdeckt. »Jungs!«, ruft er. »Wir haben Zuschauer! Schnell, zieht euch was an.«

Alle rufen auf einmal wild durcheinander und rennen im Kreis.

»Als ob sie so was sehen will.« Ich höre Jaewoo, noch ehe ich ihn sehe. Er erscheint von der Seite und zieht gerade den

Reißverschluss seiner Jacke zu, doch einen Blick auf seinen Bauch und seine Brust kann ich noch erhaschen.

»Warte«, sage ich und tue so, als würde ich ihn beiseiteschieben, als er sich vor mich stellt. »Ich hab noch nicht alles gesehen, was ich wollte.«

Er runzelt die Stirn. »Alles, was es zu sehen gibt, steht direkt vor dir.«

Ich trete einen Schritt zurück und mustere ihn. Er wirkt nicht nervös, denn er weiß, dass er gut aussieht. Aber ich sehe auch nicht gerade schlecht aus. Ich werfe mein Haar über die Schulter und registriere zufrieden, dass seine Augen meiner Bewegung folgen.

»Gehst du nicht zum Abendessen?«, frage ich.

»Gleich«, antwortet er abgelenkt. Langsam streckt er seine Hand aus. Ich erstarre und beobachte mit klopfendem Herzen, wie er mir eine Haarsträhne aus dem Gesicht streicht.

»Jaewoo?«, ruft einer der Jungs hinter ihm.

Er tritt zurück. »Hältst du mir einen Platz frei?« Dann dreht er sich um und läuft zu den anderen zurück.

»Was wollte Jenny?«, höre ich einen der Jungen neugierig fragen.

»Sie wollte uns nur Bescheid sagen, dass es gleich Essen gibt«, sagt er wie beiläufig.

Im Weggehen berühre ich die Stelle in meinem Gesicht, wo Jaewoo meine Strähne weggestrichen hat, und fühle tausend Schmetterlinge im Bauch. Wie im siebten Himmel biege ich um eine Ecke.

»Wenigstens weiß ich jetzt, warum du dich nie gemeldet hast.« Ich reiße den Kopf herum. Ian lehnt an der Wand. »Ich meine, ich versteh das schon. Warum sich mit einem Niemand abgeben, wenn man mit einem K-Pop-Star zusammen sein kann?«

Er hat ein Lächeln im Gesicht, doch seine Worte haben einen kalten Unterton.

»Bist du ein XOXO-Superfan oder so was?« Er lacht.

»Was wäre falsch daran?«, frage ich.

Sein Lächeln erstirbt. »Jenny, meinst du das ernst? Du hast doch gesagt, du willst auf die Manhattan School of Music.«

»Will ich. Na und?«

»Die nehmen dort nur die Besten, Leute, die es mit ihrer Musik ernst meinen, und jetzt sagst du, dass du auf *XOXO* stehst?«

»Wow«, unterbreche ich ihn. »Ich hätte dich nicht für so einen Musiksnob gehalten.«

Er schnaubt. »Das nennt man nicht Musiksnob, sondern einfach nur einen guten Geschmack haben.«

»Geht's hier überhaupt um Musik?«, frage ich und gebe mein Bestes, um so beißend wie Sori zu klingen. »Mir kommt es so vor, als wärst du nur sauer, weil ich nicht auf dich stehe.«

Er zuckt zusammen, doch das ist mir egal. Er ist ein selbstgerechter Idiot.

»Wie auch immer, Jenny«, sagt er. »Viel Spaß damit, einem Hirngespinst hinterherzulaufen.«

Damit lässt er mich stehen. Zusätzlich ärgert es mich, dass er das letzte Wort behalten hat. Aber ich weigere mich, mir von ihm den Abend ruinieren zu lassen.

»Wo warst du?«, fragt Sori, als ich mich in der Schlange fürs Essen zu ihr und Angela stelle. In ihrem Chiffonkleid sieht sie wie immer einfach hinreißend aus.

»Nirgendwo«, antworte ich. »Was gibt es zum Abendessen? Es riecht köstlich.« Ich recke meinen Kopf und sehe an den Grills Köche stehen. Sie drehen Galbi – marinierte Rippchen – sowie Schweinefleisch, Hähnchen und verschiedene

Gemüse über der Holzkohle. An der Seite steht eine Banchan-Station und daneben riesige Industriereiskocher.

Sori sieht aus, als würde sie mir gern mehr Fragen stellen, aber da taucht, ganz in elegantes Schwarz gekleidet, Gi Taek auf. Er war wohl nicht mit Nathaniel und Jaewoo im Hof, sonst wäre er mit ihnen gekommen. Ein paar Schüler hinter uns murren, doch keiner protestiert gegen die zweite Person, die sich vordrängelt.

»Wie war das Rafting?«, fragt Sori.

»Eine Katastrophe.« Gi Taek erschaudert. »Erinnert mich daran, dem Wasser mit Nathaniel nie wieder zu nahe zu kommen. Wie war's bei euch?«

»Unser Gruppenleiter hat die ganze Zeit mit Jenny geflirtet.«

»Na, so was.«

»Lasst uns nicht über ihn reden«, sage ich scharf. Okay, dann sage ich vielleicht *doch* was.

Ich wiederhole das Gespräch mit Ian. Wie er gesagt hat, dass XOXO keine »richtige« Musik machen und dass ich keine ernsthafte Musikerin sein kann, wenn ich sie mag.

»Das soll er mal all *denen* hier sagen.« Angela nickt auf die vielen Schüler aus verschiedensten Musikschulen, von denen viele Trainees oder sogar schon aufstrebende Idols sind. »Damit wird er nicht weit kommen, ohne Schläge zu kassieren.«

»Wie gemein, Angela«, sagt Gi Taek. »Gefällt mir.«

Mir kommt ein Gedanke und ich spüre, wie mir das Blut aus dem Gesicht weicht. »Sori.« Ich greife nach ihrer Hand. »Denkst du, er wird etwas sagen? Über Jaewoo und mich?«

Ich denke an den Ausflug zurück. Was genau könnte er gesehen haben? Ein bisschen flirten, aber das hätte auch nur von meiner Seite kommen können. Es kann doch kein Skandal sein, wenn es einseitig ist, oder?

»Keine Sorge, Jenny«, versichert mir Sori. »Ian ist nur ein Aufreißer, der sauer ist, weil du nicht auf ihn angesprungen bist. Wenn er wirklich denkt, dass K-Pop keine richtige Musik ist, wird er sich auch nicht um das Privatleben von Idols scheren.«

Erleichtert lasse ich die Schultern sinken. Ich vertraue Soris Einschätzung.

»Warum sollte er etwas über Jaewoo und dich sagen?«, fragt Gi Taek.

Ups. Gi Taek kneift die Augen zusammen.

»Weil wir …« – ich bereite mich innerlich auf die Reaktion meiner Freunde vor – »irgendwie was laufen haben.«

»Jenny!«, rufen Angela und Gi Taek gleichzeitig.

Sie sind so laut, dass sich ein paar Leute nach uns umdrehen.

Gi Taek senkt den Kopf und flüstert: »Wie? Warum? Wer?«

»Was?!«, fügt Angela hinzu.

»Jaewoo mag mich«, sage ich und bedecke dann mein Gesicht mit den Händen, weil es so peinlich ist.

»Was?!«, ruft Gi Taek.

»Das hab ich schon gesagt!« Angela grinst.

»Ich hätte gern zwei davon«, sagt Sori.

Ich lasse die Hände sinken und wir alle sehen sie aus großen Augen an. Sie deutet auf die Galbi, die auf dem Grill brutzeln. Offenbar haben wir das vordere Ende der Schlange erreicht. Mit einer Zange legt der Koch zwei Stück Galbi auf einen Pappteller und reicht ihn Sori.

Sie bemerkt, dass wir sie anstarren. »Was?«

Wir verschieben die Diskussion auf später, um Fleisch und Gemüse vom Grill auszusuchen, dann gehen wir zu dem Stand mit den Beilagen, um unsere Teller mit Kimchi, grünem Salat, geschmorten Kartoffeln, gewürzten Sojasprossen und scharfem Gurkensalat vollzuladen.

Angela findet einen leeren Picknicktisch für uns. Ich denke, dass ich jetzt in Ruhe mein Essen genießen kann, doch ich habe die Rechnung ohne Gi Taek gemacht.

»Was meinst du damit, dass ihr was am Laufen habt? Händchenhalten? Mehr? Umarmungen? Küsse? Was für Küsse? Mit Zunge?«

»Hör auf!« Angela bedeckt ihre Augen.

»Deine Ohren, Angela«, sagt Sori. »Du musst dir die Ohren zuhalten.« Mit ihren Essstäbchen nimmt sie sich eine Gurkenscheibe und steckt sie sich in den Mund. Dann zeigt sie mit den gleichen Stäbchen zum Rand des Lagers. »Oh, seht mal. Lover Boy.«

Wir alle folgen ihrem Blick und sehen dort gerade Jaewoo mit Nathaniel ankommen. Sie sind inzwischen vollständig angezogen und tragen Hoodies und Jogginghosen.

Ich warte darauf, dass mich meine Freunde unbarmherzig aufziehen, aber sie tun sofort absolut unauffällig. Sori lässt ihre Essstäbchen sinken, Gi Taek legt etwas von seinem Essen auf Angelas Teller und Angela schiebt sich eine Portion Reis in den Mund.

Ich bin dankbar und zugleich amüsiert. Mich nicht zu ärgern, ist ihre Art, mich zu unterstützen.

Nathaniel bemerkt meinen Blick. Er sagt etwas zu Jaewoo, der nun in meine Richtung schaut. Ein warmes und umwerfendes Lächeln breitet sich in seinem Gesicht aus.

»Heol«, sagt Gi Taek erstaunt.

»Wie kann man ihn da nicht lieben?« Angela seufzt verträumt. »Wenn er einen so ansieht?«

Lieben? Das Wort lässt mein Herz Purzelbäume schlagen. Was ich da spüre, kann keine Liebe sein. Noch nicht.

Nathaniel und Jaewoo holen sich etwas zu essen. Doch auf dem Weg zu unserem Tisch werden sie von Fans abgefangen, und als sie endlich bei uns ankommen, werden sie von einer ganzen Schar begleitet. Wir rücken zusammen, um für alle Platz zu schaffen, und auch wenn ich wünschte, ich könnte mit Jaewoo allein sein, um mit ihm zu reden und zu flirten, bin ich auch glücklich, von unseren Freunden und den Leuten, denen er am Herzen liegt, umgeben zu sein. Das zeigt nur, wie falsch Ian liegt. Alle hier sind mit Leib und Seele Musiker und ihre Liebe zu XOXO ist *echt* und etwas ganz Besonderes.

Das Mädchen neben mir liebt besonders Jaewoo, weil er das Lied geschrieben hat, das sie nach dem Tod ihres Bruders immer wieder gehört hat. Ihre Geschichte rührt mich so, dass ich ihr erzähle, wie sehr auch mir die Musik geholfen hat, meine Trauer durchzustehen. Wir tauschen Nummern, um nach dem Schulausflug in Kontakt zu bleiben.

Als irgendwann während des Abendessens ein Junge und ein Mädchen in farblich aufeinander abgestimmten Outfits die Bühne betreten, geht ein Raunen durch die Menge.

»Ich bin Sung Minwoo«, sagt der Junge, »und bin im zweiten Jahr auf der Seoul Arts Academy.«

»Und ich bin Lee Yuri«, sagt das Mädchen. »Im zweiten Jahr auf der Yongsan Music School.«

»Wir moderieren die heutige Talentshow!«, rufen sie gleichzeitig.

Aus dem Publikum brandet begeisterter Beifall auf.

»Wir haben die Namen auf dem Anmeldeformular einzeln ausgeschnitten und sie in diesen Hut getan!«

Das Mädchen hebt einen Fischerhut. »Wir rufen die Künstler zufällig auf, also haltet euch bereit!«

»Wo ist Gi Taek hin?«, fragt Angela plötzlich.

»Nathaniel ist auch weg«, sagt Sori misstrauisch.

Auf der Bühne zieht das Mädchen einen Zettel aus dem Hut. »Als Erstes haben wir ein Duo … bitte einen Trommelwirbel.« Der Junge klopft rhythmisch auf sein Bein. »Zwei Schüler im dritten Jahr der SAA! Hong Gi Taek und Lee Nathaniel!«

Angela kreischt und stellt sich auf die Bank. Sori hingegen legt sich stöhnend die Hand aufs Gesicht, obwohl sie sich gleichzeitig auch ein bisschen zur Bühne umdreht.

Aus den Lautsprechern links und rechts von der Bühne dröhnt schnelle Musik. Nathaniel und Gi Taek kommen herausgelaufen und tanzen auf der Stelle perfekt synchron los.

Ich bin fasziniert und ehrlich gesagt wahnsinnig beeindruckt. Wann hatten sie denn Zeit, das einzustudieren? Ein neues Lied startet. Es ist XOXOs *Don't Look Back* und das Publikum dreht durch.

Die beiden tanzen zu einem ganzen Medley von Songs, darunter auch ein paar Klassiker wie *Blood Sweat & Tears* von BTS und *Gee* von SNDS. Das Publikum liebt sie und alle kennen die legendären Tanzbewegungen. Obwohl mir nicht alle Songs etwas sagen, habe ich viel Spaß und bin ziemlich stolz, als ich doch einige aus Onkel Jays Karaokebar wiedererkenne.

Ich habe keine Ahnung, was eine solche Performance noch toppen könnte, aber der nächste Name, der aus dem Hut gezogen wird, ist der einer Sängerin, die eine traurige Opernarie mit solch epischer Power schmettert, dass sie das Publikum buchstäblich vom Hocker reißt. Auch den restlichen Abend füllen unglaubliche Talente, die mit ihrem Gesang, an Instrumenten oder durch Tanz beeindrucken. Wenn das hier eine Vorschau auf die Talentshow am Ende des Halbjahrs unserer Highschool ist, wird es einfach unglaublich werden.

Gegen Ende der Show bemerke ich, dass Jaewoo meine Aufmerksamkeit auf sich zu lenken versucht. Wir sitzen uns an einem Tisch voller Leute gegenüber, die sich angeregt unterhalten, also kann ich ihn nicht verstehen. Ich sehe nur, dass sich seine Lippen bewegen.

Ich schüttle lachend den Kopf. »Ich höre dich nicht.«

»Joo Jini?« Der Junge ruft den letzten Namen aus dem Hut auf.

»Joo Jini-ssi?«, wiederholt das Mädchen.

Sie schirmen ihre Augen gegen die Scheinwerfer ab und suchen das Publikum ab.

»Bist du schon im Bett?«, ruft das Mädchen.

Als niemand auf die Bühne kommt, sehen die beiden einander an und zucken mit den Schultern. »Tja, das ist ein bisschen enttäuschend«, sagt der Junge. »Wir haben noch Zeit für einen letzten Beitrag, wenn jemand die Show beenden möchte. Na, meldet sich jemand? Kommt schon, Leute, seid nicht so schüchtern.«

Jaewoo bewegt seine Lippen, doch ich kann ihn immer noch nicht verstehen.

Er steht auf.

»Ah!«, ruft der Moderator. »Wir haben einen Freiwilligen!«

»Unser letzter Teilnehmer muss nicht vorgestellt werden«, sagt die Moderatorin. »Denn es ist Bae Jaewoo von der SAA!«

Jaewoo schaut überrascht zur Bühne. Die Menge lacht und beginnt seinen Namen zu rufen. »Bae Jaewoo! Bae Jaewoo!«

Als er sich in Bewegung setzt, jubeln alle. Auf dem Weg reicht ihm jemand eine Gitarre. In der Zwischenzeit bereiten die Moderatoren einen Barhocker und ein Mikrofon vor.

Die Schüler verstummen, als er sich hinsetzt und den ersten Akkord eines Liedes spielt. Er geht in die Melodie der ersten Strophe über und mir bleibt fast das Herz stehen, weil es *das* Lied ist, das aus der Karaokebar.

Gohae.

*Geständnis.*

»*Wie kann ich die Worte aussprechen, die ich ihr sagen will?*«, singt Jaewoo auf Koreanisch und sein lieblicher Tenor erfüllt das Lager.

»*Wenn die Welt gegen uns ist, wie kann ich es ihr sagen?*«

In seinem Hoodie sieht er überhaupt nicht wie ein großer K-Pop-Star aus, doch selbst so ist seine Starpower nicht zu leugnen. Sie liegt in seinem unglaublichen Talent, seiner leidenschaftlichen Stimme.

Er singt so aufrichtig und verletzlich, als ob er jedes einzelne Wort genau so meint.

Die anderen Zuschauer sind ebenfalls völlig hingerissen. Einige bewegen lautlos ihre Lippen zum Text, andere wiegen sich hin und her. Genau deshalb ist er ein so guter Musiker. Er schenkt den Leuten Freude und inspiriert sie.

Er inspiriert mich. Er lässt mich glauben, dass ich alles haben kann. Ein Solo bei der Talentshow. Freunde, die mich unterstützen. *Ihn.*

Die Musik schwillt zu einem Crescendo an, zum letzten Refrain des Liedes. Mit klarer, kräftiger Stimme singt er: »*Sag sie ihr, sag sie ihr, die Worte, die ich sagen will, mein Geständnis. Ich liebe sie.*«

# Neunundzwanzig

Um halb zehn kommt eine Lehrerin, um sicherzugehen, dass alle Mädchen da sind, dann verlässt sie die Hütte und schließt die Tür hinter sich. Um elf schlägt es dumpf an die Wand und wir flitzen alle nach draußen. Dort sitzt Nathaniel auf dem Boden und reibt sich den unteren Rücken. In diesem Moment klettern Gi Taek und die restlichen Jungs aus unserer Klasse über die Mauer. Jaewoo ist der letzte. Offenbar hat er den Kürzeren gezogen, was Wache schieben angeht. Während die anderen ins Haus gehen, warte ich auf ihn, bis er sich geschickt über die Mauer gezogen hat und auf den Füßen landet. Als er mich entdeckt, kommt er zu mir und zieht mich an sich.

Ich lege meine Arme um ihn und lehne mich zurück, um ihm ins Gesicht schauen zu können. »Vorhin beim Abendessen wolltest du irgendwas von mir.« Er nickt und pflückt ein Blatt aus meinen Haaren. »War es das Gleiche wie heute auf dem Rasthof?«

»Ja, ich wollte dich fragen, ob wir einmal unter vier Augen reden können.«

Aus dem Hanok dringt ein gedämpfter Schrei und Gelächter.

»Ich glaube, jetzt wäre eine gute Gelegenheit.«

Er lächelt und schaut mir tief in die Augen. »Ich wollte dich fragen, ob du meine feste Freundin sein willst.«

Mein Herz macht Freudensprünge. Dieser Moment fühlt sich wichtig an. Ich hatte noch nie einen festen Freund. Und es ist Jaewoo, von dem ich praktisch besessen bin, seit ich ihm in der Karaokebar von Onkel Jay das erste Mal begegnet bin. Mir ist klar, dass unsere Beziehung ein Ablaufdatum hat, weil ich irgendwann nach Amerika zurückmuss. Und selbst wenn das nicht so wäre, ist er immer noch ein Idol auf steilem Weg nach oben. Dennoch will ich hier und jetzt mit ihm zusammen sein.

»Ja«, sage ich und besiegle es mit einem Kuss.

Im Hanok breiten Gi Taek und Angela die Snacks aus, die sie in der Raststätte gekauft haben: Chips, Kekse, Gimbap, Corn Dogs, Tee, Limo und Energydrinks. Nach dem Kampf um den besten Schlafplatz liegen unsere Decken nun doch einfach irgendwo gegen die Wände geschoben.

Alle sitzen im Kreis und suchen sich aus dem Stapel aus, was sie mögen. Jaewoo und ich sitzen so eng nebeneinander, dass sich unsere Knie berühren. Irgendwann nimmt er sich von jemandem die Decke und zieht sie über uns. Der größte Teil liegt auf meinem Schoß, der Rest auf seinem. Unter der Decke halten wir Händchen. Ich halte mich für sehr gerissen, doch dann sehe ich, wie Sori mich kurz angrinst.

Es ist einer der besten Abende meines Lebens. Wir spielen koreanische Partyspiele, von denen ich noch nie gehört habe. Bei einem müssen wir eine Spielkarte nur mit unseren Mündern weitergeben. Wenn man die Karte fallen lässt, muss man einen Schluck von einem Energydrink nehmen. Es ist lustig und albern und ich lasse die Karte nicht fallen. Jaewoo jedoch schon und unsere Lippen berühren sich.

Alle lachen und necken Jaewoo, während er seinen Shot trinkt, aber ich bleibe mit knallrotem Gesicht sitzen, während meine Lippen noch von dem unbeabsichtigten Kuss kribbeln.

Um sechs Uhr morgens klettern die Jungs zurück über die Mauer, sodass sie rechtzeitig zum »Aufwachen« in einer halben Stunde wieder in ihrem Haus sind. Offenbar waren wir nicht die Einzigen, die eine aufregende Nacht hatten, denn beim Frühstück wirken die meisten Schüler übernächtigt und nicht besonders gesprächig. Danach melden sich Jaewoo, Nathaniel, Sori, Gi Taek, Angela und ich zu einem Spaziergang über den Waldlehrpfad an, was uns eigentlich nur als Vorwand dient, um uns eine ruhig gelegene Stelle zu suchen, an der wir dösen können.

Da unsere Klassenkameraden von der Nacht zuvor zu müde sind, um für irgendwas Interesse zu zeigen, entscheiden sich Jaewoo und ich, das Risiko einzugehen, auf der Heimfahrt nach Seoul nebeneinanderzusitzen. Sori will unbedingt Angela als Sitzpartnerin, womit nur noch Gi Taek und Nathaniel übrig bleiben. Auf der ganzen Fahrt zurück zur SAA quasseln sie auf ihren Plätzen direkt hinter Jaewoo und mir. Doch das macht uns nichts aus. Wir verbringen einen Großteil der Zeit damit, uns Kopfhörer zu teilen und Handyvideos anzusehen.

Als wir die Akademie erreichen, flüstert Jaewoo: »Ich melde mich.« Dann begibt er sich mit Nathaniel und Youngmin, der die meiste Zeit des Ausflugs im See schwimmen war, zum Manager von XOXO, der sie bereits erwartet. Ich weiß zwar nicht genau, *wie* er sich bei mir melden will, da sein Handy, soweit ich weiß, immer noch überwacht wird, aber ich vertraue einfach darauf, dass er schon einen Weg finden wird.

Nachdem ich so viele Stunden mit Jaewoo verbracht habe, fühle ich mich jetzt irgendwie leer. Sori muss mich zwingen, ins Wohnheim zurückzukehren. Sie besteht darauf, dass wir »richtig duschen«. Leider haben die meisten anderen Mädchen die gleiche Idee.

»Ich weigere mich, ins Bett zu gehen, ohne mich richtig gewaschen zu haben«, sagt Sori mit Blick auf die lange Schlange. Sie zieht ihr Handy heraus und schreibt Angela. Wir treffen uns vor dem Wohnheim (ihr Zimmer ist im zweiten Stock) und gehen zur Straße, wo Sori ein Taxi herbeiwinkt.

»Wohin fahren wir?«, frage ich.

»In ein Badehaus«, antwortet Sori.

Es gibt zwar auch in LA Badehäuser, aber ich war noch nie in einem und bin mir nicht sicher, was ich mir darunter vorzustellen habe. Doch ich habe schnell Spaß daran, als Sori, Angela und ich uns nackt ausziehen und uns in einem Wellness-Bereich gegenseitig den Rücken schrubben. Es gibt hier Duschen und mehrere Wasserbecken. Danach gehen wir in so was wie überdimensionierten Pyjamas, die uns vom Badehaus gestellt wurden, zu einem der Ruhebereiche. Wir besorgen uns aus dem Restaurant kalte Nudeln und aus dem kleinen Laden Gurkenmasken. Diese legen wir uns aufs Gesicht, betten uns auf kühle Steine und müssen uns wegen des Schlafmangels über alles Mögliche kaputtlachen.

Erst kurz vor der Ausgangssperre bin ich wieder im Wohnheim. Mein Handy summt mit einer neuen Nachricht – Hey, ich bin's, Jaewoo. Ich checke die Nummer und stelle fest, dass es sich um Nathaniels handelt.

Schnell schreibe ich zurück: Hi.

Die Nachricht wird als Gelesen markiert, dann erscheinen die drei kleinen Punkte, die anzeigen, dass er tippt. Ich erinnere mich von unserem ersten und einzigen Nachrichtenaustausch daran, dass er sehr schnell antwortet, wenn er Zugang zu einem Handy hat. Wie war dein Tag noch so?

Gut! Ich beschreibe meinen ersten Besuch in einem Badehaus und ende mit den Worten: Es hat viel Spaß gemacht, obwohl Angela und Sori bestimmt sogar mehr von mir zu sehen bekommen haben als meine Mom in den letzten Jahren. Ich schicke es ab und bereue sofort meine gesamte Existenz. Warum habe ich den letzten Satz nur geschrieben?

Es dauert eine Weile, bis er antwortet. Ich schließe die Augen und rolle mich auf dem Bett herum. Schließlich summt mein Handy wieder. Ich schiele mit einem Auge darauf.

Ich wünschte, ich wäre dabei gewesen.

Oh. Mein. Gott.

Ich tippe verschiedene Antworten ein, darunter Nächstes Mal sollten wir zusammen gehen und Ich wünschte auch, du wärst dabei gewesen, lösche sie aber alle wieder, weil ich mich nicht traue, sie abzuschicken. Schließlich entscheide ich mich für Wie war denn dein restlicher Tag?

Wir schreiben uns noch eine Weile hin und her. Diese Woche hat er mehr freie Zeit, aber die Woche darauf werden XOXO die zweite Single ihres Albums promoten, was bedeutet, dass er viel zu tun haben wird. Bei dem Gedanken, dass es wieder so wird wie vorher, als Jaewoo mich ignoriert hat und ich nicht genau wusste, was er empfindet, bekomme ich ein bisschen Angst. Doch schnell schiebe ich sie wieder beiseite. *Jetzt* läuft es gut und das ist alles, was zählt.

Gute Nacht, schicke ich, dann füge ich noch hinzu: Du fehlst mir.

Sofort summt mein Handy mit seiner Antwort. Nacht. Du fehlst mir auch.

»Jenny!«, ruft Sori von ihrer Seite des Zimmers. »Wenn du nicht *sofort* die Augen zumachst, dreh ich dir den Hals um!«

# Dreißig

Am Montag findet wieder eine Schulversammlung statt. Sori und ich werfen uns unsere Blazer über und sausen ins Auditorium. Inzwischen ist Frühling, aber morgens ist es immer noch kühl, sodass der Blazer uns ein bisschen Wärme schenkt. Gegen Mittag werden ihn die meisten Schüler jedoch ausziehen, um in der Sonne mittagzuessen.

Wir suchen uns zwei Plätze in der Mitte des Auditoriums. Ich winke Angela zu, die nur ein paar Reihen entfernt bei ein paar Mädchen aus ihrem Hauptfach sitzt.

Jaewoo, Nathaniel und Youngmin sind nicht auf der Versammlung. Laut Jaewoos Nachrichten hatte XOXO nach dem Schulausflug ein anstrengendes Wochenende und ihr Manager lässt sie die erste Stunde schwänzen.

Es ist unglaublich, wie gut es unserer Beziehung tut, dass wir nun kommunizieren können. Wenn ich mit ihm reden muss, kann ich ihm einfach schreiben. Manchmal kommt es allerdings zu einer Verzögerung und Nathaniel schaltet sich dazwischen.

Am Tag zuvor hat mir Jaewoo eine besonders zweideutige Nachricht geschickt und ich habe ihm in Panik geantwortet: Was, wenn Nathaniel das liest?

Oh, hat er erwidert, das würde er bestimmt gern.

Was?!

Ich lösche sie alle, bevor ich ihm das Handy zurückgebe.

»Wenn du nicht vorsichtig bist«, sagt Sori, »wird einer der Lehrer dein Handy konfiszieren.« Ich hatte es fast schon automatisch aus der Tasche genommen, um nachzusehen, ob mir Jaewoo eine neue Nachricht geschrieben hat. »Aber vielleicht wäre das sogar ganz gut«, fügt sie nachdenklich hinzu.

Ich weiß, dass es nur ein Scherz ist, aber es steckt wohl auch ein Körnchen Wahrheit darin. Weil ich nicht eine von *diesen* Freundinnen sein will, stecke ich das Handy wieder weg.

Wie am ersten Schultag kommt die Rektorin auf die Bühne, sobald alle Schüler sitzen. Wir müssen direkt wieder aufstehen, um uns vor ihr zu verbeugen, dürfen aber gleich wieder Platz nehmen.

Die Rektorin beginnt mit den Erwartungen für das zweite Quartal und endet mit logistischen Details zur Talentshow am Ende des Halbjahrs. Jeder von uns wird gemäß seinem Hauptfach einzeln vorspielen, beim Orchester zum Beispiel jedes Instrument nach Sitzplan.

Wir können außerdem ein Solostück oder eines mit Partnern einreichen, auch wenn nur ein paar ausgewählt werden, wie uns die Rektorin erinnert, denn die Konkurrenz ist groß. Sie wiederholt, dass Vertreter aller großen Musikschulen, Talentagenturen und Entertainmentkonzerne im Publikum sitzen werden.

Und dazu unsere Familien. Was mich daran erinnert, dass ich Mom und Halmeoni einladen muss. Ausnahmsweise wird meine Mom diesen Sonntag ebenfalls da sein, wenn ich Halmeoni im Krankenhaus besuche.

Als wir das Auditorium verlassen, hakt sich Sori bei mir unter und wirft mir einen Seitenblick zu. »Also … nach dem Auftritt von Nathaniel und Gi Taek, der lächerlich war, versteh mich nicht falsch, hab ich mir gedacht …«

»Raus damit, Sori.«

»Was, wenn *wir* als Duo auftreten würden? Du könntest natürlich immer noch als Solistin teilnehmen«, sagt sie schnell. »Aber ich dachte halt, das könnte cool werden. Du hast mir doch das Video gezeigt, wo du *Le Cygne* spielst, und ich musste an das Ballett denken. So was in der Art könnten wir doch machen. Was denkst du?«

»Ich denke …«, sage ich gedehnt und tue so, als wäre es eine schwere Entscheidung, während sie sich erwartungsvoll auf die Lippe beißt, »… das klingt nach einer tollen Idee! Ich würde sehr gern mit dir auftreten.« So was habe ich noch nie gemacht und ich freue mich nicht nur darauf, etwas mit Sori vorzuführen, die so eine unglaubliche Tänzerin ist, sondern auch auf den Spaß, den wir beim Üben haben werden.

Natürlich werde ich trotzdem mein Solovorspiel vorbereiten, aber das hier ist etwas, das ich unbedingt machen will.

»Ich freu mich riesig!« Sori strahlt bis über beide Ohren. Arm in Arm gehen wir über den Platz zu unserem Klassenzimmer.

Jaewoo taucht nicht vor der zweiten Stunde auf und erst in der Mittagspause summt mein Handy in der Tasche. Lass uns im fünften Stock im Treppenhaus der Darstellenden Künste treffen.

»Bis später, Leute«, sage ich, ohne auch nur aufzusehen.

»Viel Spaß. Lass dir kein Baby machen«, ruft mir Gi Taek zum Abschied hinterher.

Ich renne praktisch zum anderen Gebäude und nehme den Lift in den fünften Stock. Ich hätte wahrscheinlich auch die *Treppe* ins *Treppenhaus* nehmen können, aber ich will nicht verschwitzt und außer Atem bei Jaewoo ankommen.

Als sich die Türen öffnen, stelle ich überrascht fest, dass hier Leute sind. Verlegen komme ich aus dem Fahrstuhl und gehe Richtung Treppenhaus. Es kommt mir vor, als würden sie irgendwie *wissen*, dass ich auf dem Weg zu einem Stelldichein bin.

Ich erschrecke mich, als jemand mein Handgelenk greift und mich in eine Ecke zieht. Jaewoo legt die Arme um mich.

»Warum hier?«, frage ich. »Und warum quetschen wir uns so in die Ecke?« Nicht dass ich mich beschweren würde.

»Guck mal nach oben«, sagt er.

Direkt über uns befindet sich eine Überwachungskamera.

»Die gibt es überall in der Schule«, sagt Jaewoo. »Aber natürlich gibt es ein paar tote Winkel.«

»Und du kennst sie alle. Du benimmst dich echt wie ein Spion oder ein Verbrecher.«

»Sehr schmeichelhafte Vergleiche.«

Ich lege ihm meine Arme um den Hals. »Was stehlen wir denn?« Ich kann Jaewoos Grinsen an meinen Lippen spüren.

»Zeit?«, schlägt er vor. Es soll ein Witz sein, aber tatsächlich ist es genau das, was wir zu stehlen versuchen. Momente wie diese gibt es viel zu selten. Sobald XOXO nächste Woche mit der PR für ihre zweite Single beginnen, werden wir noch viel weniger Zeit miteinander verbringen können.

Vielleicht ist es die Angst vor der nahenden Trennung, die jeden Kuss so verzweifelt werden lässt.

Als wir uns schließlich trennen, ringt Jaewoo nach Luft. »Hast du am Samstag Zeit?«

»Hab ich«, sage ich ebenso außer Atem. »Warum?«

Er grinst. »Willst du mit mir ausgehen?«

# Einunddreißig

Ich hatte noch nie ein Date. Das wird mir am folgenden Samstag klar, als ich vor meinem Rendezvous mit Jaewoo in meinen Schrank gucke. Nichts spricht mich an oder wirkt für den Anlass besonders genug.

»Endlich ist mein Moment gekommen«, sagt Sori.

»Ja!«, ruft Angela von Soris Bett aus, wo sie mit Gi Taek sitzt. Der liest in einem der anzüglichen Manwha aus der untersten Schublade von Soris Nachttisch.

»Sori.« Ich verziehe das Gesicht, als sie ein hautenges Kleid von ihrer Garderobe nimmt. »Wir gehen doch nicht tanzen.«

»Das weißt du nicht«, sagt sie und hängt das Kleid zurück.

»Ich bezweifle, dass er mich irgendwo hinbringen wird, wo man ihn sofort erkennt.«

»Ihr würdet eh nicht reinkommen«, sagt Gi Taek, ohne von dem Comic aufzusehen. »Ihr seid beide noch minderjährig.«

»Hat Bae Jaewoo nicht mal einen kleinen Hinweis darauf gegeben, wo er mit dir hinwill?«, fragt Sori genervt.

»Den Ort selbst«, sage ich. »Nämlich dass wir einen Film gucken werden.«

»Laaaangweilig«, verkünden Gi Taek und Sori gleichzeitig.

»Ich liebe Filme!«, ruft Angela, meine einzig wahre Freundin.

»Was willst *du* denn anziehen, Jenny?«, fragt Sori. »Natürlich ziehst du dich auch für Jaewoo an – schließlich ist es euer erstes Date und du willst, dass er den Verstand verliert –, aber das hier ist hauptsächlich für dich. In was für einem Outfit siehst du dich selbst? Worin würdest du dich gut fühlen?«

Das sind gute Fragen und ich denke ernsthaft darüber nach, ehe ich antworte. »Etwas, das ich normalerweise nicht trage, aber trotzdem zu mir passt.«

»Hmm.« Sie sieht mich einen Moment nachdenklich an. »Was ist hiermit?« Sie geht von ihrer Garderobe, an der die meisten ihrer atemberaubenden Outfits hängen, zu ihrem Schrank und zieht etwas heraus, das ich auf den ersten Blick für ein kleines Schwarzes halte. Nur dass es bei genauerem Hinsehen gar nicht schwarz ist, sondern dunkelbraun. »Willst du es mal anprobieren?«

Ich ziehe mich bis auf die Unterwäsche aus und Angela quietscht auf, obwohl sie mich schon komplett nackt gesehen hat. Gi Taek hält sich den Comic vor die Augen. Ich trete in das Kleid hinein und ziehe die kleinen Flügelärmel über die Schultern. Es gehört ein Choker dazu, den ich mit einem Haken schließe. Und das Dekolleté ist bezaubernd. Ich will mich in Soris Ankleidespiegel betrachten, doch sie hält mich auf.

»Zieh erst die an, dann siehst du die ganze Wirkung.« Mit diesen Worten zieht sie ein Paar kniehohe Stiefel hervor.

Ich schlüpfe an der Tür hinein, um den Boden des Zimmers nicht zu beschädigen. Gi Taek und Angela stellen sich zu Sori, während ich mich zum ersten Mal im Spiegel bewundere.

»Wow«, sage ich und mehr gibt es dazu eigentlich nicht zu sagen. Das Kleid schmiegt sich perfekt um meine Arme und meine Brust und steht unterhalb der Taille schmeichelhaft ab. Die Stiefel betonen meine langen Beine. »Bist du sicher, dass ich damit nicht overdressed bin?«

»Du siehst großartig aus, Jenny. Und du solltest ein bisschen overdressed sein. Du hast ein Date mit einem süßen Jungen. Das soll jeder wissen.«

»Besser nicht«, sagt Gi Taek. »Ein deutliches Foto an den *Bulletin* von euch beiden unterwegs als Paar und das Spiel ist aus.«

»*Ich* bin doch diejenige, die schon mal heimlich was mit einem Mitglied von XOXO hatte«, sagt Sori, »und darum weiß ich, dass du mit Jaewoo sicher bist. Er ist sehr verantwortungsbewusst. Ich bin mir sicher, dass er sich euer Ziel schon genau angesehen hat.«

Bei der Vorstellung, so viel Zeit allein mit Jaewoo zu verbringen, läuft mir ein wohliger Schauer der Vorfreude über den Rücken. Nervös bin ich auch, und zwar nicht nur wegen des Dates, sondern auch weil ich mich frage, ob wir ein richtiges Date haben können, ohne befürchten zu müssen, entdeckt zu werden. Aber schließlich schiebe ich diese Gedanken beiseite, denn ich will unbedingt auf dieses Date und ich will *dieses* Kleid tragen.

»Du siehst toll aus, Jenny«, sagt Angela und ich lächle sie im Spiegel an.

Gi Taek seufzt. »Wann ist denn euer Date überhaupt?«

»Jaewoo hat gesagt, er will mich um zwei vor dem Wohnheim abholen.«

Ich erschrecke mich ein wenig, als ich die Panik in ihren Gesichtern sehe.

»Was? Ist das seltsam?«

Sori ruft: »Dann bleibt uns ja nur noch eine halbe Stunde, um dir die Haare und das Make-up zu machen!«

Um Punkt zwei stehe ich draußen.

Um fünf nach zwei ist Jaewoo immer noch nicht aufgetaucht, also gehe ich zur nächsten Ecke, um zu sehen, ob er aus dieser Richtung kommt. Er hat gesagt, dass er Nathaniels Handy nicht dabeihaben wird, also kann ich ihm nicht mal schreiben.

Eine Minute später hält neben mir ein schicker blauer Wagen und am Steuer sitzt Jaewoo. Bevor er aussteigen kann, öffne ich die Beifahrertür und steige ein.

Mir wird ganz heiß, als ich sehe, wie er meinen Anblick genießt. »Du siehst umwerfend aus.«

»Danke! Ich habe allerdings eine Frage.«

»Ja, tut mir leid, dass ich so spät dran bin. Es war ziemlich viel Verkehr ...«

»Erstens, du hast einen Führerschein? Und zweitens, *du hast ein Auto*?«

Er lacht. »Ja und ja. Meinen Führerschein hab ich seit Anfang des Jahres. Normalerweise steht der Wagen in der Garage unseres Wohnheims, aber ich muss ihn gelegentlich fahren, damit der Motor keinen Schaden nimmt.«

Jaewoo fährt los. Er trägt heute zwar nur einen Hoodie und eine schwarze Jeans, hat sich aber definitiv ins Zeug gelegt. Seine Haare sind gegelt und er trägt ein Paar tiefrote Ohrstecker, die irgendwie zu meinem Kleid passen, was zwar ein totaler Zufall ist, mich aber dennoch freut.

»Willst du Musik hören?«, fragt er. »Du kannst dein Handy mit dem Autoradio verbinden.«

»Na klar.« Ich greife nach meinem Handy und aktiviere Bluetooth. »Ich kann spielen, was ich will?«

»Tob dich aus.«

Ich gehe meine Songauswahl durch. Etwas an dieser Unterhaltung fühlt sich wie ein Déjà-vu an.

»Damals in der Karaokebar, als ich ein Lied für dich ausgesucht habe, war auch eines von XOXO dabei, oder?«

»Ja. Einer der Songs, den wir vor unserem ersten Album veröffentlicht haben.«

»Stell dir vor, ich hätte dich den singen lassen.«

»Ich hätte ihn natürlich gerockt, ist doch klar.«

Ich habe zwar nicht genau diesen Song auf meinem Handy, also spiele ich stattdessen *Don't Look Back*, was ohnehin mein Lieblingslied von XOXO ist.

Jaewoo schüttelt den Kopf und ich muss lachen.

»Wie schön, dass es dich amüsiert.«

»Sag mir nicht, du hörst privat nicht eure Songs und singst deinen Part mit.«

»Um ehrlich zu sein …« Er zögert. »Ich rappe lieber Suns und Youngmins Part mit.«

»Oh, mein Gott, das will ich jetzt aber *unbedingt* hören.«

»Nur wenn du die Strophen singst.«

»Abgemacht!«

Ich starte *Don't Look Back* neu und diesmal singe ich die erste Strophe mit. Und als Youngmins Rap kommt, feuere ich Jaewoo an.

Wir brauchen etwa eine Stunde, um von der Schule an unser Ziel zu gelangen, einer kleinen Stadt außerhalb von Seoul. Die ganze Fahrt über singen und plaudern wir. Auf den Straßen, wo weniger Verkehr ist, legt Jaewoo seinen rechten Arm auf die Konsole zwischen uns, sodass ich mit seinen Fingern spielen kann.

Es ist verrückt, so weit zu fahren, um uns einen Film anzusehen – wenn wir doch eine U-Bahn-Station von uns entfernt ein Kino haben – aber irgendwie ergibt es auch Sinn. Hier draußen ist es eher unwahrscheinlich, Paparazzi zu begegnen.

»Die Tickets hab ich uns schon gekauft«, sagt Jaewoo. »Also bleibt uns noch eine halbe Stunde, bevor der Film losgeht.«

»Okay. Was willst du machen?«

»Es liegt bei dir«, sagt er. »Wir könnten schon zum Kino fahren und dort ein bisschen herumstromern.«

»Das klingt perfekt«, erwidere ich, während er unsere Finger ineinander verschränkt.

Glücklicherweise ist das Einkaufszentrum, in dem das Kino liegt, für einen Samstag nicht zu voll, und die meisten Besucher sind entweder älter oder mit ihren Familien unterwegs. Kein Mensch achtet auf uns. Mir nichts, dir nichts landen wir in der kleinen Spielhalle vor dem Kino, ohne dass einer von uns etwas dazu sagt.

Wir beschäftigen uns eine Weile mit einem Zombie-Shooter und erreichen Level vier, wo wir in Stücke gerissen werden. Kurz bevor wir gehen, versucht Jaewoo, einem dieser Greifautomaten ein Kuscheltier für mich zu entlocken. Nach zehn Versuchen ist er zehntausend Won ärmer und immer noch ohne den Preis.

»Das Ding ist manipuliert!«, ruft er, nachdem das Kuscheltier wieder direkt neben den Ausgabeschacht gefallen ist.

»Schon gut«, sage ich beschwichtigend. Es fällt mir schwer, nicht darüber zu lachen, wie empört und niedlich er aussieht.

Als wir vom Automaten zurücktreten, hüpft ein kleines Mädchen heran, steckt tausend Won hinein und drückt den Startknopf. Die Klaue senkt sich, packt das Kuscheltier und lässt es in den Schacht fallen. Das Mädchen nimmt seinen Preis heraus, grinst uns an und läuft davon.

»Um ehrlich zu sein«, sage ich nach einer langen Pause, »freut sich eine Achtjährige wahrscheinlich mehr über dieses Kuscheltier, als ich es tun würde.«

»Vielleicht kann ich es ihr abkaufen.«

»Jaewoo!«

Er legt einen Arm um mich und wir gehen zur Snacktheke.

»Da du die Karten und die Spiele bezahlt hast, gebe ich das Popcorn aus«, verkünde ich.

»Schon gut. Das übernehme ich«

»Ich bestehe darauf.«

»Jenny, ich habe gerade einen Werbedeal mit Samsung unterschrieben.« Er grinst. »Lass mich dich doch mit Popcorn verwöhnen.«

»Wow«, sage ich. »Das ... Das ist ja umwerfend. Glückwunsch.«

»Danke. Ich bin nicht der Einzige. Alle Bandmitglieder haben den Deal unterschrieben – unseren größten bis jetzt.«

Er geht zur Theke und scrollt das Bestelldisplay durch.

Ich stehe hinter ihm und fühle mich plötzlich überwältigt.

Er ist Millionär. Mit *siebzehn.* Und ihm gehört ein teurer *Wagen.*

Mir ist klar, dass das hier keine Aschenputtelbeziehung ist. Ich bin nicht arm. Meine Mom ist zwar alleinerziehend, aber sie arbeitet als Anwältin, und ich habe mir immer alles leisten können, was ich wollte, besonders als ich angefangen hatte, bei Onkel Jay zu jobben. Aber es ist schwer, die Erkenntnis abzuschütteln, wie sehr sich unsere Leben voneinander unterscheiden.

»Sollen wir uns eine Kombo holen?«, fragt Jaewoo. »Dann können wir alle verschiedenen Sorten Popcorn probieren.«

»Okay«, sage ich, ohne wirklich auf seine Worte zu achten.

Das eigentümliche Gefühl vergeht erst, als wir auf unseren Plätzen sitzen und der Film beginnt. Zuerst ist es seltsam, einen Film auf Englisch mit koreanischen Untertiteln zu gucken, aber schließlich bin ich so von der Handlung gefesselt, dass ich die Untertitel völlig vergesse.

Als der Film zu Ende ist, fühle ich mich wieder ganz normal. Dann ist er eben reich und erfolgreich. Ich vergleiche mich ja nicht mit ihm oder halte mich für unwürdig.

Ein Blick auf mein Handy verrät mir, dass es kurz nach sechs ist. Der Plan ist, vor zehn wieder im Wohnheim zu sein, was bedeutet, dass uns nur noch ein paar Stunden bleiben.

»Willst du was essen?«, fragt Jaewoo. »In der obersten Etage gibt's ein paar Restaurants.«

»Okay«, sage ich und nehme seine Hand in meine.

»Oppa«, sagt eine Stimme dicht hinter uns. »Dachte ich mir doch, dass du das bist. Was machst du hier? Und wer ist *sie*?«

# Zweiunddreißig

Hinter uns steht eine vielleicht dreizehn oder vierzehn Jahre alte Mittelschülerin. Sie hat ihr Handy gezückt. Das war ein Fehler. Ich hätte niemals auf ein Date mit ihm gehen sollen. Ich wusste, dass es zu schön ist, um wahr zu sein. Jetzt sind wir aufgeflogen und unsere Beziehung ist vorbei, bevor sie überhaupt eine richtige Chance hatte.

»Joori-yah«, sagt Jaewoo. »Warum bist du so spät noch unterwegs?«

Ich bin so in meine düsteren Gedanken vertieft, dass mir erst nach einem Moment klar wird, dass er sie mit Namen anspricht, was bedeutet, dass er sie *kennt.*

»Jenny, das ist meine Yeodongsaeng«, sagt Jaewoo und tätschelt ihren Kopf. »Bae Joori.«

Seine kleine Schwester. Jetzt, wo ich nach Ähnlichkeiten suche, kann ich erkennen, dass sie die gleiche gerade Nase und das gleiche schmale Kinn haben. Seine attraktiven Züge sehen in ihrem kleinen Gesicht besonders markant aus.

»Schön, dich kennenzulernen«, sage ich.

»Gleichfalls!«, erwidert sie, stemmt dann eine Hand in die Hüfte und wendet sich an Jaewoo. »Kommst du nach Hause? Bist du deshalb hier?«

Das hier ist seine Heimatstadt? Kein Wunder, dass er mich hergebracht hat. Er muss die Gegend gut kennen. Wobei ich dachte, dass er aus Busan stammt ...

Ich muss verwirrt aussehen, denn er sagt: »Meine Mutter und Joori sind vor einem Jahr hergezogen. Ich hätte es dir später erzählt.«

Ich kneife die Augen zusammen und er reibt sich verlegen den Nacken. Joori schüttelt den Kopf und schnalzt mit der Zunge.

»Das ist bestimmt schön, sie so in der Nähe zu haben«, sage ich.

Er seufzt erleichtert, dann sagt er zu seiner Schwester: »Ich weiß nicht, Joori-yah. Mama hat doch gar nichts vorbereitet ...«

»Sie kann doch einfach was bestellen! Bitte sag, dass du kommst.«

Als Jaewoo weiter zögert, wendet sich Joori an mich. »Eonni.« Sie spricht mich an wie eine ältere Schwester. »Bitte esst bei uns zu Abend, ja?«

Ich lächle entzückt. »Das würde ich sehr gern.«

Die drei Blocks bis zur Wohnung von Jaewoos Familie legen wir zu Fuß zurück. Sie liegt im fünfundzwanzigsten Stock eines Apartmentkomplexes. Die letzten dreißig Meter rennen wir, weil es wie aus heiterem Himmel losschüttet.

Joori hat ihrer Mutter eine Nachricht geschrieben, damit sie weiß, dass wir kommen. Als wir die Wohnung betreten, duftet es schon köstlich nach Knoblauch, Sesamöl und Sojasoße.

Joori folgt Jaewoo in die Küche, während ich Soris Stiefel ausziehe. Dann ziehe ich noch meinen Rock ein bisschen tiefer – wenn ich gewusst hätte, dass ich heute seine Mutter treffe, hätte ich etwas Zurückhaltenderes angezogen – und eile ihnen hinterher.

»Eomma«, sagt Jaewoo, als ihn eine große, adrett aussehende Frau in einer Schürze umarmt. »Du hättest doch nicht extra kochen brauchen.« Der kleine Küchentisch steht voller Beilagen. Nur noch in der Mitte ist ein Platz frei.

»Natürlich hab ich das«, sagt sie. »Wir haben schließlich einen *Gast.*«

Ihr Blick richtet sich erwartungsvoll auf mich.

»Das ist Go Jooyoung«, sagt Jaewoo. Es überrascht mich, dass er sich noch an meinen koreanischen Namen erinnert. Ich habe ihn Jaewoo nur einmal gesagt, damals in LA. »Sie wird aber bei ihrem englischen Namen gerufen, Jenny. Sie ist meine Freundin.«

»Yeochin!«, ruft Joori. »Ich wusste es!«

Ich starre ihn mit großen Augen an. Denn ich hatte erwartet, dass er mich als Klassenkameradin vorstellt, nicht als seine Freundin. Außer vor unseren Freunden, die von allein darauf gekommen sind, haben wir es in der Schule geheim gehalten, Es überrascht mich, dass er so offen damit umgeht. Andererseits sind wir hier von seiner Familie umgeben, also Menschen, die er liebt und denen er vertraut.

»Du bist uns sehr willkommen, Jooyoung-ah«, sagt Jaewoos Mutter. »Jenny, meine ich.« Sie lächelt. »Wir warten nur noch auf ...« Es klingelt. »Ah, da ist es ja!«

Sie öffnet die Tür und verbeugt sich vor dem Lieferanten, der ihr ein Paket überreicht. In der Küche öffnet sie es und holt ein gebratenes Hühnchen heraus. Als Jaewoo ihr helfen will, scheucht sie ihn beiseite. »Führe Jenny doch noch ein bisschen herum, während ich das hier vorbereite.«

Die Wohnung ist geräumig, etwa doppelt so groß wie die meiner Großmutter.

»Das ist mein Zimmer!«, sagt Joori und öffnet die Tür neben der Küche. Es ist ein mittelgroßer Raum mit einem Bett sowie einem Schreibtisch mit angefangenen Hausaufgaben, aufgeschlagenen Büchern und einem Computer darauf. An den Wänden hängen Anime-Poster und eine Spielekonsole ist mit einem kleinen Fernseher verbunden.

»Die hab ich von meinem Bruder«, sagt Joori, als sie meinen Blick bemerkt. Ich frage mich, ob Jaewoo seiner Familie auch den riesigen Flatscreen im Wohnzimmer geschenkt hat. Vielleicht sogar die ganze Wohnung.

Wir lassen das Zimmer von Jaewoos Mutter aus und gehen direkt zu seinem neben dem Eingang der Wohnung. Als ich den Raum betrete, schließt er hinter uns die Tür. Mir wird klar, dass uns Joori nicht gefolgt ist. Plötzlich bin ich nervös und drehe mich von ihm weg.

Er hat das kleinste Zimmer der Wohnung, was Sinn ergibt, da er meistens bei den anderen XOXO-Mitgliedern wohnt. Es ist spärlich eingerichtet: eine Kommode, ein Bücherregal und ein Einzelbett. Mit hochroten Wangen wende ich den Blick von Letzterem ab und konzentriere mich stattdessen auf das Regal. In den Fächern stehen hauptsächlich Alben, ein paar wenige Bücher und zwei Fotos. Ich schaue mir das erste genauer an. Es ist ein unscharfes Bild seiner Familie am Strand. Er steht zwischen seiner Schwester und seiner Mutter. Jooris Grinsen ist voller Zahnlücken. Da kann sie nicht älter als sechs sein, womit Jaewoo etwa zehn oder elf sein müsste. Anders als seine Mutter und Schwester lächelt er auf dem Foto nicht.

»Wir waren in diesem Sommer gerade wieder nach Busan zurückgezogen«, sagt Jaewoo. »Nach der Scheidung meiner Eltern haben wir ein paar Jahre in den USA gelebt, damit meine Mom dem Geschwätz der Nachbarn entkommen konnte, aber als uns das Geld ausging, sind wir wieder nach Korea zurück. Das war keine leichte Zeit. Ich hab mich als Kind ständig geprügelt. Nichts Ernstes, ich war einfach nur wütend, wenn andere Kinder böse Dinge über meine Mom gesagt haben. Du lagst nicht so falsch, als du mich einen Gangster genannt hast.« Auch wenn das zuletzt Gesagte nur ein Scherz ist, liegt doch ein gewisser Argwohn darin.

Ich hebe meine Hand und fahre mit den Fingerspitzen über das Foto. Jetzt, da ich genauer hinsehe, entdecke ich in Jaewoos Gesicht das Veilchen. Und sein Arm steht in einem etwas seltsamen Winkel ab. Ich schaue auf. »Ist das ...« Damals im Fotoautomaten in LA hatte ich ihn gefragt, ob es wehgetan hat, sich den Arm zu brechen, und er hat geantwortet: Nicht so sehr wie beim ersten Mal.

Er nickt. »Kurz nachdem dieses Foto gemacht wurde, wurde ich von Joah entdeckt. Zuerst wollte ich nicht. Aber ein Jahr später haben sie es noch mal versucht und meine Mom hat darauf bestanden. Ich wusste nicht, ob es das Richtige ist, nach Seoul zu gehen. Ich habe Musik immer schon geliebt, aber ich wollte nicht von meiner Familie weg.«

Ich stelle das Foto wieder ins Regal. Es muss sehr schwer für ihn gewesen sein, seine Mutter und seine Schwester zurückzulassen, wenn er sie doch einen so großen Teil seiner Kindheit immer beschützt hat. Doch ich verstehe auch, dass seine Mutter nur ihn beschützen wollte, indem sie ihn weggeschickt hat.

Dann sehe ich mir das zweite Foto genauer an. Es sind die Jungs von XOXO, allerdings etwas jünger. Jaewoo und

Nathaniel sind hagere Fünfzehnjährige, Sun ist schon mit siebzehn sehr attraktiv und elegant, und der dreizehnjährige Youngmin macht ein Peace-Zeichen. Anders als auf dem Foto am Strand grinst er hier bis über beide Ohren und hat die Arme um die Schultern seiner Freunde gelegt.

»Es war Sun, der mich überzeugt hat zu bleiben, als ich nach Hause wollte«, erzählt Jaewoo. »Er hat mir gesagt, dass es schwer ist, ein großer Bruder zu sein, aber dass ich in seiner Gegenwart nicht mehr der Starke sein muss. Dann kam Nathaniel dazu und ich hatte einen Freund in meinem Alter, der mich angespornt hat, immer besser zu werden, und dann schließlich Youngmin ... Ich will ein Vorbild für ihn sein, ein Hyeong.«

Ich stelle auch dieses Bild ins Regal zurück. Die Geschichte seiner Kindheit macht mich traurig, doch gleichzeitig freue ich mich, dass er durch XOXO Unterstützung und Freundschaft gefunden hat. Dann ist da noch der Drang, ihn zu beschützen.

»Wow«, sagt er und reibt sich verlegen den Nacken. »Irgendwie kann ich in deiner Gegenwart gar nicht anders und öffne mich. So war es von Anfang an. Du machst etwas mit mir. Es fühlt sich ein bisschen wie Songwriting an, aber besser.«

»Nein, ich weiß genau, was du meinst.« Ich zögere. »Ich kann nicht fassen, dass ich dir das jetzt erzähle.«

Er lacht. »Was denn?«

»An dem Abend, als wir uns das erste Mal begegnet sind, hatte ich gerade das Feedback der Preisrichter bei meinem letzten Cellowettbewerb bekommen. Sie haben mir gesagt, mir würde der gewisse Funke fehlen. Darum war ich in dem Karaokeraum so wütend. Nicht nur über das, was sie gesagt haben, sondern auch weil du mich genervt hast.«

Er lacht und schüttelt den Kopf.

»Aber dann haben wir uns im Bus wiedergetroffen und waren bei diesem Straßenfest, und je mehr Zeit wir miteinander verbracht haben, desto weniger wollte ich, dass der Abend endet.«

»Willst du damit sagen ...«, beginnt Jaewoo langsam, »dass ich dein Funke war?«

»Ich will damit sagen, dass es zwischen uns gefunkt hat!« Ich will ihn spielerisch boxen, doch er hält mein Handgelenk fest.

»Und jetzt?«

»Jetzt will ich immer noch nicht, dass es aufhört.«

Er senkt seinen Kopf, bis seine Lippen nur noch ein paar Millimeter von meinen entfernt sind.

»Oppa?« Jori klopft an die Tür. »Essen ist fertig!«

Statt auf den Mund gibt er mir einen schnellen Kuss auf die Stirn, dann nimmt er meine Hand und öffnet die Tür. In der Küche stellt seine Mutter einen großen Teller mit den ausgelösten Hühnchenstücken in die Tischmitte.

Joori sieht von ihrem Platz auf. »Eonni, sitz neben mir!«

Ich setze mich links von ihr an den Tisch, dann kommen Jaewoo und seine Mutter. Das letzte Mal, dass ich mit meiner Familie an einem Tisch gesessen habe, war an meinem ersten Tag in Seoul. Hier mit Jaewoo und seinen Liebsten zu sitzen, bewirkt, dass ich meine eigene Familie ganz furchtbar vermisse. Wenn ich meine Mutter das nächste Mal sehe, werde ich sie fragen, ob wir zusammen mit Halmeoni essen können.

Jaewoos Mutter ist eine unglaubliche Köchin. Abgesehen vom Hühnchen, das sie bestellt hat und das offenbar Jaewoos Lieblingsessen ist, hat sie die vielen unterschiedlichen Banchan alle selbst zubereitet.

Beim Essen frage ich Joori: »Willst du auch mal ein Idol werden wie dein Bruder?«

»Natürlich nicht!«, sagt sie und rümpft die Nase. »Ich will Videospiel-Designerin werden.«

Jaewoo zwinkert ihr zu.

Nach dem Abendessen schneidet Jaewoos Mutter noch eine koreanische Melone auf und wir schauen uns im Fernsehen eine BBC-Dokumentation über Pinguine an, während es draußen immer stärker schüttet.

»Hast du im Einkaufszentrum geparkt?«, fragt Jaewoos Mutter.

»Ja. Wenn der Regen in der nächsten halben Stunde nicht aufhört, gehen wir mit einem Schirm rüber.«

Jaewoos Mutter runzelt die Stirn. »Ich weiß nicht, ob du bei diesem Wetter fahren solltest, besonders wenn Jenny dabei ist. Ich würde mich besser fühlen, wenn ihr über Nacht hierbleibt. Jenny, wäre das in Ordnung für dich? Ich leihe dir eines meiner Nachthemden und eine neue Zahnbürste haben wir auch noch.«

»Äh …«, sage ich, da mir nichts Besseres einfällt. Nie hätte ich erwartet, mal in so einer Situation zu landen – dass ich bei meinem ersten Date mit einem Idol von seiner Mutter, die ich gerade erst kennengelernt habe, gebeten werde, bei ihnen zu übernachten. »Okay.«

»Perfekt! Soll ich deine Mutter anrufen?«

»Ich bin im Wohnheim der Schule untergebracht. Ich schreibe meiner Mitbewohnerin.«

Ich hole mein Handy heraus und informiere Sori. Ich bleibe über Nacht bei Jaewoo. Kannst du mich decken? Die Wohnheimmutter kontrolliert immer so gegen zehn die Zimmer, aber Sori kann so tun, als wäre ich bereits im Bett.

Na klar, antwortet Sori sofort. Dann: Nichts wie ran!!!! ;)

Ich schaue schnell auf, doch Jaewoo und seine Familie konzentrieren sich wieder auf die Pinguin-Doku.

Seine Mutter will nicht, dass wir im Regen nach Hause fahren, tippe ich schnell. Außerdem ist seine Familie supernett!!!

Ich erwarte Einzelheiten, wenn du morgen zurück bist, antwortet Sori und ich schicke ihr ein Emoji mit Reißverschluss als Mund.

Nach der Dokumentation geht Jaewoos Mom in ihr Zimmer und kommt mit einem dieser langen und meiner Meinung nach sehr unvorteilhaften, aber bequemen Kleider mit schrillem Blumenmuster zurück, die ich schon mal an älteren koreanischen Frauen gesehen habe.

»Sexy.« Jaewoo grinst.

Die Stunde vor dem Zubettgehen verbringen wir damit, Mario Kart zu spielen. Gegen elf verschwindet Jaewoo in seinem Zimmer und Joori und ich gehen in ihres.

»Danke, dass ich bei dir übernachten darf«, sage ich, während ich zu ihr ins Bett klettere. Vorher musste ich allerdings einige Kuscheltiere beiseiteräumen, um hineinzupassen.

»Sehr gern. Du bist ja schließlich so was meine zukünftige Schwägerin, oder?« Sie kichert, dann dreht sie sich zur Wand um und gibt sofort leise Schnarchgeräusche von sich.

Ich beneide Joori um ihren friedlichen Schlaf.

Ich brauche viel länger, um einzuschlafen. Die Ereignisse des Tages schwirren mir im Kopf herum.

Irgendwann döse ich endlich ein, erwache jedoch schlagartig, als es draußen losdonnert. Der Wecker auf Jooris Nachttisch zeigt drei Uhr nachts. Vorsichtig, um sie nicht aufzuwecken, steige ich aus dem Bett. In der Küche hole ich mir ein Glas Wasser und gehe zum Balkon im Wohnzimmer. Die Tür ist nicht verschlossen, also schiebe ich sie beiseite und trete hinaus. Auf dem Boden stehen ein paar kleine Topfpflanzen und ein zusammengeklappter Wäscheständer. Der Balkon ist hinter Glas und somit wettergeschützt. Regen trommelt wie Musik gegen die Scheibe.

»Kannst du auch nicht schlafen?« Jaewoo betritt den Balkon und schließt die Tür hinter sich.

»Ja.« Ich schaue wieder aus dem Fenster. Durch den Regen kann ich die Stadt sehen. Ein paar Lichter erhellen die neblige Dunkelheit. Und hinter all den Gebäuden ragt eine scheinbar unendliche Bergkette auf.

»Korea ist so schön«, sage ich.

»Ja«, sagt Jaewoo leise.

»Ich werde es vermissen.«

»Du wirst zurückkommen.«

Zwischen uns hängt Unausgesprochenes in der Luft. Dass ich gehen werde. Dass unsere gemeinsame Zeit begrenzt ist.

»Jenny …«, beginnt er.

»Lass uns reingehen«, unterbreche ich ihn. Wir werden dieses Gespräch führen müssen, aber nicht heute Nacht. »Bevor wir noch deine Mom und deine Schwester aufwecken.«

Er zögert, als ob er mehr sagen will, doch schließlich gibt er nach. »Okay.«

Zurück in der Wohnung sagt keiner von uns ein Wort, und doch gehen wir gemeinsam in Jaewoos Zimmer.

Wir legen uns nebeneinander ins Bett und er nimmt mich in seine Arme.

Es passiert nichts, was mich gleichzeitig enttäuscht und erleichtert. Irgendwann schlafe ich ein, denn etwa eine Stunde später rüttelt er mich sanft wach.

»Jenny.« Er küsst mich unter mein Ohr.

Benommen stolpere ich in Jooris Zimmer zurück, klettere unter ihre warme Decke und schlafe wieder ein, während die ersten Sonnenstrahlen durch das Fenster hereinfallen.

# Dreiunddreißig

Am nächsten Morgen kehren Jaewoo und ich zum Einkaufszentrum zurück, wo ich mir Socken, Turnschuhe und ein Sweatshirt kaufe, um etwas über meinem Kleid zu tragen. Eigentlich kaufen wir sogar zwei passende »Paar«-Pullis mit niedlichen Cartoonfiguren. Ich weiß jetzt schon, dass sich Gi Taek und Sori gnadenlos über mich lustig machen werden, aber ich finde, wir sehen hinreißend aus.

Es ist Sonntag, also fährt uns Jaewoo statt zur Schule in die Klinik, damit ich Halmeoni besuchen kann, während er zur Therapie geht.

Als ich Halmeonis Zimmer betrete, stelle ich überrascht fest, dass meine Mutter auf ihrer Bettkante sitzt. Ich hatte vergessen, dass sie heute auch kommen wollte, aber nachdem ich so einen schönen Abend und Morgen mit Jaewoos Familie verbracht habe, freue ich mich darauf, mehr Zeit mit meiner zu verbringen.

»Eomma!«, sagt meine Mom, als ich näher komme. Halmeoni sieht mich entschuldigend an. Ich habe offenbar etwas unterbrochen. Mom ignoriert mich weiter. »Hör auf, so stur zu sein. Der Arzt hat mir gesagt, dass du vor einer Woche hättest operiert werden können, du dich aber geweigert hast.«

Halmeoni schmollt. »Du warst letzte Woche nicht da.«

»Aber jetzt bin ich es. Wir können die OP schon für nächste Woche ansetzen.«

»Warum?«, fragt Halmeoni. »Du bist doch noch drei Monate hier. Warum nicht lieber etwas warten?«

»Du wirst Zeit brauchen, um dich zu erholen«, entgegnet Mom. »Und …« Sie seufzt und massiert ihre Schläfen, ein klares Zeichen, dass sie gestresst ist. »Ich muss zu meinem Leben zurück. *Jenny* ebenfalls. Ich dachte, wenn wir die Operation etwas vorziehen, könnten wir schon Ende Juni wieder nach LA zurück.«

Mir wird ganz schwer ums Herz. Mir ist nie in den Sinn gekommen, dass wir schon so früh wieder nach Hause zurückzukehren könnten.

»Die Talentshow ist Ende Juni«, sage ich.

»Ich kann mich später operieren lassen«, fügt Halmeoni schnell hinzu. »Wenn die OP jetzt ist, wird es mir nicht gut genug gehen, um Jenny spielen zu sehen.«

Wir legen beide eine erwartungsvolle Pause ein, während meine Mutter über unsere Worte nachdenkt. »Meinetwegen«, sagt sie und ich atme erleichtert auf. »Du schaust dir Jenny in der Talentshow an und wir reisen wie geplant ab, wenn du dich erholt hast.«

Während meine Mom auf ihrem Handy eine Nachricht liest, werfen Halmeoni und ich uns einen verschwörerischen Blick zu. Natürlich wollen wir mehr Zeit miteinander verbringen, aber ich weiß auch, dass sich Halmeoni die ganzen drei Monate mit ihrer Tochter wünscht. Und ich wünsche mir Zeit mit Jaewoo und meinen Freunden.

Der restliche Morgen ist angenehm, auch wenn meine Mom viel Zeit mit der Beantwortung von E-Mails verbringt. Sie erzählt ein bisschen von dem Fall, an dem sie gerade arbeitet und der unglaublich kompliziert klingt. Ich bin sehr stolz darauf, was sie Großartiges leistet.

Zum Mittagessen führt Mom Halmeoni und mich in ein Naengmyeon-Restaurant in der Nähe der Bäckerei aus. Während wir die köstlichen Buchweizennudeln in kalter Brühe schlürfen, stellt mir Halmeoni Fragen über die Talentshow.

»Ich möchte ein Solo spielen«, sage ich ihr. »Und wenn alles klappt, führen meine Freundin Sori und ich auch noch ein Duett auf.«

»Ist Sori deine Mitbewohnerin?«, fragt Halmeoni. »Ich bin so froh, dass du Freunde gefunden hast!«

»Was meinst du mit einem Duett?«, fragt Mom scharf.

Ich schaue sie nervös an. »Es ist ein Cello- und Tanzstück. Sori ist Tänzerin und ...«

»Du bereitest also drei verschiedene Stücke vor?«, unterbricht mich Mom. »Für das Ensemble, das Solo und dieses Duett?«

»Ja?«

»Jenny«, sagt sie. »Sind die Vorspiele nicht schon in zwei Wochen? Wie willst du drei verschiedene Stücke vorbereiten? Hast du schon mit Eunbi gesprochen?«

»Soojung-ah«, tadelt Halmeoni. »Ich finde es wunderbar, dass Jenny mit ihrer Freundin auftreten will.«

»Es geht nicht um eine nette Erinnerung, Eomma. Sondern um Jennys Zukunft.« Sie sieht mich an und ihr steht die Enttäuschung ins Gesicht geschrieben. »So langsam bereue ich meine Entscheidung, dich nach Korea mitgenommen zu haben. Du solltest dich auf deine Musik konzentrieren, statt dich von deinen Freunden ablenken zu lassen.«

Wenn Sori schon eine Ablenkung ist, will ich gar nicht wissen, was meine Mom von Jaewoo halten würde.

Halmeoni nimmt meine Hand in ihre und drückt sie. »Sie ist nur wegen mir wütend auf dich.«

Das mag stimmen, aber Mom hat nicht unrecht. Drei Stücke vorzubereiten, ist viel schwieriger, als mich auf nur zwei zu konzentrieren. Aber ich bin felsenfest entschlossen, es hinzubekommen.

Die nächste Woche gebe ich Vollgas, damit alle meine Stücke ein Erfolg werden. Ich buche mehr Zeit in den Proberäumen, und Sori und ich setzen unsere spätabendlichen Proben im Tanzstudio fort. Der einzige Nachteil daran ist nur, dass ich so Jaewoo weniger zu sehen bekomme. Doch das liegt teilweise auch an seinem eigenen Terminplan, der viel voller ist, seit XOXO ihre zweite Singleauskopplung promoten.

Am folgenden Mittwoch wird das Programm der Talentshow ausgehängt. Als ich meinen Namen auf der Liste der Solokünstler finde, werden meine Knie plötzlich weich wie Pudding.

»Jenny!«, ruft Sori.

Sie deutet auf die Liste der Gemeinschaftsauftritte.

»Sind wir drauf?«, frage ich.

»Wir sind drauf!«, kreischt sie. Wir fallen uns in die Arme und hüpfen im Kreis. Unser Duett war das einzige, das angenommen wurde. Es war eine Erleichterung, das Solo zu bekommen, aber Duett fühlt sich wie ein Sieg an, der nur noch süßer wird, weil ich ihn mit Sori teilen kann.

»Oh, mein Gott«, sagt sie. »Wir müssen über unsere Outfits nachdenken!«

Die erste Person, der ich es erzähle, ist Jaewoo. Einer der Vorteile des Samsung-Deals ist es, dass er und die anderen

Bandmitglieder gratis das neueste Handymodell bekommen haben. Und vor allem wird es nicht von ihrem Manager überwacht.

Rate mal, schreibe ich.

Er antwortet sofort. Du hast es?

Ja!

Glückwunsch. Ich kann deinen Auftritt kaum erwarten. Du wirst unglaublich sein.

Du wirst mich natürlich ankündigen. Da Jaewoo und Nathaniel bereits ihr Debüt hatten, werden sie nicht selbst auftreten, sondern moderieren. Jenny Go, Cellistin der Extraklasse und beste Freundin auf der ganzen weiten Welt.

Genau so werde ich es sagen. Was machst du am Freitag nach der Schule? Sollen wir abhängen?

JA!

Dann lass uns bei Joah treffen. Ich gebe dem Wachmann deinen Namen und deine Kontaktdaten.

Ich werde dafür meine gebuchte Zeit im Proberaum absagen müssen. Das ist eigentlich ungünstig, weil es so kurz vor der Talentshow, die in schon in vier Wochen stattfindet, ziemlich schwer ist, einen Termin zu bekommen. Aber seit unserem ersten Date habe ich Jaewoo kaum zu Gesicht bekommen. Eine einzelne Probe ausfallen zu lassen, schadet bestimmt nicht.

Am Freitag nehme ich ein Taxi zu der Adresse, die Jaewoo mir direkt nach der Schule schickt. Ich habe keine Ahnung, wie ich mir die Zentrale von Joah Entertainment vorgestellt habe, aber es handelt sich um ein ziemlich unspektakuläres graues Gebäude mit einer industriemäßigen Fassade. Ich bezahle den Fahrer und steige aus. Vor dem Eingang stehen junge Leute herum. Mädchen, die wie ich eine Schuluniform tragen, starren mich neugierig an.

Der Wachmann im kleinen Pförtnerhaus sieht kurz zu mir auf, konzentriert sich dann aber wieder auf seinen Laptop, auf dem er irgendeine Musiksendung guckt.

Ich winke ihm durch die Scheibe zu. »Entschuldigung.«

Mit einem tiefen Seufzen erhebt er sich von seinem Platz. »Was willst du?«, fragt er.

»Ich …« Sage ich ihm einfach, dass ich hier bin, um Jaewoo zu treffen? Ich bin mir sicher, dass all diese anderen Mädchen auch hier sind, um ihn zu sehen.

»Also? Raus mit der Sprache, Mädchen.«

»Ich müsste auf der Liste stehen. Jenny Go. J-E-N-N-Y-G-O«, buchstabiere ich.

Erleichtert stelle ich fest, dass tatsächlich eine Liste existiert, die er mitsamt einem Klemmbrett unter seinem Laptop hervorholt. Die Namen sind alle auf Koreanisch geschrieben, nur meiner, der letzte auf der Liste, auf Englisch. Er deutet darauf und ich nicke.

»Sag demjenigen, mit dem du verabredet bist, telefonisch Bescheid, dass er dich in der Lobby abholen soll.«

»Danke.« Ich verbeuge mich.

Dann eile ich in das Gebäude und ziehe dabei die Schultern hoch, um mich gegen die hasserfüllten Blicke der Mädchen hinter mir zu schützen.

Innen ist das Gebäude viel angenehmer als von außen. Die großzügige Lobby wird von Tageslicht geflutet, das durch die Deckenfenster fällt. Es gibt sogar ein Café für die Angestellten.

»Jenny!« Jaewoo kommt aus dem Lift. Er sieht aus, als hätte er gerade frisch geduscht. Seine Haare sind noch leicht feucht und er trägt ein weites T-Shirt, sodass sein Schlüsselbein zu sehen ist.

Ich presse meine Hände auf den Rücken, damit ich ihn nicht umarme. Offiziell bin ich nur eine von Jaewoos Klassenkameradinnen, die er herumführt. Wegen der geschäftlichen Nähe der SAA und Joah sind Führungen nicht unüblich, also wird meine Anwesenheit niemanden wundern.

»Hey!«, begrüße ich ihn. »Ich glaube, ich hab gerade all deine Fangirls da draußen vor Eifersucht platzen lassen.«

»Da draußen sind Leute?« Jaewoo schaut zum Eingang. »Ich sollte an der Rezeption fragen, ob sie ein paar Flaschen Wasser bekommen können. Es ist der bis jetzt heißeste Tag des Jahres.«

Ich folge ihm zum Empfang, wo er Bescheid gibt, danach gehen wir zu den Fahrstühlen.

»Ich dachte, ich führe dich erst mal herum, und dann könnten wir was zu essen bestellen?«, fragt er, während er auf den Knopf nach oben drückt. »Hast du auf irgendwas Spezielles Lust?«

»Hmm …« Ich lehne mich gegen die Fahrstuhlwand. »Was gibt's denn hier so in der Nähe?«

»Was immer du willst.«

Ich lege meinen Zeigefinger an die Lippen. »Dann will ich einen Schokoladenkaramelleisbecher, Waffeln und Jjajangmyeon.«

»Bekommst du.«

Der Lift hält im dritten Stock und die Türen öffnen sich. Ein kleines Foyer öffnet sich zu einem großen Tanzstudio mit raumhohen Spiegeln. An der hinteren Wand prangt das Firmenlogo von Joah Entertainment.

»Ich kenne diesen Raum«, sage ich. »Aus deinen Videos mit den Tanzproben.«

»Die schaust du dir an?«

»Du bist mein Freund. Denkst du etwa, ich hätte mir nicht alle deine Videos angesehen, einschließlich dem von diesem Fan, der eine Beweisliste darüber führt, dass Nathaniel und du ein Paar seid?«

»Wie peinlich«, sagt Jaewoo. »Und dabei dachte ich, wir wären vorsichtig genug.«

Wir schauen uns noch ein paar solcher Räume an. In einigen trainieren verschwitzte Jugendliche im Alter von dreizehn bis sechzehn. Als Jaewoo und ich hereinkommen, unterbrechen sie, verbeugen sich vor ihm und nennen ihn »Seonbae.«

Auch vor mir verbeugen sie sich und ich tue, was Jaewoo getan hat, nämlich höflich nicken.

»Trainees«, erklärt er.

Danach gehen wir über eine Treppe in den zweiten Stock herunter, wo er mir einen Raum mit einem langen Konferenztisch zeigt, der für Firmenbesprechungen dient. Die letzte Station der Führung ist das Aufnahmestudio. Jaewoo geht schnell auf den Gang, um das Essen zu bestellen, bevor er wieder zu mir stößt. Das Studio ist ziemlich klein und darin stehen eine Ledercouch und ein niedriger Tisch. Den Großteil des Platzes nimmt ein Schaltpult vor einer Glasscheibe ein, durch die man in einen anderen Raum schauen kann. Dort hängt ein Mikrofon von der Decke.

»Wenn ich nicht in einem Proberaum bin, bin ich meistens nebenan, weil da all unsere Instrumente stehen. Kurz vor unserer Tour im Sommer geben wir eine Sonderedition unseres Albums mit ein paar neuen Tracks heraus. Ich kann dir ein bisschen was vorspielen, wenn du magst.«

»Sehr gern«, sage ich und er lächelt.

Er setzt sich auf einen der großen Sessel vor dem Schaltpult. Ich nehme neben ihm Platz und drehe mich zu ihm um.

»Hier.« Er reicht mir ein Paar große Kopfhörer und spielt an ein paar Reglern herum, dann flutet Musik meine Ohren.

Ich erkenne den wunderschönen tiefen Klang eines Cellos. Ich blicke auf und Jaewoo nickt lächelnd. Schon bald gesellt sich ein ganzes Sinfonieorchester dazu. Geigen stimmen einen durchdringenden Akkord an, während zusammen mit dem Schlagzeug die E-Gitarre einsetzt. Ich bekomme am ganze Körper Gänsehaut. Und das ist nur das Intro. Danach wird es noch viel besser.

Das Lied ist unglaublich. Wird einmal der Gesang dazugemischt, wird es genreübergreifend sein und ich kann mir nur vorstellen, wie überwältigend die Tanzchoreografie zu einem solchen Lied aussehen wird.

Als der Track zu Ende ist, nehme ich die Kopfhörer ab. »Ich liebe es«, schwärme ich.

»Wirklich? Ich bin froh, dass du das sagst. Es unterscheidet sich ein bisschen von unserem üblichen Sound. Ich denke, das liegt daran, weil wir uns alle eingebracht haben. Sun kam auf die Melodie, ich schreibe den Text, Youngmin ist für die Rapstrophen verantwortlich und Nathaniel arbeitet mit dem Choreografen zusammen. Wir haben Suns Interesse an Rock, Nathaniels und Youngmins Liebe für 90er-Jahre-K-Pop und meine Leidenschaft für Klangexperimente und Genremix eingebracht. Das ist ziemlich viel für einen einzelnen Song, aber …«

»Er ist der Wahnsinn.«

Jaewoo beißt sich auf die Lippen. »Findest du wirklich?«

»Ja! Er ist jetzt schon total gut. Ich wünschte, du könntest fühlen, wie's mir gerade geht. Ich bin völlig geflasht. Mein Herz rast. Ich kann mir gar nicht vorstellen, wie toll es erst werden wird, wenn euer Gesang dabei ist.«

»Ich arbeite gerade am Text.«

»Darf ich einen Blick drauf werfen?«

Er lacht. »Ich glaube, ich will noch ein bisschen warten, bis das Lied fertig ist. Aber ich verspreche dir, dass du es mit als Erste zu hören bekommst.«

Normalerweise würde ich mich über die Aussicht freuen, doch er hat gesagt, das Album würde *kurz vor ihrer Sommertournee* veröffentlicht werden. Bin ich dann überhaupt noch hier, um mir das Lied anzuhören? Ich hatte in letzter Zeit so viel mit den Vorbereitungen für das Vorspiel zu tun. In den Wochen vor der Talentshow wird es noch schlimmer werden. Und jetzt muss er nicht nur Bonustracks vorbereiten, sondern auch noch eine Tournee? Werden wir überhaupt noch Zeit miteinander verbringen können?

»Um ehrlich zu sein«, sagt Jaewoo mit gesenktem Blick, während seine Hand über das Schaltpult wandert, »hatte ich ein bisschen Angst, vor allem weil der Song meine Idee war. Ich hab befürchtet, dass ich die Band in eine falsche Richtung führe. Aber ...« Er sieht mir in die Augen, »ich vertraue deinem Urteil. Wenn dir der Song gefällt, bin ich zuversichtlich, dass ich das Richtige tue.«

Mir stockt der Atem, als mich eine Welle von Gefühlen überrollt. Ich will für ihn da sein, wenn er Unterstützung braucht, um ihn in solchen Momenten zu erleben, wenn er dabei ist, etwas Großartiges zu erschaffen.

Genauso will ich, dass er für *mich* da ist in meinen Höhen und Tiefen, wie auch immer die aussehen mögen.

Aber wie können wir das, wenn wir in unterschiedlichen Ländern leben? Wenn wir so unterschiedliche Träume verfolgen? Er, ein Idol in einer Band, die kurz davorsteht, zu einer globalen Sensation zu werden, und ich, eine Konzertcellistin?

Und ich weiß nicht mal, ob ich das überhaupt schaffen werde, da ich Proben ausfallen lasse, um bei ihm zu sein.

»Wo sind die Toiletten?«, frage ich abrupt.

Er stutzt, dann lehnt er sich zurück, nachdem er mir trotz der Kameras im Raum immer näher gekommen war. »Aus der Tür und links den Gang runter.«

»Bin gleich wieder da.« Ich drehe den Sessel herum, springe auf und folge Jaewoos Beschreibung.

Am Waschbecken spritze ich mir kaltes Wasser ins Gesicht und starre ausdruckslos auf mein Spiegelbild.

Was ist los mit mir? Warum bin ich so emotional?

Es ist nur so, dass ich fühlen kann, wie ich mich immer mehr in Jaewoo verliebe, und gleichzeitig höre ich die Uhr ticken, für die Talentshow, Halmeonis Operation, für die Abreise aus Korea. Ich fühle mich einfach so überwältigt.

Als ich zurückgehe, ist Jaewoo nicht mehr in dem Raum. Stattdessen sitzt Sun auf der Ledercouch.

Ich zögere und bin unsicher, ob ich lieber gehen soll.

»Warum bleibst du in der Tür stehen? Komm rein. Setz dich.« Er sagt die Worte höflich in Jondaemal, aber sein Tonfall klingt mehr nach einem Befehl als einer Bitte.

Ich nehme auf einem der Drehsessel Platz.

»Jaewoo ist nach unten, um das Essen anzunehmen«, erklärt er.

Ich nicke und lege meine Hände auf die Knie. Es folgt eine Stille, während der mich Sun mit undurchdringlicher Miene taxiert. Von den vier Mitgliedern ist er derjenige, über den ich am wenigsten weiß.

»Ich bin Jenny«, sage ich schließlich, um die Stille zu füllen. »Wir haben uns noch nicht richtig vorgestellt. Jaewoo und ich gehen in die gleiche Klasse.«

»Jaewoo hat noch nie jemanden aus seiner Klasse mit ins Studio gebracht. Du musst was ganz Besonderes sein.«

Normalerweise werden nette Worte wie diese von einem Lächeln begleitet, aber Suns Miene ist völlig ausdruckslos.

»Er war mir ein guter Freund«, sage ich vorsichtig. »Ich bin wegen eines Problems in der Familie von einer Schule in LA auf die SAA gewechselt. Ohne ihn wäre es mir sehr viel schwerer gefallen, mich einzuleben.«

»Jaewoo ist ein guter Junge. Verantwortungsbewusst, freundlich und darüber hinaus auch noch unglaublich talentiert.«

Ich nicke eifrig.

»Er bedeutet ziemlich vielen Leuten sehr viel«, fährt Sun fort. »Natürlich seiner Familie, aber nicht nur ihr, sondern jedem hier bei Joah. Mit seiner Ausbildung hier hat er angefangen, da war er erst zwölf. Es war schwer für ihn, all diese Jahre von seiner Familie getrennt zu sein. Aber er hat immer hart an sich gearbeitet. Er hat Stunden im Studio verbracht, um seinen Körper und seine Stimme zu trainieren. Alles, was er jetzt hat, hat er sich durch harte Arbeit und Engagement verdient. Er ist sehr erfolgreich und sein Talent wird ihm nur noch mehr Gelegenheiten einbringen, mehr Fans, die ihn unterstützen. Er hat eine erfolgreiche Zukunft vor sich. Es wäre eine Schande, wenn er das jetzt alles verlieren würde. Und das könnte er, wenn er nicht vorsichtig ist. Ein einziger Fehler reicht.«

Ich kann kaum atmen. Mir ist, als wäre ich ganz und gar zu Eis erstarrt.

»Ein paar Monate in Korea«, sagt Sun. »Was für ein Spaß, was für ein Abenteuer für dich. Eine schöne Erinnerung, wenn du wieder zu Hause bist.«

Er steht auf und nickt mir zu. »XOXO sollte heute eine Radiosendung aufnehmen, wusstest du das? Aber wir mussten sie absagen, weil Jaewoo gesagt hat, dass er es nicht schafft. Wie seltsam, dass er sich aus etwas zurückzieht, das wir vor Wochen ausgemacht haben. Ich muss mich jetzt im Namen der Band dafür entschuldigen. Natürlich ist es meine Aufgabe als Anführer, die anderen Mitglieder zu beschützen. Ich werd sie immer beschützen, sogar vor sich selbst.«

Als Jaewoo zurückkehrt, ist Sun schon fort. Ich folge ihm in den Raum, wo er das bestellte Essen auf einem Tisch ausgebreitet hat. Er hat alles bestellt, was ich wollte: Jjajangmyeon, einen Schokoladenkaramelleisbecher und sowohl Frühstücks- wie Nachtischwaffeln, weil er sich wohl nicht sicher war, welche Art ich gemeint habe.

Ein paar Trainees kommen vorbei und gesellen sich beim Essen zu uns. Ich höre zu und lache und tue so, als wäre alles in Ordnung.

Danach bringt mich Jaewoo in die Lobby zurück.

»Danke, dass du heute vorbeigekommen bist«, sagt er. »Es war schön, dich zu sehen. Tut mir leid, dass ich gerade so wenig Zeit habe ...«

»Jaewoo«, unterbreche ich ihn. Mir schwirren immer noch Suns Worte durch den Kopf. »Ich will nicht, dass du ... dir Gelegenheiten entgehen lässt, weil du denkst, du wärst ein schlechter Freund oder so was.«

»Wovon redest du da?«

»Wie heute zum Beispiel. Ihr hättet in diese Radiosendung gemusst.«

Er runzelt die Stirn. »Woher weißt du davon?«

»Ich will nur nicht ... dass du wegen mir deine Karriere riskierst.«

»Was willst du damit sagen? Das ist nicht ...«

Er streckt die Hand nach mir aus, dann wird ihm klar, was er da tut, und lässt sie wieder sinken. Die Mitarbeiter am Empfang beobachten uns. In seinem Gesicht blitzt Ärger auf. »Ich hab keine Ahnung, worum es hier geht, aber du musst dir keine Sorgen um meine … Karriere machen. Ich weiß, was ich tue. Ich weiß, was ich will.«

Mein Herz beginnt zu rasen und ich bin kurz davor, in Tränen auszubrechen. »Ich schreibe dir, wenn ich wieder im Wohnheim bin, okay?«

Er beobachtet mich einen Moment und nickt schließlich. »Okay.«

Ich gehe, bevor er noch etwas anderes sagen kann, winke mir ein Taxi heran und weine den ganzen Weg zurück zur Schule.

# Vierunddreißig

Während ich nach einer langen heißen Dusche in mein Zimmer zurückgehe, schreibe ich Jaewoo. Tut mir leid, dass der Abschied so blöd war. Es war schön heute mit dir.

Jaewoo antwortet sofort. Mach dir keine Sorgen. Danke fürs Bescheidsagen, dass du heil angekommen bist.

In den nächsten Wochen ist Jaewoo aufmerksamer als sonst. Ständig meldet er sich bei mir, schickt jeden Morgen seinen Terminplan und ruft mich abends an. Ich versuche das, was Sun gesagt hat, zu vergessen, aber die Vorstellung, dass Jaewoo wegen mir unkluge Entscheidungen trifft, beunruhigt mich. Ich selbst habe auch schon Proben abgesagt, um mich mit ihm zu treffen. Wegen der Talentshow und Jaewoos vollgepacktem Terminkalender habe ich einfach immer stärker das Gefühl, zwischen ihm und meiner Zukunft wählen zu müssen, und das überwältigt mich irgendwie.

Da meine Cellolehrerin von der Schule ihre Zeit für mich und die anderen aufteilen muss, nehme ich bei Eunbi eine private Unterrichtsstunde über Videochat. Nachdem ich mein

Solo für sie gespielt habe – *Vocalise* des russischen Komponisten Sergej Rachmaninow –, höre ich ihren Verbesserungsvorschlägen zu.

Am Ende unserer Stunde sagt sie: »Ich wollte dir noch sagen, dass ich heute Morgen eine E-Mail bekommen habe. Die LA Philharmonic ist an einer Zusammenarbeit mit Solisten örtlicher Highschools interessiert. Alle Musiklehrer in der Gegend haben sie erhalten. Das Vorspiel ist am letzten Samstag im Juni.«

Das ist eine Woche nach der Talentshow.

»Ich hatte gehofft, du würdest teilnehmen«, sagt Eunbi. Ihre Begeisterung schwappt förmlich aus dem Monitor. »Ich denke wirklich, du solltest dabei sein. Es ist eine großartige Gelegenheit. Jenny, hast du was?«

»Nein, ich …« Schnell setze ich ein Lächeln auf. »Danke fürs Bescheidsagen. Darf ich ein bisschen darüber nachdenken?«

Am Abend bemerken Sori und Angela, dass ich kaum etwas esse.

»Was ist los, Jenny?«, fragt Angela. »Tteokbokki ist doch sonst dein Lieblingsgericht.«

Wir sind wieder in dem Imbiss außerhalb des Campus und teilen uns eine Portion der zylinderförmigen Reiskuchen.

Als ich ihnen erzähle, was Eunbi gesagt hat, sind sie ein paar Minuten lang still.

Dann fragt Sori: »Wirst du es tun?«

»Ich müsste Seoul einen Monat früher verlassen als geplant.«

»Aber das ist doch eine Chance, die man nur einmal im Leben bekommt.«

»Ich muss das mit der Philharmonie nicht machen, wenn die Talentshow gut läuft.« Aber es ist nicht das Gleiche. Ein Auftritt als Solistin in der Talentshow wird sich gut in meinem Lebenslauf machen, aber einen ganzen Sommer in der LA Philharmonic zu spielen? Das ist wirklich eine einmalige Gelegenheit.

»Ist es wegen Jaewoo?«, fragt Angela leise.

Und ich weiß, was sie damit meint. Ist es, weil ich ihn nicht verlassen will?

Erst vor ein paar Wochen habe ich ihm gesagt, ich würde nicht wollen, dass er sich wegen mir irgendwelche Gelegenheiten entgehen lässt. Sollte ich das Gleiche nicht auch über mich sagen?

Seufzend greife ich nach meinem Portemonnaie, um zu bezahlen.

»Was ist das?«, fragt Angela.

Ich folge ihrem ausgestreckten Zeigefinger zu einer kleinen Plastikecke, die aus meiner Geldbörse ragt.

Es sind die Fotos, die Jaewoo und ich im November in dem Automaten gemacht haben. Ich ziehe sie heraus und zeige sie Angela und Sori.

»Oh, mein Gott, Jaewoo und du!«, ruft Angela.

»Wo habt ihr die aufgenommen?«, fragt Sori.

»In LA.«

»Und die hast du immer in deinem Portemonnaie?« Angela strahlt. »Wie süß!«

»Emo!«, ruft eine laute Stimme hinter uns die Imbissangestellte. Erschrocken drehe ich mich um. Es ist Jina mit einer Freundin. Sie sitzen nur zwei Tische entfernt. Ich war so in meinen Gedanken versunken, dass ich nicht mehr auf meine Umgebung geachtet habe.

Aber sollte Jina etwas von unserem Gespräch mitbekommen haben, lässt sie es sich nicht anmerken. Sie bestellt eine Schale Tteokbokki für ihren Tisch.

»Hat Jaewoo die gleichen Fotos?«, fragt Angela. »Drucken diese Automaten nicht immer zwei Abzüge?«

»Der Drucker hat währenddessen den Geist aufgegeben, also habe ich den einzigen. Apropos, ich glaube, ich sollte es ihm noch mal schicken.«

Gerade als ich ein Bild von den Fotos machen will, erscheint eine Textnachricht.

Hast du Zeit? Ich parke hinter der Bibliothek.

»Es ist Jaewoo«, sage ich, nehme schnell die Fotos vom Tisch und stecke sie mir in die Tasche. »Ich dachte nicht, dass ich ihn diese Woche zu Gesicht bekommen würde. Er hat so viel zu tun …«

»Weißt du nicht mehr, dass ich gleich einen Proberaum für uns gebucht habe?«, fragt Sori.

Verdammt. Das hab ich vergessen. »Können wir das nicht verschieben?«

»Nicht dein Ernst. Du weißt doch genau, wie schwierig es gerade ist, Proberäume zu bekommen.«

»Sei nicht sauer, Sori-yah«, versucht Angela sie zu beschwichtigen. »Jenny kann nur sehr wenig Zeit mit Jaewoo verbringen.«

»Gott, das erinnert mich daran, wie es war, mit Nathaniel zusammen zu sein. Du musst nicht immer auf Abruf für ihn bereitstehen, weißt du? Alles stehen und liegen lassen, nur weil er gerade Zeit hat.«

»Er ist derjenige mit dem vollen Terminplan«, sage ich abwehrend.

»Den hast *du* auch. Wir müssen üben, sonst reicht's nicht für die Talentshow. Du wolltest doch etwas Besonderes für dein Portfolio. Willst du dir diese Chance auf eine erfolgreiche Zukunft wirklich für einen Kerl entgehen lassen, für den du *niemals* an erster Stelle stehen wirst?«

Beim letzten Satz bricht Soris Stimme, doch sie sieht mich weiter unverwandt an. Ich weiß, dass sie nicht nur aus Sorge um mich sauer ist, sondern teilweise auch wegen ihrer Vorgeschichte mit Nathaniel.

»Schon gut«, sagt Angela sanft. »Wann wirst du wohl das nächste Mal so eine Chance bekommen? Du solltest gehen. Jeder Moment ist kostbar.« Ich werfe Sori einen entschuldigenden Blick zu und stehe vom Tisch auf.

Schuldgefühle nagen an mir, während ich durch die Schultüren zur Bibliothek laufe. Sori hat ja nicht unrecht. Ich *sollte* besser für die Talentshow proben, da mir eine tolle Performance dabei helfen wird, mein Portfolio bei der Bewerbung für die Musikhochschulen nächstes Jahr von den anderen abzugrenzen. Daran sollte ich denken, an nächstes Jahr, an meine Zukunft, nicht an *diesen Moment*, an dem ich zu einem Jungen renne, mit dem ich niemals eine richtige Beziehung führen werde. Aber ich kann einfach nicht anders. Wir sehen uns jetzt schon so selten und nach der Talentshow bleibt mir nur noch ein Monat in Seoul. Und das auch nur, wenn ich mich gegen das Vorspiel in LA entscheide. Ich muss jeden Moment nutzen, den wir zusammen haben können.

Jaewoos Wagen steht genau dort, wo er gesagt hat, in der Straße hinter der Bibliothek. Die Beifahrertür ist nicht verschlossen und ich steige ein. Er schenkt mir ein warmes Lächeln. Ich gebe ihm einen Schmatzer auf die Lippen.

Als ich mich zurückziehe, lacht er. »Es ist auch schön, dich zu sehen.«

»Wie viel Zeit hast du?«

Er verzieht sein Gesicht. »Nicht lange. Wir filmen dieses Wochenende eine Folge von *Catch Me If You Can*. Den Teil in Seoul haben wir bereits abgedreht, aber gleich wird der Rest gefilmt. Wenn ich in einer halben Stunde losfahre, sollte ich es rechtzeitig schaffen.«

Ein Lieferwagen fährt dicht an uns vorbei und hupt, weil ein paar Schüler auf der Straße laufen.

»Sollten wir nicht irgendwohin, wo es etwas privater ist?«, frage ich.

»Du hast recht.« Er fährt los. Wir halten in einem kleinen Parkhaus. Jaewoo schnappt sich beim Aussteigen seine Basecap.

Die Straße ist leer. Nur ein paar Geschäfte haben geöffnet: ein Hähnchenimbiss, ein Schönheitssalon und drei Karaokebars mit Lichtreklamen.

Jaewoo und ich werfen uns einen Blick zu. Offensichtlich haben wir beide die gleiche Idee.

Wir entscheiden uns für eine der drei Bars und gehen die Treppe hinunter. Der Laden ist nur halb so groß wie der von Onkel Jay. Auf jeder Seite eines schlecht beleuchteten Gangs gibt es sechs Räume. Am Eingang sitzt eine ältere Frau, die sich ein K-Drama anschaut.

Sie mustert uns misstrauisch, als Jaewoo ihr das Geld für eine Stunde gibt, obwohl uns weniger als dreißig Minuten bleiben.

In unserem Raum nimmt Jaewoo die Basecap ab und wählt mit dem Controller ein paar Lieder aus. Ich schaue zur Tür, in die ein kleines zerkratztes Sichtfenster eingelassen ist. Dann beginnt der erste Song und ich weiß nicht, wer sich zuerst bewegt, aber plötzlich liegen wir einander in den Armen und küssen uns, als könnten wir nicht genug voneinander bekommen. Der Stuhl drückt sich unangenehm in meine Kniekehlen, also lassen wir kurz voneinander ab, um auf die Kunstledercouch zu wechseln.

Langsam legt sich Jaewoo auf mich. Dabei beobachtet er mein Gesicht, um sicherzugehen, dass es in Ordnung ist.

Ich nicke fast unmerklich und lege die Hand um seinen Unterarm, der angespannt ist, weil er sich abstützt, um nicht mit vollem Gewicht auf mir zu liegen. Ich schließe die Augen, als seine Lippen meine berühren. Sie sind weich und unglaublich sanft. Alles, was vorher in mir angespannt und nervös war, schmilzt unter der Berührung seiner Lippen dahin.

Das nächste Lied, das Jaewoo ausgesucht hat, beginnt, während ich leidenschaftlich seinen Kuss erwidere. Ich schlinge die Arme um seinen Nacken und die Beine um seine Hüfte. Mit zitternden Hemden knöpft er meine Bluse auf, während ich sein Hemd aus dem Hosenbund ziehe.

Als seine Finger meine Brust streifen, schnappe ich nach Luft. Sofort sieht er mich an. »Alles okay?«, fragt er. »Soll ich weitermachen?«

Noch nie sind wir einander so nah gewesen, und obwohl ich nervös bin, ist die Antwort eindeutig. »Ja«, flüstere ich.

Wir hören nicht auf, bis wir merken, dass es in unserem Raum still geworden ist. Die Playlist ist abgelaufen.

Ich werfe einen Blick auf den Bildschirm, der 29:00 anzeigt.

»Wir sollten gehen«, sage ich und setze mich mit hochrotem Kopf auf. Ihm geht es nicht anders.

»Dann komme ich eben etwas später«, stöhnt er. »Dann bin ich eben zu spät.«

Ich stehe auf. »*Ich* will aber nicht, dass du zu spät bist. Außerdem …« Ich erröte. »Ich will, dass wir dafür mehr Zeit haben. Für uns.«

»Ja.« Er steht mit einem schiefen Grinsen auf. »Ich auch.«

Gegenseitig bringen wir uns wieder in Ordnung. Er knöpft meine Bluse zu und ich glätte seine Haare. Dann setze ich ihm die Basecap auf – mit dem Schirm nach vorn, sodass sie seine Augen verdeckt.

Die Barbesitzerin mustert uns beim Hinausgehen mit Argusaugen, doch wir scheinen ihren Test zu bestehen, denn sie sagt kein Wort.

Fünf Minuten später setzt mich Jaewoo vor meinem Wohnheim ab.

Sori ist noch nicht zurück. Ich versuche meine Geschichtshausaufgaben zu erledigen, doch es fällt mir schwer, mich zu konzentrieren, da ich immer wieder an diese Momente mit Jaewoo denken muss.

Als Sori schließlich auftaucht, redet sie kein Wort mit mir, sondern setzt sich an ihren Schreibtisch und steckt sich Kopfhörer in die Ohren.

Ich würde wirklich gern mit ihr reden, um zu verarbeiten, was passiert ist, traue mich aber nicht, sie anzusprechen. Um zehn macht sie das Licht aus und legt sich mit dem Gesicht zur Wand, um zu schlafen.

# Fünfunddreißig

In den folgenden Wochen stürze ich mich in die Vorbereitung für die Talentshow, was zusätzliche Orchesterproben und viele Stunden mit Sori bedeutet, in denen wir versuchen, unsere Zusammenarbeit zu perfektionieren. Technisch gesehen stimmt das Stück bereits auf den Punkt, aber als sich unsere jeweiligen Berater – mein Orchesterleiter und ihre Tanzlehrerin – unser Duett ansehen, sprechen beide aus, was nicht zu übersehen ist: Wir harmonieren nicht miteinander. Was nicht weiter überrascht. Es ist schwer, im Einklang zu sein, wenn eine von uns nicht mit der anderen spricht.

Am Samstag vor der Talentshow gehe ich gerade über den Platz, als eine vertraute Stimme meinen Namen ruft.

Ich drehe mich um. »Mom?« Es dauert einen Moment, bis ich realisiere, dass sie wirklich hier auf dem Schulgelände steht. In den dreieinhalb Monaten, die ich auf die SAA gehe, hat sie mich kein einziges Mal besucht. Ich weiß, dass sie viel zu tun hat, aber ich wünschte, sie hätte sich wenigstens einmal die Zeit genommen.

Immerhin, jetzt ist sie ja hier. Ich gehe lächelnd auf sie zu. »Seit wann bist du hier? Du hättest mir schreiben sollen, dass du kommst.«

»Jenny, wir müssen reden.« Mir rutscht das Herz in die Hose. »Kann man sich hier irgendwo ungestört unterhalten?«

»Vor der Bibliothek kann man sich hinsetzen.« Ich führe sie zu einem Tisch im Schatten eines großen Baums. »Seit es wärmer geworden ist, sitze ich hier gern, wenn ich mein Privatstudium habe.«

Sie setzt sich an den Rand des abgerundeten Stuhls.

»Kann ich dir was bringen?«, frage ich. »Die haben hier einen Kaffeeautomaten ...«

»Warum hast du mir nichts von der Möglichkeit erzählt, in der Philharmonie zu spielen?«

Ich werde kreidebleich. Eunbi muss es ihr gesagt haben. Ich habe die ganze Zeit gehofft, die Talentshow würde so gut laufen, dass ich die Philharmonie gar nicht *brauche*. Denn dann könnte ich wie geplant einen ganzen weiteren Monat in Seoul verbringen.

Mom wartet auf eine Antwort.

»Ich dachte, das käme eh nicht infrage«, lüge ich. »Das Halbjahr ist ja erst einen Monat später vorbei.«

»Liegt es daran, dass du einen Freund hast?«

Ich muss erschrocken wirken, denn sie sagt: »Deiner Halmeoni ist es aus Versehen herausgerutscht.« Sie steht auf und wischt sich unsichtbaren Schmutz vom Rock. »Ich habe schon mit deinen Lehrern hier an der SAA gesprochen. Sie haben gesagt, du kannst deinen Abschlusstest online machen. Und sobald du deine Englisch- und Geschichtsaufsätze abgegeben hast, sind auch alle Anforderungen deiner Schule daheim erfüllt. Du kannst schon nächste Woche zurückfliegen, gerade noch rechtzeitig, um am Vorspiel für die Philharmonie teilzunehmen.«

Nächste Woche? »Aber ... Aber was ist mit der Talentshow?«

»Die ist doch nächsten Freitag, oder? Dein Rückflug geht erst am Sonntag.«

Ich starre sie an. »Du hast schon das Ticket gekauft?«

»Ja. Du machst bei der Talentshow mit, weil Eunbi gesagt hat, sie wäre wichtig für dein Portfolio, und dann kehrst du nach Hause zurück.«

Ich kann nicht fassen, dass das gerade wirklich passiert. Heute ist Samstag. Ich habe nur noch etwas über eine Woche in Seoul, in Korea.

»Ich kann noch nicht *zurück*«, sage ich. »Halmeoni ist noch nicht operiert worden.«

»Jetzt lass doch diese Ausrede«, erwidert sie schroff. »Sie ist meine Mutter, nicht deine.«

»Und warum verbringst du dann nicht mehr Zeit mit ihr?« Ich denke an meine letzten Besuche bei Halmeoni, an die Traurigkeit in ihren Augen. »Du fehlst ihr.«

*Du fehlst mir.*

»Ich bin nicht hier, um mit dir herumzustreiten, sondern um dir zu sagen, dass sich unsere Pläne geändert haben.«

»*Deine* Pläne für mich.« Ich bin völlig durch den Wind und hebe die Stimme. Meine Mutter blickt sich mit verzogener Miene um. Sie hasst es, Aufmerksamkeit zu erregen. »Du fragst mich ja nicht mal, was ich will.«

»Was willst du denn?«

»In Korea bleiben.«

Sie kneift die Augen zusammen. »Wegen deines Freundes?«

»Weil es mir hier gefällt. Ich habe hier ein Leben. Freunde.« Familie, auch wenn ich das nicht ausspreche.

»Jenny.« Meine Mutter seufzt. Sie klingt richtig erschöpft. »Du darfst deine Zukunft nicht wegen ein paar schöner Monate in Seoul gefährden. Ich verstehe, dass sich neue Erfahrungen aufregend anfühlen, aber das geht vorbei. Du darfst deine Langzeitziele nicht für flüchtige Momente opfern. Ich weiß, dass du dir das jetzt nicht vorstellen kannst, aber sobald du wieder daheim in LA bist, wirst du sehen, dass es so am besten ist.«

Sobald meine Mutter weg ist, renne ich in mein Zimmer und rufe Jaewoo an.

Er geht nicht ran, also schreibe ich ihm.

Wo bist du? Ich muss mit dir reden.

Er schreibt sofort zurück, was bedeutet, dass er meinen Anruf gesehen hat, ihn aber nicht annehmen konnte. Sorry, ich hab in ein paar Minuten eine Aufzeichnung. Ich ruf dich heute Abend an.

Um sechs schreibe ich: Wann rufst du an?

Um sieben antwortet er: Tut mir leid. Wir müssen noch zu einem anderen Event. Ich kann dich danach anrufen, aber es wird wahrscheinlich spät.

Schon gut. Ich bin okay, schreibe ich zurück. Er soll sich keine Sorgen machen. Dennoch steigen mir Tränen in die Augen, während ich auf Senden drücke.

Um acht höre ich, wie die Tür aufgeschlossen wird. Aus dem Gang dringt Licht ins Zimmer.

»Jenny?«, sagt Sori und schaltet das Licht an. »Warum sitzt du hier im Dunkeln?«

Als sie mein Gesicht sieht, lässt sie ihre Tasche fallen und eilt zu meinem Bett. Sie nimmt mich in die Arme, als hätten wir uns nicht seit Wochen ignoriert, als ob nichts davon mehr eine Rolle spielen würde. »Tut mir leid. Ich war so eine Zicke. Das muss echt schwer für dich sein. Für Nathaniel und mich war es das, aber ich wusste, was ich zu erwarten habe.«

Sie denkt, dass ich wegen Jaewoo weine, und das tue ich ja teilweise auch, aber es ist nicht nur das.

Sie schiebt mich sanft zurück, um mir in die Augen zu schauen. »Ich glaube, du brauchst etwas Abwechslung«, sagt sie.

Ich nicke. Momentan würde ich alles tun, um mich nicht mehr so zu fühlen.

»Hast du Lust, auf ein K-Pop-Konzert zu gehen?«

Ist es Fremdgehen, zum Konzert einer anderen Boyband als der des eigenen Freunds zu gehen?

Ich hätte nicht gedacht, dass ich mir einmal so eine Frage stellen würde. Und doch stehe ich jetzt hier vor einer Konzerthalle und starre auf das Poster mit neun hübschen Jungs darauf.

Die Band heißt 95D oder 95 the Dream, was offenbar für 9 High-Five the Dream steht.

»Die hab ich schon mal gesehen«, sage ich. »Bei der EBC. Sie standen in der Lobby.«

»Ist da einer dabei, der dir besonders gefällt?«, fragt Sori mit crnstem Gesichtsausdruck.

Ich deute auf den Jungen in der Mitte, der noch am ehesten wie jemand aussieht, dem man auf der Straße begegnen könnte. »Der ist ziemlich süß.«

»Jo Jisoo«, sagt Sori. »Er war mal Trainee bei Joah, aber dann hat er die Agentur gewechselt und als jüngstes Mitglied von 95D debütiert. Er ist süß, aber nicht er ist mein Favorit, sondern *der.*« Sie deutet auf den zweiten Jungen von rechts mit rotem Haar. »Jun-oppa. Ich liebe ihn.«

Ich drehe mich um und starre sie an. Sori sieht immer umwerfend aus, aber heute Abend hat sie sich selbst übertroffen. Die Haare hat sie zu einem hohen Pferdeschwanz frisiert, der beim Gehen hin und her hüpft, dazu trägt sie ein Lederbustier und eine Vinylleggings.

»Du liebst ihn«, wiederhole ich. Nur damit das klar ist. Sie hat das noch nie über Nathaniel gesagt, mit dem sie wirklich zusammen war.

»Ja, ich liebe ihn.« Sie sagt es frei heraus, als ob sie es wirklich so meint. Und ... ich schätze, wenn man ein Fan ist, meint man es auch wirklich.

Ich drehe mich wieder zum Poster um. Jo Jisoo sieht mich an, als ob ich meinen Träumen mit ihm wirklich ein High five geben könnte. »Dann liebe ich Jisoo.«

Als ich mich wieder zu Sori umdrehe, nickt sie nur. »Okay.«

Im Stadion kaufen wir uns am Merchstand Leuchtstäbe. Erst jetzt, da wir richtig ausgestattet sind, gehen wir in die Halle, die bereits rappelvoll ist. Sori hat ihre Beziehungen spielen lassen, sodass wir Zugang zum Stehbereich direkt neben der Bühne haben. Das Konzert hat noch nicht begonnen, aber aus den Lautsprechern schallt bereits Musik. Auf beiden Seiten der Bühne sind große Monitore aufgebaut, auf denen Musikvideos der Band laufen. Neben mir schwenkt Sori immer ihren Leuchtstab, sobald Juns Gesicht auftaucht, selbst wenn es nur für eine Sekunde ist.

Um fünf nach neun wird es dunkel und die Menge beginnt zu rufen.

»Nine! Five! Dream! Nine! Five! Dream! Nine! Five! Dream!«

Ich drehe mich einmal im Kreis und betrachte den Zuschauerraum, während die Leuchtstäbe vom Backstagebereich aus kontrolliert die Farbe ändern, von Weiß zu Pink und zu Hellblau.

Dann brechen Feuerfontänen aus und alle neun Mitglieder der Band erscheinen wie durch Magie auf der Bühne, wahrscheinlich aber eher durch einen Lift darunter. Die Musik setzt ein und ich erkenne den Song, den sie bei *Music Net* performt haben. Als sie mit der Choreografie beginnen, verliere ich mich mit allen Sinnen in dem Erlebnis.

Ich tauche erst wieder auf, als 95 the Dream zwei Stunden später vom Publikum zurück auf die Bühne gerufen werden und ihre Zugabe anstimmen.

»Das war unglaublich!«, sage ich, während Sori und ich aus dem Stadion in die schwüle Nacht taumeln. Mein Herz rast und ich habe das Gefühl, immer noch den Rhythmus der Musik unter meinen Füßen zu spüren.

Ich schmiege mich enger an Sori. »Ich glaube, du bist die beste Freundin, die ich je hatte. Ich bin so froh, dass du meine Mitbewohnerin bist.«

»Geht mir auch so«, schwärmt sie. »Ich werde dich total vermissen, wenn du wieder in Amerika bist.«

»Ich liebe dich, Sori. Mehr als Jo Jisoo.«

»Ich liebe dich auch, Jenny!« Sie zögert. »Nicht so sehr wie Oppa, aber fast.«

# Sechsunddreißig

Am Morgen der Talentshow bekomme ich eine Nachricht von Jaewoo. Er war die letzten Tage auf PR-Terminen in Japan, und obwohl wir uns jeden Tag geschrieben haben, war es eher sporadisch, meistens nur ein schnelles »Gute Nacht«.

Sind jetzt auf dem Rückweg, aber wahrscheinlich schaffe ich es erst kurz vor Beginn der Talentshow zur Schule. Sollte ich es nicht persönlich sagen können: Du packst das!

Gi Taek und Angela haben bei uns geschlafen, die beiden in Soris Bett und Sori und ich in meinem. Seit ich ihnen erzählt habe, dass ich Korea früher als geplant verlassen muss, hängen sie an mir wie die Kletten.

»Kannst du nicht noch mal versuchen, deine Mutter zu überreden?«, fragt Gi Taek.

»Du kennst meine Mom nicht. Wenn sie denkt, dass sie recht hat, kann man sie nicht vom Gegenteil überzeugen.«

»Wie hat Jaewoo reagiert?«, fragt Angela, während sie eines meiner Shirts zusammenlegt und es Gi Taek reicht, der es zu den anderen in meinen Koffer legt.

Ich antworte nicht sofort. Stattdessen nehme ich Bücher aus meinem Regal und stelle sie in eine Kiste. Die werde ich zusammen mit meinen anderen schweren Sachen mit der Post zurück in die Staaten schicken.

»Du hast es ihm noch nicht erzählt, oder?«, sagt Gi Taek es mir auf den Kopf zu.

»Er macht PR in Japan. Ich wollte ihn nicht ... beunruhigen.«

»Jenny, dein Freund muss wissen, dass du, zwei Tage nachdem er zurückkommt, das Land verlassen wirst.«

»Ich sage es ihm ja«, erwidere ich beschwichtigend. »Nach der Talentshow. Ich will nur den heutigen Abend nicht vermasseln.«

Die Tür wird geöffnet und Sori kommt mit einer Tüte von Subway herein. Sie gibt jedem von uns ein Sandwich, dann setzt sie sich an ihren Schreibtisch und dreht sich zu mir um.

»Hat Kim Jina was zu dir gesagt?«

Ich runzle die Stirn. Ich habe lange nicht mehr an Jina gedacht. Nachdem sich unser kleiner Freundeskreis gebildet hatte, hat sie uns mehr oder weniger in Ruhe gelassen. Mobber mögen keine schwer zu treffenden Opfer.

»Nein, warum?«

»Jemand hat mir gesagt, dass sie auf der Toilette irgendeinen Scheiß erzählt hat. Aber ich weiß nicht genau, was.«

»Warum müssen Mädchen auf der Toilette immer lästern?«, fragt Gi Taek, während er die Tomaten aus seinem Sandwich pflückt.

»Keine Ahnung«, sagt Angela. »Ich geh nur auf die Toilette, wenn ich eine andere Art Scheiß machen will.«

»Angela!«, rufen wir alle zusammen.

»Hmm ...« Sori trinkt durch einen Strohhalm einen Schluck Diätlimo, während sie sich langsam mit ihrem Schreibtischstuhl dreht. »Solange wir sie im Auge behalten und jedes Gerücht, das sie lostritt, sofort im Keim ersticken, sollte alles in Ordnung sein.«

»Niemand lästert über meine Jenny!«, ruft Angela und greift nach meiner Unterwäscheschublade.

»Ähm, die musst du nicht falten«, sage ich.

»Ich schätze, das ist einer der Vorteile, in den Staaten zu sein«, denkt Gi Taek laut nach. »Man muss sich keine Sorgen machen, auf der Titelseite des *Bulletin* zu landen.«

Wir lachen alle nervös und Sori schüttelt den Kopf. »Ich bin sicher, es ist nichts.«

Eine Stunde vor Beginn der Talentshow ziehe ich meinen schwarzen Jumpsuit an, mein Lieblingsoutfit für Auftritte. Der Hosenteil ist so weit, dass er wie ein Rock wirkt, wenn ich dazu hochhackige Schuhe trage. Und vor allem muss ich keine Angst haben, dass das Publikum zu viel von mir zu sehen bekommt, während ich das Cello zwischen meine Knie geklemmt habe. Damit das Outfit komplett ist, trage ich nur ein Accessoire – die rote Schleife, die mir mein Vater geschenkt hat. Als ich noch klein war, hat er mir damit immer einen Zopf gemacht, aber heute binde ich sie mir als Glücksbringer ums Handgelenk.

Das Orchester eröffnet die Show, also muss ich vor Sori und den anderen auf die Bühne. Die Konzerthalle steht bereits offen und die Zuschauer strömen herein. Ich suche die Menge ab, entdecke meine Mom und Halmeoni jedoch nicht.

»Eonni!«

Ein junges Mädchen läuft über den Rasen, und obwohl praktisch jede »große Schwester« gemeint sein könnte, drehe ich mich zu ihr um.

Es ist Jaewoos Schwester und sie bleibt erst stehen, als sie beinah mit mir zusammenstößt.

»Joori!«, sage ich. »Hi!« Hinter ihr sehe ich Jaewoos Mutter und verbeuge mich vor ihr. »Seid ihr gekommen, um Jaewoo zu sehen? Wie nett von euch.«

»Wir wollen Jaewoo sehen ... aber auch dich!«, ruft Joori. »Er hat gesagt, dass du drei Mal auftrittst!« Sie zieht das Programm hervor, wo mein Name tatsächlich so oft genannt wird: im Orchester, neben Soris in unserem Duett und als Solistin am Ende der Show.

»Sind deine Eltern hier?«, fragt Jaewoos Mutter.

»Meine Mom und ich sind nur zu zweit«, sage ich. »Und sie sollte bald hier sein, wenn sie nicht sogar schon drin ist. Sie bringt meine Halmeoni mit.«

»Ach ja. Jaewoo hat erwähnt, dass ihr euch nahesteht.«

»Ja.« Ich lächle. »Sie wird morgen operiert.«

»Das muss für deine Mutter aber eine große Erleichterung sein.«

»Ich ... ja.« So hatte ich das noch gar nicht betrachtet.

Ich habe immer nur daran gedacht, wie Halmeoni zu Mom steht und was ich für sie empfinde, aber nie daran, was *Mom fühlt*. Sie wirkt eben immer so gleichgültig. Aber so was zu denken, ist wohl unfair. Sie ist auch eine Tochter.

Vielleicht kann ich sie ja *doch* überreden, mich einen Monat länger in Korea bleiben zu lassen. Ich habe es nicht versucht, weil ich überzeugt war, ihre Antwort schon zu kennen. Aber vielleicht ist es etwas anderes, wenn ich ehrlich sage, was ich empfinde – dass ich lange nicht mehr so glücklich war und hier zu einer besseren Musikerin und einem besseren Menschen geworden bin.

Ich habe mich entschieden. Direkt nach der Talentshow werde ich mit ihr reden.

Strahlend verbeuge ich mich erneut vor Jaewoos Mutter. »Bis gleich!« Sie und Joori winken mir hinterher.

Im Backstagebereich bereiten die Orchesterschüler ihre Instrumente vor. Ich finde Nora, mit der ich mir einen Notenständer teile. Sie hat mit ihrem Cello gleich auch meines aus dem Musikraum geholt.

»Danke«, sage ich und nehme es ihr ab.

Wir betreten die Bühne. In einem Halbkreis sind dort bereits Stühle und Notenständer aufgebaut. In der Mitte befindet sich das Podium des Dirigenten.

Als alle an ihrem Platz sind, lässt der Dirigent die erste Oboe ein A spielen und wir anderen stimmen unsere Instrumente darauf ab.

Durch den geschlossenen Vorhang vernehmen wir das Gemurmel des Publikums.

Zum hundertsten Mal rückt Nora die Notenblätter zurecht. Dann tritt Stille ein. Alle setzen sich ein bisschen gerader hin. Der Vorhang geht auf. Jaewoo und Nathaniel betreten die Bühne.

Eigentlich soll ich den Dirigenten im Blick behalten, aber ich kann nicht anders, als nach Jaewoo zu schielen. Er trägt einen perfekt sitzenden Anzug mit schmaler Krawatte und klassischen schwarzen Anzugschuhen. Er hat sich in den vergangenen Wochen die Haare etwas länger wachsen lassen, und obwohl sie ihm jetzt aus dem Gesicht frisiert sind, hängt ihm vorwitzig eine Strähne in die Stirn.

»Jenny«, zischt Nora. Ich reiße den Blick von Jaewoo los und konzentriere mich auf den Dirigenten, der mit seinem Taktstock leicht gegen das Podium klopft.

Hinter ihm beginnen Nathaniel und Jaewoo ihre Moderation. Sie begrüßen das Publikum und erwähnen ein paar besonders wichtige Schüler im Ensemble. Als Noras Name genannt wird, steht sie auf und verbeugt sich. Obwohl Jaewoo und Nathaniel von einem Teleprompter ablesen, wirken sie völlig natürlich und das Publikum lacht an den richtigen Stellen.

»Und jetzt«, sagt Nathaniel, »wird das Seoul Arts Academy Symphonic Orchestra Strawinskys *Der Feuervogel* spielen.«

Der Dirigent hebt seinen Taktstock und Nora und ich setzen unsere Bögen an die Saiten.

Zwanzig Minuten später sause ich von der Bühne. Ich habe eine halbe Stunde, bis mein nächster Auftritt ansteht, und in dieser Zeit muss ich mich umziehen, frisieren und schminken.

Im Gang treffe ich Sori, die in einer Schutzhülle mein Kleid dabeihat.

»Ich hab den ganzen Auftritt von ganz hinten im Zuschauerraum verfolgt«, sagt sie. »Du warst unglaublich.«

»Ich glaube nicht, dass man mich heraushören konnte«, erwidere ich.

»Nein, wirklich, du warst umwerfend. Nimm mein Kompliment gefälligst an.« Sie übergibt mir das Kleid in der Hülle. »Noch sechsundzwanzig Minuten.«

Wir rasen auf die Toilette. Statt in die Kabinen zu gehen, ziehen wir uns einfach neben den Waschbecken um. Sie trägt ihr Outfit unter ihren normalen Sachen, also muss sie die einfach nur ausziehen. Dann hilft sie mir, mich in mein Kleid zu bekommen, ein bodenlanges Ballkleid, das sie von einer der Stylisten von Joah organisiert hat. Der Rockteil ist bauschig, das Oberteil hingegen eng anliegend und schulterfrei. Sorgfältig steckt sie mir die Haare zu einem Dutt wie dem ihrem hoch. Dann schminken wir uns nebeneinander, ich in meinem roten Ballkleid mit Strasssteinchen im Rockteil, sie in einem roten Leotard mit hauchdünnem Röckchen, das ebenfalls mit Strasssteinchen besetzt ist.

Wir sehen gut aus, nein, wunderschön.

Langsam hebt Sori den Arm mit ihrem Smartphone in der Hand und macht ein Spiegelselfie.

Gerade mal fünf Minuten vor unserem Auftritt schaffen wir es zur Bühne. Ich schnappe mir mein Cello und stimme es schnell, bevor ich zum linken Bühnenrand haste.

Nachdem das Violinentrio vor uns seinen wohlverdienten Applaus bekommen hat, stellt ein Techniker flink einen Stuhl und einen Notenständer auf die linke Seite. Der Applaus verstummt, als ich die Bühne betrete, in einer Hand mein Cello, während ich mit der anderen meinen Rock hebe, damit ich nicht stolpere.

Ich gelange zum Stuhl und setze mich, arrangiere mein Kleid und platziere das Cello zwischen meinen Knien.

»Und nun folgt unser einziges Duett des Programms«, kündigt uns Nathaniel an. »Eine Zusammenarbeit von zwei Schülern des dritten Jahrs. Min Sori ist Trainee bei Joah Entertainment. Sie ist Landesmeisterin im Bereich Rhythmische Sportgymnastik, klassischem Jazztanz und Debattieren. Äußerlich von kühler Schönheit, doch im Inneren ein süßer und weicher Marshmallow.«

Das Publikum lacht leise und ich sehe, wie sich ein paar Lehrer Blicke zuwerfen. Offensichtlich hat Nathaniel improvisiert.

»Unsere zweite Darbietende«, sagt Jaewoo mit warmer, kräftiger Stimme, »ist die klassische Cellistin Jenny Go, eine amerikanische Austauschschülerin von der LACHSA.« Von dieser Position aus kann ich den Teleprompter sehen. Die Vorstellung endet hier, doch er spricht weiter. »Außerdem ist Jenny eine Schülerin mit ausgezeichneten Leistungen, eine hingebungsvolle Enkelin und eine phänomenale Tänzerin, obwohl sie selbst das wohl anders sieht.« Wieder lachen die Zuschauer amüsiert und von hinten ertönt ein besonders lautes Gackern, wahrscheinlich von Gi Taek.

»Nach dem Abschluss möchte sie auf eine Musikhochschule gehen, wo sie weiter an ihrem unglaublichen Talent feilen und ihre Musik mit anderen teilen wird.«

Ich kann sehen, wie einer der Lehrer von der Seite versucht, Jaewoo auf sich aufmerksam zu machen, doch seine Stimme hallt weiter durch den Saal. »Auch wenn ihre Zeit an der SAA nur kurz war, hat sie bei vielen von uns einen bleibenden Eindruck hinterlassen, besonders bei denjenigen unter uns, die sich ihre Freunde nennen dürfen.«

Ein sanftes Scheinwerferlicht findet mich auf der Bühne. Ich reiße den Blick von Jaewoo los und atme tief durch. Dann drücke ich die linke Hand gegen das Griffbrett und hebe meinen Bogen an die Saiten.

Als ich zu spielen beginne, erscheint ein weiteres Scheinwerferlicht auf der Bühne und das Gemurmel des Publikums verrät mir, dass nun auch Sori zu sehen ist. Sie wiegt und springt zum Klang der Musik, einem klassischen Arrangement eines beliebten K-Pop-Songs. Es ist eine Mischung unserer Interessen, ein wahrhaftiges Gemeinschaftsprojekt. Alles, was ich habe, lege ich in diese Darbietung, denn sie ist nicht nur für mich, sondern auch für Gi Taek und Angela, deren Freundschaft mir alles bedeutet, und für meine Mutter und Halmeoni, die irgendwo im Publikum sitzen, und für meinen Vater, der heute nicht hier sein kann, aber dennoch hier *ist*, weil ich es bin.

Ich spiele für Jaewoo, der im Gegensatz zu allen anderen, die von Soris Bewegungen verzaubert sind, nie seine Augen von mir nimmt.

Und schließlich auch für Sori, die in diesen wenigen Monaten meine beste Freundin geworden ist.

Nach dem Ende des Songs bricht das Publikum in donnernden Applaus aus.

»Jaewoo?«, sagt Nathaniel. »War da nicht noch was? Hallo, Jaewoo? Erde an Bae Jaewoo.«

»Oh, tut mir leid«, sagt Jaewoo überrumpelt und das Publikum lacht.

Ich nehme mein Cello und gehe Sori entgegen. Als wir uns auf halbem Weg in der Mitte der Bühne treffen, ergreift sie meine Hand. Wir drehen uns gemeinsam Richtung Saal und verbeugen uns, während der Beifall erneut aufbrandet. Dann verlassen wir Hand in Hand die Bühne. Im Backstagebereich müssen wir vor lauter Adrenalin, das durch unsere Adern pumpt, loslachen.

Mir bleibt kaum Zeit, mein Cello abzustellen, als mich Sori schon fest umarmt. »Wir haben's geschafft! Wir haben's wirklich geschafft!«

Ich erwidere ihre Umarmung genauso fest. »Danke. Ohne dich hätt ich das nie hinbekommen.«

Wir halten einander noch einen Moment länger fest, dann lässt sie mich los. »Du musst dich für dein Solo fertig machen!«

»Und du dich für deinen nächsten Auftritt.« Sie und Angela treten beide in einer zeitgenössischen Gruppenchoreografie auf.

Als ich mich wieder mit meinem Cello beschäftigen will, summt es leise in der Tasche meines Kleids. Ich greife in den voluminösen Rock und hole mein Handy hervor.

»Du hattest dein Handy mit auf der Bühne?«, fragt Sori entsetzt.

»Ehrlich gesagt hab ich es nur als Scherz hineingetan, als ich die Tasche entdeckt habe. Und dann hab ich es vergessen.« Ich werfe einen Blick auf das Display. »Es ist eine Nachricht von meiner Mom.«

»Vielleicht will sie dir zum Auftritt gratulieren.«

Ich öffne die Nachricht und beginne zu lesen.

Jenny, es tut mir so leid. Ich musste weg. Ich bin im Severance Hospital in Sincheon. Halmeoni wurde in die Notaufnahme gebracht ...

Ich lese nicht weiter, sondern raffe meinen Rock zusammen und sprinte zum Ausgang.

# Siebenunddreißig

Ich renne über den Campus. Der bauschige Rock des Ballkleids macht es schwierig. Hinter den Schultoren entdecke ich ein Taxi, das Nachzügler hergebracht hat, und springe hinein. Ich habe kein Geld dabei, aber der Taxifahrer erbarmt sich meiner, als er mein Ziel erfährt: das Severance Hospital in Sincheon.

Er lässt mich direkt am Eingang heraus und ich stolpere durch die automatischen Türen. In der Lobby geht es hektisch zu, aber alle halten inne, als eine Jugendliche in rotem Ballkleid hereinkommt. Ich raffe meinen Rock zusammen und eile zum Empfang.

»Mein Name ist Jenny Go. Ich suche nach meiner Großmutter. Sie wurde in die Notaufnahme gebracht.«

»Wie heißt deine Großmutter?«

»Kim Na Young.«

Die Krankenschwester wirft einen Blick auf ihr Tablet. »Achter Stock. Die Fahrstühle sind direkt hier links.«

Kaum hat sie ausgesprochen, greife ich schon wieder nach meinem Rock. Während ich auf den Lift warte, klingelt mein Handy. Jaewoo. Ich gehe ran, als sich die Aufzugtüren öffnen.

»Jenny?«, sagt Jaewoo und es ist schwer, ihn mit der lauten Musik im Hintergrund zu verstehen. »Alles in Ordnung? Warum bist du weg?«

Noch ehe ich antworten kann, wird die Verbindung unterbrochen und der Fahrstuhl erreicht den achten Stock.

Gerade als ich aussteige, summt mein Handy vor eingehenden Nachrichten, allen voran eine von Gi Taek: Jenny, wo bist du?

Im Krankenhaus, tippe ich schnell zurück und drücke auf Senden.

»Go Jenny-ssi?« Vor mir steht eine Krankenschwester. »Der Empfang hat mich angerufen und gesagt, dass du hochkommst.«

Ich stecke mein Handy weg. »Ich suche nach meiner Halmeoni. Kim Na Young. Ist sie okay? Ist sie in Ordnung? Mir wurde gesagt, ich solle sofort kommen.«

Die Schwester reißt die Augen auf. »Oh ja, alles okay. Deiner Halmeoni geht es gut. Sie ist nach ihrer Operation gerade in den Aufwachraum gekommen.«

»Es … Es geht ihr gut?«

Meine Knie geben nach und ich sinke zu Boden. Die Schwester kniet sich neben mich und legt mir eine Hand auf die Schulter. »Armes Kind, du musst dir solche Sorgen gemacht haben.«

Ich schniefe. »Darf sie schon Besucher empfangen? Kann ich sie sehen?«

»Ja. Deine Mutter ist gerade bei ihr.«

Ich lasse mir von der Krankenschwester auf die Beine helfen.

»Zimmer 803«, sagt sie und ich nicke. Die letzten paar Schritte gehe ich allein. Vor der Tür bleibe ich stehen. Die Tür ist nur angelehnt und ich kann Halmeoni und Mom miteinander reden hören.

Ich lege die Hand auf die Klinke, zögere aber, als ich ein Schluchzen höre. Es dauert einen Moment, bis mir klar wird, dass es meine Mutter ist. Sie … weint, etwas, das sie nicht mehr getan hat, seit Dad gestorben ist.

»Du warst nicht da«, sagt Mom. »Ich habe dich gebraucht und du warst nicht da.«

»Nae saekki«, erwidert Halmeoni. »Mein Baby. Eomma tut es leid. Ich hätte für dich da sein sollen. Das war falsch von mir. Vergib mir, vergib mir.«

Mein Mom schluchzt lauter, als ich es jemals erlebt habe.

»Dir … dir fehlten die Mittel und ich hab dir nicht geholfen. Aber es war so schwer, Eomma. Ich hatte niemanden.«

»Du hast mich. Du wirst mich immer haben. Und deine Tochter. Deine wunderschöne Tochter.«

»Ich hab solche Angst, Eomma. Ich treibe Jenny an, stärker zu werden, aber manchmal denke ich, ich stoße sie damit nur weg. Ich will sie doch nur beschützen.«

»So wie ich dich beschützt habe? Du siehst ja, wie furchtbar das ausgegangen ist. Du darfst diejenigen, die du liebst, nicht aussperren, um sie zu beschützen, Soojung-ah. Du musst sie nur lieben. Ihnen aus ganzem Herzen vertrauen. Mehr kannst du nicht tun.«

Ich trete von der Tür zurück.

Das Handy in meiner Tasche summt zum millionsten Mal und endlich werfe ich wieder einen Blick darauf. Warum schicken mir meine Freunde so viele Nachrichten? Ich bin ja dankbar, dass sie sich sorgen, aber ich bin hier ein bisschen beschäftigt.

**Gi Taek:** Jenny, warum gehst du nicht dran?

**Angela:** Bist du okay?

**Sori:** Welches Krankenhaus?

**Jaewoo:** Ich hab die Klinik angerufen und bin auf dem Weg.

**Gi Taek:** Jenny, das ist ernst. Bist du in Sicherheit?

Ich runzle die Stirn. Wovon redet er da? Dann schickt mir jeder von ihnen einen Link.

**Angela:** »EILMELDUNG: K-Pop-Idol Bae Jaewoos Geheime Freundin!«

**Gi Taek:** »XOXOs Bae Jaewoos Dating-Skandal«

**Sori:** »Bulletin enthüllt: Bae Jaewoo (XOXO) in Beziehung mit Klassenkameradin!«

Mit zitternden Händen öffne ich den letzten Link. Er bringt mich zu einer bekannten Klatschseite, wo ganz oben genau dieser Artikel erscheint, komplett mit einem riesigen vergrößerten Foto von Jaewoo und mir.

Ich hätte ein Paparazzi-Foto erwartet, von einem der Male, als Jaewoo und ich zusammen in der Öffentlichkeit waren, zum Beispiel beim Schulausflug, auf unserem Date im Kino oder an dem Nachmittag im Noraebang. Doch stattdessen ist es …

Das Automatenfoto.

Anders als im Artikel über Nathaniel und Sori ist mein Gesicht nicht verpixelt. Dank der schlechten Qualität des Fotos ist es zwar nicht besonders gut zu erkennen, aber auch nicht unkenntlich gemacht.

Eine Nachricht poppt auf.

**Jaewoo:** Ich bin hier. Wo bist du?

Ich renne zum Fahrstuhl und drücke auf den Knopf fürs Erdgeschoss. Glücklicherweise steigt niemand zu und ich fahre direkt zur Lobby. Hinter den sich öffnenden Türen erwartet mich das Chaos. Sicherheitsleute rufen etwas, während

Dutzende Fotografen ihre riesigen Kameras auf eine einzige Person mitten in der Lobby richten.

Jaewoo.

Als sich die Fahrstuhltür ganz öffnet, dreht er sich um und sieht mich. Langsam lässt er das Handy sinken, das er eben noch an sein Ohr gehalten hat.

Die Paparazzi folgen seinem Blick und es ist, als hätten Bluthunde ihre Beute gewittert. Nur von den Sicherheitskräften des Krankenhauses zurückgehalten drängen sie voran.

Jaewoo kommt in meine Richtung. Er trägt immer noch den Anzug von der Talentshow. Nur der Knoten seiner Krawatte ist gelockert und seine Haare sind völlig verwuschelt, als ob er ein paarmal mit der Hand hindurchgefahren wäre.

Als er bei mir im Fahrstuhl ist, umarmen wir uns fest. Die Türen schließen sich wieder und schneiden uns vom Lärm der Lobby ab. Jaewoo lässt mich nur los, um den Knopf für den obersten Stock zu drücken.

»Bist du okay?«, fragt er besorgt. »Wie geht es deiner Halmeoni?«

»Ganz gut. Sie musste notoperiert werden, aber alles ist gut gelaufen.«

Er seufzt erleichtert und lehnt sich gegen die Fahrstuhlwand.

Die angezeigte Nummer steigt immer weiter. Fünfundzwanzig. Sechsundzwanzig. Siebenundzwanzig.

»Es tut mir leid«, platzt es aus mir heraus. »Ich hatte das Foto in meinem Portemonnaie stecken, aber es muss herausgefallen sein. Das war sehr nachlässig von mir. Es ist alles meine Schuld.«

»Ist es nicht«, widerspricht mir Jaewoo. »Nichts davon ist deine Schuld.«

Der Lift hält an. Wir haben den obersten Stock des Krankenhauses erreicht. Jaewoo nimmt meine Hand und führt mich ins Treppenhaus. Wir steigen ein paar Stufen hinauf und öffnen die Tür zum Dach.

Die Nachtluft ist mild. Eine warme Brise fängt sich in den Strähnen, die sich aus meinem Dutt gelöst haben.

Jaewoo zieht sein Jackett aus, löst den Knoten seiner Krawatte komplett und nimmt sie ab.

Er tritt an den Rand des Dachs, der mit einem halbhohen Mäuerchen und einem Geländer gesichert ist. Ich geselle mich zu ihm und sehe, dass sich unten Übertragungswagen stauen.

»Man sollte meinen, sie hätten mehr Respekt«, sagt Jaewoo verbittert.

»Wie konnten die Paparazzi so schnell hier im Krankenhaus auftauchen?«

»Sie haben vor der Schule gewartet und sind mir gefolgt, als ich losgefahren bin. Meinem Chauffeur wäre es fast gelungen, sie abzuschütteln, aber kurz vor dem Krankenhaus haben sie uns wieder eingeholt.«

Er reißt seinen Blick von dem Chaos am Eingang los. »Bist du sicher, dass es dir gut geht?«

»Ich …« Die Antwort ist nicht so leicht. Meine Gedanken fahren Karussell, genau wie meine Gefühle. Plötzlich fällt mir etwas ein.

»Ich hätte doch heute Abend mein Solo spielen müssen.«

Jaewoo wirkt erstaunt. »Das kannst du doch immer noch.«

»Kann ich nicht«, erwidere ich. Inzwischen ist mein Platz im Programm vorbei und es gab eine Pause. Bestimmt haben alle den Artikel gelesen. Mein Solo war mein Ticket in die MSM; jetzt *muss* ich wieder zurück in die Staaten. Die Philharmonie ist meine letzte Chance. »Es ist vorbei.«

»Jenny?«

»Was passiert jetzt?«, frage ich.

Er muss meinem Gedankensprung gefolgt sein, denn er antwortet: »Meine Agentur wird eine Presseerklärung herausgeben.«

»Sie werden es abstreiten, oder? So wie bei Nathaniel und Sori?«

»Ich … Ich bin mir nicht sicher. Aber ich werde alles tun, was in meiner Macht steht, um dich zu beschützen.«

»Nein«, sage ich schroff. *Beschützen.* Da ist es wieder, dieses Wort. Aber ich will nicht, dass mich Leute, die mir wichtig sind, beschützen. Nicht, wenn es ihnen schadet. Jaewoo, Mom.

Jaewoo wollte auf mich zugehen, bleibt jetzt aber stehen und sieht mich verwirrt und gekränkt an.

»Du solltest nicht mich beschützen, sondern deine Bandkollegen, deine Familie, dich selbst. Denk an die Menschen, die früher in deinem Leben waren und es auch in Zukunft sein werden.«

»Jenny, du bist …«

»Ich fliege zurück, Jaewoo. In zwei Tagen. Nein, weniger als zwei.«

Eine kurze Pause, dann sagt er leise: »Wann wolltest du mir das sagen?«

Und plötzlich weiß ich, was ich tun muss, was ich nicht akzeptieren wollte. Ich reise ab und es ist egal, ob es in zwei Tagen oder erst einem Monat ist. Das Ergebnis ist das gleiche.

Jaewoo ist viel zu lieb, er würde niemals Schluss mit mir machen, besonders nicht nach diesem Skandal. Wie er gesagt hat, wird er alles tun, was in seiner Macht steht, um mich zu beschützen.

Wenn sich hier jemand darum schert, was das Beste für ihn ist, für uns beide, dann werde ich das sein müssen.

»Spielt es eine Rolle?«, frage ich kühl. »Wir hätten früher oder später doch eh Schluss gemacht.«

Er zuckt zusammen. »Ist das so?«

»Jaewoo, es gibt einen Grund, warum es so lange gedauert hat, bis wir zusammengekommen sind. Unsere Leben sind einfach zu verschieden. Du bist berühmt, ein Idol, und ich will in New York City auf die Musikhochschule gehen.«

Ich denke an die Worte meiner Mutter vor ein paar Tagen. Sie hatte recht. Ich habe es nur nicht hören wollen. »Ich kehre in mein richtiges Leben zurück. Das solltest du auch tun.«

»Bei dir klingt das so leicht«, sagt er schroff.

Nun bin ich es, die zusammenzuckt. »Es tut mir so leid wegen dem Foto. Vielleicht kann es deine Agentur irgendwie abstreiten, solange es keine weiteren Beweise gibt ...«

»Und verdammt, jemand hätte mir sagen sollen, dass unsere Trennung von Anfang an klar war, dann würde es jetzt vielleicht nicht so wehtun.«

»Jaewoo ...«

»Ich habe dich nicht gefragt, ob du mit mir zusammen sein willst, weil ich dachte, dass wir in ein paar Monaten eh wieder Schluss machen würden. Niemand fängt eine Beziehung mit der Vorstellung an, dass sie enden wird.«

»Nein, aber sie beenden die Beziehung, wenn ihnen klar wird, dass sie sie gar nicht erst hätten eingehen sollen.«

»Glaubst du das wirklich?«

Ich will Nein sagen. Ich will ihm sagen, dass diese zwei Monate mit ihm, diese vier Monate in Seoul mit all unseren Freunden einfach wunderschön gewesen sind.

Aber ich stecke zu tief drin. Es fühlt sich an, als würde es mir das Herz herausreißen, diese Worte zu sagen, aber ich muss es tun, denn ich gehe, und es ist besser, ihm jetzt wehzutun, als ihm zu sagen, was ich eigentlich sagen will: dass ich ihn liebe.

»Ja.«

Die Tür zum Dach wird geöffnet.

»Jaewoo.« Es ist sein Manager. »Ich habe überall nach dir gesucht. Warum hast du nicht auf meine Nachrichten geantwortet? Da unten ist der Teufel los. Das Sicherheitspersonal wird uns durch den Hinterausgang eskortieren. Wir müssen los.«

Da bemerkt Ji Seok mich. »Am besten, du gehst allein.«

Jaewoo nimmt seine Jacke vom Boden. Als er an mir vorbeigeht, hält er kurz inne. Ich schaue zu ihm auf und es fällt mir schwer, die Tränen zurückzuhalten.

»Das wollte ich dir eigentlich vorhin schon sagen.« Er schenkt mir ein letztes umwerfendes Lächeln, obwohl ich gerade ihm und mir das Herz gebrochen habe. »Du warst wunderschön heute Abend.«

Ein paar Sekunden später fällt die Tür mit einem Knall ins Schloss und er ist fort.

# Achtunddreißig

In der vorletzten Szene jedes K-Dramas kommt normalerweise eine Verfolgungsjagd vor. Und in der Regel werden alle Hemmungen und Ängste überwunden, wenn die Heldin und ihre große Liebe endlich vereint sind und alles gut wird.

Aber niemand kommt durch den Flughafen gelaufen, um mich zurückzuhalten.

So steige ich am Sonntag planmäßig in den Flieger und kehre wieder heim.

# Neununddreißig

Es ist echt krass, dass du überhaupt kein Social-Media-Profil hast, schreibt Gi Taek um zwei Uhr morgens, was nach koreanischer Zeit achtzehn Uhr ist. Obwohl das jetzt gerade vielleicht auch besser ist …

Ich bin seit einer Woche wieder zu Hause und hätte den Jetlag schon längst überwunden, wenn da nicht der Gruppenchat wäre, den Gi Taek mit Angela und Sori gegründet hat, sobald ich am LAX, dem Flughafen von LA, gelandet bin. Er hat den Chat »SOJ« genannt, was für »Spaß ohne Jenny« steht.

**Sori:** Ich würde jeden in den Kommentaren fertigmachen, der sich traut dich im Internet anzugreifen.

**Gi Taek:** Damit würdest du alles nur noch schlimmer machen.

**Sori:** Was fällt dir bloß ein?

**Angela:** ㅋㅋㅋ

Vielleicht liegt es ja *genau* daran, dass ich kein Social-Media-Profil habe, dass die Reaktion auf den Skandal nicht allzu schrecklich ausgefallen ist, zumindest was mich angeht, aber es könnte auch daran liegen, dass niemand die Identität von Bae Jaewoos angeblicher Freundin kennt. Das Foto, das veröffentlicht wurde, zeigt zwar mein Gesicht, ist aber doch sehr unscharf, und ich sehe wie eine seltsame Doppelgängerin von mir aus, die mich ermorden und meinen Platz einnehmen würde, sollte sie jemals aus diesem Foto entkommen.

Jeder, der mich kennt, weiß sofort, dass ich es bin, aber ansonsten wurden keinerlei persönliche Informationen über mich veröffentlicht, einschließlich meines Namens.

Ich glaube, teilweise liegt es daran, dass ich noch minderjährig bin, aber hauptsächlich arbeiten Jaewoos Anwälte rund um die Uhr daran, ihn zu beschützen, und damit im erweiterten Sinne auch mich.

Am Montag nach dem Skandal, als ich gerade irgendwo über dem Pazifik war, gab Joah Entertainment eine Presseerklärung heraus, in der verkündet wurde, dass das Privatleben der Bandmitglieder genau das ist – privat. Es war eine harte Ansage, weder Eingeständnis noch Leugnung. Doch die Botschaft war klar: Jaewoo hat die volle Unterstützung seiner Agentur. Ich war überrascht, da ich angenommen habe, sie würden es wie bei Sori und Nathaniel vertuschen, aber vielleicht hat Sori ihre Mutter überzeugt, es mit einer neuen Herangehensweise zu versuchen.

Auf den offiziellen Social-Media-Profilen der Band hat Jaewoo eine Entschuldigung für die Störung des Krankenhausablaufs veröffentlicht. Er erklärt darin nicht, was er dort gemacht hat, sondern nur, dass er die Verantwortung für das Chaos übernimmt, das wegen ihm ausgebrochen ist. Die Kommentare unter dieser Entschuldigung sind voller unterstützender Worte seiner Fans, die die Paparazzi dafür verurteilen, ihm ins Krankenhaus gefolgt zu sein und sein Leben bei dieser Verfolgungsjagd aufs Spiel gesetzt zu haben.

Ein paar negative Kommentare gibt es aber, die ihn undankbar und selbstsüchtig nennen. Dass er der Band schaden würde und ein Heuchler sei, der sich ganz und gar nicht wie ein Prinz aufgeführt hätte.

Als ich diese Kommentare sehe, will ich am liebsten bissig zurückschreiben, so wie Sori es gemeint hat, aber mir ist klar, dass das gar nichts nützt.

**Sori:** Es wird sich schon alles wieder beruhigen. Das ist doch Schnee von gestern. Habt ihr gehört, dass sich Lee Jae Won und Lee Tae Raffi verlobt haben? Das Lee-Lee-Paar! Ich wusste, dass ihre Anziehung in Rebel Heart echt war.

**Angela:** Ich freue mich so für sie!!!

**Ich:** Hey Leute, bei mir ist es zwei Uhr nachts. Ich muss ins Bett.

**Angela:** Wir vermissen dich!

**Ich:** Ich euch auch.

Ich schließe den Gruppenchat, aber statt zu schlafen, öffne ich aus Gewohnheit den Browser und schaue auf allen Social-Media-Profilen der Band nach, ob es irgendwelche Updates gibt. Dann logge ich mich in ihre Fanseite ein, um mir ihren täglichen Zeitplan anzusehen.

Ich kann es nicht genau sagen, aber mir kommt es so vor, als wäre XOXO genauso beliebt wie vor dem Skandal, wenn nicht sogar noch beliebter. Außerdem haben sie die Daten für ihre Welttournee veröffentlicht. Sie beginnen mit zwei Konzerten in Seoul und reisen dann durch Asien, Europa und schließlich die USA.

Ein Konzert ist in New York.

Am gleichen Tag wie das Vorspiel für die Manhattan School of Music, zu dem ich fliegen will.

Nicht zum ersten Mal schaue ich nach Tickets. Doch nichts hat sich verändert, seit das Konzert binnen vierundzwanzig Stunden ausverkauft war. Die einzigen Tickets, die noch zu haben sind, werden zu exorbitanten Preisen weiterverkauft.

Stöhnend werfe ich mein Handy aufs Bett. Warum gucke ich das überhaupt nach?

Ich geh doch eh nicht hin.

Oder vielleicht doch. Ich kaufe mir einfach ein Ticket für einen der Plätze, die so weit entfernt sind, dass ich ein Teleskop brauchen werde, um die Bühne zu sehen. Dann kann ich sie aus der Ferne beobachten. Das klingt nach einer sehr speziellen und grausamen Bestrafung, die ich zu Recht verdiene.

Mein Handy blinkt wegen einer neuen Nachricht und ich flitze zum Bett. Ich weiß, dass sie nicht von Jaewoo ist, aber irgendwie hoffe ich es doch.

Sie ist von meiner Mutter:

Wir waren heute im Krankenhaus und der Arzt hat gesagt, dass Halmeoni vollständig genesen ist, was bedeutet, dass ich doch wie geplant nach Hause kommen werde! Mir tut vieles sehr leid. Ich denke, wir sollten uns unterhalten, wenn ich wieder da bin. Ich hab dich lieb, Jenny.

Ich dich auch, Mom.

Warum bist du noch wach? Geh schlafen!

Lachend lasse ich die Hand sinken und betrachte die Decke. Es hat nur eine lebenswichtige Operation meiner Halmeoni benötigt, damit sich meine Mom öffnet. Und sie war nur ein bisschen wütend, dass ich den Platz im Philharmonieorchester nicht bekommen habe, oh, und dass ich in einen K-Pop-Skandal mit einem Idol verwickelt war. Glücklicherweise hat sie mich nicht angeschrien, sondern ihre Anwaltskollegen um Rat gefragt. Sie hat sich erst wieder beruhigt, als sie gesehen hat, wie gut Joah Entertainment die Sache im Griff hat.

Unsere Beziehung ist zwar immer noch nicht wieder so wie vor dem Tod meines Vaters, aber wir reden miteinander, und das ist ein Anfang.

Ich schließe meine Augen, weiß aber, dass es mir schwerfallen wird einzuschlafen, also tue ich, was ich jeden Abend getan habe, seit ich aus Korea zurück bin. Ich öffne meine Musik-App und stelle XOXOs Album auf Repeat.

Ihre Musik ist das Einzige, was mich so weit beruhigt, dass ich einschlafen kann.

Ich weiß nicht, warum es mir so schwerfällt, mich wieder einzugewöhnen.

Vielleicht liegt es am Jetlag, aber vielleicht auch eher daran, dass ich ihn einfach nur vermisse.

In der Woche vor Beginn meines letzten Schuljahrs fliegen Onkel Jay und ich an die Ostküste, damit ich mir die Colleges dort ansehen kann. Und ich vereinbare in jeder Hochschule, die ich besichtige, eine Audition. Das wäre auch per Videochat gegangen, aber ich spiele lieber persönlich vor.

Onkel Jay übernimmt als »verfrühtes Geschenk zum Abschluss«, wie er sagt, großzügigerweise die Kosten. Und da Mom gerade mit einem großen Fall beschäftigt ist, begleitet er mich. Er sagt, dass ihm das ganz gut passt, weil er sich »ohnehin die Karaokeszene in New York City ansehen« will.

»Ich bin sicher, dass sie genau wie in LA ist«, sage ich.

»Nein, nein. Diese Ostküstenkoreaner machen alles ganz anders.«

Es ist der dritte und letzte Tag unserer Reise und wir essen in einem Restaurant am Times Square zu Mittag. Ich war bereits in den Schulen in Boston und an diesem Morgen in Julliard. Das Vorspiel für die Manhattan School of Music ist in einer Stunde und wird darüber entscheiden, ob ich auf die Hochschule gehen kann, von der ich mein ganzes Leben geträumt habe.

Aber es fällt mir schwer, mich zu konzentrieren.

XOXO ist hier.

In New York.

Sie waren eine Woche in Europa und sind irgendwann in den letzten vierundzwanzig Stunden am JFK-Flughafen gelandet. Das weiß ich, weil ich einer der Tänzerinnen von XOXO folge und sie regelmäßig ihren Status updatet. Das nutzen die Fans, um den aktuellen Aufenthaltsort der Mitglieder zu tracken.

»Warum isst du nichts?«, fragt Onkel Jay und deutet auf meinen Teller mit Burger und Pommes Frites. »Bist du so nervös? Keine Sorge, du hast deine anderen Vorspiele doch auch alle mit Bravour überstanden.«

Er hat recht. Von Berklee habe ich bereits eine mündliche Zusage bekommen.

»Ich bin nicht nervös«, sage ich und lasse meinen Blick über den Times Square wandern, wo unzählige Leute über die belebte Kreuzung gehen. Über ihnen blinken die Reklamewände selbst am Tage grell.

Eine fällt mir besonders ins Auge. Eine Werbung für ein Musical. Onkel Jay und ich haben diesmal keine Zeit für so etwas, aber wenn ich hoffentlich bald wieder in New York bin, steht ein Theaterbesuch ganz oben auf meiner Liste.

Dann wechselt die Reklametafel zu einem Werbeclip. Ein paar Leute bleiben stehen und schauen hoch: *XOXO Live, heute Abend im Madison Square Garden auf ihrer* All the World's a Stage-*Tour. Einlass ab neunzehn Uhr.*

»Ist das nicht dieser Junge, mit dem du zusammen warst?«

»Onkel Jay!«, zische ich und drehe mich zu den anderen Restaurantbesuchern um. Doch keiner beachtet uns.

»Tritt er etwa hier in den USA auf?«

»Er hat heute ein Konzert im Madison Square Garden.«

Onkel Jay stößt einen Pfiff aus. »Verdammt. Und du hast ihn wirklich in meiner Karaokebar kennengelernt? Ich hätte ihn was unterschreiben lassen sollen. Das wäre eine großartige Werbung.«

»Ich hab ihn an dem Abend getroffen, als du mir gesagt hast, ich solle mal ein bisschen leben.«

»Was?« Onkel Jay besitzt die Frechheit, gekränkt zu wirken. »So was würde ich nie sagen.«

»Aber es war der Auslöser für all meine Unsicherheiten!«

»Ups.« Er zuckt mit den Schultern. »Sorry.«

Während ich vor Wut innerlich koche, beißt er in sein BLT-Sandwich. Draußen erscheint der Werbeclip auf einer anderen Reklametafel. Am liebsten würde ich mein Handy herausholen und die Werbung abfilmen, besonders den Teil, wo Jaewoo zu sehen ist, mit Namen und Position in der Band.

Auf der Straße unter der Reklametafel sind ein paar junge Leute stehen geblieben und zeigen nach oben.

»Du hast also meinen weisen Ratschlag befolgt, was? Wie sauer wärst du, wenn ich dir noch einen geben würde?«

Ich schaue ihn misstrauisch an. »Raus damit.«

Er lehnt sich zurück. »Es ist mehr so was wie eine Geschichte.«

Ich seufze. »Solange es kein Filmzitat ist.«

»Sie dauert nicht lang. Du isst und ich rede.«

Ich tue es, wenn auch nur, weil ich Essen äußerst ungern verkommen lasse.

»Als dein Dad und ich in deinem Alter waren, zog dieses neue Mädchen in die Stadt.«

Ich kneife die Augen zusammen und bin mir nicht sicher, ob ich eine Geschichte über eine der vielen Ex-Freundinnen meines Onkels hören will.

»Nein, hör zu. Sie kam neu an unsere Schule, direkt aus Seoul. Sie war sehr hübsch und natürlich hat sie deinen Vater und mich einfach ignoriert. Schließlich waren wir nur zwei Raufbolde aus K-Town. Ich hab ziemlich schnell aufgegeben – schließlich gab es jede Menge Mädchen, die auf mich standen.«

Ich verdrehe die Augen.

»Aber dein Vater war wild entschlossen. Er hat ihr Briefe geschrieben und sie von der Schule nach Hause begleitet. Dann ist er krank geworden …« Ich erinnere mich. Der Krebs war bei meinem Vater das erste Mal ausgebrochen, als er im College gewesen war. »Und plötzlich hat er so getan, als würde er sich nicht für deine Mom interessieren …« Er macht eine Pause. »Wir sprechen nämlich hier von deiner Mom.«

Durch die Tränen in meinen Augen lache ich. »Ich weiß.«

»Aber da war sie bereits in ihn verliebt. Und so hat er versucht, sie wegzustoßen, doch sie ließ sich nicht beirren, besuchte ihn im Krankenhaus und schrieb *ihm* Briefe. Nach seiner Genesung hat er den Abschluss gemacht, dann haben sie geheiratet, dich bekommen und waren glücklich. Für lange Zeit.«

»Er fehlt mir«, flüstere ich.

Onkel Jay muss nichts sagen. Ich weiß, dass er ihn auch vermisst.

»Du bist genau wie deine Eltern, Jenny. Du bist stur und loyal und gutmütig, und wenn du liebst, tust du das mit ganzem Herzen.«

Ich starre Jay an, der weder mein Vater noch wirklich mit mir verwandt ist und dennoch jeden einzelnen Tag meines Lebens für mich da war.

»Was willst du damit sagen, Onkel Jay? Drück dich mal in Jenny-Sprache aus.«

»Damit will ich sagen, dass Menschen seltsame Dinge tun, um ihr Herz zu beschützen. Wenn du Angst hast, ist dein Herz verschlossen, und der richtige Zeitpunkt kommt nie. Aber wenn du dein Herz öffnest und mutig genug bist, etwas zu riskieren, ist immer der richtige Zeitpunkt.«

»Ich glaube, ich habe einen Fehler gemacht, Onkel Jay. Aber ich weiß nicht, wie ich ihn wiedergutmachen soll.«

»Das stimmt nicht. Du weißt genau, wie. Du musst es einfach ... tun.«

»Jenny, nach deiner Audition und der Durchsicht deines Portfolios würden wir dir für die Manhattan School of Music sehr gern eine mündliche Zusage anbieten.«

Ich starre die Mitarbeiterin der Hochschule mit offenem Mund an, während sie mich freundlich anlächelt. Wahrscheinlich ist sie solche schockierten Gesichtsausdrücke von den Schülern gewöhnt, denen sie die guten Neuigkeiten überbringt. Das hier ist der Höhepunkt all meiner harten Arbeit, alles, was ich jemals gewollt habe.

»Professor Tu, unsere Celloprofessorin geht in ein paar Minuten mit einigen Studenten essen, wenn du dich ihnen anschließen willst.«

»Ich ... Wie spät ist es?«

Sie wirft einen Blick auf ihre Armbanduhr. »Kurz nach halb sechs.«

»Dann würde ich mich geehrt fühlen, sie zu begleiten.«

•

Das Essen findet in einem italienischen Restaurant auf der Upper West Side statt. Wir nehmen uns die Gerichte aus großen Schüsseln, die auf den Tisch gestellt werden. Ich bin bereits völlig von Professorin Tu begeistert, die nicht nur in Asien und Europa gelehrt hat, sondern auch Mitglied eines preisgekrönten Ensembles ist.

Die Studenten wirken ebenfalls ziemlich cool, besonders das Mädchen, das neben mir sitzt – sie ist im zweiten College-Jahr und studiert ebenfalls Cello – und der Junge ihr gegenüber, der Komponist werden will.

Die Unterhaltung plätschert mühelos dahin, und wäre ich nicht so auf die Zeit fixiert, hätte ich sie längst aus den Augen verloren. Sechs vergeht, dann sieben. Um halb acht sitze ich auf brennenden Kohlen und verbrenne mir buchstäblich an einem Stück Knoblauchbrot den Mund. Alle lassen sich's gut gehen. Ein paar Studenten, die alt genug dafür sind, lassen sich die zweite Flasche Wein schmecken. Als der Kellner kommt, bittet die Professorin um die Dessertkarte.

»Alles in Ordnung?«, fragt das Mädchen neben mir.

Ich stehe abrupt auf. Alle Blicke richten sich auf mich. »Es tut mir furchtbar leid«, sage ich, »aber ich muss jetzt los.«

»Natürlich, Jenny«, sagt Professorin Tu. »Soll dich jemand auf der Fahrt zurück zu deinem Hotel begleiten?«

»Ich fahre nicht ins Hotel«, sage ich, und obwohl ich keine Ahnung habe, was mich da reitet, rede ich weiter: »Ich gehe zu einem K-Pop-Konzert.«

»Das hättest du doch früher sagen können!«, ruft Professorin Tu. »Konzerte warten auf niemanden.«

»Ist es XOXO?«, fragt das Mädchen neben mir. »Die finde ich so toll.«

Ich starre in die Runde – alle wirken freundlich oder neugierig. Ich muss an Ian denken und daran, wie er mir das Gefühl gegeben hat, meine Liebe zu koreanischem K-Pop würde bedeuten, dass ich nichts auf der Manhattan School of Music verloren hätte.

»Ist das nicht … seltsam?«, frage ich.

»Seltsam?« Professor Tu wirkt regelrecht schockiert. »Nein, warum sollte es? Es ist Musik und wir sind alle Musiker. Beeil dich besser. Du willst doch nicht zu spät kommen!«

»Da haben Sie recht.« Ich schenke ihr und den anderen ein Lächeln. »Ich will nicht zu spät kommen.«

Ich rase zur Tür hinaus, winke hektisch ein Taxi heran und springe hinein.

Dabei geht mir immer wieder nur ein einziger Gedanke durch den Kopf.

Bitte lass mich nicht zu spät kommen.

# Vierzig

Der Verkehr vor dem Madison Square Garden steht still, also verlasse ich an der Ecke Sechsunddreißigste und Siebte das Taxi und laufe die letzten paar Blocks.

Auf der Fahrt habe ich eine Nachricht in den »SOJ«-Gruppenchat geschickt:

Auf dem Weg zum Madison Square Garden. Drückt mir die Daumen.

Meine Freunde antworten prompt:

**Gi Taek:** AJA! AJA!

**Angela:** JENNY! Hau rein!

**Sori:** Schnapp ihn dir!

Ich werfe einen Blick auf mein Handy. Es ist 7:40, was bedeutet, dass XOXO in zwanzig Minuten auftritt.

Ich versuche Jaewoo anzurufen, doch er muss sein Handy ausgestellt haben, denn ich lande direkt auf der Mailbox.

Schnell schreibe ich Nathaniel, bei dem ich mich nicht mehr gemeldet habe, seit Jaewoo und ich Schluss gemacht haben: Bin am Madison Square Garden. Kannst du mich irgendwie reinbringen?

Selbst so kurz vor dem Auftritt ist noch eine Riesenschlange vor dem Eingang, wo die Tickets und Taschen der Besucher kontrolliert werden.

Ohne ein Ticket komme ich niemals rein.

Als ich Nathaniel anrufen will, gibt mein Handy den Geist auf. Ich war durch die ganzen Vorspiele so abgelenkt, dass ich vergessen habe, es aufzuladen.

Ich schätze, dass es noch eine Viertelstunde bis zum Beginn ist. Oder zumindest zum geplanten Beginn. Wenn das Konzert auch nur ein bisschen wie das von 95D in Seoul ist, wird es auf keinen Fall pünktlich anfangen.

Ich gehe zur Rückseite des Gebäudes und sehe mich nach irgendeiner Möglichkeit, um hineinzukommen.

Dort! Ein Seitenbereich, abgesperrt und nur von einem einzigen Sicherheitsmann bewacht. Hinter der Absperrung ist der Eingang für die Bühnenmitarbeiter sichtbar.

Ich flitze dorthin.

Der Türsteher, ein stämmiger Latino mit Vollbart, mustert mich misstrauisch. »Die Schlange für den Eingang ist auf der anderen Seite.«

»Ich muss zu XOXO.«

»Ja, du und zwanzigtausend andere Leute.«

»Nein, ich *kenne* sie. Ich gehe mit ihnen zur Schule.«

»Na klar.«

»Im Ernst jetzt. Bitte fragen Sie Nam Ji Seok. Er ist ihr Manager.«

»Netter Versuch. Wenn du jetzt bitte zurücktreten würdest …«

Nein, so darf es nicht enden. Vom Türsteher abgewimmelt. Verzweifelt schaue ich hinter ihn.

Ich kann doch *jetzt* nicht aufgeben. Ich muss Jaewoo sehen, ihm sagen, dass es mir leidtut, dass ich falschlag und nur Angst hatte und …

»Jenny?«

Hinter dem Türsteher taucht jemand auf. Hoffnungsvoll schaue ich, wer es ist, nur um wieder enttäuscht zu werden.

Es ist Sun.

»Was machst du denn hier?«, fragt er. Er trägt bereits sein Bühnenoutfit, ein funkelndes dunkelblaues Jackett, das wahrscheinlich eine Million Dollar kostet. Seine langen Haare fallen ihm elegant über die Schultern. Er sieht so wahnsinnig wunderschön aus, und doch ist er die letzte Person, die ich gerade sehen will.

»Ich bin hier, um mit Jaewoo zu sprechen.«

»Ah.« Er beißt sich auf die Unterlippe und ich kann ihm ansehen, dass er nachdenkt.

»Ich weiß, du magst mich nicht«, platzt es aus mir heraus. Er hebt eine seiner sorgfältig gestylten Augenbrauen. »Ich weiß, du denkst, ich würde Jaewoo nur ablenken, dass seine Karriere unter unserer Beziehung leiden wird. Aber ich glaube, du irrst dich. Jaewoo kann nicht anders, als sich um andere zu kümmern – er ist viel zu gutherzig –, aber er muss sich nicht um mich kümmern. Denn die Wahrheit lautet, dass ich ihn nicht brauche. Ich habe ein ganzes Leben, das völlig unabhängig von seinem ist. Aber ich *will* mit ihm zusammen sein. Ich will für ihn da sein, wenn er unglücklich ist, genau so, wie ich für ihn da sein will, wenn er glücklich ist. Obwohl ich natürlich hoffe, dass er nie unglücklich ist, denn das tut mir körperlich weh, weißt du?«

»Ich weiß.«

Seine Antwort überrascht mich so sehr, dass es mir die Sprache verschlägt.

Sun wendet sich zu dem Türsteher, der uns mit fragendem Gesichtsausdruck zugehört hat. Wenn er nicht zufällig Koreanisch spricht, hat er keine Ahnung, was ich gerade gesagt habe.

»Entschuldigen Sie, Sir.« Sun hebt seinen Ausweis, der an einem Lanyard an seinem Handgelenk hängt. In gebrochenem Englisch sagt er: »Ich bin von den Künstlern. Sie …« Er deutet vage in meine Richtung. »VIP.«

Hinter mir ertönt ein greller Schrei: »Sun-oppa!«

Er wurde entdeckt. Schon bald ist weiteres Kreischen zu hören, dann beginnt der Boden vor herannahenden Schritten praktisch zu beben.

»Verdammt.« Der Türsteher greift nach seinem Walkie-Talkie, um Verstärkung anzufordern. »Bringen Sie sie rein. Schnell.«

Ich ducke mich unter der Absperrung durch und folge Sun zum Seiteneingang. Die Schreie nach »Sun-oppa« verstummen, als sich die Tür hinter uns schließt.

»Danke«, sage ich atemlos. Wir sind nicht weit gelaufen, aber vor lauter Adrenalin pocht mein Herz wie verrückt. »Ich … Ich hätte nicht gedacht, dass du mir helfen würdest.«

»Ich helfe nicht«, sagt er vollkommen unbeteiligt. »Ich habe mich nur entschieden, nicht im Weg zu stehen.«

»Das ist doch helfen.«

Er zuckt mit den Schultern. Dann dreht er sich um und geht einen Korridor entlang. Ich folge ihm. Wir kommen an ein paar Crewmitgliedern vorbei, die sich verbeugen und ihm eine gute Show wünschen, während sie mich nur neugierig anstarren.

»Wir beide haben sehr unterschiedliche Ansichten davon, was für Jaewoo das Beste ist«, sagt Sun und wirft einen Blick in den Gang, um sicherzugehen, dass niemand zusieht, dann wendet er sich wieder an mich. »Aber es ist sein Leben. Er sollte derjenige sein, der entscheidet, was für ihn am besten ist, denkst du nicht?«

»Hat dir schon mal jemand gesagt, dass du schlau bist?«

Der Anflug eines Lächelns blitzt in seinem Gesicht auf, dann geht er davon und ruft über seine Schulter: »Ich bin nicht umsonst der Anführer von XOXO.«

Ich husche den Korridor entlang. Ich habe keine Ahnung, wie spät es ist, aber Jaewoo muss hier irgendwo sein. Ich muss ihn nur finden.

»Hey, du, bleib sofort stehen!« Ein anderer Sicherheitsmann, diesmal von XOXOs Crew, denn er spricht Koreanisch. »Darfst du hier sein?«

Verdammt! Ich bin so nah dran. Da vorn macht der Korridor einen Knick. Soll ich einfach losrennen?

»Keine Sorge«, unterbricht eine andere Stimme, die ich erkenne. »Sie arbeitet hier.«

Ich blicke über meine Schulter.

Youngmin verwickelt den Mann in eine freundliche Unterhaltung. Seine Haare sind knallrot und er trägt ein schwarzes Outfit mit kettenähnlichen Accessoires. Er zwinkert mir zu.

Ich nutze die Chance, die er mir verschafft hat, und laufe um die Ecke, wo ich mit Nathaniel zusammenstoße.

»Hey, Jenny, was für eine Überraschung.« Über einer weiten Hose trägt Nathaniel eine Paisleyjacke. Außerdem hat er sich, seit ich ihn das letzte Mal gesehen habe, die Haare gebleicht. Sie sind jetzt fast weiß, ein krasser Kontrast zu seinen dunklen Augen. »Was tust du hier? Als ich das letzte Mal nachgesehen habe, waren wir nicht in LA.«

»Ich habe bei ein paar New Yorker Universitäten vorgespielt.«

»Schön. Und wie läuft's?«

»Ich hab eine Zusage meiner Wunsch-Uni bekommen.«

»Glückwunsch!« Er hebt die Hand zu einem High five. Doch kurz vor dem Zusammenschlag halte ich inne.

»Moment mal! Ich bin nicht hier, um mit dir Small Talk zu halten. Wo ist Jaewoo?«

Zwischen seinen Augenbrauen erscheint eine kleine feine Linie. »Keine Ahnung.«

»Was meinst du mit keine Ahnung? Fängt euer Konzert nicht gleich an?«

Er seufzt und kratzt sich die Wange. Dabei achtet er darauf, sich nicht das Make-up zu ruinieren. »Du kennst doch Jaewoo. Wenn er sich überfordert fühlt, zieht er sich gern zurück, um allein zu sein. Es ist nur ... äh, gerade kein guter Zeitpunkt, um zu verschwinden. Eigentlich wollte ich gerade Sun fragen, ob wir die Show um eine halbe Stunde verschieben sollen. Es ist schon fünf nach acht. Wir müssen in zehn Minuten auf die Bühne.«

Jaewoo ist *verschwunden.* Ein Gefühl macht sich in meiner Brust breit, weniger Besorgnis als Entschlossenheit. »Geh du zu Sun. Ich suche Jaewoo.«

Nathaniel mustert mich einen Augenblick, dann nickt er. »Ich überlasse ihn deiner Fürsorge.«

Wir trennen uns. Er verschwindet im Gang, durch den ich gerade gekommen bin, und ich laufe nach links, in entgegengesetzter Richtung zu dem Gang, in dem ich Nathaniel getroffen habe.

Wo findet man einen verschwundenen K-Pop-Star zehn – *jetzt nur noch neun* – Minuten vor seinem Liveauftritt?

Alle Türen sind verschlossen. Ich gehe zur nächsten und zerre sie auf. Vier Crewmitglieder mit Instant-Ramen in der Hand starren mich an.

»'tschuldigung!«, sage ich, verbeuge mich schnell und schließe die Tür wieder.

So werde ich ihn niemals finden. Denk nach, Jenny!

Die Lampen erhellen den Korridor nur schwach und das Dröhnen aus dem Stadion lässt den Boden vibrieren. Unter jeder Tür dringt Licht hervor und lässt darauf schließen, dass dahinter irgendetwas passiert.

Außer bei der letzten Tür auf der rechten Seite. Unter ihr ist es dunkel. Ich gehe darauf zu. Erst langsam, dann schneller, schließlich renne ich.

*Du kennst Jaewoo.*

Ich kenne ihn. Als ich ihn zum ersten Mal getroffen habe, saß er allein und mit geschlossenen Augen in einem dunklen Karaokeraum.

Ich greife nach der Klinke. Die Tür ist nicht abgeschlossen. Als ich sie aufziehe, fällt aus dem Korridor Licht in die Dunkelheit. Jaewoo sitzt hinten im Raum auf einer Couch und blickt auf.

»Jenny?« Er erhebt sich. »Was …« Er stockt. »Was machst du hier? Ist alles okay?«

Ich betrete den Raum. »Alles in Ordnung.«

Das ist es. Jetzt, wo er hier ist, direkt vor mir.

Wie die anderen trägt auch er ein Outfit, das geradewegs einem Modemagazin entsprungen sein könnte. Ein dunkler Blazer mit einem tief ausgeschnittenen Shirt darunter. Ich muss mich zwingen, in sein Gesicht zu schauen anstatt auf seine Brust. Wie bei Youngmin sind auch an seiner Kleidung Ketten befestigt und um den Hals trägt er eine Leuchtkette.

»Jenny?«

»Tut mir leid, ich war abgelenkt. Du bist sehr … ablenkend.«

Seine Stirn glättet sich und auf seinen Lippen erscheint ein reumütiges Lächeln. Da bemerke ich, dass er etwas in der Hand hält.

»Ist das …«

Das Automatenfoto. Ich dachte, es wäre für immer verloren.

Er nickt. »Jemand aus unserer Schule hat es auf dem Rasen gefunden und an ein Klatschmagazin verkauft. Aber sie hat nur ein Handyfoto verkauft, das sie vom Original gemacht hat.«

»War es Jina?«

Er runzelt die Stirn. »Kim Jina? Nein, es war ein Mädchen aus dem ersten Jahr. Sie wollte nur ein bisschen Geld damit machen. Sie hat es mir zurückgegeben und sich entschuldigt. Und ich habe die Entschuldigung angenommen. Inzwischen war sowieso Gras über die Sache gewachsen.«

»Es tut mir leid«, platzt es aus mir heraus. Dann wiederhole ich die Worte bewusst. »Es tut mir leid.«

Jaewoo sagt nichts, sondern wartet geduldig darauf, dass ich weiterspreche.

»Es tut mir leid, dass ich einfach so abgehauen bin, als das alles passiert ist. Ich … Ich hatte Angst. Jetzt klingt es albern, aber ich hatte Angst davor, wie viel du mir bedeutest, und ich hatte Angst, dass es mich kaputtmachen würde, wenn wir uns trennen. Ziemlich ironisch, dass es mich wirklich kaputtgemacht hat, aber nur durch meine eigene Schuld.«

Ich hole tief Luft. »Es war falsch von mir, eine Beziehung mit dir anzufangen, obwohl ich dachte, dass sie ohnehin scheitern würde. Ich sollte es besser wissen. Ich bin Musikerin. Man übt nicht, um dann eine schlechte Performance abzuliefern. Man arbeitet hart an sich, steckt Zeit, Energie und Leidenschaft hinein und legt dann eine großartige Performance hin.«

Einen Augenblick beobachtet mich Jaewoo ausdruckslos. Dann sagt er: »Ich bin dein Partner bei dieser großartigen Performance.«

»Oh, mein Gott!«, stöhne ich. »Du versaust mir meine Metapher.«

Auf einmal lacht er los. Er zittert von oben bis unten, bis er vor Lachen Tränen in den Augen hat.

Ich runzle die Stirn. »Wie spät ist es überhaupt? Musst du nicht zu deiner eigenen großartigen Performance?«

Er wird wieder ernst. »Oh, Scheiße, du hast recht. Das hab ich ganz vergessen.«

»Du hast es vergessen!«

Er grinst, was total unfair ist, denn zusammen mit dem Make-up und dem Outfit ist es, als würde mich einer von Amors Pfeilen direkt ins Herz treffen. »Meine Freundin, die ich sehr liebe, und die vor drei Monaten auf dem Dach eines Krankenhauses in Seoul mit mir Schluss gemacht hat, taucht plötzlich kurz vor meinem Konzert in New York City auf. Ja, ich hab's vergessen.«

*Die er sehr liebt!*

»Du hast mich fast vergessen lassen, warum ich überhaupt hier drin bin ...«

»Ach ja, warum bist du hier drin?«

Er lächelt verlegen. »Ich war nervös. Ich bin nervös. Das ist das größte Konzert, das wir je gegeben haben, und unser erstes in den USA.«

»Du wirst toll sein. Du bist darauf vorbereitet. Und deine Bandkameraden werden dich unterstützen, selbst wenn du einen Fehler machst. Was nicht passieren wird«, füge ich schnell hinzu. »Aber du weißt, was ich meine.«

Wow, meine Motivationsreden sind richtig schlecht.

»Du hast recht«, sagt Jaewoo. »Ich glaube, jetzt bin ich bereit.« Ich strecke meine Hand nach ihm aus und er ergreift sie. Zusammen laufen wir zurück zu dem Gang, wo ich Sun das letzte Mal gesehen habe.

Dort stehen alle anderen Mitglieder von XOXO und warten.

»Jaewoo-hyeong! Jenny-nuna!«, ruft Youngmin.

»Na, so was«, sagt Nathaniel mit einem Grinsen. »Jenny hat ihn uns zurückgebracht.«

»Ich brauchte nur einen Moment für mich«, sagt Jaewoo und reibt sich mit einer Hand verlegen den Nacken, während er mich mit der anderen nicht loslässt.

»Wissen wir«, entgegnet Nathaniel, mildert seine Worte jedoch mit einem Augenzwinkern ab.

»Geht es dir gut?«, fragt Sun. »Wir können es noch ein bisschen verschieben.«

»Alles gut.«

»Jaewoo-hyeong, wenn du auf der Bühne überfordert sein solltest«, sagt Youngmin, »mach einfach dieses Zeichen.« Er streckt seinen Zeigefinger aus und kratzt sich damit am Kinn. »Dann mache ich irgendwas Albernes und lenke damit alle ab.«

Jaewoo grinst. »Danke, Youngmin-ah.«

Mir schießen Tränen in die Augen. Wie könnte man in solch einem Moment ungerührt bleiben?

Es ist so schön, wie sehr sie sich umeinander kümmern. Wie sehr sie einander vertrauen. Es ist so bemerkenswert und *heilsam.*

»Jenny-nuna?«, fragt Youngmin. »Was ist los? Warum weinst du?«

Jaewoo lässt meine Hand los, um mir die Tränen aus den Augen zu wischen. »Ich bin einfach nur … so ein großer Fan.«

Alle lachen.

Jaewoo wendet sich an seine Bandkollegen. »Sind wir bereit?«

»Ja!« Youngmin streckt eine geballte Faust in die Höhe.

Nathaniel grinst. »Geben wir ihnen die Show ihres Lebens.«

»Legt eure Hände zusammen«, sagt Sun und sie alle tun es, vom jüngsten bis zum ältesten Mitglied. »Wer sind wir?«

Sie drücken ihre Hände erst nach unten, dann nach oben. »XOXO!«

*An: Jenny Go, Manhattan School of Music*

*Jooyung-ah~*
*Frohes Neues Jahr!*

*Danke für die Geschenke, die du meiner Mutter und Schwester geschickt hast. Joori prahlt vor all ihren Schulfreunden damit, dass sie eine coole Eonni in den USA hat. Sie und meine Mutter können es kaum erwarten, dass du im Sommer nach Korea kommst. Sie reden von nichts anderem mehr. Aber das ist schon okay, denn mir geht es nicht anders.*

*Ich wünsche dir viel Glück für deine Abschlussprüfungen – diese Postkarte sollte rechtzeitig davor ankommen –, aber ich weiß, dass du sie mit Bravour bestehen wirst. Weil du toll in dem bist, was du tust.*

*Ich bin auch toll in dem, was ich tue. Lass uns ganz viel zusammen tun, wenn wir einander wiedersehen.*

*Ich weiß, dass wir erst gestern miteinander gesprochen haben, und ich weiß, dass, was auch immer ich dir auf dieser Postkarte schreibe, du es schon längst weißt, aber ich will die Worte trotzdem aufschreiben, die ich dir im Sommer persönlich sagen werde.*

*사랑해.*

*XOXO, Jaewoo*

# Danksagungen

An meine Agentin Patricia Nelson, auf die ich mich in allen Verlagsangelegenheiten verlasse, die mich unterstützt und herausfordert, die beste Autorin zu sein, die ich sein kann – danke.

An die Drei Cs, die *XOXO* erst möglich gemacht haben: Camille Kellogg – ich bin dir so dankbar, dass du von Anfang an mich geglaubt hast; Catherine Wallace – *XOXO* wäre ohne deine brillanten Anmerkungen nicht das Buch, das es heute ist; und schließlich Carolina Ortiz – ich bin so froh, dich im Team *XOXO* zu haben!

An all die Menschen, die mich so gut aussehen lassen: meine Lektorin Jill Freshney, meine Korrektorin Lisa Lester Kelly, meine Produktionsredakteurin Nicole Moreno, meinen Produktionsmanagerin Sean Cavanagh und so viele weitere hinter den Kulissen – ihr seid einfach die Besten.

An das Team von HarperTeen und das Team Epic Reads, ein besonderes Lob an Shannon Cox, Sam Benson, Keely Platte, Aubrey Churchward, Jennifer Corcoran und Cindy Hamilton. Es ist mir eine Ehre, mit euch zusammenarbeiten zu dürfen!

An die talentierten Künstler hinter meinem süßen und romantischen Cover: die Designerin Jessie Gang und die Illustratorin Zipcy. Danke für das Cover meiner Romcom-Träume!

An die Autoren, die *XOXO* mit so schönen Worten überschüttet haben – Gloria Chao, Maurene Goo, Sarah Kuhn, Lyla Lee, Emery Lord, Emma Mills, Aminah Mae Safi, Kasie West und Julian Winter – danke!

An den Tree Chat, der in diesen ersten turbulenten Monaten des Frühjahrs und Sommers 2020 mit mir geschrieben hat: Akshaya Raman, Erin Rose Kim, Katy Rose Pool, Maddy Colis und Amanda Foody. Ohne eure täglichen Ermutigungen hätte dieses Buch nie das Licht der Welt erblickt.

An meine sehr talentierte und hilfreiche Kritikgruppe: Alex Castellanos, Amanda Haas, Ashley Burdin, Christine Lynn Herman, Claribel Ortega, Janella Angeles, Mara Fitzgerald, Meg RK, Melody Simpson und Tara Sim – es ist mir eine große Ehre, euch meine Kritikpartner und Freunde nennen zu dürfen.

Außerdem danke ich all meinen Freunden, die mir nach wie vor in allem beistehen: Kristin Dwyer, Stephanie Willing, Candice Iloh, Michelle Calero, Devon Van Essen, Gaby Brabazon, Olivia Abtahi, Cynthia Mun, Sonja Swanson, Ashley Kim, Michelle Kim, Ellen Oh, Karuna Riazi, Nafiza Azad, Lauren Rha, Veeda Bybee, David Slayton, und Michelle Thinh Santiago.

Und ich danke meiner BFF Lucy Cheng – es tut mir nicht leid, dass ich dich zu den Klängen von SHINees »Ring Ding Dong« beim Unterricht abgesetzt habe.

Und schließlich möchte ich meiner Familie danken: meiner Mutter, die mich immer in den koreanischen Laden mitnahm, um CDs zu kaufen, sowie in den koreanischen Verleih für VHS-Aufnahmen von Musiksendungen, und meinem Vater, der meine K-Pop-Sucht von ganzem Herzen unterstützt hat!

Meiner coolen älteren Cousine Jennifer, die ich für immer mit H.O.T. in Verbindung bringen werde, und meinem albernen und liebevollen älteren Cousin Adam, der immer die besten Geschenke zum Thema BTS schickt! Katherine, auch bekannt als die Autorin Kat Cho, die ich aber Eonni nenne, meine Autoren-BFF und Noraebang-Partnerin – es gibt niemanden, mit dem ich lieber »Spring Day« von BTS singen würde als mit dir. Sara, Wyatt, Christine und Bryan – Reisen nach Korea sind besser, wenn ihr dabei seid. Heemong Samchon, weil du mir jedes einzelne Fin.K.L-Album gekauft hast, als ich elf war, und Heegum Samchon – ich vermisse es, dich in LA zu besuchen, aber Besuche in Korea machen auch Spaß! Bosung, Wusung, Eugene und Daniel – ich habe immer noch das G-Dragon-Sweatshirt. Emo und Emo Boo – danke für all die wunderbaren Sommer, die ich in eurem Haus in Seoul verbringen durfte. Meinen liebevollen Großmüttern – selbst jetzt noch weckt der Klang koreanischer Stimmen im Fernsehen bei mir warme Erinnerungen daran, wie ich über eure Schultern hinweg K-Dramen gesehen habe. Meinem älterer Bruder Jason, der meine Liebe zur koreanischen Musik erst richtig entfacht hat. Und schließlich meiner jüngeren Schwester Camille, meinem K-Pop-Konzert-Buddy und Lieblingsmenschen auf der ganzen Welt – ich liebe dich!

Und all meinen Cousins, Tanten, Onkeln, Nichten und Neffen in meiner sehr großen, lautstarken und liebevollen Familie: Ich liebe euch, ich liebe euch, ich liebe euch!!! Grüße wie immer an Seojun.

Und ein besonderes Dankeschön geht an Toro, meinem süßen Hund, der sich die immer gleichen K-Pop-Songs anhören muss, während ich schreibe.

Zu guter Letzt möchte ich mich bei allen meinen Lesern bedanken! Eure Unterstützung bedeutet mir alles.

**Für Märchenfans, die sich immer schon gewünscht haben, der Heldin würden scharfe Zähne wachsen**

**VIOLET MADE OF THORNS**

**Dem Schicksal zu trotzen hat seinen Preis**

*von Gina Chen*

Paperback mit Klappen | 448 Seiten

ISBN 978-3-98666-322-3 | **€ 16,– (D)**

*auch als E-Book erhältlich*

Cross Cult

**Verborgen durch Magie leben die Acht Höfe der Feen seit Jahrhunderten mitten unter uns**

## A DARK AND HOLLOW STAR

**Nichts ist gefährlicher als ein Märchen**

*von Ashley Shuttleworth*

Paperback mit Klappen | 672 Seiten

ISBN 978-3-98666-336-0 | **€ 18,– (D)**

*auch als E-Book erhältlich*

cross cult

**Zwei Mädchen auf verschiedenen Seiten eines Krieges und mit einem gemeinsamen Ziel**

## GEARBREAKER

### Wir haben die Götter selbst erschaffen

*von Zoe Hana Mikuta*

Paperback mit Klappen | 416 Seiten
ISBN 978-3-98743-068-8 | **€ 16,– (D)**

*auch als E-Book erhältlich*

Weitere Informationen
zum Verlagsprogramm:

**www.cross-cult.de**
**www.crocu.de**